Um marquês com sede de vingança rendido por uma jovem encantadora em apuros

JULIE GARWOOD

São Paulo
2021

Guardian angel
Copyright © 1988 by Julie Garwood
© 2021 by Universo dos Livros

Todos os direitos reservados e protegidos pela Lei 9.610 de 19/02/1998.
Nenhuma parte deste livro, sem autorização prévia por escrito da editora, poderá ser reproduzida ou transmitida sejam quais forem os meios empregados: eletrônicos, mecânicos, fotográficos, gravação ou quaisquer outros.

Diretor editorial
Luis Matos

Gerente editorial
Marcia Batista

Assistentes editoriais
Letícia Nakamura e Raquel F. Abranches

Arte
Renato Klisman

Tradução
Jacqueline Valpassos

Preparação
Juliana Gregolin

Revisão
Alessandra Miranda de Sá e Tássia Carvalho

Dados Internacionais de Catalogação na Publicação (CIP)
Angélica Ilacqua CRB-8/7057

G229L
Garwood, Julie
O guardião / Julie Garwood ; tradução de Jacqueline Valpassos. -- São Paulo : Universo dos Livros, 2021.
432 p. (Crown's Spies ; 2)

ISBN 978-65-5609-093-1
Título original: *Guardian angel*

1. Literatura norte-americana 2. Literatura erótica
I. Título II. Valpassos, Jacqueline

21-1249 CDD 813.6

Universo dos Livros Editora Ltda.
Avenida Ordem e Progresso, 157 - 8º andar - Conj. 803
CEP 01141-030 - Barra Funda - São Paulo/SP
Telefone/Fax: (11) 3392-3336
www.universodoslivros.com.br
e-mail: editor@universodoslivros.com.br
Siga-nos no Twitter: @univdoslivros

Este aqui é para você, Elizabeth.

Capítulo Um

Londres, 1815

O caçador esperava pacientemente por sua presa.

O Marquês de Cainewood estava fazendo um jogo perigoso ao levar adiante aquela encenação. O infame Selvagem de Shallow's Wharf certamente ouviria falar de seu imitador; então, seria forçado a sair do esconderijo, pois seu orgulho, colossal segundo os relatos sussurrados, não permitiria que outro levasse o crédito por seus feitos sinistros. O pirata com certeza tentaria aplicar sua própria forma de vingança. Caine contava com essa possibilidade. Uma vez que Selvagem se mostrasse, Caine o pegaria.

E, aí, a lenda seria destruída.

O marquês tinha ficado sem escolha. A aranha não deixaria sua teia. Oferecer suborno não tinha funcionado. Não, não havia um traidor entre os marinheiros, o que era surpreendente, uma vez que a maioria dos comuns mortais teria vendido a própria mãe como escrava pela quantidade de ouro que ele havia oferecido. Fora um erro de cálculo da parte de Caine, também. Cada marinheiro justificou como lealdade à lenda sua razão pessoal para recusar as moedas. Caine, cínico por natureza e amargo por experiências passadas, presumia que o medo fosse o verdadeiro motivo. Medo e superstição.

O mistério cercava o pirata como a parede de um confessionário. Ninguém jamais havia visto Selvagem. Seu navio, o *Esmeralda*, tinha sido observado incontáveis vezes escumando a água como um seixo atirado pela mão de Deus; pelo menos era assim que relatavam aqueles que se gabaram de avistar o navio. A visão daquela beleza negra despertava terror nos nobres cavalheiros da sociedade de bolsas repletas, risadinhas dissimuladas dos perversos e humildes preces de agradecimento dos desamparados, pois Selvagem era conhecido por compartilhar seu butim com os menos afortunados.

No entanto, não importava quantas vezes o navio mágico fora avistado, ninguém era capaz de descrever um único membro da tripulação. Isso só aumentava a especulação, a admiração e o temor pelo pirata-fantasma.

Contudo, as pilhagens de Selvagem estendiam-se para além do oceano, porque ele era um homem que obviamente apreciava a variedade. Seus ataques terrestres causavam tanta consternação quanto os marítimos, talvez até mais. Selvagem roubava somente dos membros da alta sociedade. E era óbvio que o pirata não queria que ninguém mais levasse o crédito por seus ataques noturnos aos desavisados. Por isso, deixava seu cartão de visita pessoal na forma de uma única rosa branca de haste longa. Sua vítima normalmente despertava com a luz da manhã e encontrava a flor no travesseiro ao lado dela. A simples visão da rosa costumava ser suficiente para fazer homens feitos desfalecerem.

Escusado dizer que os pobres idolatravam a lenda. Eles acreditavam que Selvagem era um homem de estilo e romantismo.

A igreja não era menos efusiva em sua adoração, pois o pirata deixava baús de ouro e joias ao lado das bacias de esmolas em seus vestíbulos, encimado por uma rosa branca, é claro, para que os religiosos soubessem pela alma de quem deveriam orar. Ao bispo era custoso condenar o pirata. Contudo, sabia que era melhor não santificá-lo, pois isso provocaria a ira de alguns dos membros mais influentes da sociedade e, por isso, chamava Selvagem de patife.

Tal apelido, diga-se de passagem, sempre era pronunciado com um sorrisinho rápido e uma lenta piscadela.

O Departamento de Guerra não tinha tais reservas. Eles ofereceram uma recompensa pela cabeça do pirata. Caine havia dobrado essa quantia. Sua razão para caçar o fora da lei era pessoal, e ele acreditava que o fim justificaria quaisquer meios sórdidos que porventura empregasse.

Ia ser olho por olho. Ele mataria o pirata.

Ironicamente, os dois adversários se equivaliam. O marquês era temido por homens comuns. Seu trabalho para o governo lhe havia granjeado uma fama sombria. Se as circunstâncias fossem diferentes, se Selvagem não tivesse ousado provocar a ira de Caine, ele teria continuado a deixá-lo em paz. O pecado mortal de Selvagem mudara essa disposição, entretanto; e mudara com redobrada fúria.

Noite após noite, Caine fora para a taberna chamada Ne'er Do Well, situada no coração dos cortiços de Londres. A taberna era frequentada pelos trabalhadores mais experientes do cais. Caine sempre ocupava a mesa de canto, suas largas costas protegidas pela parede de pedra contra ataques furtivos, e esperava pacientemente que Selvagem chegasse até ele.

O marquês entrava e saía de tais círculos com a facilidade de um homem com um passado sombrio. Naquela parte da cidade, o título de um homem não significava nada. Sua sobrevivência dependia de seu tamanho, sua capacidade de infligir dor enquanto se defendia e sua indiferença à violência e crueza que o rodeavam.

Levou menos de uma noite para Caine sentir-se em casa na taberna. Era um homem grande, com ombros e coxas musculosos. Só o seu tamanho já era suficiente para intimidar a maioria dos potenciais desafiantes. Caine tinha cabelos escuros, pele bronzeada e olhos da cor de um céu cinzento e escuro. Houve um tempo em que aqueles olhos tinham o poder de despertar uma onda de excitação nas senhoras da sociedade. Agora, no entanto, aquelas mesmas senhoras se intimidavam com a frieza que espreitavam neles e a expressão plana e sem emoção. Elas sussurravam que o Marquês de Cainewood havia sido transformado em pedra devido ao seu ódio. Caine concordava.

Uma vez que decidira se fazer passar por Selvagem, não fora difícil manter sua personificação. Os contadores de histórias concordavam com a ideia fantasiosa de que Selvagem era na verdade um cavalheiro da nobreza que tomara a pirataria como um meio de manter seu estilo de vida pródigo. Caine simplesmente se aproveitara desse boato. Quando tinha entrado pela primeira vez na taberna, usava sua roupa mais cara. Acrescentara seu toque pessoal prendendo uma pequena rosa branca na lapela do jaquetão. Era, claro, um acréscimo silenciosamente escandaloso e arrogante, que atraiu para ele um bocado de atenção.

Imediatamente, teve que cortar alguns homens com sua faca afiada para assegurar seu lugar no grupo. Caine podia estar vestido como um cavalheiro, é verdade, mas lutava sem um pingo de honra nem dignidade. Os homens o adoraram. Em questão de minutos, conquistou-lhes o respeito e o medo. Seu tamanho e força herculeos também lhe renderam lealdade imediata. Um dos mais destemidos perguntou-lhe em um balbucio se o que estavam falando era verdade: ele era o Selvagem? Caine não respondeu a essa pergunta, mas seu ligeiro sorriso disse ao marinheiro que aquela indagação lhe agradara. E, quando comentou com o taverneiro que os marinheiros tinham uma mente muito astuta, forçou a conclusão inevitável. No final da semana, o rumor das visitas noturnas de Selvagem ao Ne'er Do Well se espalhara como uma rodada de gim grátis.

Monk, o irlandês careca que ganhara a taberna num jogo de cartas trapaceado, costumava sentar-se ao lado de Caine no final de cada noite. Monk era o único que sabia sobre o logro. E também apoiava incondicionalmente o plano de Caine, já que sabia tudo sobre as atrocidades de Selvagem para com a família de Caine. Tão significativo quanto isso era o fato de que os negócios tinham aumentado consideravelmente desde que o engodo havia começado. Todo mundo, ao que parecia, queria dar uma boa olhada no pirata, e Monk, um homem que colocava o lucro acima de todos os outros assuntos, cobrava preços exorbitantes por sua cerveja aguada.

O taberneiro tinha perdido os cabelos anos antes, mas suas vivas sobrancelhas cor de laranja mais do que compensavam a falta deles. Eram espessas, onduladas e se arrastavam como hera quase até a metade de sua testa enrugada. Monk esfregava a testa agora em verdadeira frustração pelo marquês. Eram quase três horas da manhã, uma hora antes de dar a noite por encerrada e fechar a taberna. Apenas dois clientes pagantes ainda se demoravam por ali, debruçados sobre as bebidas. Quando eles se levantaram e se despediram, sonolentos, Monk se virou para Caine.

— Você tem mais paciência do que uma pulga em um cachorro sarnento por vir aqui noite após noite. Estou orando para que não fique muito desanimado — acrescentou. Fez uma pausa para encher o cálice do marquês de conhaque e, então, engoliu um generoso gole diretamente da garrafa. — Você vai tirá-lo da toca, Caine, tenho certeza disso. Na minha opinião, acho que ele vai enviar um par de homens antes, para tentar lhe fazer mal. É por isso que sempre o previno todas as noites para se proteger quando sair daqui.

Monk tomou outro gole da bebida e riu.

— Selvagem é muito zeloso de sua reputação. Sua encenação deve estar deixando o cabelo dele branco de preocupação. Ele deverá dar as caras em breve. Aposto que amanhã será a noite.

Caine concordou com a cabeça. Com os olhos faiscando de promessas, Monk sempre terminava seu discurso todas as noites com a previsão de que no dia seguinte a presa se mostraria.

— Você o pegará então, Caine, como um pássaro pega um besouro.

Caine engoliu um longo trago, seu primeiro da noite e, depois, inclinou a cadeira para trás, de modo a poder descansar os ombros contra a parede.

— Vou apanhá-lo.

A severidade do tom de Caine fez Monk sentir um calafrio na espinha. Estava prestes a concordar com veemência quando a porta de repente se abriu, atraindo sua atenção. Monk se virou na cadeira para dizer que a taberna já estava fechada, mas a figura parada na entrada o atordoou, e ele só conseguiu ficar boquiaberto. Quando afinal recuperou a voz, sussurrou:

— Santa Mãe de Deus, um anjo veio chamar-nos?

De sua posição estratégica junto à parede, Caine tinha uma visão clara da entrada da taberna. Embora não houvesse se mexido nem mostrado qualquer reação externa, na verdade, sua surpresa foi tão grande quanto a de Monk. Seu coração começou a bater descontrolado e ele não conseguia recuperar o fôlego.

Ela de fato parecia um anjo. Caine não queria piscar, certo de que sua visão desapareceria na noite se ele fechasse os olhos por apenas um segundo ou dois.

Era uma mulher incrivelmente linda. Seus olhos o cativaram. Tinham um magnífico tom de verde. O verde de seu vale, pensou consigo, em uma noite clara, iluminado pela lua.

Ela o encarava. Caine devolveu o olhar.

Vários longos minutos se passaram enquanto se estudavam mutuamente. Então, ela começou a andar em sua direção. Assim que se moveu, o capuz da capa negra caiu-lhe sobre os ombros. Caine deixou de respirar. Os músculos do seu peito contraíram-se dolorosamente. Aquela visão era abençoada com uma cabeleira exuberante, castanho-avermelhada. À luz das velas, a cor era tão brilhante quanto o fogo.

Caine notou a péssima condição de sua roupa quando ela se aproximou da mesa. A qualidade do manto indicava opulência, mas o rico tecido tinha se rasgado quase até a metade de um lado. Parecia ter sido cortado a faca. Parte do forro de cetim verde pendia esfarrapado em torno da bainha. A curiosidade de Caine se intensificou. Ele voltou a olhar para o rosto da mulher e reparou nos leves hematomas na face direita, o pequeno corte abaixo do carnudo lábio inferior e a mancha de sujeira em sua testa.

Se aquela visão era um anjo, ele tinha sido forçado a visitar o purgatório, concluiu Caine. Ainda assim, embora parecesse ter acabado de perder a batalha com Satanás, ela ainda era muito atraente; na verdade, atraente demais para a sua paz de espírito. Ficou tenso enquanto esperava que ela falasse.

A figura deteve-se quando chegou ao outro lado da mesa redonda. Seu olhar agora estava direcionado para a rosa em sua lapela.

O anjo estava obviamente assustado. Suas mãos tremiam. Ela pegou um pequeno saco branco no corpete e Caine notou várias cicatrizes antigas em seus dedos.

Não sabia o que pensar da moça. Mas Caine não queria que ela tivesse medo dele. Aquela confissão interior fez com que franzisse ainda mais o cenho.

— Está sozinha? — perguntou ele, com o tom tão áspero quanto uma rajada de vento.

— Estou.

— A essa hora da noite, nesta parte da cidade?

— Sim — ela respondeu. — Você é Selvagem?

Sua voz, ele notou, era rouca, um sussurro suave.

— Olhe para mim quando fizer suas perguntas.

Ela não obedeceu à sua ordem e, teimosamente, continuou a olhar para a rosa na lapela.

— Por favor, responda-me, senhor — ela retrucou. — Você é Selvagem? Preciso falar com o pirata, é um assunto terrivelmente importante.

— Sou Selvagem — disse Caine.

Ela assentiu com a cabeça.

— Dizem que faz qualquer serviço se o pagamento for bom. É verdade, senhor?

— É — admitiu Caine. — O que você quer de mim?

Em resposta à sua pergunta, ela deixou cair o saco branco no centro da mesa. O cordão se abriu e várias moedas derramaram-se dele. Monk soltou um assobio baixo.

— Há trinta peças aí — ela disse, ainda sem erguer os olhos.

Caine levantou uma sobrancelha em reação a essa afirmação.

— Trinta peças de prata?

Ela assentiu com timidez.

— Isso é suficiente? É tudo que tenho.

— Quem é que você deseja trair?

Ela pareceu sobressaltada com tal suposição.

— Oh, não, você compreendeu mal. Não quero trair ninguém. Não sou nenhum Judas, senhor.

Para ele, a moça parecia insultada por seu comentário.

— Foi um engano completamente justificável.

Seu cenho franzido indicava que ela não concordava. Caine jurou que não deixaria aquela moça irritá-lo.

— Então, o que quer de mim?

— Gostaria que matasse alguém, por favor.

— Ah — ele disse devagar. Sua decepção foi quase dolorosa. Ela parecia tão inocente, tão vulnerável que dava pena, mas docemente acabara de lhe pedir que matasse alguém por ela.

— E quem é essa vítima? Seu marido, por acaso? — O cinismo em sua voz era tão ríspido como uma unha raspando um quadro-negro.

Ela não parecia se importar com seu tom mordaz.

— Não — ela respondeu.

— Você não é casada, então?

— Isso importa?

— Oh, sim — ele respondeu em um sussurro para combinar com o dela. — Importa.

— Não, não sou casada.

— Então, quem é que você quer matar? Seu pai? Seu irmão?

Ela balançou a cabeça de novo.

Caine inclinou-se lentamente para frente. A paciência dele estava tão rala quanto a cerveja que Monk vendia.

— Estou cansado de ter que ficar perguntando.

Ele tinha forçado um tom beligerante, certo de que a intimidaria para deixar escapar sua explicação completa. Soube que tinha falhado nesse intento, no entanto, quando captou a expressão rebelde no rosto dela. Se não a observasse com tamanha atenção, com certeza teria perdido a centelha de raiva. A pequena gatinha assustada tinha alguma coragem dentro de si, afinal.

— Gostaria que aceitasse essa tarefa antes de eu explicar — disse ela.

— Tarefa? Você chama contratar-me para matar alguém de tarefa? — ele perguntou num tom incrédulo.

— Sim — ela confirmou com um aceno de cabeça.

Ela ainda se recusava a olhá-lo nos olhos. Esse fato o irritava.

— Está bem — mentiu. — Aceito.

Os ombros dela relaxaram no que Caine supôs ser um gesto de intenso alívio.

— Diga-me quem é minha vítima — ele questionou-a mais uma vez.

Ela levantou lentamente a vista para olhá-lo, então. O tormento que Caine viu em seus olhos fez seu peito doer.

O impulso de estender-lhe as mãos, de tomá-la em seus braços, de lhe oferecer conforto quase o dominou. De repente, sentiu-se ultrajado por seja lá o que fosse que a afligia; depois, teve que balançar a cabeça para descartar um pensamento tão ridículo e fantasioso.

Que inferno, a mulher estava contratando-o para assassinar alguém.

Os dois se encararam muito tempo antes que Caine perguntasse novamente:

— Bem, quem você quer ver morto?

Ela respirou fundo antes de responder.

— Eu.

Capítulo Dois

— Santo Deus — sussurrou Monk. — Não pode estar falando sério, senhorita.

Ela não desviou o olhar de Caine quando respondeu ao taberneiro.

— Falo muito sério, meu bom homem. O senhor acha mesmo que eu teria me aventurado a vir a esta parte da cidade no meio da noite se não estivesse falando sério?

Caine respondeu à pergunta.

— Acho que você perdeu a cabeça.

— Não — retrucou ela. — Seria muito mais fácil se eu tivesse.

— Entendo — disse Caine. Estava tentando se controlar, mas a vontade de gritar com ela fazia sua garganta doer. — Quando você gostaria que essa... essa...

— Tarefa?

— Sim, tarefa — Caine concordou. — Quando você gostaria que essa tarefa fosse realizada?

— Agora.

— Agora?

— Se não for causar incômodo, meu senhor.

— Se não for causar incômodo?

— Oh, Deus, eu sinto muito — ela sussurrou. — Não tive a intenção de aborrecê-lo.

— Por que acha que me aborreceu?

— Porque você está gritando comigo.

Ele percebeu que a moça estava certa. Estava mesmo gritando. Caine soltou um longo suspiro. Pela primeira vez em muito tempo, sua compostura foi completamente abalada. Justificou seu vergonhoso comportamento dizendo a si mesmo que qualquer um com mínimo bom senso teria sido apanhado desprevenido por um pedido tão ultrajante. Ela parecia bastante sincera e aparentava fragilidade extrema. Céus, a mulher tinha sardas na ponte do nariz, pelo amor de Deus. Devia estar em casa, em segurança, com sua família amorosa protegendo-a, não parada ali naquela taberna caindo aos pedaços, discutindo calmamente seu próprio assassinato.

— Posso ver como o deixei perturbado — contemporizou ela. — Peço desculpas de verdade, Selvagem. Você nunca matou uma mulher antes? — ela perguntou. Sua voz transpirava compreensão.

Agora ela parecia estar com pena dele.

— Não, eu nunca matei uma mulher antes — ele disse de forma ríspida. — Mas sempre há uma primeira vez para tudo, não é mesmo?

Sua intenção com tal comentário foi ser sarcástico. Ela o interpretou literalmente.

— É assim que se fala — ela se apressou em dizer. De fato, abriu um sorriso para ele. — Não deve ser muito difícil para você. Eu vou ajudar, é claro.

Ele queria bater a cabeça na mesa.

— Você está disposta a ajudar? — falou com a voz estrangulada.

— Certamente.

— Você perdeu a cabeça.

— Não, não perdi — ela assegurou. — Mas estou muito desesperada. Essa tarefa deve ser realizada o quanto antes. Acha que poderia se apressar e terminar sua bebida?

— Por que deve ser realizada o quanto antes? — ele indagou.

— Porque eles virão atrás de mim em breve, talvez hoje à noite mesmo. De qualquer modo, vou morrer, Selvagem. Seja pelas mãos deles, seja pela sua, e realmente prefiro determinar o meu próprio fim. Decerto pode entender isso.

— Então, por que não se mata? — exclamou Monk. — Não seria muito mais fácil fazer isso do que contratar alguém?

— Pelo amor de Deus, Monk, não a encoraje.

— Não estou tentando encorajá-la — Monk apressou-se em dizer. — Só estou tentando compreender por que uma beldade dessas iria querer morrer.

— Oh, eu jamais poderia me matar — explicou ela. — Seria um pecado. Outra pessoa tem de fazê-lo. Entende?

Caine tinha chegado ao limite do que conseguia lidar por uma noite. Ficou de pé, derrubando a cadeira na pressa, e então plantou as palmas das grandes mãos sobre a mesa.

— Não, eu não entendo, mas prometo a você que farei isso antes que esta noite acabe. Vamos começar do início. Primeiro, você começará me dizendo o seu nome.

— Por quê?

— É uma regrinha minha — ele disse rispidamente. — Eu não mato alguém que não conheço. Agora, diga-me o seu nome.

— É uma regra estúpida.

— Responda.

— Jade.

— Maldição, eu quero o seu nome verdadeiro! — exigiu ele, quase com um berro.

— Esse é o meu verdadeiro nome, droga! — ela respondeu indignada. A expressão em seu rosto era de completa insatisfação.

— Está falando sério, não é?

— Claro que estou falando sério. Jade é o meu nome — acrescentou, dando de ombros.

— Jade é um nome incomum — comentou ele. — Combina, no entanto. Você está se mostrando uma mulher incomum.

— A sua opinião a meu respeito não é de forma alguma relevante, sir. Eu o contratei para executar um serviço e é só. É costume seu entrevistar suas vítimas antes de dar cabo delas?

Ele ignorou seu olhar fuzilante.

— Diga-me o restante do seu nome, ou posso vir a estrangulá-la.

— Não, você não deve me estrangular — ela esclareceu. — Não quero morrer assim e sou eu quem está efetuando a contratação, se você bem se recorda.

— Que método você tinha em mente? — ele quis saber. — Oh, diabos, esqueça. Eu não quero saber.

— Mas você tem que saber — insistiu ela. — Como poderá me matar se não souber como eu quero que isso seja feito?

— Mais tarde — ele interveio. — Você pode me instruir mais tarde a respeito do método que escolheu. Uma coisa de cada vez, Jade. Seus pais a estão aguardando em casa?

— Dificilmente.

— Por quê?

— Ambos estão mortos.

Ele fechou os olhos e contou até dez.

— Então é só você?

— Não.

— Não?

Foi a vez de ela suspirar.

— Tenho um irmão. Não vou lhe contar nada mais, Selvagem. É muito arriscado, sabe?

— Por que é arriscado, senhorita? — perguntou Monk.

— Quanto mais ele souber sobre mim, mais difícil será a tarefa. Acredito que seria muito perturbador matar alguém de quem se gosta. Não concorda, sir?

— Eu nunca tive que matar alguém de quem gostasse — admitiu Monk. — Na verdade, nunca matei ninguém. Mas sua teoria faz sentido para mim.

Caine controlou-se como pôde para não começar a berrar.

— Jade, asseguro-lhe que isso não será um problema. Neste exato momento, eu não gosto nem um pouco de você.

Ela deu um passo para trás.

— Ué, por que não? — espantou-se ela. — Eu não fui nem metade insultuosa como você comigo. Você é uma pessoa rabugenta por natureza, Selvagem?

— Não me chame de Selvagem.

— Por que não?

— É perigoso, senhorita, se alguém ouvir... — exclamou Monk ao ver como Caine se enfurecia. O músculo na lateral de sua mandíbula tinha começado a latejar. Caine tinha um temperamento violento e ela estava inadvertidamente provocando um leão com vara curta. Porque, se ele se irritasse, poderia muito bem satisfazer o seu desejo e matá-la de medo.

— Como devo chamá-lo, então? — ela perguntou ao taberneiro.

— Caine — Monk respondeu com um aceno afirmativo de cabeça. — Você pode chamá-lo de Caine.

Ela bufou de forma deselegante.

— E ele acha que eu é que tenho um nome incomum?

Caine estendeu a mão e segurou-lhe o queixo, obrigando-a a olhar novamente para ele.

— Qual é o nome do seu irmão?

— Nathan.

— Onde está Nathan neste momento?

— Ele está longe, tratando de negócios urgentes.

— Que tipo de negócios?
Ela afastou a mão do homem com um safanão antes de responder.
— Navegação.
— Quando ele retornará?
O olhar fulminante da moça poderia derreter um homem menos corajoso.
— Em duas semanas — ela retrucou. — Pronto, já respondi a todas as suas perguntas. Agora pode, por favor, parar de me importunar e prosseguir com o seu serviço?
— Onde você mora, Jade?
— Senhor, suas intermináveis perguntas estão me dando uma dor de cabeça latejante. Não estou acostumada a ter homens gritando comigo.
Caine olhou para Monk e o deixou ver sua exasperação.
— A mulher insensata quer que eu a mate, mas agora se queixa de uma dor de cabeça.
Ela subitamente estendeu a mão, agarrou o queixo dele e puxou-o em sua direção, para que a encarasse de volta. Era uma imitação proposital de sua ação anterior. Caine ficou tão surpreso com a sua ousadia, que permitiu que ela prosseguisse.
— Agora é a minha vez — ela anunciou. — Vou lhe fazer as minhas perguntas e você vai respondê-las. Sou eu quem lhe dará as moedas de prata, sir. Primeiro, e mais importante, eu quero saber se você realmente vai me matar. Sua hesitação me preocupa. Isso e esse interrogatório interminável.
— Você terá que satisfazer a minha curiosidade antes de eu decidir — disse ele.
— Não.
— Então, não vou matá-la.
— Seu patife! — ela gritou. — Você me prometeu antes de saber quem era a vítima. Você me deu a sua palavra!
— Eu menti.

Seu suspiro de indignação quase a derrubou.

— Você se saiu uma verdadeira decepção para mim. Um homem honrado não quebraria tão facilmente assim sua palavra. Você deveria se envergonhar.

— Jade — ele argumentou —, eu nunca disse que era um homem honrado.

— Não, senhorita, ele não disse — Monk interveio.

Seus olhos transformaram-se num fogaréu verde. Aparentemente, ela estava furiosa com ele. Suas mãos se juntaram às dele sobre a mesa. Ela inclinou-se para frente e sussurrou:

— Disseram-me que Selvagem nunca, jamais quebra a sua palavra.

— Você foi mal informada.

Eles estavam quase tocando seus narizes agora. Caine tentou concentrar-se na conversa em curso, mas seu delicioso aroma, tão limpo, tão fresco, tão absolutamente feminino, continuava atrapalhando.

Ela meneava a cabeça para ele. Caine estava literalmente sem palavras. Nunca antes uma mulher o havia enfrentado. Não, as damas da sociedade geralmente ficavam com o rabo entre as pernas quando ele demonstrava o menor descontentamento. Esta aqui era diferente, no entanto. Ela não estava apenas enfrentando-o. Seu olhar fuzilante estava à altura do dele. De repente, ele sentiu vontade de rir e não fazia a menor ideia do porquê.

Sua insanidade era obviamente cativante.

— Você deveria mesmo ser enforcado — disse ela. — Certamente me enganou. Você não parece ser do tipo que age de modo tão vil.

Ela tentou se afastar da mesa, mas as mãos de Caine cobriram as dela, prendendo-a no lugar. Ele inclinou-se novamente, até que sua boca estivesse a apenas um beijo de distância da dela.

— Sou um pirata, madame. Piratas têm a reputação de serem vis.

O marquês esperou por outra refutação atrevida. Em vez disso, ela desabou em lágrimas. Caine não estava preparado para aquela demonstração emocional.

Enquanto Caine pegava seu lenço, Monk levantou-se e correu para confortá-la. De maneira desajeitada, o taberneiro deu tapinhas em seus ombros.

— Pronto, pronto, senhorita, não chore.

— É tudo culpa dele — ela acusou com a voz embargada. — Tudo o que pedi foi um simples favorzinho. Apenas uma tarefa rápida, que não iria lhe custar muito tempo; mas, não, ele não podia ser incomodado. Eu inclusive propus aguardar até que ele terminasse o seu refresco — ela prosseguiu com um gemido. — Estava disposta a pagar uma boa quantia em moedas, também.

No momento em que ela concluía a sua chorosa queixa, Monk já olhava feio para Caine.

— Você perturbou a beldade — disse ao marquês. — Ora, você a magoou seriamente.

O taberneiro apanhou o lenço da mão de Caine e começou a enxugar desajeitadamente as lágrimas das bochechas dela.

— Tudo vai ficar bem, senhorita — ele murmurou.

— Não, não vai — ela desabafou. Sua voz estava abafada pelo pano de linho que Monk havia empurrado sob seu nariz. — Sabe que nunca pedi nada a ninguém em toda a minha vida? No entanto, na primeira vez que eu peço, tenho o meu pedido negado. Ninguém mais quer ganhar a vida de forma honesta. Não, preferem roubar a fazer por merecer. É uma vergonha, não é, Monk?

Caine estava incrédulo demais para falar. Ele não sabia se deveria tomá-la em seus braços e confortá-la ou sacudi-la pelos ombros para fazê-la voltar à razão. Uma coisa era certa, entretanto. Se Monk continuasse a franzir-lhe o cenho daquela forma, ele ia quebrar o seu nariz.

— Milady, tirar moedas de uma dama e matá-la não é de forma alguma um trabalho honesto — argumentou Monk. Ele deu tapinhas em seu ombro numa tentativa de amenizar sua leve censura.

— É claro que é um trabalho honesto — insistiu ela. — Já que a própria dama deseja que a morte seja efetuada.

Monk parou para esfregar a testa.

— Ela tem razão nesse ponto, não é mesmo? — observou a Caine.

— Pelo amor de... O que está fazendo agora? — Caine perguntou a Jade quando ela começou a recolher as suas moedas.

— Estou indo embora — ela anunciou. — Desculpe tê-lo incomodado, Selvagem ou Caine, ou qualquer que seja o seu nome verdadeiro — sussurrou ela.

Amarrou o cordão em um nó, então enfiou o saquinho no bolso.

Quando se virou e dirigiu-se à porta, Caine gritou:

— Aonde você pensa que vai?

— Isso não é da sua conta — retrucou ela. — Ainda assim, não sou tão insolente quanto você, e por isso lhe digo que vou encontrar alguém mais cooperativo. Deixe estar, sir. Não vou desistir. Antes que essa tenebrosa noite finde, encontrarei alguém disposto a me matar.

O nobre a deteve na porta. Suas mãos pousaram em seus ombros, e ele lentamente a forçou a se voltar para encará-lo.

No minuto em que a tocou, ela desatou a chorar de novo. Caine estava exasperado, e também intrigado. Entregou-se, contudo, a um impulso avassalador, puxando-a bruscamente para seus braços.

Seu abraço de urso parecia ser todo o estímulo de que ela precisava. Ela chorou contra o seu peito, sussurrando entre soluços altos um pedido de desculpas pelo seu comportamento não condizente com o de uma dama.

Caine ficou feliz em esperar até que ela recuperasse um pouco do controle. Não conseguiria argumentar com ela agora. Ela estava fazendo tanto barulho que não teria mesmo sido capaz de ouvir uma palavra que ele dissesse. E ela também continuava culpando-o por seu estado atual. Ela era, sem dúvida, a mulher mais intrigante que ele já havia encontrado.

Por Deus, ela era maravilhosamente macia. Encaixava-se nele muito bem também. Em geral, não gostava de mulheres choronas, mas descobriu que não queria largar aquela.

Agora, ela soluçava como um camponês bêbado, o efeito da rápida tempestade emocional.

Era hora de ter uma conversa racional com ela.

— Jade, as contingências não podem ser assim tão terríveis quanto você acredita — afirmou ele com a voz baixa e rouca. — Certamente amanhã de manhã você será grata por eu não ter cedido ao seu pedido.

— Eu estarei morta amanhã de manhã — ela lamentou.

— Não, não estará — ele respondeu, aconchegando-a contra si de modo afetuoso. — Não vou deixar que nada aconteça a você. Eu prometo. Você não pode querer morrer tão jovem.

— Meu irmão ficará abalado se eu morrer — assegurou ela.

— Imagino que sim — ele respondeu secamente.

— Ainda assim, não sou forte o bastante para lutar contra eles. São homens muito cruéis. Temo que irão me usar antes de me matar. Não quero morrer dessa maneira. Não há dignidade alguma nisso.

— Morte com dignidade? — ele questionou. — Você fala como um soldado preparando-se para o campo de batalha.

— Eu não quero ser lembrada como covarde.

— Seu irmão será capaz de cuidar do seu problema quando ele retornar?

— Oh, sim — ela respondeu e descansou a face contra o peito dele. — Nathan não deixaria coisa alguma acontecer comigo. Desde que o nosso pai morreu, ele se tornou o meu protetor. Meu irmão é um homem muito forte.

— Então, eu a manterei segura até que o seu irmão retorne. Dou-lhe a minha palavra.

Um longo e silencioso minuto passou antes que ela mostrasse qualquer reação a essa promessa. Caine pensou que Jade poderia estar tomada demais pela gratidão para falar. Então, ela afastou-se dele e olhou-o nos olhos. Ele percebeu que não era nada disso. Droga, ela parecia francamente irritada.

— Você já quebrou sua palavra comigo, sir. Prometeu que me mataria e depois mudou de ideia.

— Isso é diferente — ele argumentou.

— Está mesmo falando sério?

— Sim, estou falando sério — ele confirmou. — Você acabou de explicar que ficará a salvo assim que seu irmão retornar, em duas semanas. Será em duas semanas, não é?

Sua expressão era solene.

— Talvez até mais cedo. Mas você é um pirata. Não pode se arriscar tanto para me manter em segurança por duas longas semanas. Há uma recompensa pela sua cabeça. Não serei responsável por você ser morto.

— Você não tem muita fé em minha capacidade.

— Eu não tenho fé *nenhuma* em sua capacidade — ela declarou. — Por que eu teria? Você admitiu que os rumores a seu respeito não são de forma alguma confiáveis. Provavelmente nem deixa uma rosa branca no travesseiro de suas vítimas, não é?

Caine estava outra vez exasperado com ela.

— Não precisa soar tão terrivelmente desapontada comigo.

— Mas estou desapontada! — ela gritou. — Você não é mesmo honrado. Essa é que é a verdadeira lástima. Além disso, não parece forte o bastante para enfrentar os meus inimigos. Você seria um alvo fácil, Caine. Você é um... homem grande. Não, sinto muito. Temo que simplesmente não vá servir.

Ele queria estrangulá-la.

Ela lhe voltou as costas e tentou partir. Caine ficou tão impressionado com sua atitude que quase a deixou escapar. Quase. Ele a alcançou justamente quando ela passava pela porta.

Seu abraço não lhe permitiria liberdade alguma, já que Caine a envolvera pelos ombros com firmeza. Ele a puxou para perto de si com o mesmo cuidado que teria com um cobertor velho e, então, virou-se para falar com Monk.

— Não quero que conte a ninguém o que aconteceu aqui hoje à noite. Dê-me sua palavra, Monk.

— Por que ele deveria dar a palavra dele quando você quebra a sua tão descaradamente? Um cavalheiro só pede o mesmo que pode dar em retorno, sir. Sua mãe não lhe ensinou boas maneiras? — ela o repreendeu.

— Ah, Jade — disse ele. — Esse é o problema. — Ele olhou para ela e lentamente acariciou sua bochecha com a ponta dos dedos. — Eu não sou um cavalheiro. Sou um pirata, lembra-se? Existe uma nítida diferença.

Ela ficou completamente imóvel no momento em que a tocou. Caine achou que parecia bastante atordoada. Ele não sabia o que fazer diante dessa estranha reação. Quando a mão dele desceu, ela saiu de seu estupor e afastou-se dele, empurrando-o.

— Sim, existe uma diferença — ela murmurou. — Diga-me uma coisa, Caine. Se eu irritá-lo bastante, você vai acabar me matando?

— A ideia começa a me apetecer — respondeu ele.

— Solte-me. Você jamais deve me tocar.

— Não devo?

— Não. Eu não gosto de ser tocada.

— Então, como, em nome de Deus, eu deveria matá-la?

Ela obviamente não havia percebido que Caine estava de gozação.

— Você ia usar uma pistola — ela esclareceu. Fez uma pausa para lhe lançar um olhar desconfiado. — Você tem uma, não é?

— Tenho, sim — ele respondeu. — E em que região do corpo eu deveria...

— Um simples disparo, direto no meu coração — explicou ela. — Você teria que ser preciso, é claro. Não gostaria que fosse demorado.

— Não — concordou ele. — Demorado definitivamente estaria fora de questão.

— Como pode achar isso divertido? Estamos discutindo a minha morte! — ela se exaltou.

— Não estou achando isso divertido — ele assegurou. — O fato é que estou ficando zangadíssimo mais uma vez. Diga-me, eu tenho de lhe dar uma surra primeiro?

Ela respirou fundo antes de responder.

— Certamente não deve fazer isso.

— É uma pena — respondeu ele, ignorando por completo sua expressão ultrajada.

— Senhor, por acaso seus pais são primos em primeiro grau? Você está agindo como um perfeito idiota. Ou é um idiota ou o homem com o coração mais frio que já conheci. Acho a sua conduta vergonhosa.

Seus olhos faiscavam de indignação. Caine nunca tinha visto antes um tom tão dramático de verde. Era como se a pureza e o brilho de mil esmeraldas tivessem sido extraídos, e seu colorido passado para ela.

— Não estou totalmente convencido de que esteja, de fato, correndo perigo, Jade — anunciou. — Isso poderia muito bem ser apenas um produto de sua imaginação hiperativa.

— Eu o detesto imensamente — sussurrou ela. — E quanto às suas opiniões ignorantes, bem, eu...

— Jade, guarde as suas bravatas para mais tarde. Não estou no clima. Não quero ouvir nem mais uma palavra sobre matar você. E, se continuar a me olhar com essa expressão tão bela de ferocidade, eu juro que vou beijá-la apenas para tirar de sua cabeça essas preocupações tolas.

— Beijar-me? — Ela parecia atordoada. — Por que, em nome de Deus, você iria querer me beijar?

— Não faço a menor ideia — admitiu.

— Você beijaria alguém que detesta?

— Acredito que sim — ele respondeu com um sorriso de malícia.

— Você é arrogante, autoritário...

— Você está gaguejando, minha querida.

Ela não tinha uma resposta à mão. Caine continuou a encará-la até falar com Monk novamente.

— Bem, Monk, você me dá a sua palavra?

— Dou. Não contarei a ninguém a respeito desta noite, Caine, mas ambos sabemos que seu amigo, Lyon, por certo descobrirá antes que o sol se ponha de novo. Ele vai arrancar a verdade de mim. Já estou lhe avisando antes da hora.

Caine assentiu. O Marquês de Lyonwood era um bom amigo. Caine confiava inteiramente nele. Os dois haviam trabalhado juntos em várias missões para o governo.

— Sim, ele descobrirá — concordou Caine. — Mas sua nova esposa e filho o mantêm ocupado. Além disso, quando ele descobrir o que estou tramando, vai guardar isso para si mesmo. Se ele perguntar, pode falar com liberdade com ele. Mas com ninguém mais, nem mesmo Rhone — acrescentou Caine, referindo-se ao amigo mais próximo de Lyon. — Apesar de todos os seus méritos, Rhone é mesmo um falastrão.

Monk assentiu com a cabeça.

— Eu lhe imploro, Caine, que me deixe a par de como as coisas terminarão com a pequena dama.

— Monk? — perguntou Jade, chamando a atenção de ambos. — Você por acaso não teria uma pistola, teria?

Ela lhe pareceu terrivelmente ansiosa. Caine sabia o que ela estava pensando. Seu anjo era tão fácil de ler quanto um texto em latim.

— Ele não tem e não vai fazer isso — ele interveio.

— Não tenho e não vou fazer o quê? — perguntou Monk.

— Você não tem uma pistola e não vai matá-la — esclareceu Caine em um tom cortante de voz.

— Não, não, claro que não — concordou Monk. — Caine, não está se esquecendo de sua armadilha, não é? — perguntou ele, quando enfim conseguiu afastar o olhar da bela mulher.

— Não, não estou me esquecendo — respondeu Caine. Ele virou-se para Jade e perguntou: — Sua carruagem está retornando para apanhá-la?

A exasperação dela era evidente.

— Contratei uma carruagem de aluguel — explicou a ele. — Não achava que retornaria para as minhas acomodações esta noite. — Ela afastou-se de seus braços e apanhou a grande sacola de viagem cinzenta da passagem da porta. — Tudo o que possuo está aqui. Vim diretamente do campo — acrescentou ela, numa espécie de reflexão tardia.

— Você deixou suas posses na rua para que qualquer um passasse a mão?

— Era minha intenção que minhas coisas fossem furtadas — ela respondeu. Soava como um tutor instruindo um aluno propositalmente obtuso. — Eu esperava que minhas roupas pudessem beneficiar uma pobre alma. Não necessitaria mais delas depois que você...

— Chega! — ele quase rosnou. — Você não vai mais mencionar o assassinato. Compreendeu?

Ela não lhe respondeu rápido o bastante. Caine puxou seu cabelo. Ela soltou um grito estridente bem quando ele percebeu o grande inchaço acima de sua orelha.

— Meu Deus, Jade, quando conseguiu isso?

— Não toque — ela exigiu quando ele tentou percorrer o contorno do galo. — Ainda dói.

— Imagino que sim — disse ele. Deixou a mão pender. — Conte-me o que aconteceu.

— Prendi o salto da minha bota numa dobra do tapete na casa do meu irmão e desabei escada abaixo — ela explicou. — Bati a lateral da cabeça na voluta do corrimão. Foi uma pancada de dar dó.

Pancada de dar dó? Caine achou que aquela era uma observação bastante estranha, mas não teve tempo de refletir a respeito.

— Poderia ter se matado — afirmou. — Você é sempre assim tão estranha?

— Não, nunca sou estranha — ela garantiu. — Geralmente sou uma dama muito elegante. Por Deus, você é rude — ela concluiu com um murmúrio.

— O que aconteceu depois que você caiu? — perguntou Monk.

Ela deu de ombros.

— Fui dar um passeio para tentar clarear a cabeça. Então, eles começaram a me perseguir, é evidente.

— É evidente? — questionou Monk.

— Eles? — disse Caine ao mesmo tempo.

Ela fez uma pausa para mostrar aos dois homens o cenho franzido.

— Os homens que eu vi matarem o cavalheiro finamente vestido — ela explicou. — Pelo amor de Deus, prestem atenção. Tenho certeza de que já mencionei esse fato mais cedo.

Monk sacudiu a cabeça.

— Tenho certeza de que não, senhorita — alegou. — Tenho certeza de que teria me lembrado disso.

— Você testemunhou um assassinato? Não, Jade, você certamente não mencionou esse fato.

— Bem, eu quis mencioná-lo — ela murmurou. Cruzou os braços sobre o peito e mais uma vez parecia desapontada. — Eu teria lhe explicado tudo se você não tivesse me distraído ao discutir comigo. Veja bem, isso é culpa sua, porque eu perdi o fio da meada. Sim, você é o culpado.

— Você testemunhou o assassinato antes ou depois de golpear a própria cabeça? — perguntou Caine.

— Acha que foi um cavalheiro da nobreza que ela viu ser assassinado? — perguntou Monk a Caine.

— Eu não golpeei minha própria cabeça — corrigiu Jade. — E foi antes... não, foi depois. Pelo menos eu acho que foi depois que caí. Oh, não me lembro agora. Minha cabeça está latejando de novo. Pare de fazer perguntas, senhor.

Caine voltou-se para o taberneiro.

— Agora estou começando a entender — disse ele. Caine olhou de novo para Jade. — Estava usando seu manto no momento desse acidente?

— Sim — ela confirmou. Parecia perplexa. — Mas o que isso tem a ver...?

— Você rasgou a sua capa e machucou o rosto quando caiu, não foi?

O tom dele era um pouco condescendente demais para o seu gosto.

— Diga-me exatamente o que você acha que está começando a entender.

— É muito simples, na verdade — ele respondeu. — Sua cabeça sofreu um trauma, Jade. Você não está pensando logicamente neste momento, embora deva admitir que a maioria das mulheres nunca são lógicas. Ainda assim, com bastante descanso e cuidados, em poucos dias você vai perceber que sua mente estava apenas lhe pregando uma peça. Estará se preocupando com o vestido que vai usar em seu próximo baile, quando isso acontecer.

— Minha mente não está me pregando peças — ela vociferou.

— Você está confusa.

— Eu não estou confusa!

— Pare de gritar — ordenou Caine. — Se apenas pensasse no que eu...

Ele desistiu quando ela lhe balançou a cabeça.

— Você está muito aturdida para ter uma conversa racional agora. Vamos aguardar até que esteja se sentindo melhor.

— Ele está certo, senhorita — sussurrou Monk. — Se você tivesse visto um aristocrata ser assassinado, a notícia teria chegado a esta região da cidade imediatamente. Os homens responsáveis por tal ato teriam se vangloriado de sua astúcia. Ouça Caine agora. Ele sabe o que é melhor.

— Mas se acredita que estou apenas imaginando que corro perigo, então, você não precisa me proteger, não é?

— Oh, sim, eu tenho que protegê-la — ele respondeu. — Só que agora eu sei do que a estou protegendo.

Antes que ela pudesse fazer-lhe outra pergunta, ele prosseguiu:

— Goste disso ou não, você é uma ameaça até que se recupere. Não poderia deixá-la sozinha, não seria correto. — Seu sorriso era gentil quando acrescentou: — Acho que se poderia dizer que a estou protegendo de si mesma, Jade. Agora, dê-me a sua bolsa. Eu a carregarei para você.

Ela tentou levantar a bolsa antes que Caine pudesse fazê-lo e a coisa acabou virando um cabo de guerra. Caine venceu.

— Em nome de Deus, o que você traz aqui dentro? — ele perguntou. — Essa coisa pesa mais do que você.

— É tudo que possuo — respondeu ela. — Se for demais para você, ficarei feliz em carregá-la.

Caine sacudiu a cabeça. Segurou a mão dela.

— Venha comigo. Minha carruagem está esperando a duas quadras daqui. Você deveria estar em casa, na cama.

Ela parou bruscamente.

— Na cama de quem, Caine?

Seu suspiro foi alto o suficiente para despertar os bêbados espalhados pelas vielas.

— Na sua própria cama — ele redarguiu. — Sua honra está segura. Eu jamais levo virgens para a minha cama e tenho certeza de que não quero você.

Caine pensou que ela ficaria aliviada por sua promessa veemente de não incomodá-la. Era apenas uma meia verdade, é claro. Ele queria beijá-la, mas não sabia ao certo se era meramente para ter alguns minutos de silêncio.

— É uma regrinha sua? — ela perguntou. — Não deitar-se com uma virgem?

Ela parecia muito insultada. Caine não sabia o que pensar a respeito daquela reação.

— É — ele respondeu. — Também não me deito com mulheres estúpidas das quais particularmente não gosto, querida, então está bastante segura comigo.

Ele ousou sorrir para ela quando fez tais observações embaraçosas.

— Acredito que estou começando a odiá-lo — ela murmurou.
— Bem, pode estar certo de que você também está seguro comigo, Caine. Eu também jamais deixaria você me tocar.

— Ótimo.

— Sim, ótimo — ela respondeu, determinada a dar a última palavra. — Se não parar de me arrastar, eu vou gritar seu nome sem parar até que as autoridades venham levá-lo, Selvagem.

— Não sou Selvagem.

— O quê?

Ela quase caiu. Caine a segurou.

— Eu disse *não sou Selvagem*.

— Pelos céus, quem é você, então?

Eles chegaram à carruagem, mas ela recusou-se a deixá-lo ajudá-la a subir até que respondesse à sua pergunta. Ela continuava afastando as mãos dele com tapinhas.

Caine cedeu. Ele jogou sua sacola para o cocheiro e depois virou-se para ela.

— Meu nome é realmente Caine. Sou o Marquês de Cainewood. Agora faça o favor de entrar? Não é o momento nem o lugar para uma longa discussão. Quando tivermos partido, explicarei tudo a você.

— Promete?

— Prometo — ele respondeu com um rosnado baixinho.

Jade não estava com cara de que havia acreditado nele. Ela cruzou os braços.

— Que vergonha, Caine. Você tem fingido ser o nobre pirata esse tempo todo...

— Esse desgraçado é um monte de coisas, Jade, mas com certeza não é nobre.

— Como pode ter certeza do que afirma? — ela perguntou. — Aposto que nem ao menos conhece o homem... Sua vida é tão infeliz que você deve fingir que...

A expressão em seu rosto tornou-se tão pungente quanto o forte aperto em seu braço, interrompendo o seu discurso. Ela o observou despedaçar a flor em sua lapela e atirá-la no chão. Caine não foi nem um pouco gentil quando um pouco ergueu, outro tanto atirou Jade dentro do veículo.

Assim que a carruagem começou a se mover, o interior mergulhou na escuridão. Ela não conseguia enxergar o cenho franzido de Caine e estava bastante aliviada.

Ele também não conseguia ver o sorriso dela.

Deslocaram-se em silêncio por pouco tempo. Jade aproveitou o intervalo para recuperar a compostura. Caine aproveitou o intervalo para acalmar sua frustração.

— Por que estava fingindo ser Selvagem?

— Para caçá-lo — respondeu Caine.

— Mas por quê?

— Direi mais tarde — ele retrucou. — Contarei tudo a respeito disso mais tarde, está bem?

Tinha certeza de que seu tom de voz ríspido a desencorajaria a fazer mais perguntas. Estava enganado.

— Está com raiva porque eu o fiz desistir, não é?

Seu suspiro indicou sua impaciência.

— Você não me fez desistir. Posso ter falhado até agora, mas, quando cuidarmos do seu problema, voltarei para a minha caçada. Não se preocupe, Jade. Eu não vou falhar.

Ela não estava nem um pouco preocupada, mas não podia dizer isso a ele. Caine não havia falhado, de fato. Não, ele fora à taberna para fazer Selvagem se revelar.

E fora exatamente isso o que tinha feito.

Ela desempenhara bem a sua tarefa. Seu irmão ficaria satisfeito.

Capítulo Três

As lágrimas tinham sido um toque refinado. Jade ficara quase tão surpresa quanto Caine com a demonstração espontânea de emoção. Não estava em seus planos usar um estratagema tão fraco para tirá-lo da taberna. No entanto, uma vez que constatara como era perturbador para ele ver uma mulher em condição tão patética, chorou ainda mais, é claro. Caine lhe pareceu bastante desamparado. Jade nem fazia ideia de que tinha tal talento. O choro fingido exigia concentração, mas ela logo se adaptou ao problema e concluiu que dominara a técnica por completo, e num instante. Agora, era capaz de se debulhar em lágrimas mais rápido do que um cavalheiro conseguia tirar o chapéu, se de fato se concentrasse.

Não se sentia envergonhada de sua conduta. Situações desesperadoras sempre exigem medidas desesperadas. Pelo menos, era o que Black Harry gostava de dizer. Seu tio adotivo também haveria de dar uma boa risada. Em todos aqueles anos juntos, ele nunca a vira chorar, nem mesmo quando seu inimigo, McKindry, usara um chicote em suas costas. O chicote a tinha ferido como fogo, mas ela não soltara um único gemido. McKindry só tivera a chance de chicoteá-la uma única vez antes que Harry o atirasse pela amurada. Seu tio estava tão possesso, que foi capaz de pular no mar para acabar de arrebentar aquele sujeito. McKindry era um nadador muito mais habilidoso, no entanto, e foi visto pela última vez retornando para a França a largas braçadas.

Claro, Black Harry também ficaria possesso se soubesse o que ela estava fazendo agora. Se imaginasse o seu paradeiro, claro. No entanto, não fora possível explicar-lhe o plano. Não, simplesmente não dispunha de tempo para navegar até a ilha deles para informá-lo de sua decisão. E tempo era crucial.

A vida de Caine estava em jogo.

Jade sabia tudo sobre o Marquês de Cainewood. Ele era um tanto contraditório, também. Ao mesmo tempo que Caine era um homem terra a terra, entregue às paixões mundanas, também era honrado. Ela havia lido o arquivo sobre ele do começo ao fim e memorizara cada detalhe. Tinha o extraordinário talento de gravar tudo em sua mente desde a primeira vez que lia. Embora achasse que essa era uma habilidade bastante estranha, tinha que admitir que tal dom com certeza era uma mão na roda em determinadas ocasiões.

Obter o impressionante registro de Caine no Departamento de Guerra tinha sido complicado, mas não impossível. A informação se encontrava obviamente selada e trancada. Era motivo de orgulho para Jade que pudesse abrir qualquer fechadura. Conseguiu obter o arquivo de Caine em sua terceira tentativa.

Era uma pena que nenhuma das informações em seus registros mencionasse o perturbador fato de ele ser um cara tão bonito. O termo "implacável" tinha sido salpicado com generosidade em cada relato de suas atividades, mas nunca associaram ao seu nome as palavras "atraente" e "sedutor". O arquivo também não mencionava que era um homem grande e forte.

Jade lembrou-se de como se sentira mal ao ler o seu codinome. Ele era chamado de "Caçador" por seus superiores. Depois de ler o arquivo na íntegra, entendeu por que lhe tinham dado esse nome. Caine nunca desistia. Em determinado incidente, quando as probabilidades estavam esmagadoramente contra ele, Caine continuou a perseguir seu adversário com a paciência e a tenacidade de um antigo guerreiro. E, no final, triunfara.

Caine havia deixado seus deveres no dia em que fora informado da morte de seu irmão Colin. De acordo com o último registro feito por seu conselheiro sênior, um homem chamado Sir Michael Richards, o pedido de demissão tinha apoio total do pai de Caine. O Duque de Williamshire havia acabado de perder um filho para seu país e não estava disposto a perder outro. Também fora anotado por Richards que, até aquele dia, Caine não fazia ideia de que seu irmão mais novo também trabalhava para o governo.

Tanto Colin como Caine provinham de uma grande família. Caine era o filho mais velho. Ao todo, havia seis filhos: dois rapazes e quatro moças.

Os jovens eram muito protetores uns com os outros e com os pais. O único fato que se repetia em seu arquivo era que Caine era um protetor por natureza. Se ele considerava esse fato uma falha ou uma virtude, não era significativo para Jade. Ela simplesmente o usara para conseguir o que queria.

Estava preparada para gostar de Caine, é claro. Ele era o irmão de Colin, afinal de contas, e ela tinha gostado muito de Colin, desde o momento em que o pescara do oceano e ele lhe dissera para salvar o próprio irmão primeiro.

Sim, ela estava preparada para gostar de Caine, mas não estava preparada para ver-se tão fisicamente atraída por ele. Era a primeira vez que isso lhe acontecia, e era causa de preocupação também, porque sabia que isso a tornaria vulnerável e que poderia sucumbir a ele se lhe desse a oportunidade.

Jade se protegia fingindo ser tudo o que achava que ele não gostava. Quando não estava chorando como uma criança, tentava se lembrar de queixar-se. A maioria dos homens odiava mulheres mal disciplinadas, não é? Jade esperava que sim. Ela seria forçada pelas circunstâncias a ficar ao lado de Caine nas próximas duas semanas, e, então, tudo acabaria. Ela voltaria ao seu modo de vida e ele provavelmente retornaria às suas conquistas amorosas.

Era imperativo que ele pensasse que a estava protegendo. Era a única maneira de mantê-lo seguro. Suas opiniões sobre a inferioridade das mulheres, sem dúvida reforçadas por suas quatro irmãs mais novas, facilitavam muito o seu plano. Mas Caine também era um homem muito perspicaz. Seu treinamento passado tinha polido seus instintos predatórios. Por essa razão, Jade ordenou a seus homens que a esperassem na casa de campo de Caine. Eles iriam se esconder na floresta que rodeava a casa. Quando lá chegasse, eles assumiriam a tarefa de proteger Caine.

As cartas estavam no cerne desta traição, é claro, e agora ela desejava que jamais as houvesse encontrado. O que estava feito estava feito, lembrou-se. Por certo não lhe faria nenhum bem sentir arrependimentos. Seria um esforço desperdiçado, e Jade nunca, jamais, desperdiçava coisa alguma. Tudo estava bem claro para ela. Quando mostrou a seu irmão, Nathan, as cartas do pai deles, ela começara essa confusão toda, e agora teria que ajeitar tudo.

Jade forçou-se a deixar suas preocupações de lado. Inadvertidamente, acabara dando a Caine um pouco de tempo para pensar. O silêncio, ela concluiu, poderia muito bem ser seu inimigo agora. Tinha que manter Caine com a guarda aberta... e ocupado.

— Caine, o que você...

— Silêncio, doçura — ordenou Caine. — Você está escutando...

— Esse estranho chiado? Estava prestes a mencioná-lo — ela respondeu.

— É mais como um rangido persistente... Miller — Caine gritou pela janela —, pare a carruagem!

O veículo fez uma parada abrupta, justamente quando a roda traseira esquerda arrebentava. Jade teria sido atirada ao chão se Caine não a houvesse amparado em seus braços. Ele segurou-a com firmeza por um longo tempo e, então, sussurrou:

— Que hora para acontecer isso, não acha?

— Eu diria que provavelmente é um ardil — ela sussurrou.

Caine não comentou essa observação.

— Fique aqui dentro, Jade, enquanto vejo o que pode ser feito.

— Tenha cuidado — ela o advertiu. — Eles podem estar esperando por você.

Ela ouviu seu suspiro quando ele abriu a porta.

— Terei cuidado — prometeu.

Assim que fechou a porta atrás de si, Jade a abriu e saiu. O cocheiro foi postar-se ao lado do patrão.

— Não consigo entender, milorde, estou sempre checando as rodas para me certificar de que elas estão firmes.

— Não o culpo, Miller — respondeu Caine. — A carruagem não está atravancando a passagem de outras e podemos deixá-la aqui durante a noite. Solte o cavalo, Miller... Eu...

Caine parou quando notou Jade. Ela segurava um punhal de aparência feroz na mão. Ele quase riu.

— Guarde isso, Jade, você vai se machucar.

Ela enfiou a faca de volta no bolso do vestido.

— Somos presas fáceis, Caine, dando sopa aqui fora para qualquer um nos atacar.

— Então, volte para dentro — sugeriu ele.

Ela fingiu não tê-lo ouvido.

— Miller, a roda foi sabotada?

O motorista agachou-se ao lado do eixo.

— Eu diria que sim — ele sussurrou. — Milorde, foi sabotagem! Olhe aqui, cortes foram feitos na barra lateral.

— O que faremos agora? — Jade perguntou a Caine.

— Vamos montar o cavalo — anunciou.

— E o pobre Miller? Poderiam atacá-lo quando partirmos.

— Eu vou ficar bem, senhorita — o cocheiro interveio. — Tenho um grande frasco de conhaque para me manter aquecido. Vou sentar dentro da carruagem até Broley vir me buscar.

— Quem é Broley? — perguntou Jade.

— Um dos tigres — Miller respondeu.

Jade não sabia do que ele estava falando.

— Você tem um amigo que é um animal?

Caine sorriu, então.

— Broley trabalha para mim — esclareceu. — Eu vou explicar tudo para você mais tarde.

— Devemos contratar um carro de aluguel — ela afirmou, cruzando os braços sobre o peito. — Assim poderíamos viajar todos juntos e eu não teria que me preocupar com Miller.

— A esta hora da noite, é duvidoso que encontremos um.

— E que tal a adorável taberna de Monk? — ela perguntou. — Não poderíamos voltar lá e esperar até o sol nascer?

— Não — respondeu Caine. — A essa hora, Monk certamente já fechou a taberna e foi para casa.

— Estamos a uma boa distância do Ne'er Do Well agora, milady — Miller interveio.

Quando o cocheiro se moveu para desatrelar o cavalo, Jade segurou a mão de Caine e se aproximou dele.

— Caine? — ela sussurrou.

— Sim?

— Acho que sei o que aconteceu com sua bela roda de carruagem... Provavelmente foram os mesmos homens que...

— Não fale nisso — ele sussurrou em resposta. — Vai dar tudo certo.

— Como pode saber que vai ficar tudo bem?

Ela parecia tão assustada. Caine queria confortá-la.

— Meus instintos — ele se gabou. — Doçura, não deixe sua imaginação sair do controle.

— Demasiado tarde — ela respondeu. — Oh, Senhor, lá estou eu imaginando coisas de novo.

O tiro da pistola ressoou enquanto ela se jogava sobre Caine, derrubando-o.

O tiro passou zunindo ao lado da cabeça dele, errando-o por pouco. Ele pôde ouvir o assobio em seu ouvido.

Embora estivesse certo de que não fora intencional, Jade havia realmente salvado a sua vida.

Caine apertou a mão de Jade na sua, gritou um alerta para Miller enquanto a empurrava diante de si, e então começou a correr. Ele a obrigou a ficar diretamente na frente dele para poder protegê-la com suas costas largas.

Vários outros tiros de pistola ecoaram. Jade podia ouvir o trovejar das passadas de homens perseguindo-os. Parecia que um tropel de cavalos selvagens estava prestes a atropelá-los.

Jade logo perdeu toda a noção de onde estavam. Caine parecia conhecer bem o caminho por aquela área.

Ele a puxou por um labirinto de becos e ruas secundárias, até que ela sentiu uma horrível pontada na lateral do corpo, incapaz de recuperar o fôlego. Quando cambaleou ao seu lado, ele a levantou nos braços, sem diminuir a marcha.

Caine manteve aquele ritmo extenuante muito tempo depois que os sons de perseguição já haviam parado. Quando chegaram ao centro da velha ponte que atravessava o Tâmisa, ele enfim parou para descansar.

Caine apoiou-se contra o instável parapeito, apertando-a contra ele.

— Essa foi por pouco. Maldição, meus instintos falharam hoje à noite. Eu nem os vi chegar.

Não pareceu minimamente abalado ao fazer essa observação. Jade ficou espantada com seu vigor físico. Seu próprio coração ainda estava acelerado pelo esforço.

— Costuma correr por becos, Caine? — ela perguntou.

Ele estranhou a indagação.

— Não, por que pergunta?

— Você não está nem um pouco ofegante — ela respondeu. — E nunca desembocamos em um beco sem saída — acrescentou. — Conhece os meandros da cidade muito bem, não é?

— Acho que sim — ele respondeu com um encolher de ombros que quase a empurrou por cima do parapeito. Ela atirou os braços ao redor de seu pescoço e se segurou. Então, percebeu que ele a conservava presa entre os braços.

— Pode me soltar agora — ela declarou. — Tenho certeza de que os despistamos.

— Eu não — disse Caine, com voz arrastada.

— Já expliquei que não gosto de ser tocada, senhor. — Ela fez uma pausa para lhe lançar um olhar duro e, então, perguntou: — Não vai me culpar por seus instintos terem falhado, vai?

— Não, não vou culpá-la. Jade, você faz cada pergunta...

— Não estou com vontade de discutir com você. Apenas peça desculpas que eu o perdoarei.

— Pedir desculpas? — Ele parecia incrédulo. — Pelo quê?

— Por pensar que eu imagino coisas — ela explicou. — Por me dizer que eu estava confusa e, acima de tudo, por ser terrivelmente rude quando disse essas coisas insultuosas para mim.

Ele não se desculpou, mas sorriu para ela. Jade notou a maravilhosa covinha que ele tinha na lateral da bochecha esquerda. Seu coração começou a bater acelerado outra vez.

— Estamos parados em uma ponte no meio da região mais perigosa de Londres, com um bando de assassinos nos perseguindo, e tudo o que você pode pensar é em receber um pedido de desculpas? Você, doçura, realmente é biruta.

— Sempre me lembro de pedir desculpas quando faço algo errado — ela comentou.

Ele parecia francamente exasperado com ela agora. Jade não pôde evitar e sorriu para ele. Céus, que patife bonito ele era. O luar suavizava seus traços rudes, e ela mal se importava com seu cenho franzido agora.

Na verdade, queria que ele lhe sorrisse de novo.

— Jade, você sabe nadar?

Ela olhava atentamente para sua boca, pensando consigo mesma que ele tinha os dentes mais brancos e belos que ela já tinha visto.

Ele a sacudiu.

— Sabe nadar? — ele perguntou. Havia um pouco mais de urgência em seu tom agora.

— Sim — ela respondeu com um bocejo indigno de uma dama. — Sei nadar, por que pergunta?

Em resposta a isso, ele a jogou sobre o ombro direito e começou a subir no parapeito.

Seu cabelo comprido roçava a parte de trás das botas dele. Seu fôlego fora expelido quando ele a jogara por cima do ombro, mas ela logo se recuperou.

— Que diabos está fazendo? — ela gritou. Agarrou-se à parte de trás do casaco dele. — Ponha-me no chão.

— Eles bloquearam as saídas, Jade. Respire fundo, doçura. Estarei bem atrás de você.

Ela só teve tempo suficiente para gritar sua negativa para ele. Então, soltou um berro de indignação. O som ecoou no breu quando ele a atirou por sobre o parapeito.

De repente, ela se viu girando no vento impiedoso. Continuou gritando até que seu traseiro bateu na água. Lembrou-se de fechar a boca quando a água gelada se fechou sobre sua cabeça. Ela subiu à tona cuspindo, mas logo fechou a boca de novo quando sentiu o fedor que a rodeava.

Jade jurou que não se deixaria afogar naquela nojeira. Não, ela iria permanecer viva até encontrar seu novo guardião e afogá-lo antes.

Então, sentiu algo roçar sua perna. Ficou absolutamente apavorada. Em sua mente confusa, estava certa de que tubarões haviam vindo buscá-la.

Caine de repente apareceu ao seu lado. Envolveu sua cintura com o braço e, então, permitiu que a rápida correnteza os arrastasse sob a ponte e para longe do inimigo que os perseguia.

Jade tentava subir em seus ombros.

— Fique quieta — ordenou ele.

Ela passou os braços ao redor do pescoço dele.

— Os tubarões, Caine — ela sussurrou. — Vão nos pegar.

O terror em sua voz e a força com que o apertava lhe diziam que estava perto de perder completamente o controle.

— Não há tubarões — disse ele. — Nada poderia viver nesta água por tempo suficiente.

— Tem certeza?

— Tenho certeza — ele garantiu. — Só aguente firme um pouco mais, querida, nós vamos sair desse lixo logo, logo.

Sua voz reconfortante a acalmou um pouco. Ela ainda tentava estrangulá-lo, mas a pressão havia diminuído. Agora, era apenas um aperto frouxo.

Flutuaram ao menos por um quilômetro e meio ao longo do rio sinuoso antes que ele a puxasse para fora da água, sobre a margem gramada. Jade estava com muito frio e sentindo-se infeliz demais para reclamar com ele sobre sua conduta.

Não conseguia nem chorar decentemente. Seus dentes batiam demais.

— Estou fedendo a peixe morto — ela gaguejou em meio a um lamento.

— Sim, está — concordou Caine. Ele parecia estar achando aquilo engraçado.

— Assim como você, seu... fingido.

— Fingido? — ele repetiu, enquanto arrancava a jaqueta e a atirava no chão atrás dele. — O que quer dizer com isso?

Jade estava tentando torcer a água da bainha do vestido. Seu cabelo cobria a maior parte do rosto. Ela fez uma pausa para afastá-lo dos olhos.

— Não precisa bancar o inocente comigo — ela murmurou.

Desistiu de sua tarefa inglória e aceitou o lamentável fato de que seu vestido agora pesava mais do que ela e, então, envolveu a cintura com os braços e tentou reter um pouco de calor junto ao corpo. Sua voz soou trêmula de frio quando ela acrescentou:

— Fingindo ser o pirata Selvagem. Ele nunca atiraria uma dama no Tâmisa.

— Jade, eu fiz o que achava ser melhor naquelas circunstâncias — ele se defendeu.

— Perdi a capa. — Essa constatação saiu com um sonoro sobressalto.

— Eu compro outra para você.

— Mas minhas moedas de prata estavam na capa — ela disse.

— E então?

— Então, o quê?

— Vá buscá-la.

— O quê?

— Vá buscá-la — ela repetiu a ordem. — Esperarei aqui.

— Você não pode estar falando sério.

— Estou falando sério — ela respondeu. — Só nos deslocamos pouco mais de um quilômetro e meio, Caine. Não vai levar muito tempo.

— Não.

— Por favor?

— Nunca iria encontrá-la — ele argumentou. — Provavelmente, está no fundo do rio agora.

Ela esfregou os cantos dos olhos com as costas das mãos.

— Agora eu sou uma miserável e é tudo culpa sua.

— Não comece — ele ordenou. Sabia que Jade estava a ponto de chorar de novo. — Agora não é o momento para histeria ou queixas, mesmo que pareçam ser as duas únicas coisas em que você é boa — ele continuou. Surpreendeu-a abrindo a boca, horrorizada, e sorriu. Seu temperamento estava voltando ao normal. — Você ainda tem os seus sapatos ou terei que carregá-la?

— Como vou saber? — ela perguntou. — Perdi toda a sensibilidade nos pés.

— É só olhar os pés, droga!

— Digo o mesmo, droga! — murmurou ela, enquanto fazia o que ele lhe dissera para fazer. — Ainda estou com eles. E então? — ela acrescentou. — Você vai se desculpar ou não?

— Não — ele respondeu num tom cortante. — Não vou me desculpar. E baixe a voz, Jade. Quer que todos os assassinos de Londres venham atrás de nós?

— Não — ela sussurrou e foi para perto dele. — Caine, o que teria feito se eu não soubesse nadar?

— A mesma coisa — ele respondeu. — Mas teríamos pulado juntos.

— Eu não pulei — ela argumentou. — Oh, não importa, estou com frio. Caine, o que vamos fazer agora?

Ele segurou a mão de Jade e começou a andar ao longo da margem.

— Vamos caminhar até a casa do meu amigo. Fica mais perto do que a minha.

— Caine, está esquecendo a sua jaqueta — lembrou ela.

Antes que pudesse dizer a ela que deixasse aquilo para lá, ela correu até a jaqueta, ergueu-a, espremeu o máximo de água que conseguiu com seus dedos entorpecidos e, em seguida, voltou apressada para perto do homem. Sacudiu a cabeça, tirando o cabelo dos olhos outra vez, enquanto ele colocava o braço em volta dos ombros dela.

— Estou horrível, não é?

— O cheiro é ainda pior — disse ele alegremente. Deu-lhe um aperto afetuoso e, então, comentou: — Eu diria, entretanto, que está mais para carne podre do que peixe morto.

Ela fez menção de vomitar. Caine tapou sua boca com a mão.

— Se vomitar o seu jantar, vou ficar muito zangado com você. Já tenho bastante problema por ora. Não se atreva a ficar doente.

Ela mordeu a mão de Caine, obtendo dele tanto a sua liberdade quanto uma imprecação.

— Eu não jantei — ela declarou. — Queria morrer com o estômago vazio.

— Você ainda pode — ele murmurou. — Agora, pare de falar e me deixe pensar. Por que diabos queria morrer de estômago vazio? — ele não pôde deixar de perguntar.

— Algumas pessoas ficam nauseadas quando sentem medo. Pensei que poderia acontecer comigo, sabe? Bem na sua frente... Oh, não importa, só não queria me apresentar diante do meu Criador com um vestido sujo, só isso.

— Sabia que não deveria ter perguntado — ele respondeu. — Olha, quando chegarmos à casa de Lyon, você poderá tomar um banho quente e então se sentirá melhor.

— Lyon é o amigo intrometido que Monk mencionou?

— Lyon não é intrometido.

— Monk disse que ele descobriria o que aconteceu com você nesta noite tenebrosa — respondeu Jade. — Essas foram suas exatas palavras. E com certeza me parecem intromissão.

— Você vai gostar de Lyon.

— Se ele é seu amigo, tenho minhas dúvidas — ela retrucou. — Ainda assim, vou tentar gostar dele.

Ficaram em silêncio por vários quarteirões. Caine estava em guarda agora, mas Jade não estava tão preocupada quanto fingia estar.

— Caine? Depois que tomarmos esse banho, o que vamos fazer?

— Você vai se sentar e me contar tudo o que aconteceu com você.

— Eu já lhe disse o que aconteceu comigo, mas você não acreditou em mim, não é?

— Não — admitiu. — Não acreditei.

— Além disso, você já está predisposto contra mim, Caine. Não vai acreditar em nada mais que eu lhe disser. Por que eu deveria me esforçar?

— Não estou predisposto contra você — ele respondeu. A irritação era perceptível em seu tom de voz.

Ela soltou uma bufada deselegante. Caine jurou que não permitiria que ela o atraísse para outra discussão.

Conduziu-a por outro labirinto de vielas. Ela estava tão exausta quando eles chegaram aos degraus da imponente casa de tijolos vermelhos, que queria chorar de verdade.

Um gigante com uma cicatriz um tanto sinistra atravessando sua testa veio abrir a porta em que Caine batia com insistência. O homem obviamente estava dormindo. E não estava nem um pouco feliz em ser despertado.

Jade deu uma olhada na expressão carrancuda e sombria do estranho e se aproximou de Caine.

O homem que ela presumiu ser Lyon vestia apenas calças pretas. A assustadora carranca logo se transformou em um olhar de verdadeiro espanto assim que ele percebeu quem era o seu visitante.

— Caine? Em nome de Deus, o que...? Entre... — Aproximou-se com a intenção de apertar a mão de Caine, mas mudou abruptamente de ideia. Era óbvio que sentira o cheiro que exalava dos dois.

Jade estava horrivelmente envergonhada. Virou-se para fulminar Caine com os olhos, uma mensagem silenciosa de que ela ainda acreditava que a péssima condição em que se encontrava era culpa dele, e, em seguida, entrou no vestíbulo de lajotas pretas e brancas. Então, ela avistou uma bela mulher descendo a escada em espiral. Seus longos cabelos louros platinados esvoaçavam atrás dela. Era tão adorável que Jade sentiu-se ainda pior.

Caine fez as apresentações precipitadas, enquanto Jade olhava para o chão.

— Este é Lyon, Jade, e sua esposa, Christina.

— O que aconteceu com vocês dois? — Lyon perguntou.

Jade girou nos calcanhares, respingando gotas de água fétida em um amplo círculo. Tirando os cabelos dos olhos, declarou:

— Ele me jogou no Tâmisa.

— Ele o quê? — Lyon perguntou, com a sugestão de um sorriso em sua expressão agora, pois ele acabara de notar o que se parecia muito com um osso de galinha pendurado nos cabelos dela.

— Caine me jogou no Tâmisa — ela repetiu.

— Ele fez isso? — perguntou Christina. A mulher de Lyon pareceu espantada.

Jade virou-se para ela.

— Fez, sim — ela afirmou mais uma vez. — E também não se desculpou depois.

Após fazer aquela observação, ela começou a chorar.

— Isso é tudo culpa dele — soluçou. — Primeiro, ele perdeu a roda da carruagem e depois perdeu os instintos. Meu plano era muito melhor. Ele é muito teimoso para admitir isso.

— Não comece com essa conversa de novo — advertiu Caine.

— Por que você jogou essa pobre garota no Tâmisa? — perguntou Christina novamente. Ela correu até Jade, com os braços estendidos. — Você deve estar gelada até os ossos — disse, solidária. Christina deteve-se de repente quando se aproximou de Jade e, em seguida, retrocedeu um pouco.

— Foi necessário — respondeu Caine. Ele tentava ignorar o olhar fulminante de Jade.

— Creio que o odeio — disse Jade a Christina. — Não me importo se ele é seu amigo ou não — ela acrescentou com outro soluço. — Esse homem é um canalha.

— Sim, ele pode ser um canalha — Christina concordou —, mas tem outras qualidades admiráveis.

— Ainda não as vi — sussurrou Jade.

Christina franziu o nariz, respirou fundo e então passou o braço pela cintura de Jade.

— Venha comigo, Jade, você estará limpa num instante. Acho que a cozinha nos servirá melhor esta noite. Lyon? É melhor acordar os criados. Precisamos de ajuda para aquecer a água. Mas você tem um nome tão incomum! — ela disse para Jade, então. — É muito bonito.

— Ele ridicularizou o meu nome — Jade sussurrou, embora alto o suficiente para Caine ouvir.

Caine fechou os olhos, agastado.

— Não ridicularizei o seu nome! — ele gritou. — Juro por Deus, Lyon, que aquela mulher nada fez senão reclamar e chorar desde o momento em que a conheci.

Jade soltou um gritinho alto de indignação e depois permitiu que Christina a conduzisse para os fundos da residência. Tanto Caine como Lyon ficaram observando a dupla se retirar.

— Você vê como ele é insultuoso, Lady Christina? — perguntou Jade. — Tudo o que pedi a esse homem foi um pequeno favor.

— E ele se recusou? — perguntou Christina. — Isso certamente não se parece com Caine. Ele costuma ser muito obsequioso.

— Até me ofereci para lhe pagar com moedas de prata — declarou Jade. — Eu sou uma miserável, agora. Caine também jogou minha capa no Tâmisa, as moedas estavam no bolso.

Christina balançou a cabeça. Fez uma pausa na quina da parede para olhar para trás, a fim de que Caine visse seu descontentamento.

— Isso foi terrivelmente desagradável da parte dele, não foi?

Seguiram adiante, enquanto Jade confirmava com a cabeça em um aceno fervoroso.

— Qual foi o favor que ela lhe pediu? — Lyon perguntou.

— Uma coisinha à toa, nada de mais — disse Caine. Ele se inclinou para tirar as botas encharcadas de água. — Ela só queria que eu a matasse, só isso.

Lyon soltou um grito de riso, mas parou quando percebeu que Caine não estava brincando.

— Ela queria que fosse feito antes do amanhecer — disse Caine.

— Não acredito...

— Estava disposta a me deixar terminar meu brandy primeiro.

— Foi muita consideração da parte dela.

Os dois homens trocaram um sorriso.

— Agora a sua esposa acha que eu sou um ogro, porque decepcionei a mulher.

Lyon riu de novo.

— Christina não sabe qual era o favor, amigo.

Caine soltou as botas no centro do salão, depois acrescentou as meias à pilha.

— Ainda poderia mudar de ideia e satisfazer a vontade daquela mulherzinha, creio eu — ele observou secamente. — Maldição, minhas botas favoritas estão arruinadas.

Lyon apoiou-se contra o arco do corredor, os braços cruzados sobre o peito, enquanto observava Caine tirar a camisa.

— Não, você não poderia matá-la — ele respondeu. Seu tom era suave quando acrescentou: — Ela não estava falando sério, estava? Parece muito tímida, não consigo imaginar...

— Ela testemunhou um assassinato — interveio Caine. — Agora, tem vários homens desagradáveis perseguindo-a, obviamente com a intenção de silenciá-la. É tudo o que sei, Lyon, mas vou descobrir todos os detalhes o quanto antes. Quanto mais cedo eu resolver o problema, mais cedo me livro dela.

Uma vez que Caine tinha uma expressão tão feroz, Lyon tentou esconder seu sorriso.

— Ela realmente desestabilizou você, não foi? — ele perguntou.

— Desestabilizou uma ova — murmurou Caine. — Por que você acha que uma simples mulher poderia me desestabilizar?

— Você acaba de tirar suas calças no meio do meu hall, Caine — ele respondeu. — É por isso que acho que você está desestabilizado.

— Preciso de um conhaque — respondeu Caine. Ele agarrou as calças e começou a colocá-las novamente.

Christina passou por ele, sorriu para o marido e continuou subindo as escadas. Ela não fez caso de sua condição de seminudez, nem ele.

Lyon divertia-se a valer com o constrangimento de Caine. Ele nunca tinha visto o amigo em tal estado.

— Por que não entra na biblioteca? O conhaque está no bar. Sirva-se, enquanto providencio o seu banho. Céus, você realmente está cheirando mal.

Caine fez o que Lyon sugeriu. O conhaque o aqueceu um pouco e o fogo que ele acendeu na lareira levou embora o restante de seus arrepios.

Christina deixou Jade sozinha quando a banheira estava cheia de água quente e fumegante. Já a ajudara a lavar os cabelos no balde de água morna e perfumada.

Jade rapidamente se livrou da roupa encharcada. Seus dedos estavam dormentes de frio, mas ela ainda se demorou o tempo necessário para remover a adaga do bolso escondido no forro. Colocou a arma na cadeira ao lado da banheira como medida de precaução, no caso de alguém tentar se esgueirar atrás dela e, depois, afundou o corpo na água quente e soltou um longo suspiro de prazer.

Esfregou cada centímetro do corpo duas vezes antes de se sentir limpa de novo. Christina voltou para a cozinha quando Jade se levantava. Uma vez que estava de costas para ela, Christina imediatamente percebeu a cicatriz longa e irregular ao longo da base de sua espinha. Ela soltou uma exclamação de surpresa.

Jade puxou o cobertor do espaldar da cadeira, enrolou-o em torno de si, e depois saiu da banheira para encarar Christina.

— Algo errado? — perguntou ela, desafiando-a a mencionar a cicatriz que sabia que tinha visto.

Christina balançou a cabeça. Viu a faca na cadeira, então, e aproximou-se para olhar mais de perto. Jade sentiu-se corar de vergonha. Tentou pensar em uma explicação lógica para dar à sua anfitriã sobre o porquê de uma gentil dama carregar uma arma daquelas, mas estava simplesmente cansada demais para inventar uma mentira crível.

— A minha é muito mais afiada.

— Como disse? — perguntou Jade, certa de que não tinha ouvido direito.

— Minha lâmina é muito mais afiada — explicou Christina. — Eu uso uma pedra especial. Posso arrumar a sua para você?

Jade assentiu.

— Você dorme com isto ao seu lado ou debaixo do travesseiro? — perguntou Christina, com muita naturalidade.

— Debaixo do travesseiro.

— Eu também — disse Christina. — É muito mais fácil de pegá-la, não é?

— Sim, mas por que você...

— Vou levar a sua faca lá para cima e colocá-la debaixo do travesseiro — prometeu Christina. — E, pela manhã, vou afiá-la para você.

— É muito gentil da sua parte — Jade sussurrou. — Eu não sabia que outras mulheres tinham facas.

— A maioria não tem — Christina respondeu com um delicado dar de ombros. Entregou a Jade uma camisola branca imaculada e o roupão correspondente, ajudando-a a se vestir. — Eu já não durmo com um punhal debaixo do meu travesseiro. Lyon me protege. Com o tempo, acho que você vai desistir de sua adaga, também. Sim, acredito que sim.

— Acredita? — perguntou Jade. Estava tentando desesperadamente entender os comentários da mulher. — Por quê?

— Destino — sussurrou Christina. — Claro, você terá que aprender primeiro a confiar em Caine.

— Impossível — Jade soltou. — Não confio em ninguém.

Pela expressão e pelos olhos arregalados de Christina, Jade supôs que tivesse sido muito veemente em sua resposta.

— Lady Christina, não tenho certeza de que sei do que está falando. Mal conheço Caine, por que teria que aprender a confiar nele?

— Por favor, você não precisa me chamar de Lady Christina — ela respondeu. — Agora, venha e sente-se junto ao fogo, enquanto eu escovo o seu cabelo para desembaraçá-lo.

Ela arrastou a cadeira para o outro lado da sala e, depois, conduziu Jade suavemente para o assento.

— Não tenho muitos amigos na Inglaterra.

— Não tem?

— É culpa minha — explicou Christina. — Não tenho paciência suficiente: as senhoras são muito pretensiosas aqui. Mas você é diferente.

— Como pode saber isso? — perguntou Jade.

— Porque você carrega uma faca — explicou Christina. — Você será minha amiga?

Jade hesitou por um longo minuto antes de responder:

— Enquanto você quiser que eu seja sua amiga, Christina — sussurrou ela.

Christina olhou para a encantadora mulher.

— Você acredita que, uma vez que eu souber tudo sobre você, mudarei minha disposição, não é?

Sua nova amiga deu de ombros. Christina notou que as mãos dela estavam firmemente apertadas no colo.

— Não tive tempo para amigas — Jade deixou escapar.

— Eu notei a cicatriz em suas costas — Christina sussurrou. — Não vou contar a Caine sobre isso, é claro, mas ele vai notar quando a levar para cama. Você carrega uma marca de honra, Jade.

Jade teria saltado da cadeira se Christina não tivesse agarrado seus ombros e a segurado.

— Eu não pretendi insultá-la — apressou-se em dizer. — Você não deveria ter vergonha de...

— Caine não vai me levar para a cama — Jade respondeu. — Christina, eu nem gosto desse homem.

Christina sorriu.

— Somos amigas agora, não é?

— Sim.

— Então, você não pode mentir para mim. Você gosta de Caine. Pude ver isso em seus olhos quando o fitou. Oh, você estava franzindo as sobrancelhas, mas era tudo encenação, não era? Pelo menos, admita que o acha bonito. Todas as senhoras o acham muito atraente.

— Ele é — respondeu Jade com um suspiro. — Ele é um mulherengo, não é?

— Lyon e eu nunca o vimos com a mesma mulher duas vezes — admitiu Christina. — Então, suponho que você poderia chamá-lo de mulherengo. Não são todos até estarem prontos para se assentarem?

— Não sei — Jade respondeu. — Também não tive muitos namorados, não havia tempo.

Christina pegou a escova e começou a ajeitar as brilhantes madeixas de Jade.

— Eu nunca vi um cabelo tão bonito antes, parecem resplandecentes fios de fogo.

— Oh, você é que tem lindos cabelos, não eu — protestou Jade. — Os homens preferem as mulheres de cabelos dourados, Christina.

— Destino — respondeu Christina, mudando completamente de assunto. — Tenho a sensação de que você acabou de conhecer o seu, Jade.

Jade não teve coragem de discutir com ela. Christina parecia tão sincera.

— Se você está dizendo... — ela concordou.

Christina notou o inchaço na lateral de sua cabeça, então. Jade explicou o que tinha acontecido com ela.

Sentia-se culpada por estar enganando a mulher, pois estava contando a mesma mentira que dissera a Caine antes, mas era por um bom motivo, lembrou a si mesma. A verdade só perturbaria sua nova amiga.

— Você teve que ser uma guerreira, não é, Jade? — perguntou Christina, a voz cheia de compaixão.

— O quê?

— Uma guerreira — repetiu Christina. Ela tentava trançar o cabelo de Jade, mas concluiu que ainda estava muito úmido.

Baixou a escova e esperou que a amiga respondesse.

— Você tem estado sozinha neste mundo há muito tempo, não é? — perguntou Christina. — É por isso que não confia em ninguém.

Jade deu de ombros.

— Talvez — sussurrou ela.

— Devemos ir ao encontro de nossos homens agora.

— Lyon é seu homem, mas Caine não é meu — protestou Jade. — Prefiro apenas ir para a cama, se não se importar.

Christina fez que não com a cabeça.

— A essa hora, Caine já deve ter tomado banho e deve estar se sentindo revigorado outra vez. Sei que os dois homens vão querer lhe fazer algumas perguntas antes de deixá-la descansar. Os homens podem ser muito teimosos, Jade. É melhor deixá-los conseguir o que querem de vez em quando. Ficam muito mais fáceis de lidar dessa forma. Confie em mim. Sei o que estou falando.

Jade apertou a faixa do roupão e seguiu Christina. Tentou desanuviar a mente para a luta inevitável que tinha pela frente. Assim que entrou na biblioteca, viu Caine. Ele estava encostado na borda da mesa de Lyon, o cenho franzido. Ela franziu o cenho em resposta.

Realmente, desejava que ele não fosse tão bonito. Tinha-se banhado e agora estava vestido com roupas que Lyon lhe emprestara. Cabiam direitinho, as calças caramelo indecentemente justas. Uma camisa de algodão branco cobria os ombros largos.

Jade sentou-se no centro do sofá dourado. Christina lhe entregou um cálice cheio de conhaque.

— Beba isso — ordenou ela. — Vai aquecer você por dentro.

Jade tomou alguns goles delicados até que se acostumou com a sensação de queimação e, então, esvaziou o copo.

Christina assentiu com satisfação. Jade sentia-se imensamente melhor, sonolenta também. Ela se recostou contra as almofadas e fechou os olhos.

— Não se atreva a adormecer — ordenou Caine. — Tenho algumas perguntas para lhe fazer.

Ela não se incomodou em abrir os olhos quando respondeu:

— Não vou adormecer, mas, quando fico de olhos fechados, não tenho que ver a sua expressão carrancuda, Caine. É muito mais tranquilo assim. Por que estava fingindo ser Selvagem?

Ela tinha deslizado para essa questão tão suavemente que ninguém reagiu por um minuto inteiro.

— Ele estava o quê? — Lyon perguntou por fim.

— Ele estava fingindo ser Selvagem — repetiu Jade. — Não sei quantas outras pessoas famosas ele fingiu ser no passado — ela acrescentou com um aceno de cabeça. — Ainda assim, parece-me que seu amigo tem uma espécie de perturbação.

Caine parecia estar prestes a estrangulá-la. Christina conteve um sorriso.

— Lyon? Não creio já ter visto nosso amigo assim tão aborrecido.

— Nem eu — respondeu Lyon.

Caine olhou feio para o amigo, a fim de que desistisse de seus comentários, e obteve sucesso.

— Esta não é uma circunstância usual — ele murmurou.

— Entretanto, não creio que já tenha tentado se passar por Napoleão — interveio Jade. — Ele é alto demais. Além disso, todo mundo sabe como é Napoleão.

— Chega — gritou Caine. Ele respirou fundo e prosseguiu em um tom mais suave: — Vou explicar por que estava fingindo ser Selvagem depois que me disser tudo o que levou a esta noite tenebrosa.

— Você faz parecer que tudo é culpa minha! — ela gritou.

Ele fechou os olhos.

— Eu não culpo você.

— Oh, sim, você culpa — ela argumentou. — Você é um homem muito exasperante. Passei por uma terrível experiência e você me mostrou tanta compaixão quanto um chacal.

Caine teve que contar até dez antes de ter certeza de que não gritaria com ela.

— Por que você simplesmente não começa pelo início? — Lyon sugeriu.

Jade ignorou o pedido de Lyon. Toda a sua atenção estava centrada em Caine. Ele ainda estava controlado demais para o seu gosto.

— Se não começar a me tratar com um pouco de simpatia e compreensão, vou começar a gritar.

— Você já está gritando — disse ele com um sorriso forçado.

Essa declaração a fez parar. Respirou fundo e, então, decidiu tomar um rumo diferente.

— Aqueles homens terríveis arruinaram tudo — declarou. — Meu irmão tinha acabado de reformar a sua linda casa e eles a destruíram. Não consigo sequer lhe dizer como Nathan ficará decepcionado quando descobrir. Oh, pare de me olhar assim, Caine. Não me importa se você acredita em mim ou não.

— Agora, Jade...

— Não fale comigo.

— Você parece ter perdido o controle da conversa — apontou Lyon para Caine.

— Nunca estive no controle — respondeu Caine. — Jade, vamos ter que falar um com o outro — ele anunciou. — Sim — acrescentou quando pensou que ela estava prestes a interrompê-lo. — Você passou por uma experiência difícil, eu admito.

Ele pensou que seu tom tinha sido cheio de compreensão. Queria acalmá-la, mas soube que falhara ao perceber que ela continuava a franzir o cenho.

— Você é exasperante. Por que tem que bancar o superior o tempo todo?

Caine virou-se para Lyon.

— Eu banco o superior?

Lyon deu de ombros. Christina assentiu.

— Se Jade pensa que você bancou o superior — disse ela —, então, talvez você tenha feito isso um pouquinho.

— Você me trata como uma imbecil — disse Jade. — Não trata, Christina?

— Já que você é minha amiga, naturalmente concordo com você — respondeu Christina.

— Obrigada — Jade respondeu, antes de voltar sua atenção para Caine. — Não sou uma criança.

— Já reparei.

Seu sorriso lento a enfureceu. Ela sentiu estar perdendo terreno em sua tentativa de desestabilizá-lo.

— Você sabe o pior de tudo? Eles incendiaram a bela carruagem do meu irmão. Sim, foi o que fizeram — ela acrescentou com um aceno de cabeça veemente.

— E isso foi o pior? — perguntou Caine.

— Senhor, acontece que eu estava lá dentro na hora! — ela gritou.

Ele balançou a cabeça.

— Você realmente quer que eu acredite que você estava dentro da carruagem quando ela pegou fogo?

— Pegou fogo? — Ela saltou de seu assento e ficou ali com as mãos nos quadris, olhando para ele. — Pegou fogo uma pinoia, foi incendiada.

Lembrou-se da plateia e se virou para encará-los. Apertando a gola do roupão contra o pescoço, baixou a cabeça e disse:

— Por favor, perdoem-me por me exaltar. Normalmente eu não me comporto como uma megera.

Ela voltou ao sofá e fechou os olhos.

— Não me importo com o que ele acredita. Eu não posso falar sobre isso esta noite. Estou muito perturbada. Caine, você vai ter que esperar até de manhã para me questionar.

Ele desistiu. A mulher certamente era dada ao drama. Ela colocou o dorso da mão contra a testa e soltou um suspiro desamparado. Caine soube que não seria capaz de discutir com ela naquele momento.

Sentou-se no sofá ao lado dela. Ainda com o cenho cerrado, colocou o braço em torno dos ombros dela e a arrastou para si.

— Eu me lembro de lhe ter dito especificamente que não tolero que me toquem — ela murmurou, enquanto se aconchegava contra ele.

Christina virou-se para o marido e deixou-o ver seu sorriso.

— Destino — ela sussurrou. — Acho que devemos deixá-los sozinhos — acrescentou. — Jade, seu quarto é o primeiro à esquerda, no topo da escada. Caine, o seu é ao lado.

Christina puxou seu relutante marido para que se levantasse da poltrona.

— Querida — disse Lyon —, eu quero saber o que aconteceu com Jade. Vou ficar aqui por mais alguns minutos.

— Amanhã chegará logo e você poderá satisfazer a sua curiosidade — prometeu Christina. — Dakota vai acordar dentro de poucas horas, você precisa descansar.

— Quem é Dakota? — perguntou Jade, sorrindo pela forma carinhosa com que o feliz casal se olhava. Havia tanto amor em suas expressões. Uma onda de inveja inundou-a, mas ela rapidamente afastou a sensação. Não fazia sentido desejar coisas que nunca poderia ter.

— Dakota é nosso filho — respondeu Lyon. — Ele tem quase seis meses de idade agora. Você conhecerá o nosso pequeno guerreiro pela manhã.

A porta se fechou com suavidade após aquela promessa, e ela e Caine ficaram outra vez sozinhos. Jade imediatamente tentou se afastar dele. Ele intensificou seu abraço.

— Jade? Jamais tive a intenção de ridicularizar você — ele sussurrou. — Só estava tentando ser lógico sobre essa sua situação. Você tem que admitir que esta noite foi... difícil... Sinto como se estivesse girando em círculos... Não estou acostumado com as damas me perguntando tão docemente se eu posso matá-las.

Ela se virou e sorriu para ele.

— Eu fui doce? — perguntou.

Ele assentiu devagar. A boca de Jade estava tão próxima, tão atraente. Antes que Caine pudesse evitar, ele se inclinou. Sua boca roçou a dela num beijo suave, sem exigências.

Estava terminado antes que ela pudesse se refazer e protestar.

— Por que fez isso? — ela perguntou em um sussurro estrangulado.

— Senti vontade — ele respondeu.

Seu sorriso a fez sorrir. Ele a fez encostar-se em seu ombro, para que não cedesse ao desejo de beijá-la novamente, e então disse:

— Você passou por um inferno, não é? Esperaremos até amanhã para conversar. Depois que tiver um bom descanso, vamos trabalhar juntos na solução desse problema.

— É muita consideração da sua parte — ela respondeu. Jade parecia aliviada. — Agora, por favor, diga-me por que estava fingindo ser Selvagem. Você disse antes que queria tirá-lo de seu esconderijo, mas não entendo como...

— Estava tentando provocar o orgulho dele — Caine explicou.

— E deixá-lo zangado o suficiente para vir atrás de mim. Sei que se alguém estivesse fingindo ser eu, eu... oh, inferno — ele murmurou. — Parece um plano tolo agora. — Seus dedos se enroscavam lenta e distraidamente nos macios cachos do cabelo de Jade. — Tentei de tudo. Suborno não funcionou.

— Mas por quê? Você queria conhecê-lo?

— Eu quero matá-lo.

Ao notar que ela abafara uma exclamação, Caine percebeu que a surpreendera com sua franqueza.

— E se ele mandasse alguém em seu lugar para desafiá-lo, você mataria tal homem também?

— Mataria.

— É o seu trabalho, então? Matar pessoas? É o que faz pra viver?

Ela olhava para o fogo, mas ele podia ver as lágrimas em seus olhos.

— Não, eu não mato para viver.

— Mas já matou antes?

Ela se virou para olhá-lo ao fazer essa pergunta, deixando que ele visse o seu medo.

— Só quando é necessário — respondeu ele.

— Nunca matei ninguém.

Caine lhe deu um sorriso terno.

— Nunca achei que tivesse matado.

— Mas você realmente acredita que é necessário matar esse pirata?

— Acredito. — Seu tom de voz endureceu numa escolha deliberada, na esperança de que ela deixasse de lhe fazer perguntas.

— E vou matar todos os seus malditos seguidores também, se essa for a única maneira de chegar até ele.

— Oh, Caine, eu realmente queria que você não matasse ninguém.

Ela estava à beira das lágrimas outra vez. Caine se recostou contra as almofadas, fechou os olhos e disse:

— Você é uma dama delicada, Jade. Não poderia entender.

— Ajude-me a entender — ela implorou. — Selvagem fez tantas coisas maravilhosas, parece um pecado que você...

— Ele fez? — Caine interrompeu-a.

— Com certeza você sabe que o pirata dá a maior parte de suas pilhagens para os menos afortunados — explicou. — Ora, nossa igreja tem um novo campanário graças ao seu generoso donativo.

— Donativo? — Caine abanou a cabeça pela ridícula escolha de palavras que Jade fizera. — O homem não passa de um ladrão comum, rouba dos ricos...

— Bem, é claro que ele rouba dos ricos.

— O que isso deveria significar?

— Ele tira dos ricos porque eles têm tanto que nem sentem falta da quantia insignificante que ele rouba. E não faria nenhum bem a ele roubar dos pobres. Eles não têm nada que valha a pena roubar.

— Você parece saber muito sobre esse pirata.

— Todo mundo acompanha as aventuras de Selvagem. Ele é uma figura tão romântica...

— Parece que acha que ele deveria ser condecorado.

— Talvez devesse — respondeu ela. Jade esfregou a bochecha contra o ombro dele. — Alguns dizem que Selvagem nunca prejudicou ninguém, não parece certo você querer caçá-lo.

— Se acredita que ele nunca matou ninguém, por que o procurou? Você queria que ele a matasse, lembra?

— Eu me lembro — ela respondeu. — Se eu explicar meu verdadeiro plano, você promete não rir?

— Prometo — ele respondeu, admirando-se de sua súbita timidez.

— Eu estava esperando... isto é, se ele não quisesse me matar, bem, então, talvez ele pudesse considerar me levar para seu navio mágico e me manter em segurança até que meu irmão voltasse para casa.

— Que os céus a ajudassem se você fosse atendida nesse desejo — disse Caine. — Obviamente tem escutado muitas histórias fantásticas. Você está enganada, aquele pirata desgraçado já matou.

— Quem ele matou?

Ele não falou por um longo minuto, contemplando o fogo. Quando enfim respondeu, havia gelo em sua voz.

— Selvagem matou o meu irmão, Colin.

Capítulo Quatro

— Oh, Caine. Sinto muito — ela sussurrou. — Você deve sentir a falta dele terrivelmente. Colin era mais velho ou mais moço do que você?

— Mais moço.

— Ele morreu há muito tempo?

— Apenas há alguns meses — respondeu Caine.

— Sua família deve estar atravessando um momento difícil — ela sussurrou. — Seus pais ainda estão vivos?

— Sim, entretanto, dos dois, o meu pai é quem está tendo mais dificuldade em aceitar a morte de Colin. Ele praticamente desistiu de viver.

— Eu não entendo — ela respondeu.

— O meu pai costumava ser muito ativo na política. Ele era conhecido como defensor dos pobres, Jade, e conseguiu aprovar muitas medidas substanciais para aliviar o fardo deles.

— Quais?

Ela agarrou a mão dele e segurou-a contra a própria cintura. Caine não achou que ela estivesse ciente de tal ação. Era apenas uma tentativa instintiva de confortá-lo, ele adivinhou, e descobriu que não desgostava do toque nem da motivação.

— Você estava explicando como seu pai ajudou os pobres — ela lembrou-lhe.

— Sim — Caine retornou. — Ele foi responsável por derrubar o aumento de impostos, por exemplo.

— Mas ele abandonou esses importantes deveres?

— Ele desistiu de tudo — disse Caine. — Da política, da família, dos amigos, dos clubes. Ele sequer lê os jornais agora. Permanece trancado dentro do escritório, remoendo sua perda. Creio que, uma vez que Selvagem fosse punido, meu pai poderia... Que inferno, eu não sei. Ele é um homem tão derrotado agora.

— Você é como o seu pai? Também é um defensor dos pobres? Acredito que deva ser um protetor por natureza.

— Por que diz isso?

Ela não podia lhe dizer que havia lido seu arquivo.

— Por causa do jeito como me colocou sob suas asas — ela respondeu. — E acho que você teria oferecido sua ajuda a qualquer pessoa indefesa e pobre. Claro, eu não era pobre quando conheci você.

— Vai começar de novo com a história das moedas de prata?

Por ele estar sorrindo para ela, Jade sabia que não estava irritado.

— Não, não vou começar, seja lá o que isso signifique. Só estava lhe lembrando isso. Você é como o seu pai então, não é?

— Suponho que compartilhemos essa característica.

— No entanto, seu pai se retirou do mundo, enquanto você logo foi atrás da vingança. Suas reações foram exatamente opostas, não foram?

— Sim.

— Eu entendo por que seu pai desistiu.

— Entende?

— É porque os pais não deveriam perder os filhos, Caine.

— Não — concordou Caine. — Eles devem morrer primeiro.

— Depois de uma vida longa e feliz, é claro — ela acrescentou. Jade parecia tão sincera, que ele não quis discutir com ela.

— Claro.

— E você tem certeza absoluta de que foi Selvagem quem matou Colin?

— Estou. Sei de fonte segura.

— Como?

— Como o quê?

— Como Selvagem o matou?

— Pelo amor de Deus, Jade — ele murmurou. — Não quero falar sobre isso. Eu já lhe disse mais do que pretendia.

— Desculpe-me se eu o aborreço — ela respondeu. Jade se afastou dele e olhou-o nos olhos.

A preocupação na expressão dela o fez se sentir culpado pelo tom rude.

— Colin foi morto no mar.

— No entanto, alguém teve a consideração de trazê-lo para casa, para enterrá-lo?

— Não.

— Não? Então, como pode ter certeza de que ele está realmente morto? Ele pode ter sido abandonado em uma ilha deserta, ou possivelmente...

— Uma prova foi enviada.

— Que prova? E quem enviou?

Ele não conseguia entender seu interesse nesse assunto e estava determinado a encerrar a conversa.

— A prova veio do Departamento de Guerra. Agora você vai parar com as perguntas?

— Sim, claro — ela sussurrou. — Por favor, perdoe-me por invadir uma questão tão pessoal.

Ela soltou um bocejo e então se desculpou por aquela ação indigna de uma dama.

— Caine? Não podemos ficar aqui por muito tempo. Temo que estejamos colocando em risco os seus amigos.

— Eu concordo — ele respondeu. — Só ficaremos uma noite.

Ele olhou para o fogo enquanto elaborava seus planos. Jade se aconchegou contra ele e adormeceu. Ele disse a si mesmo que estava agradecido pelo silêncio abençoado. No entanto, resistia ao desejo de ir dormir, porque gostava demais de ter aquela mulher impossível em seus braços para querer se mover.

Ele beijou a testa dela só porque deu vontade, depois a beijou outra vez.

Somente quando o fogo se reduziu a brasas brilhantes e o frio se instalou no aposento, ele finalmente se pôs de pé.

Jade acordou com um sobressalto. Levantou-se, mas estava tão desorientada, que começou a andar na direção errada. Teria caminhado direto para a lareira se ele não a tivesse detido. Ele tentou erguê-la nos braços. Ela afastou as mãos dele. Caine soltou um suspiro, depois colocou o braço em volta dos ombros da moça e a guiou até as escadas. Continuava tentando não pensar em como ela parecia adorável agora. Seu cabelo estava quase seco e recuperara os encantadores cachos. Ele também tentou não pensar no fato de que ela usava apenas uma camisola fina e um roupão.

Abriu a porta do quarto para ela, depois se virou para encontrar o seu.

— Caine? — ela o chamou num sussurro sonolento. — Você não vai me deixar, vai?

Ele se virou para encará-la. A questão era insultante, mas a expressão temerosa nos olhos dela suavizou sua reação inicial.

— Não, não vou deixar você.

Ela assentiu com a cabeça e parecia que estava prestes a dizer algo mais, quando, abruptamente, fechou a porta na cara dele.

Christina preparara o quarto adjacente para Caine. As cobertas da grande cama haviam sido puxadas, e um fogo vivo brilhava na lareira.

Por mais convidativo que fosse aquele leito, o sono ainda se esquivava de Caine. Ele ficou deitado se revirando naquela cama gigante por quase uma hora, enquanto se condenava pela própria falta de disciplina. No entanto, não importava quanto tentasse, não conseguia tirar da cabeça aquela sedutora ruiva de olhos verdes.

Ele não conseguia entender sua reação a ela. Que inferno, ele a desejava com uma intensidade que o fazia arder.

Isso não fazia sentido para ele. Não gostava de jovens damas mal-humoradas, ilógicas, que choravam com medo de careta, não é?

Estava simplesmente exausto demais para conseguir pensar direito. E também não estava acostumado a se restringir. Caine era um homem que tomava o que queria quando queria. No entanto, havia se tornado menos impetuoso nos últimos anos, já que não tinha mais que se importar com a perseguição. As mulheres vinham até ele. Entregavam-se livremente. Caine tomava o que cada uma delas oferecia sem sentir remorso. Sempre fora honesto com suas mulheres e nunca passara uma noite inteira com nenhuma delas. As manhãs, ele sabia, traziam esperanças falsas e demandas tolas.

No entanto, ele queria Jade. Céus, isso não fazia nenhum sentido para ele. Um espirro de Jade ecoou à distância, então. Caine imediatamente saiu da cama. Colocou as calças, mas não se incomodou com os botões. Agora tinha uma desculpa para entrar no quarto dela. Provavelmente, precisava de outro cobertor, disse a si mesmo. Esfriara muito naquela noite. Havia também o risco de um incêndio, pois a luz que saía por baixo da porta indicava que ela adormecera com as velas acesas.

Não estava preparado para a visão que encontrou. Jade dormia de bruços. Seu cabelo glorioso se espalhava como um xale nas costas. Seu rosto estava virado para ele. Os olhos estavam fechados, e sua respiração pesada e uniforme indicava que ela estava profundamente adormecida.

Sua sedutora ruiva estava completamente nua. Ela despira a camisola e a colocara na cadeira ao lado da cama. Também chutara as cobertas.

Se preferia dormir sem roupas, como ele próprio, era sinal de que, decididamente, a moça tinha um traço de sensualidade escondido dentro dela.

Ela lhe pareceu uma deusa dourada. As pernas eram longas, bem formadas. De repente, imaginou aquelas pernas sedosas envolvidas ao redor dele e quase gemeu em reação.

Estava completamente excitado e dolorido quando aproximou-se da cama. Foi então que notou a cicatriz longa e fina em sua espinha. Caine imediatamente reconheceu a marca, já que ele mesmo tinha uma semelhante na parte de trás da coxa. Só havia uma arma que poderia infligir uma ferida tão irregular. Um chicote grosso.

Alguém tinha usado um chicote contra ela. Caine ficou atônito e indignado também. A cicatriz era antiga, com pelo menos cinco anos, aproximadamente, a julgar pelo contorno desbotado, e esse fato tornava a atrocidade ainda mais repugnante. Jade devia ser uma criança quando fora tão maltratada.

De repente, sentiu o impulso de acordá-la e exigir o nome do desgraçado que tinha feito aquilo com ela.

Ela começou a gemer durante o sono. A julgar por sua agitação, devia estar no auge de um sonho desagradável. Ela espirrou novamente, depois soltou outro gemido de angústia.

Com um suspiro de aguda frustração, ele agarrou a camisola e se virou para o anjo que ele tolamente prometera proteger. Tentou enxergar humor naquela desoladora situação. Pela primeira vez na vida, colocaria uma camisola de volta numa mulher.

Caine estava se inclinando sobre ela quando viu o reflexo do aço pelo canto do olho. Sua reação foi instintiva. Moveu-se para bloquear o ataque dela com um movimento vigoroso do braço esquerdo. Ela já tinha se detido quando o braço dele acertou em seu punho. O punhal saiu voando pelo quarto e aterrissou com estardalhaço na base da lareira.

Ela se transformara numa verdadeira fúria. Jade estava de joelhos agora, de frente para ele. Sua respiração era seca, a raiva aparente em sua expressão sombria.

— Nunca mais se esgueire sobre mim assim — ela gritou para Caine. — Santo Deus, homem, eu poderia ter matado você.

Caine estava tão furioso quanto ela.

— Nunca mais ouse usar sua faca contra mim — ele bradou. — Ou palavra de honra que eu a mato!

Ela não pareceu nem um pouco intimidada por essa ameaça. Caine concluiu que ela não entendia o risco que correra, ou certamente teria tentado parecer um pouco contrita. Ela também parecia ter esquecido que não usava roupas.

Ele não havia esquecido. Os seios cheios e redondos estavam apenas parcialmente escondidos pelos longos cachos escuros. Os mamilos eram cor-de-rosa e estavam túrgidos. Sua raiva a fazia ofegar, forçando a caixa torácica delgada a subir e descer em um ritmo que ele achou hipnótico.

Sentiu-se um sem-vergonha por reparar em tais coisas, até que ela começou a provocá-lo outra vez.

— Você não vai me matar — ela declarou. — Nós já tivemos essa discussão, lembra?

Caine olhava para ela com a expressão mais atônita possível.

— Você não tem nem um pouco de medo de mim, tem?

Ela fez que não com a cabeça. O longo cabelo balançou graciosamente sobre os ombros.

— Por que eu teria medo de você? — ela perguntou. — Você é meu guardião, sir.

Seu tom de voz irritado foi a última provocação que ele suportou. Caine segurou as mãos dela e empurrou-a de costas contra o colchão. Ele a seguiu, separando suas coxas ao colocar um dos joelhos entre elas, de modo que ela não conseguisse atacá-lo com as pernas nem causar verdadeiro dano. Não lhe daria a oportunidade de transformá-lo num eunuco.

— Acho que já é tempo de você entender algumas regras básicas — ele sussurrou com rispidez.

Ela soltou um suspiro alto quando o peito nu de Caine tocou seus seios. Ele imaginou que Jade enfim percebera que não estava usando camisola.

— Exatamente — ele disse com um gemido baixo.

Maldição, como ela era macia, maravilhosamente macia. Queria enterrar o rosto naquele pescoço e fazer um amor lento e doce com ela. Ele a teria, jurou, mas ela estaria excitada e implorando por ele, não murmurando obscenidades indignas de uma dama em seu ouvido como fazia agora.

— Onde, em nome de Deus, você aprendeu essas blasfêmias? — ele perguntou, quando ela ameaçava acabar com ele da maneira mais inacreditável.

— Com você — ela mentiu. — Saia de cima de mim, seu... pústula dos infernos.

Estava cheia de bravatas. No entanto, também havia um tremor de medo em sua voz. Caine reagiu imediatamente a ele. Foi preciso disciplina extrema, mas lentamente se afastou dela. Sua mandíbula estava contraída e a testa coberta de suor. Quando se moveu, os mamilos de Jade roçaram contra o seu peito. Caine produziu um murmúrio grave e gutural. Os seios dela estavam prontos para ele, mesmo que o restante do corpo não estivesse. Prontos para ele tomá-los em sua boca, para beijá-los, sugá-los, para...

— Caine?

Ele se apoiou nos cotovelos para poder ver sua expressão. E imediatamente se arrependeu. A carranca de Jade começou a irritá-lo de novo.

Ela estava tomada por emoções conflitantes. Sabia que deveria sentir-se indignada, mas o contrário era a verdadeira realidade. Os pelos escuros no peito de Caine, tão encaracolados, tão quentes, faziam cócegas nos seus seios e eles reagiam àquele contato. Todo ele era tão ardente, tão excitante... e rijo, ela acrescentou para si mesma. O volume lustroso dos músculos na parte superior dos braços dele era de tirar o fôlego. Ela sabia muito bem que não podia deixá-lo perceber quanto ele a afetava. *Indignada*, ela lembrou. Devo parecer indignada e também assustada.

— É assim que planeja me proteger? — perguntou, imprimindo apenas a quantidade certa de medo em sua voz.

— Não, não é assim que planejo protegê-la — ele respondeu com voz rouca.

— Caine?

— Sim?

— Parece que você quer me beijar. Quer?

— Sim — ele admitiu. — Eu quero.

Ela começou a menear a cabeça, mas ele a deteve, segurando as laterais de seu rosto e firmando-o.

— Mas você nem ao menos gosta de mim. — Sua voz era um débil sussurro. — Você disse isso, lembra? Mudou de ideia, então?

Ele se viu sorrindo pela expressão desconcertada em seu rosto.

— Não — ele respondeu, só para espicaçá-la.

— Então, por que quer me beijar?

— Não sei explicar — disse ele. — Talvez seja porque você está completamente nua e eu posso sentir sua pele macia debaixo de mim. Talvez...

— Só uma vez, então.

Caine não entendeu o que ela queria dizer, mas o rubor que cobriu suas bochechas indicava seu embaraço.

— Só uma vez, Jade? — ele perguntou.

— Você pode me beijar, Caine — ela esclareceu. — Mas só uma vez. Depois, deve sair de cima de mim e do meu quarto.

— Jade? Você quer que eu a beije?

O tom dele se tornara tão suave; era como se Caine a acariciasse com a voz. Ela olhou para a boca dele, perguntando-se como seria ser beijada por ele. Sua boca seria tão rija quanto o restante dele?

A curiosidade sobrepujou a cautela.

— Sim — ela sussurrou. — Quero que você me beije, Caine.

O beijo foi de posse absoluta. Seus lábios eram rijos, exigentes. Sua língua entrou e esfregou-se contra a dela. Ela não fazia ideia de que os homens beijassem as mulheres daquela maneira, e ainda assim descobriu que gostava bastante do contato de sua língua. Era muito excitante. Só quando a própria língua passou a imitar timidamente os movimentos ousados de Caine, ele suavizou o beijo. Era vergonhoso o modo como ele usava a língua no erótico ritual de acasalamento, mas Jade não se importava. Podia sentir a forte excitação de Caine contra a junção de suas coxas. Ele a pressionava contra ela toda vez que metia a língua profundamente em sua boca. Um fogo lento começou a queimar no ventre de Jade.

Não conseguia parar de tocá-lo. Sua boca a deixava louca. A língua deslizava para dentro e para fora, de novo e de novo, até que ela, trêmula de desejo, implorasse por mais. Caine enrolara os cabelos dela em torno do seu punho para mantê-la imóvel, mas essa ação não era realmente necessária. Era ela que o agarrava agora.

Era hora de parar. Caine sabia que estava à beira de perder todo o controle. Jade tentou trazê-lo de volta para ela, cravando as unhas em seus ombros. Caine resistiu ao convite tácito. Olhou fixamente nos olhos dela por um longo minuto. Gostou do que viu lá, e nem tentou esconder um sorriso de satisfação masculina.

— Você tem gosto de açúcar e mel.
— Tenho, é?
Ele roçou a boca sobre a dela mais uma vez.
— Oh, sim, você tem — disse ele. — E de conhaque, também.
Ela se contorceu debaixo dele.
— Não erga os quadris desse jeito — ele ordenou. E contraiu a mandíbula, para suportar àquela inocente provocação.
— Caine?
— Sim?
— Só duas vezes — ela sussurrou. — Está bem?
Ele entendeu. Jade estava dando permissão para ele beijá-la novamente. Caine não conseguiu resistir. Ele a beijou de novo: um longo, duro e úmido beijo de língua, e quando olhou nos olhos dela, ficou plenamente satisfeito. Ela parecia aturdida. Fora Caine que a deixara daquele jeito, e ele sabia disso. A paixão dentro da moça mais do que se igualava à sua.
— Caine?
— Já chega, Jade — ele vociferou.
— Você não gostou? — ela perguntou com preocupação evidente no olhar.
— Claro que gostei — ele respondeu.
— Então, por que...
As mãos dela acariciavam seus ombros, e estava se tornando uma agonia manter a disciplina.
— Não posso prometer que vou parar se a beijar novamente, Jade. Está disposta a correr o risco?
Antes que ela pudesse responder, ele começou a se afastar dela.
— Não foi uma pergunta justa a ser feita em seu presente estado.
A paixão começou a se dissipar na mente de Jade.
— Que presente estado?
Ele soltou um profundo suspiro.

— Acho que acabarei fazendo amor com você, Jade — ele sussurrou. — Mas você terá que tomar a decisão de fazê-lo com a mente clara, não nublada pela paixão. — Sua expressão se fechou quando ela começou a lutar contra ele. O movimento lembrou-o daqueles seios macios esperando o seu toque. — Se não parar de se mexer contra mim assim — ele declarou com os dentes cerrados —, juro que vai acontecer agora. Não sou de ferro, doçura.

Ela ficou completamente imóvel.

Embora estivesse relutante em deixá-la, ele até ajudou-a a colocar a camisola de volta. E se recusou a lhe devolver o punhal, mesmo quando ela lhe prometeu com fervor que não tentaria usá-lo contra ele de novo.

— Eu estava profundamente adormecida — ela argumentou.
— E você estava se esgueirando como um ladrão. Tive que me proteger.

Caine pegou a mão dela e a arrastou para o próprio quarto.

— Você estava tendo um pesadelo, não estava?

— Pode ser que sim — ela respondeu. — Agora não me lembro. Por que está me levando com você?

— Você vai dormir comigo. E aí não terá que se preocupar com alguém se esgueirando sobre você.

— Da frigideira para o fogo, é? — ela perguntou. — Na verdade, acho que estaria muito mais segura sozinha, obrigada.

— Não pode confiar em si mesma para manter as mãos longe mim? — ele perguntou.

— Sim, é verdade — ela admitiu com um suspiro fingido. — Entretanto, vou ter que me conter ou certamente serei enviada à forca. Assassinatos ainda não são permitidos nesta parte do mundo, não é?

Caine riu.

— Você não pensará em me assassinar quando eu colocar as mãos em você — ele previu.

Ela soltou um gemidinho de frustração.

— Você não vai fazer isso. Um guardião não deve cobiçar seu objeto de dever.

— E você? — ele perguntou. — Deseja o seu guardião?

Ele se virou para esperar pela resposta.

— Eu não sei — disse ela. — Acho você terrivelmente atraente, Caine, mas nunca fui para a cama com um homem e não sei se eu quero você tanto assim. Ainda assim, essa atração está se tornando uma distração perigosa. Você não vai ter o que quer, sir. Logo pela manhã, terei que encontrar alguém para me proteger... alguém menos atraente.

Jade tentou se afastar dele, então. Caine a agarrou antes que ela voltasse para a própria cama. Com um movimento rápido, ele a jogou sobre o ombro e atravessou a porta que ligava os dois quartos, carregando-a.

— Como se atreve a me tratar assim? Não sou um saco de batatas. Ponha-me no chão agora mesmo, seu piolho de cão sarnento.

— Piolho de cão sarnento? Doçura, para uma dama, você tem um repertório e tanto de xingamentos.

Ele a largou no centro da cama. Como ele esperava com toda certeza que Jade saltasse do leito e tentasse escapar, Caine ficou agradavelmente surpreso quando ela começou a ajeitar as cobertas em torno de si. Depois de se acomodar no outro lado da cama, ela afofou o travesseiro atrás da cabeça e jogou os cabelos por cima do ombro. O incrível contraste daquela cabeleira de fogo contra a camisola alvíssima pareceu a Caine de extrema beleza. A mulher que acabara de insultá-lo agora parecia um anjo outra vez.

O suspiro de Caine apagou as velas.

— Eu sou uma dama — ela murmurou quando ele se instalou ao lado dela. — Mas você me tirou do sério, Caine, daí o meu...

— Repertório de xingamentos? — ele perguntou, ao ver que ela não concluíra o pensamento.

— Sim — ela respondeu. E pareceu desamparada quando acrescentou: — Devo me desculpar?

Ele abafou uma risada.

— Acho que soaria falso — ele respondeu. Rolou para o lado e tentou abraçá-la. Como Jade repeliu as mãos dele, Caine voltou a se deitar de costas, as mãos sob a cabeça, contemplando a escuridão do teto, enquanto pensava no corpo quente ao seu lado. Ela era certamente a mulher mais incomum que ele já conhecera. Incrível, ela o fazia ir do riso aos gritos de exasperação em questão de segundos. Sequer podia explicar suas reações à donzela pois também não as entendia. Só tinha certeza de uma coisa: sabia que ela o desejava. A maneira como o beijara não deixara dúvidas.

— Jade?

A voz rouca de Caine deixou-a toda arrepiada.

— Sim?

— É muito estranho, não?

— O que é muito estranho? — ela perguntou.

Ele pôde ouvir o sorriso em sua voz.

— Você e eu compartilhando esta cama sem nos tocar. Você se sente à vontade comigo, não é?

— Sim — ela respondeu. — Caine?

— Sim?

— Fazer amor dói?

— Não — ele respondeu. — É doloroso quando você quer e não pode.

— Oh. Então, eu não devo querer você muito, Caine, porque não estou sentindo dor nenhuma. — Ela fez essa declaração num tom de voz bastante alegre.

— Jade?

— Sim?

— Vá dormir.

Jade sentiu-o virar-se para ela e imediatamente se preparou para outro beijo. Depois de esperar um longo tempo, percebeu que ele não iria beijá-la de novo. E ficou horrivelmente desapontada.

Caine apoiou-se no cotovelo e olhou para ela. Jade forçou uma expressão serena, no caso de ele ter olhos de gato e conseguir enxergar no escuro.

— Jade? Como conseguiu essa cicatriz de chicotada nas costas?

— De um chicote — ela respondeu. Rolou para o próprio lado e resistiu ao desejo de se aconchegar contra o calor do corpo dele.

— Responda para mim.

— Como você sabe que foi um chicote?

— Eu tenho uma marca idêntica na parte de trás da minha coxa.

— Tem? Como conseguiu a sua?

— Você vai responder todas as minhas perguntas com outra pergunta?

— Funcionou muito bem com Sócrates.

— Diga-me como você conseguiu essa cicatriz — ele perguntou mais uma vez.

— É um assunto pessoal — ela explicou. — Já está quase amanhecendo, Caine. Tive um dia bastante exaustivo.

— Tudo bem — ele admitiu. — Você pode me contar tudo sobre esse assunto pessoal pela manhã.

Antes que ela pudesse afastá-lo, ele jogou o braço em volta da cintura dela e a puxou contra si. O queixo de Caine repousou no topo da cabeça de Jade. A junção das musculosas coxas dele estava aninhada contra as nádegas dela.

— Está aquecida o suficiente? — ele perguntou.

— Sim — ela respondeu. — Você também está?

— Oh, sim.

— Você vai se comportar, não vai? — ela o provocou.

— Provavelmente — ele respondeu. — Jade? — ele a chamou num tom muito mais sério agora.

— Sim?

— Eu nunca faria nada que você não quisesse.

— Mas e se você achasse que eu queria... e eu na verdade não quisesse...?

— A menos que tenha me dado o seu consentimento, de todo o coração, não vou tocar em você. Eu prometo.

Ela pensou que aquela era a promessa mais bela que alguém já lhe tinha feito. Ele parecera tão sincero, e ela sabia que Caine realmente falara sério.

— Caine? Sabe o que acabei de descobrir? Você realmente é um cavalheiro, e muito honrado.

Ele já adormecera abraçado a ela. Jade decidiu fazer o mesmo. Virou-se para os braços dele, deslizou os próprios braços em torno da cintura de Caine e imediatamente adormeceu.

Menos de uma hora depois, Caine acordou com Jade gemendo enquanto dormia. Ela murmurava algo que Caine não conseguiu entender, depois soltou um grito aterrorizado. Ele a sacudiu para acordá-la. Ao afastar-lhe o cabelo do rosto, sentiu a umidade em suas bochechas. Ela chorava durante o sono.

— Querida, você estava tendo um pesadelo. Está tudo bem agora — ele a acalmou. — Está em segurança comigo.

Ele esfregou os ombros e as costas dela também, até que a tensão a deixasse.

— Sobre o que você estava sonhando? — ele perguntou, quando a respiração dela se acalmou.

— Tubarões — A palavra saiu em um sussurro angustiado.

— Tubarões? — ele perguntou, incerto sobre se ouvira direito.

Ela aninhou a cabeça embaixo de seu queixo.

— Estou tão cansada — ela sussurrou. — Não me lembro do pesadelo agora. Abrace-me, Caine. Quero voltar a dormir.

Sua voz ainda estava trêmula. Caine sabia que estava mentindo. Ela se lembrava de cada detalhe do pesadelo. No entanto, não iria insistir para que o contasse.

Beijou o topo da cabeça de Jade e, depois, conforme ela lhe pedira, abraçou-a.

Jade esperou Caine adormecer de novo. Assim que percebeu que ele caíra no sono, afastou-se dele devagar e se deslocou para o seu lado da cama. O coração ainda pulava no peito. Ele pensara que tinha sido apenas um pesadelo. Reviver um evento real poderia ser chamado de pesadelo? Será que algum dia ela conseguiria esquecer aquele horror?

Que Deus a ajudasse, mas será que um dia conseguiria voltar a entrar na água por vontade própria?

Sentiu vontade de chorar. Precisou de toda a sua disciplina para não ceder ao impulso de abraçá-lo agora. Era tão fácil confiar em um homem como Caine... Ela bem sabia que poderia se acostumar a depender dele. Sim, ele era do tipo confiável, mas também podia partir seu coração.

Estava completamente confusa com sua reação a ele. No fundo do coração, confiava nele sem ressalvas.

Por que, então, o próprio irmão de Caine não confiava?

Capítulo Cinco

Caine acordou faminto... por ela. A camisola de Jade estava emaranhada em torno de suas coxas. Ela se aconchegara em Caine, jogando a perna direita sobre as coxas dele durante a breve noite. Seu joelho agora cobria sua latejante ereção. Por consideração a Jade, ele dormira com as calças. No entanto, a roupa provou ser uma barreira insignificante contra a suavidade de Jade, e Caine podia sentir o escaldante calor de seu corpo marcando-o como ferro em brasa.

A lateral do rosto dela descansava em seu peito. Os lábios de Jade estavam levemente entreabertos, sua respiração, profunda e regular. Ela tinha cílios longos, negros como a noite, e o nariz salpicado de sardas. A mulher era totalmente feminina. Caine continuou a admirar aquele rosto encantador até sua ereção estar tão rija, tão dolorida, que ele já rangia os dentes.

Foi uma luta para se afastar dela. Quando tentou deitá-la de costas, percebeu que ela segurava a mão dele. E que também não parecia disposta a soltá-lo.

Precisou soltar os dedos dela um a um. Então, lembrou que Jade o xingara na noite anterior. No entanto, agora se agarrava a ele. Caine estava certo de que, quando ela estivesse bem desperta, voltaria a ter o pé atrás em relação a ele. Mas não conseguia esconder sua vulnerabilidade quando estava adormecida, e essa constatação o agradou consideravelmente.

Uma forte onda de possessividade o invadiu. Naquele momento, enquanto olhava para o seu anjo, prometeu que nunca deixaria nada acontecer a ela e a protegeria com a própria vida.

Enquanto fosse seu guardião... ou será que queria que ela ficasse com ele muito, muito mais tempo...? Nathan estaria em casa dentro de duas breves semanas para assumir a tarefa de manter a irmã em segurança. Caine conseguiria deixá-la partir, então?

Ele não tinha nenhuma resposta pronta; só sabia que a ideia de desistir dela fazia seu coração se apertar e o estômago embrulhar.

Isso era tudo o que ele estava preparado para admitir a si mesmo, tudo o que ele estava disposto a conceder.

Certamente, não era possível pensar logicamente ao lado de uma beldade seminua. Sim, decidiu enquanto se inclinava e beijava-lhe a testa, deixaria para refletir sobre aquela questão mais tarde.

Ele se lavou, vestiu roupas que pertenciam a Lyon, e depois acordou Jade. Ela tentou bater nele quando o homem a sacudiu ligeiramente para acordá-la.

— Está tudo bem, Jade — ele sussurrou. — É hora de acordar.

Estava ruborizada quando sentou-se na cama. Caine observou-a puxar a coberta até o queixo. O gesto de recato realmente não era necessário, considerando a nudez da noite anterior, mas ele achou melhor não tocar no assunto naquele momento.

— Por favor, desculpe meu comportamento — ela sussurrou com uma voz rouca e sonolenta. — A verdade é que não estou acostumada a ser despertada por um homem.

— Espero que não — ele respondeu.

Ela ficou confusa.

— Por que você esperaria isso?

— Você ainda não está totalmente desperta para bancar Sócrates comigo — disse ele num tom gentil.

Jade o olhou com uma expressão abobalhada. Caine se inclinou e a beijou, então; um beijo duro e rápido que terminou antes que ela pudesse corresponder... ou criar caso.

Jade parecia completamente atônita quando Caine se afastou dela.

— Por que você fez isso?

— Porque eu quis — ele respondeu.

Ele começou a caminhar em direção à porta, mas ela o chamou:

— Aonde você vai?

— Vou descer — ele respondeu. — Encontre-me na sala de jantar. Imagino que Christina tenha deixado algumas roupas para você no outro quarto, doçura.

— Oh, meu Deus... ela deve pensar que nós... isto é...

Caine fechou a porta atrás de si sem responder aos murmúrios horrorizados de Jade.

Dava para ouvi-lo assobiando enquanto caminhava pelo corredor. Jade desmoronou contra os travesseiros.

O breve beijo que ele lhe dera a deixara abalada. Isso, e o fato de que os amigos dele agora pensavam que ela era uma vadia.

E por que, exatamente, ela se importava com o que pudessem pensar dela? Quando aquela encenação terminasse, ela nunca mais os veria. Ainda assim, Christina queria ser sua amiga. Jade sentiu-se como se tivesse acabado de traí-la de alguma forma.

— Vou explicar simplesmente que nada aconteceu — ela sussurrou para si. — Ela vai entender. Uma amiga de verdade entenderia, não?

Como Jade nunca tinha tido amigas de verdade, não tinha certeza de quais regras se aplicavam.

Saiu da cama e correu de volta para o quarto. Caine estava certo, pois Christina havia lhe deixado um belo traje de equitação azul-escuro. As botas marrons estalando de novas estavam no chão, ao lado da cadeira. Jade rezou para que elas fossem de um número próximo de quanto calçava.

Enquanto se vestia, não pôde deixar de pensar em Caine. O homem seria um desafio para a sua tranquilidade de espírito. Ele era tão perigosamente atraente... E ela quase desmaiava com aquela maldita covinha dele. Aquelas calças caramelo que Lyon lhe emprestara, indecentes de tão justas, acentuavam o volume de suas coxas musculosas... e de sua virilha. Black Harry apertaria o pescoço dela se soubesse que ela reparara no corpo de um homem. Não havia como não notar uma sexualidade como a de Caine, tão crua, tão atraente. Ela podia ser inocente em matéria de homens, mas com certeza não era cega.

Pouco menos de quinze minutos depois, estava pronta para descer. A blusa de seda branca ficara um pouco apertada no peito, mas a jaqueta disfarçava. As botas também estavam apertadas nos dedinhos, mas só um pouco.

Tentou trançar o cabelo, mas foi um desastre. Ela desistiu da tarefa quando viu que estava ficando tudo torto. Jade tinha pouca paciência e absolutamente nenhuma experiência em matéria de penteados. Esse fato nunca a incomodara antes, mas agora a preocupava. Ela era uma fina dama da sociedade até que aquela farsa terminasse, e não era de seu feitio deixar passar algum detalhe.

As portas da sala de jantar estavam abertas. Caine estava sentado à cabeceira de uma comprida mesa de mogno. Um criado lhe servia chá-preto de um lindo bule de prata. Caine não fez caso do homem, no entanto. Parecia absorto no jornal que estava lendo.

Jade não tinha certeza de se deveria ou não fazer uma reverência, mas, como Caine não estava prestando atenção, decidiu que não importava. Enganava-se, no entanto, pois, assim que ela chegou à cadeira adjacente à dele, Caine se levantou e puxou a cadeira para ela se sentar.

Ninguém nunca puxara uma cadeira para ela, nem mesmo Nathan. Ela não conseguiu decidir se gostava disso ou não.

Caine continuou a ler seu artigo enquanto ela tomava o café da manhã. Quando ele terminou o que ela concluiu se tratar de um ritual matinal, ele se recostou na cadeira, dobrou o jornal e finalmente lhe deu toda a atenção.

— E então? — Jade perguntou assim que ele a olhou.

— E então o quê? — o marquês indagou, sorrindo por causa da ansiedade em sua expressão.

— Havia alguma menção a um cavalheiro bem-vestido assassinado? — Ela apontou para o jornal.

— Não, não havia.

Ela soltou um suspiro de consternação.

— Aposto que o jogaram no Tâmisa. Sabe, Caine, agora que refleti sobre isso, enquanto estava na água, senti alguma coisa deslizar contra as minhas pernas. E você disse que nada poderia viver por muito tempo no Tâmisa, não foi? Deve ter sido o pobre...

— Jade, você está se deixando levar por sua imaginação — ele interveio. — Não só não havia menção ao seu cavalheiro bem-vestido como não havia nenhuma menção a alguém assassinado.

— Então, eles ainda não o encontraram.

— Se ele é um membro da sociedade, alguém teria notado seu desaparecimento a essa altura. Já faz dois dias, não é? Desde que você viu...

— Faz dois dias, exatamente — ela o interrompeu.

Caine pensou que, se ela se entusiasmasse mais um pouco, pularia da cadeira.

— O que me leva à minha primeira pergunta — ele declarou. — O que você viu exatamente?

Ela se recostou no espaldar.

— Onde estão Lyon e Christina, você sabe?

— Está evitando a minha pergunta?

Ela negou com um gesto de cabeça.

— Só não quero ter que contar a mesma coisa duas vezes — explicou. E, ao mesmo tempo que lhe dizia essa mentira, sua mente tentava bolar outra história plausível.

— Lyon deu uma saída — ele respondeu. — E Christina está cuidando de Dakota. Responda, por favor.

Seus olhos se arregalaram.

— O que foi agora?

— Você acabou de dizer "por favor" — ela sussurrou. Afetava estar impressionada. — Se não tomar cuidado, em breve estará pedindo as desculpas que você me deve.

Caine achou melhor nem perguntar pelo que ela achava que ele deveria se desculpar, adivinhando que Jade tinha uma lista decorada de suas falhas. Além disso, o sorriso que ela acabara de lhe dar era tão deslumbrante que ele mal conseguia manter a concentração.

— Eles o atiraram do telhado.

Caine despertou de seu devaneio ao escutar essa afirmação.

— Você estava em um telhado? — perguntou a ela, tentando imaginar o que, em nome de Deus, ela andara fazendo.

— Claro que não — ela respondeu. — Por que eu estaria em um telhado?

— Jade...

— Sim? — ela perguntou, parecendo expectante outra vez.

— Você não estava em um telhado, mas viu quando "eles" jogaram esse homem...

— Ele era um cavalheiro bem-vestido — interrompeu-o.

— Tudo bem — ele começou de novo. — Você não estava no telhado, mas viu vários homens jogarem este cavalheiro elegantemente vestido do telhado? É isso?

— Eram três.

— Tem certeza?

Ela confirmou com a cabeça.

— Eu estava assustada, Caine, mas ainda podia contar.
— Onde estava quando isso aconteceu?
— No chão.
— Eu presumi — murmurou. — Se não estava no telhado, concluí...
— Eu poderia estar dentro de outro prédio, ou talvez montando o belo cavalo de Nathan, ou mesmo...
— Jade, pare de divagar — ele exigiu. — Apenas me diga onde você estava e o que viu.
— O que eu ouvi também é significativo, Caine.
— Está tentando me irritar deliberadamente?
A moça lhe lançou um olhar de desagrado.
— Eu estava prestes a entrar na igreja quando ouvi toda a agitação. Eles não estavam exatamente no topo da igreja. Não, estavam arrastando esse pobre homem pelo telhado da reitoria. É um pouco mais baixo. De onde eu estava, pude ver que o cavalheiro tentava se afastar deles. Estava lutando e gritando por ajuda. Foi assim que eu soube, Caine. Não estava imaginando coisas.
— E? — ele a provocou, quando ela de repente interrompeu seu relato.
— Eles o jogaram. Se eu estivesse uns trinta centímetros mais para a esquerda, bem, sir, você não teria que me proteger agora. Eu estaria tão morta quanto o pobre cavalheiro.
— Onde fica essa igreja?
— Na paróquia de Nathan.
— E onde é isso? — ele perguntou.
— Três horas ao norte daqui — ela respondeu.
— Estou interrompendo? — Christina perguntou da porta.
Jade virou-se e abriu um sorriso.
— Claro que não — ela respondeu. — Obrigada pelo adorável café da manhã e por me emprestar suas belas roupas de montaria. Vou cuidar bem delas — acrescentou.

Lyon apareceu atrás da esposa e colocou os braços em volta dela. Enquanto Caine e Jade observavam, o marido de Christina fez-lhe um carinho no alto da cabeça com o nariz.

— Sentiu minha falta? — ele perguntou.

— Claro — respondeu Christina. Ela sorriu para o marido e virou-se para Jade. — Eu entrei no seu quarto...

— Nada aconteceu — Jade apressou-se em explicar. — Na verdade, é tudo culpa dele. Mas nada aconteceu, Christina. Até tentei usar minha faca contra ele. Isso é tudo. Ele não gostou, é claro — acrescentou enquanto agitava a mão na direção de Caine. — Ele ficou tão furioso que me arrastou para o quarto dele. Oh, céus, não estou conseguindo me explicar, não é?

Ela se virou para Caine.

— Pode falar alguma coisa, por favor? Meus novos amigos vão pensar que eu sou...

Ela desistiu de sua explicação quando notou a expressão atônita de Caine. Ele não iria ajudar, ela percebeu. Vai ver, voltara a achá-la uma idiota.

Ela sentiu o rosto queimando de vergonha.

— Entrei no seu quarto para buscar sua faca — explicou Christina. — Você realmente tentou cortá-lo com aquela lâmina cega?

Jade queria encontrar um lugar para se esconder.

— Não — ela respondeu com um suspiro.

— Mas você acabou de dizer...

— No começo, tentei cortá-lo — explicou. — Ele me acordou tentando vestir a camisola em mim...

— Você fez isso? — Lyon perguntou a Caine com um sorriso zombeteiro.

— Lyon, fique fora disso — ordenou Caine.

— Bem, logo que eu percebi quem era, parei de tentar esfaqueá-lo. Ele me assustou. Pensei que fosse um ladrão.

Lyon parecia estar morrendo de vontade de dizer algo mais. Caine calou-o com um olhar fulminante.

— Descobriu alguma coisa? — Caine gritou.

Lyon assentiu, entrando na sala de jantar.

— Christina? Leve Jade para a sala de estar, está bem?

— Ela terá que ir para lá sozinha — respondeu Christina. — Prometi afiar a faca dela. Jade? Não consegui encontrá-la debaixo do seu travesseiro. Foi o que tentei explicar.

— Ele pegou — respondeu Jade, indicando Caine com a mão. — Acredito que o vi colocá-la na cornija da lareira, embora não tenha absoluta certeza. Você gostaria que eu a ajudasse a procurá-la?

— Não, eu a encontrarei. Vá para a sala e faça companhia para Dakota. Ele está brincando sobre um cobertor. Eu me juntarei a vocês dentro de apenas alguns minutos.

Jade apressou-se em seguir Christina para fora da sala de jantar. Ela fez uma pausa nas portas do salão quando ouviu as risadas crescentes de Lyon. Sorriu então, supondo que Caine acabara de dizer ao amigo o quanto a considerava imbecil.

Sentia-se bastante cheia de si agora. Exigia certa concentração tergiversar de forma tão convincente, e ela achava que vinha se saindo muito bem. Não tinha ideia de que fosse tão talentosa. Ainda assim, era sincera o bastante para admitir a si mesma que houve momentos em que de fato não estava fingindo. Jade endireitou os ombros. Fingindo ou não, saber tergiversar definitivamente era uma vantagem ao lidar com Caine.

Ela entrou na sala de visitas, fechando a porta atrás de si. Avistou de imediato o cobertor acolchoado diante do sofá. O filho de Christina, no entanto, era outro assunto. Não conseguiu encontrá-lo em lugar nenhum.

Estava prestes a gritar por socorro quando notou um minúsculo pé aparecendo por trás do sofá.

Correu até lá e se ajoelhou, pensando por um breve momento em puxá-lo pelo pé, mas depois decidiu que seria melhor encontrar o restante dele primeiro. Com o traseiro para cima, abaixou-se até encostar o rosto no tapete.

Os olhos azuis mais magníficos que ela já tinha visto se encontravam a poucos centímetros de distância dela, agora. Dakota. Jade pensou que poderia tê-lo assustado por sua aparição repentina. Seus olhos de fato se arregalaram, mas ele não chorou. Não, ele ficou ali babando e olhando para ela por um longo momento. Depois, deu-lhe um sorriso largo e desdentado.

Ela o achou o bebê mais bonito que já vira. Uma vez que sorriu para ela, retornou ao seu interesse principal, que era mastigar a perna de madeira trabalhada do sofá.

— Oh, isso pode não fazer bem para você, menininho — declarou Jade.

Ele nem se dignou a olhar para ela enquanto continuava a morder a madeira.

— Pare com isso agora mesmo, Dakota — ela ordenou. — Sua mãe não ficará nem um pouco feliz se o vir comendo a mobília. Venha já pra cá, por favor.

Era óbvio que ela não tinha a menor experiência em lidar com crianças. Também era um fato que ela não percebera haver uma plateia observando-a.

Observando a dupla, Caine e Lyon se debruçaram contra as ombreiras opostas da porta. Ambos se esforçavam para não rir.

— Você não vai cooperar, vai, Dakota? — Jade perguntou.

O bebê gorgolejou alegremente em resposta àquela observação.

— Ela é criativa, devo admitir — Lyon sussurrou para Caine quando Jade ergueu a extremidade do sofá e moveu-o para o lado.

Sentou-se no chão, perto do bebê. Ele logo engatinhou em sua direção. Jade não tinha certeza se sabia segurar um bebê. Tinha ouvido que o pescocinho deles não era forte o suficiente para sustentar a cabeça até terem pelo menos um ano ou mais. Dakota, no entanto, erguia o peito do tapete e parecia ser bastante forte.

Ele fazia os sons mais deliciosos. Era um garotinho tão feliz... Não pôde resistir a tocá-lo.

Ela deu palmadinhas cuidadosas no topo de sua cabeça e, depois, enfiou as mãos sob os bracinhos do bebê e lentamente o arrastou para o seu colo.

Ela queria abraçá-lo contra o peito.

Ele queria outra coisa. Dakota agarrou uma mecha do cabelo de Jade e puxou-a com força, enquanto tentava encontrar sua refeição.

No mesmo instante, Jade percebeu o que ele tentava fazer.

— Não, não, Dakota — ela sussurrou quando ele se arqueou contra ela e começou a se agitar. — Sua mamãe é quem vai alimentá-lo. Vamos procurá-la, meu amor?

Jade lentamente se levantou, mantendo o bebê apertado contra o peito. Os puxões que ele dava em seu cabelo estavam doendo, mas ela não se importava.

O cheirinho do bebê era tão bom. E ele também era lindo. Tinha os olhos azuis da mãe, mas as madeixas escuras ele herdara do pai. Jade acariciou as costas do bebê e cantarolou baixinho para ele. Estava maravilhada.

Então, virou-se e notou a presença dos dois homens. Jade sentiu que ruborizava.

— Vocês têm um filho lindo — ela gaguejou para Lyon.

Caine ficou parado junto à porta, enquanto Lyon foi pegar Dakota. Ele teve que soltar as mãos do bebê do cabelo de Jade. Ela olhou para Caine, perguntando-se que expressão era aquela no rosto dele. Havia ternura lá, mas outra coisa também. Ela não tinha ideia do que ele estava pensando.

— Foi o primeiro bebê que segurei no colo — disse ela a Lyon, depois que ele pegou o filho nos braços.

— Diria que você tem um talento natural — respondeu Lyon. — Não concorda, Dakota? — perguntou. Ele ergueu o bebê ao nível dos olhos. Dakota sorriu.

Christina entrou na sala, atraindo a atenção de Jade. Ela se apressou e entregou à amiga a faca afiada. A adaga estava dentro de uma bainha de couro macio.

— Agora está bem afiada — disse ela a Jade. — Por isso, confeccionei esse invólucro para você não se cortar acidentalmente.

— Obrigada — respondeu Jade.

— Você não vai precisar de uma faca — anunciou Caine. Ele se afastou de seu repouso preguiçoso e se aproximou de Jade. — Deixe-me guardar para você, doçura. Você vai se machucar.

— Eu não vou dá-la a você — ela declarou. — Foi um presente do meu tio e lhe prometi que sempre a teria comigo.

Caine cedeu enquanto ela se afastava dele.

— Temos que ir — disse-lhe então. — Lyon, você...

— Sim — respondeu Lyon antes mesmo que Caine completasse a pergunta. — Assim que eu...

— Certo — Caine o interrompeu.

— Eles parecem estar falando em uma língua diferente, não é? — Christina disse a Jade.

— Não querem que eu me preocupe — explicou Jade.

— Então, você entendeu o que estavam dizendo?

— Claro. Lyon deve começar a sua investigação. Caine obviamente deu-lhe algumas sugestões. Assim que descobrir alguma coisa, entrará em contato com Caine.

Lyon e Caine a olharam espantados.

— Você deduziu tudo isso de...

Ela interrompeu Caine com um aceno de cabeça. Então, virou-se para Lyon.

— Você vai tentar descobrir se alguém desapareceu recentemente, não é?

— Sim — admitiu Lyon.

— Você vai precisar de uma descrição, não vai? Claro que o nariz do pobre homem amassou um pouco com a queda. Mesmo assim, posso dizer que ele já tinha certa idade, quase quarenta anos, creio. Tinha cabelos grisalhos, sobrancelhas espessas e frios olhos castanhos. Não morreu com uma expressão tranquila. Também não parecia pacífico na morte. E tinha uma pança. Essa é mais uma razão para supor que ele era um membro da sociedade.

— Por quê? — Caine perguntou.

— Porque ele tinha mais do que o suficiente para um só comer — ela respondeu. — Também não havia calos nas mãos dele. Não, certamente não era um homem trabalhador. Isso eu posso garantir.

— Venha sentar-se — sugeriu Lyon. — Gostaríamos de ter descrições dos outros homens também.

— Receio que não haja muito para contar — disse ela. — Eu mal os vi. Não sei se eram altos ou baixos, gordos ou magros. — Parou para suspirar. — Foram três deles e foi tudo o que tive tempo de reparar.

Ela parecia angustiada. Caine achou que era pela provação por que tinha passado. Vira um homem despencar para a morte, afinal de contas, e era uma mulher tão delicada, não devia estar acostumada a tais horrores.

Jade estava chateada, era verdade, e, quando Caine colocou o braço em volta de seus ombros, sentiu-se ainda mais culpada. Pela primeira vez na vida, ela de fato estava odiando mentir. Continuou tentando repetir para si mesma que seus motivos eram puros. No entanto, o lembrete não ajudou. Estava enganando três pessoas muito boas.

— Temos que ir embora — disse ela, não se contendo. — Quanto mais permanecemos, mais em perigo colocamos essa família, Caine. Sim, temos que ir embora agora.

Sem dar tempo de alguém argumentar, correu à porta da rua.

— Caine? Você tem uma casa de campo? — ela perguntou, sabendo muito bem que sim.

— Tenho.

— Acho que devemos ir para lá. Longe de Londres, você terá condições de me manter a salvo.

— Não vamos a Harwythe, Jade.

— Harwythe?

— O nome da minha propriedade rural — ele respondeu. — Vou levá-la para a casa de meus pais. A propriedade deles é adjacente à minha. Você pode não se preocupar com a sua reputação, mas eu sim. Irei vê-la todos os dias para ter certeza de que está bem. Colocarei guardas ao redor... e agora, o que foi? Por que está balançando a cabeça para mim?

— Você vai me visitar? Caine, já está quebrando a sua promessa — ela o acusou. — Não vamos envolver seus pais nisso. Você me prometeu que me manteria em segurança, e deu sua palavra de honra que não vai sair do meu lado até que isso acabe.

— Ela parece determinada, Caine — interveio Lyon.

— Concordo inteiramente com Jade — Christina confirmou.

— Por quê? — Caine e Lyon perguntaram ao mesmo tempo.

Christina deu de ombros.

— Porque ela é minha amiga. Devo concordar com ela, não posso?

Nenhum dos homens tinha um argumento válido para essa explicação. Jade ficou satisfeita.

— Obrigada, Christina. Sempre concordarei com você também — acrescentou.

Caine meneou a cabeça.

— Jade — ele começou, pensando em fazê-la voltar ao assunto original —, estou pensando em sua segurança quando sugiro que fique com meus pais.

— Não.

— Você acredita sinceramente que estará em segurança comigo? Ela ficou ofendida com a incredulidade em seu tom de voz.

— Claro que sim!

— Doçura, não vou conseguir manter minhas mãos longe de você por duas longas semanas. Que droga, estou me esforçando para ser nobre nessa questão.

Em um piscar de olhos, o rosto de Jade tornou-se carmesim.

— Caine — ela sussurrou —, não deve dizer essas coisas na frente dos nossos convidados.

— Eles não são nossos hóspedes — ele respondeu quase com um grito de óbvia frustração. — Nós somos hóspedes deles.

— Ele está sempre praguejando perto de mim — disse ela a Christina. — E também não pede desculpas.

— Jade! — Caine vociferou. — Pare de tentar mudar de assunto.

— Acho que você não deveria gritar com ela, Caine — Christina aconselhou.

— Ele não consegue evitar — explicou Jade. — É por causa de sua natureza irritadiça.

— Eu não estou irritado — Caine afirmou num tom de voz muito mais baixo. — Estou apenas sendo sincero. Não quero envergonhar você.

— Tarde demais — respondeu Jade. — Já me envergonhou.

Tanto Christina quanto Lyon pareciam absolutamente fascinados pela conversa. Caine virou-se para o amigo.

— Você não tem que ir a algum lugar?

— Não.

— Vá, mesmo assim — ordenou Caine.

Lyon ergueu uma sobrancelha e cedeu.

— Venha, querida esposa. Podemos esperar na sala de jantar. Caine? Você terá que deixá-la explicar mais alguns fatos antes de sair, se quiser...

— Mais tarde — anunciou Caine.

Christina seguiu o marido e o filho para fora da sala. Ela fez uma pausa no caminho para apertar a mão de Jade.

— É melhor não lutar contra isso — sussurrou. — Seu destino já foi determinado.

Jade não prestou atenção a essa observação. Assentiu apenas para agradar Christina, depois fechou a porta e virou-se para encarar novamente Caine. Colocou as mãos nos quadris.

— É absolutamente ridículo se preocupar em manter as mãos longe de mim. Você não vai se aproveitar de mim, a menos que eu permita. Eu confio em você — ela falou, com um aceno vigoroso, levando as mãos ao corpete —, com todo o meu coração — acrescentou de forma bastante dramática.

— Não.

A dureza em seu tom a assustou. Mas ela se recuperou com rapidez.

— Tarde demais, Caine. Eu já confio em você. Você vai me manter em segurança e não vou deixar você me tocar. Temos um pacto claro, senhor. Não tente complicar as coisas agora com preocupações de última hora. Tudo dará certo. Eu prometo.

Uma agitação na entrada chamou a atenção deles. Caine reconheceu a voz.

Um de seus criados pedia gaguejando para ver o patrão com urgência.

— É Perry — disse Caine a Jade. — É um dos meus criados. Fique aqui na sala enquanto vejo o que ele quer.

Ela não obedeceu a essa ordem, é claro, e seguiu atrás dele.

Quando viu a expressão sombria de Lyon, soube que alguma coisa havia acontecido. Então, a atenção dela voltou-se para o criado. O jovem tinha grandes olhos cor de avelã e cabelos escuros arrepiados. Ele não conseguia recuperar o fôlego, mas continuava a girar o chapéu que apertava nas mãos.

— Tudo está perdido, senhor — desembuchou por fim Perry. — Merlín falou para eu dizer que é um milagre que o quarteirão inteiro não esteja incendiado. A casa urbana do Conde de Haselet foi um pouco queimada. Há dano de fumaça, como é de se esperar, mas as paredes externas ainda estão intactas.

— Perry, o que você está...

— A sua casa na cidade pegou fogo, Caine — interveio Lyon. — Não é isso que está tentando nos dizer, Perry?

O criado rapidamente assentiu.

— Não foi descuido — defendeu. — Não sabemos como começou, senhor, mas não havia nenhuma vela acesa, nenhum fogo nas lareiras. Deus seja minha testemunha, não foi descuido.

— Ninguém está culpando você — disse Caine. Ele manteve a voz contida, a raiva escondida. *O que mais poderia dar errado?*, perguntou-se. — Acidentes acontecem.

— Não foi um acidente.

Todos no vestíbulo se viraram a fim de olhar para Jade. Ela mirava o chão, as mãos apertadas. Parecia estar tão angustiada, que a ira de Caine se dissipou.

— Tudo bem, Jade — ele a acalmou. — O que eu perdi pode ser facilmente substituído. — Ele virou-se para Perry e perguntou: — Ninguém foi ferido?

Lyon observou Jade enquanto o criado balbuciava a notícia de que todos os criados tinham conseguido sair a tempo.

Caine sentiu-se aliviado. Estava prestes a dar novas ordens a Perry quando Lyon o interrompeu.

— Deixe que eu lido com as autoridades e os criados — sugeriu. — Você precisa tirar Jade de Londres, Caine.

— Sim — respondeu Caine. Ele estava tentando não alarmar Jade, mas já adivinhava que o fogo tinha algo a ver com os homens que a perseguiam.

— Perry, vá para a cozinha e pegue algo para beber — ordenou Lyon. — Há sempre cerveja e conhaque no balcão.

O criado apressou-se em obedecer a essa sugestão. Lyon e Caine olhavam para Jade agora, esperando que ela dissesse alguma coisa. Ela olhava para o chão. Estava torcendo as mãos...

— Jade? — Caine perguntou, quando constatou que continuava em silêncio. — Por que você não acredita que foi um acidente?

Ela soltou um longo suspiro antes de responder.

— Porque não é o primeiro incêndio, Caine. É o terceiro que causam. Parece que eles têm uma predileção por incêndios.

Ela ergueu a vista para encará-lo. Caine pôde ver as lágrimas nos olhos dela, então.

— Vão tentar de novo e de novo, até finalmente o pegarem... e a mim — ela acrescentou com rapidez. — Lá dentro.

— Está dizendo que eles querem matá-la com um...? — perguntou Lyon.

Jade balançou a cabeça.

— Não querem matar apenas a mim agora — ela sussurrou. Jade olhou para Caine e começou a chorar. — Querem matá-lo também.

Capítulo Seis

Jade enxugou as lágrimas do rosto com as costas das mãos.

— Eles devem ter dado um jeito de descobrir a sua verdadeira identidade — ela sussurrou. — Quando entrei na taberna, pensei que você era Selvagem... mas eles deviam saber a verdade o tempo todo, Caine. Por que outra razão queimariam a sua casa da cidade?

Caine foi até ela e colocou o braço em volta de seus ombros, conduzindo-a de volta ao salão.

— Monk não teria dito a eles — ele declarou. — Não sei como poderiam ter... Não importa. Jade, chega de meias explicações — ele ordenou. — Eu tenho que saber tudo.

— Vou lhe dizer tudo o que quer saber — respondeu ela.

Lyon seguiu o par até o salão. Ele fechou as portas atrás de si e, depois, sentou-se em frente ao sofá. Caine obrigou Jade a sentar-se ao lado dele.

Jade olhou para Lyon.

— Acho que nós os despistamos ontem à noite, quando mergulhamos no Tâmisa. Talvez, se você dissesse a Perry para fingir que continua procurando por Caine, quem estiver observando presumirá que você não sabe onde estamos.

Lyon achou que era um excelente plano. Concordou de pronto e foi procurar o criado.

Assim que saiu da sala, Jade virou-se para Caine.

— Não posso ficar com você. Entendo isso agora. Eles vão matá-lo tentando chegar até mim. Tentei não gostar de você, sir, mas falhei nesse esforço. Jamais me perdoaria se você fosse ferido.

Ela tentou sair depois dessa afirmação, mas Caine a deteve. Ele intensificou o abraço, aproximando-a mais.

— Também tentei não gostar de você — ele sussurrou. Antes de prosseguir, beijou o topo da cabeça de Jade. — Mas também falhei nesse esforço. Parece que estamos presos um ao outro, doçura.

Eles se olharam por um longo tempo. Jade quebrou o silêncio.

— Não é estranho, Caine?

— O quê? — ele disse em um sussurro, para combinar com o tom usado por ela.

— Você acabou de perder sua casa da cidade, agora estamos em um sério perigo, e tudo o que quero é que me beije. Não é estranho?

Ele abanou a cabeça. Sua mão segurou o queixo de Jade.

— Não — ele respondeu. — Também quero beijar você.

— Quer? — Seus olhos se arregalaram. — Bem, isso não é...

— Maravilhoso? — ele sussurrou enquanto se inclinava.

— Sim — ela suspirou contra a boca de Caine. — É a coisa mais maravilhosa.

A boca de Caine se apossou da dela então, colocando um ponto-final na conversa. Jade envolveu o pescoço dele com os braços. Caine aplicou-lhe uma sutil pressão no queixo, para fazê-la abrir a boca, e, quando a moça lhe obedeceu, sua língua invadiu a abertura entre seus lábios.

A intenção fora prová-la brevemente, mas o beijo saiu do controle num instante. Sua boca inclinou-se sobre a dela com forte insistência.

Ele não conseguia saciar-se o suficiente.

— Pelo amor de... Caine, agora não é hora de...

As frases entrecortadas vieram de Lyon, ao passar pela porta da sala de estar, indo se acomodar na poltrona. Caine, ele notou, estava relutante em parar de beijar Jade. Ela não tinha tais reservas, no entanto, e afastou-se de seu parceiro com uma incrível velocidade.

Estava roxa como uma beterraba quando olhou para Lyon. Ao notar que ele ria, voltou sua atenção para o decote. Deu-se conta, então, que estava agarrando a mão de Caine contra o próprio busto e imediatamente afastou-a.

— Excedeu-se, sir.

Caine decidiu não lembrá-la de que tinha sido ela a abordar o assunto "beijos", para começo de conversa.

— Acho que está na hora de ouvirmos sua explicação — ordenou Lyon. — Jade? — acrescentou num tom mais ameno, ao ver que a sobressaltara com sua voz imponente. Céus, como ela era tímida. — Por que não nos conta sobre o primeiro incêndio?

— Vou tentar — ela respondeu, com os olhos ainda baixos. — Mas a lembrança do episódio ainda me provoca arrepios. Por favor, não me achem uma mulher fraca. — Ela se virou para olhar para Caine. — Realmente não sou fraca.

Lyon assentiu.

— Então, podemos começar? — ele perguntou.

— Jade, antes de nos contar sobre os incêndios, por que não nos conta um pouco sobre o seu contexto familiar? — perguntou Lyon.

— Meu pai era o conde de Wakerfields. Nathan, meu irmão, herdou o título, junto com vários outros, é claro. Meu pai morreu quando eu tinha oito anos. Lembro-me de que ele estava a caminho de Londres para se encontrar com outro homem. Eu estava no jardim quando ele veio se despedir.

— Se você era tão pequena, como pode se lembrar? — Caine perguntou.

— Papai estava muito transtornado — ela respondeu. — Seu estado me assustou e acho que essa deve ser a razão pela qual eu lembro de tudo com tanta clareza. Andava de um lado para o outro ao longo do caminho, com as mãos cruzadas atrás das costas e ficou me dizendo que, se alguma coisa acontecesse com ele, Nathan e eu deveríamos procurar o amigo dele, Harry. Foi tão insistente para que eu prestasse atenção ao que ele dizia que me agarrou pelos ombros e me sacudiu. Eu estava mais interessada nas bugigangas que eu queria que ele trouxesse para mim na volta.

— A voz dela tinha um tom melancólico quando acrescentou: — Eu era muito jovem.

— Você ainda é jovem — Caine interveio.

— Não me sinto jovem — ela admitiu. Endireitou os ombros e continuou: — Minha mãe morreu quando eu era apenas um bebê, por isso, não tenho nenhuma lembrança dela.

— O que aconteceu com seu pai? — Caine perguntou.

— Ele morreu em um acidente de carruagem.

— Ele teve uma premonição, então? — perguntou Lyon.

— Não, ele teve um inimigo.

— E você acredita que o inimigo do seu pai está agora atrás de você? Essa é a razão do seu medo? — perguntou Lyon.

Ela negou com um movimento de cabeça.

— Não, não — apressou-se em dizer. — Eu vi alguém ser assassinado. Os homens que o mataram deram uma boa olhada em mim. A única razão pela qual falei sobre o meu pai foi porque você me pediu para falar sobre o meu... contexto. Sim, Lyon, foi essa a palavra que você empregou.

— Desculpe-me — disse Lyon novamente. — Não pretendia tirar conclusões precipitadas.

— O que aconteceu depois que seu pai morreu? — Caine perguntou. De repente, sentiu-se imensamente superior ao seu bom amigo, uma vez que Lyon agora parecia completamente confuso e perplexo. Era bom saber que ele não era o único a ficar confuso perto de Jade. Muito bom saber...

— Depois da cerimônia fúnebre, Harry veio nos buscar. Quando o verão terminou, ele enviou Nathan de volta à escola. Ele sabia que nosso pai queria que meu irmão completasse os estudos. Eu fiquei com o meu tio. Ele não é realmente meu tio, mas na verdade agora é um pai para mim. De qualquer forma, ele me levou para a sua ilha, onde tudo sempre é quente e tranquilo. Tio Harry foi muito bom para mim. Ele nunca se casou, sabe? E eu fui criada como sua própria filha. Nós nos damos muito bem. Ainda assim, sentia falta do meu irmão. Nathan só conseguiu nos visitar uma vez em todos esses anos.

Quando ela fez uma pausa, lançando a Caine um olhar expectante, ele gentilmente a incentivou a continuar.

— E depois, o que aconteceu?

— Voltei para a Inglaterra para poder ver Nathan, é claro. Eu também queria ver a casa do meu pai novamente. Nathan fez várias reformas.

— E? — Lyon perguntou quando ela fez uma nova pausa.

— Nathan me encontrou em Londres. Fomos direto para a sua casa de campo e passamos uma maravilhosa semana colocando os assuntos em dia. Então, ele foi chamado para resolver uma questão pessoal importante.

— Você sabe qual foi essa questão? — Caine perguntou.

Ela balançou a cabeça.

— Na verdade, não. Um mensageiro chegou com uma carta para Nathan. Meu irmão ficou muito chateado quando a leu. Ele me disse que tinha que retornar a Londres e que voltaria em duas semanas. Seu bom amigo estava com problemas. Isso foi tudo o que ele me disse, Caine. Nathan é um homem honrado. Ele nunca viraria as costas para um amigo que precisasse de ajuda, e eu jamais pediria a ele que o fizesse.

— Então, você ficou sozinha? — perguntou Lyon.

— Oh, céus, não. Nathan tinha uma equipe completa em sua residência. Lady Briars... uma boa amiga do meu pai... Bem, ela contratou a equipe e até ajudou Nathan com seus planos de reforma. Ela queria criar-nos, sabe? E ia pedir a nossa guarda judicialmente. Então, Harry nos levou, e ela nunca nos encontrou. Preciso vê-la assim que isso for resolvido. Não ousei ir antes, é claro. Provavelmente, eles reduzirão a casa dela a cinzas se...

— Jade, você está divagando — Caine interveio.

— Eu estava?

Ele assentiu.

— Desculpe. Onde parei?

— Nathan partiu para Londres — lembrou Lyon.

— Sim — ela respondeu. — E agora eu percebia que havia feito uma coisa tola. Na minha ilha, eu podia ir e vir como desejasse. Nunca tive que me preocupar com uma escolta. Esqueci que a Inglaterra não é assim. Aqui, todos devem trancar as portas. De qualquer forma, estava com tanta pressa para sair, que nem estava olhando para baixo, sabe? Aí, o salto da minha bota ficou preso na dobra do tapete enquanto eu descia a escada. Eu levei um tombo e bati a cabeça na voluta do corrimão.

Ela fez uma pausa, esperando para ouvir as demonstrações de compaixão. Contudo, quando ambos os homens continuaram a olhar para ela com expectativa, Jade compreendeu que não iriam dizer nada. Lançou aos dois um olhar descontente por serem tão insensíveis e depois continuou:

— Cerca de uma hora mais tarde, depois que minha cabeça deixou de latejar da queda, saí sozinha para uma caminhada rápida. Logo esqueci sobre minhas dores e, como o dia estava radiante, esqueci também do tempo. Estava prestes a dar uma espiada no interior da bela igreja, quando ouvi toda a agitação, e foi quando vi o pobre homem sendo atirado ao chão.

Ela respirou fundo.

— Gritei e saí correndo — ela explicou. — Perdi o senso de orientação e fui parar perto do túmulo dos meus pais. Foi quando vi os homens de novo.

— Os mesmos homens? — perguntou Lyon. Estava inclinado para frente em sua poltrona, os cotovelos apoiados nos joelhos.

— Sim, os mesmos homens — respondeu Jade. Ela pareceu desconcertada. — Deviam ter chegado à conclusão de que não valia a pena me perseguir, e estavam muito... ocupados.

— O que eles estavam fazendo? — Caine perguntou.

Ela não respondeu de imediato. Caine pressentiu o que viria. Suas mãos estavam agarradas às dele agora. Ele duvidava de que Jade estivesse ciente dessa ação reveladora.

— Cavando — ela finalmente respondeu.

— Estavam cavando os túmulos? — perguntou Lyon, com voz incrédula.

— Sim.

Caine não demonstrou nenhuma reação. Lyon parecia não acreditar nela. Jade pensou que era estranho que ambos os homens acreditassem em suas mentiras, mas agora, quando lhes dizia a verdade, era uma outra história.

— É verdade — disse ela a Lyon. — Sei que parece estranho, mas sei o que vi.

— Tudo bem — respondeu Caine. — O que aconteceu depois?

— Comecei a gritar outra vez — ela respondeu. — Oh, aí eu percebi que não deveria ter feito isso, pois acabei chamando a atenção deles novamente. Mas sentia-me tão ultrajada que não pensava direito. Os três homens se viraram e me encararam. O homem elegantemente vestido segurava uma pistola. Por mais estranho que pareça, não consegui me mexer até o tiro ser disparado. Corri como um raio. Hudson, o mordomo de Nathan, estava trabalhando dentro da biblioteca. Contei a ele o que acontecera, mas, quando finalmente me acalmei e consegui relatar a história completa, já estava muito escuro para procurar os homens. Tivemos que esperar até a manhã seguinte.

— As autoridades foram notificadas?

Ela fez que não com a cabeça.

— É aqui que tudo se torna um pouco confuso — admitiu ela. — Na manhã seguinte, Hudson, com vários homens fortes, foi procurar o corpo que eu tinha visto ser lançado do telhado.

Hudson não me deixou acompanhá-los. Eu ainda estava muito abalada.

— Claro que estava — Caine concordou.

— Sim — ela respondeu com um suspiro. — Quando Hudson e os homens voltaram, tentaram ser tão amáveis quanto você agora, Caine, mas tinham que me dizer a verdade.

— Que verdade?

— Eles não conseguiram encontrar coisa alguma. As sepulturas também não haviam sido tocadas.

— Então, acreditaram que você estivesse apenas...

— Imaginando, Lyon? — ela o interrompeu. — Sim, tenho certeza de que o fizeram. Entretanto, como eram empregados de Nathan, não se atreveram a me dizer que pensavam que eu era... perturbada, mas a expressão deles falava por si só. Na mesma hora, voltei às sepulturas para ver com meus próprios olhos. O vento e a chuva haviam sido ferozes na noite anterior, no entanto, mesmo assim, não parecia que o solo houvesse sido escavado.

— Talvez eles estivessem começando a cavar quando você os interrompeu — sugeriu Caine.

— Sim, eles estavam apenas começando — ela admitiu. — Nunca esquecerei seus rostos.

— Conte-nos o que aconteceu depois — sugeriu Caine.

— Eu passei o resto do dia tentando entender quais eram os motivos daqueles homens. Então, procurei Hudson e disse-lhe para não incomodar Nathan com esse problema. Eu menti para o mordomo e disse-lhe que tinha certeza de que fora apenas o pôr do sol pregando uma peça em mim. Devo dizer que Hudson pareceu-me muito aliviado. Ele ainda estava preocupado, é claro, já que eu caíra da escada e batera a cabeça.

— Jade, não poderia ser sua...

— Imaginação? — Caine perguntou. E balançou sua cabeça. — Havia pelo menos cinco homens perseguindo-nos na noite passada. Não, não foi a imaginação dela.

Ela lançou a Lyon um olhar desconfiado.

— Você não acredita em mim, não é?

— Agora, sim — respondeu Lyon. — Se havia homens atrás de você, então você viu alguma coisa. O que aconteceu depois?

— Recusei-me a desistir — contou ela. Jade tentou pousar as mãos no colo e só então percebeu que estava segurando a mão de Caine outra vez. Ela a afastou. — Posso ser uma mulher muito teimosa. E assim, na manhã seguinte, voltei para procurar uma prova.

Lyon sorriu para Caine.

— Eu teria feito o mesmo — ele admitiu.

— E que manhã foi essa? — Caine perguntou.

— Ontem de manhã — ela explicou. — Eu saí a cavalo. Não consegui chegar às sepulturas dos meus pais, entretanto. Eles atiraram e derrubaram meu cavalo.

— O quê? — Caine perguntou, quase gritando.

Ela ficou satisfeita com a reação de espanto.

— Eles mataram o belo cavalo de Nathan — ela repetiu com um aceno de cabeça.

— Nem posso dizer como o meu irmão vai ficar triste quando descobrir que seu corcel favorito está morto. Isso partirá seu coração.

Caine pegou seu lenço de linho quando pensou que ela estava prestes a chorar de novo.

— E depois, o que aconteceu? — ele perguntou.

— Eu desabei no chão, é claro. Tive muita sorte por não quebrar meu pescoço. Sofri apenas ferimentos leves. Certamente você percebeu os hematomas nos meus ombros e braços quando entrou sorrateiramente no meu quarto na noite passada.

Ela se virou para olhar para Caine e esperou sua resposta.

— Não percebi — ele sussurrou. — E não entrei sorrateiramente no seu quarto.

— Como foi possível não notar meus hematomas?

— Não estava olhando os seus ombros.

Ela sentiu que corava outra vez.

— Bem, você deveria estar olhando para os meu ombros — ela balbuciou. — Um cavalheiro teria notado os meus machucados imediatamente.

Caine perdeu a paciência.

— Jade, nem um eunuco teria...

— Você quer ouvir o resto da minha história ou não?

— Sim — ele respondeu.

— Depois que eles atiraram em meu cavalo, corri toda a distância até a casa principal. Não sei se eles me perseguiram ou não. Eu estava muito abalada. Esse tipo de coisa nunca aconteceu comigo antes. Sempre levei uma vida muito protegida.

Parecia querer uma confirmação.

— Tenho certeza que sim — Caine disse.

— Fui procurar Hudson novamente e contei-lhe o que acontecera. Dava para ver logo de cara que ele estava tendo dificuldade para acreditar em mim. O homem continuava tentando me empurrar uma xícara de chá. Desta vez, no entanto, eu tinha uma prova.

— Prova? — Caine perguntou.

— O cavalo morto, homem — ela gritou. — Preste atenção, por favor.

— Claro — confirmou ele. — O cavalo morto. Hudson pediu desculpas quando você lhe mostrou o cavalo morto?

Ela mordiscou o lábio inferior por um longo minuto enquanto olhava para ele.

— Não exatamente — ela respondeu por fim.

— O que quer dizer com "não exatamente"?

Foi Lyon quem perguntou. Jade virou-se para encará-lo.

— Sei que achará isso difícil de acreditar, mas quando chegamos ao ponto onde o cavalo tinha caído... bem, ele desaparecera.

— Não, não acho tão difícil acreditar — disse Lyon. Ele se recostou de novo contra a poltrona.

— E você, Caine?

Caine sorriu.

— Faz tanto sentido quanto tudo o que nos contou.

— Hudson insistiu para que fôssemos até os estábulos — continuou ela. — Estava convencido de que descobriríamos que o cavalo voltara para lá sozinho.

— E ele estava correto em supor isso? — Caine perguntou.

— Não, não estava. Os homens o procuraram pelo campo o restante da manhã, mas não conseguiram encontrá-lo. No entanto, havia rastros frescos de uma carroça ao longo da trilha do lado sul. Sabe o que acho que aconteceu, Caine? Acho que eles colocaram o cavalo na carroça e o levaram para longe. O que você acha dessa possibilidade?

Ela parecia tão ansiosa que Caine ficou um pouco triste por ter que decepcioná-la.

— Você, obviamente, não tem ideia do quanto um cavalo completamente adulto pesa, Jade. Acredite-me, exigiria mais de três homens para levantá-lo.

— Difícil — interveio Lyon. — Mas não impossível.

— Talvez o animal só tenha sofrido um ferimento superficial e fugiu — Caine especulou.

— Um ferimento superficial entre os olhos? Duvido. — Ela soltou um gemido de frustração. — Nathan ficará tão chateado quando descobrir sobre sua casa e sua carruagem também.

— Sua casa? O que diabos aconteceu com a casa dele? — Caine murmurou. — Santo Deus, Jade, gostaria que contasse tudo na ordem.

— Acredito que ela finalmente chegou à parte dos incêndios — disse Lyon.

— Ardeu até o chão — Jade respondeu.

— Quando a casa pegou fogo? — Caine perguntou, soltando outro suspiro cansado. — Antes ou depois de o cavalo ser morto?

— Quase em seguida — explicou. — Hudson ordenou que a carruagem de Nathan fosse preparada para mim. Eu tinha decidido voltar para Londres e procurar Nathan. Estava farta da maneira como os criados dele estavam agindo. Eles me evitavam e lançavam olhares estranhos. Eu sabia que Nathan iria me ajudar a resolver esse enigma.

Ela não tinha percebido que erguera a voz até Caine acariciar sua mão e dizer:

— Apenas se acalme, doçura, e termine de contar.

— Você está me olhando da mesma forma que Hudson... oh, tudo bem, eu vou terminar. Estava a caminho de Londres quando o lacaio gritou que a casa de Nathan estava em chamas. Ele conseguia ver a fumaça por sobre os morros. Na mesma hora retornamos, é claro, mas quando chegamos à casa... bem, era tarde demais. Pedi aos servos que fossem à casa londrina de Nathan.

— E então você voltou para Londres? — Caine perguntou. Esfregava distraidamente a parte de trás do pescoço dela. E o carinho estava bom demais para Jade pedir-lhe que parasse.

— Seguimos pela estrada principal, mas quando dobramos em uma curva, eles estavam nos esperando. O cocheiro ficou tão assustado que fugiu.

— Miserável.

Foi Lyon quem fez essa observação. Caine concordou com a cabeça.

— Não o culpo — defendeu Jade. — Ele estava com medo. As pessoas fazem... coisas estranhas quando têm medo.

— Alguns fazem — concedeu Caine.

— Diga-nos o que aconteceu então, Jade — pediu Lyon.

— Eles trancaram as portas e incendiaram a carruagem — ela respondeu. — Consegui me espremer e passar através de uma janela mal enquadrada. Nathan investira um bom dinheiro naquele veículo, mas ele não era nada forte. Consegui arrancar as dobradiças facilmente com uns chutes. Pude puxar as dobradiças com facilidade. Acho que não vou mencionar esse fato a meu irmão, porém, pois isso só o perturbaria ainda mais... a menos, é claro, que ele pense em contratar a mesma empresa.

— Você está divagando mais uma vez — alertou-a Caine.

Lyon sorriu.

— Ela me faz lembrar Christina — admitiu. — Jade, por que não vai procurar minha esposa para mim? Ela ia arrumar uma sacola com coisas para você levar.

Jade sentiu como se acabasse de receber um indulto. Seu estômago estava embrulhado. Parecia que acabara de vivenciar outra vez aquele terror.

Não perdeu tempo para deixar a sala.

— Bem, Caine? — Lyon perguntou quando estavam sozinhos.

— O que você acha?

— Havia homens nos perseguindo ontem à noite — Caine lembrou seu amigo.

— Você acredita na história dela?

— Ela viu alguma coisa.

— Não foi isso que eu lhe perguntei.

Caine negou com um lento gesto de cabeça.

— Nem em uma única palavra — ele admitiu. — E você?

Lyon meneou a cabeça.

— É a história mais ilógica que já ouvi. Mas, se ela estiver dizendo a verdade, devemos ajudá-la.

— E se não estiver? — Caine perguntou, já adivinhando a resposta.

— Então, é melhor você se cuidar.

— Lyon, não está achando que...

Lyon não permitiu que ele terminasse.

— Vou lhe dizer o que sei — ele o interrompeu. — Em primeiro lugar, você não está sendo objetivo. Não posso culpá-lo, Caine. Reagi a Christina da mesma maneira que está reagindo a Jade. Em segundo lugar, ela está em perigo e também o colocou em perigo. Esses são os únicos fatos que podemos tomar como verdadeiros.

Caine sabia que ele estava certo. Recostou-se contra o sofá.

— Agora, diga-me o que seu instinto diz sobre essa história toda.

— Talvez tenha algo a ver com o pai dela — sugeriu Lyon, dando de ombros. — Começarei a pesquisar a história do conde de Wakerfield. Richards poderá nos ajudar.

Caine fez menção de discordar mas depois mudou de ideia.

— Mal não fará — disse ele. — Ainda assim, estou começando a me perguntar se o irmão dela não poderia estar por trás de tudo isso. Lembre-se, Lyon: Nathan foi a Londres para ajudar um amigo com problemas. Foi quando tudo isso começou.

— Se aceitarmos a história que ela nos contou.

— Sim — respondeu Caine.

Lyon soltou um longo suspiro.

— Só tenho uma pergunta para você, Caine. — Seu tom de voz era baixo e insistente. — Você confia nela?

Caine encarou o amigo por um longo tempo.

— Se aplicarmos a lógica a essa situação bizarra...

Lyon balançou a cabeça.

— Valorizo os seus instintos, amigo. Responda.

— Sim — disse Caine. Então, sorriu. Pela primeira vez em sua vida, colocou a razão de lado. — Confio nela de todo coração, mas não posso lhe dar uma razão válida para tal fato. Isso lhe parece lógico, Lyon?

O amigo sorriu.

— Eu também confio nela. Então, não tem a menor ideia de por que confia nela, Caine?

Lyon soou condescendente. Caine levantou uma sobrancelha em reação ao seu tom.

— Aonde está querendo chegar?

— Eu confio nela só porque você confia — explicou Lyon. — Seus instintos nunca falham. Você salvou a minha pele mais de uma vez porque eu lhe dei ouvidos.

— Ainda não explicou o seu ponto de vista — lembrou Caine.

— Confiei em Christina — disse Lyon — quase desde o início. Juro que foi fé cega da minha parte. Ela também me forçou a uma agradável perseguição. Agora, devo dizer que estou com a minha mulher no que diz respeito a Jade. Christina, como você sabe, tem algumas opiniões bastante incomuns. Mas desta vez ela acertou em cheio.

— No quê? — Caine perguntou.

— Creio, bom amigo, que você acabou de conhecer o seu destino. — Ele soltou uma leve risada e balançou a cabeça. — Deus o ajude agora, Caine, porque sua perseguição está prestes a começar.

Capítulo Sete

As senhoras esperavam no vestíbulo por Caine e Lyon. Uma grande sacola salpicada de cinza e branco estava no chão entre elas. Caine tentou erguê-la e então balançou a cabeça.

— Pelo amor de Deus, Jade, nenhum cavalo será capaz de suportar esta carga. O peso será demais para o animal.

Ele se apoiou em um joelho, abriu a aba da sacola e espiou lá dentro. Então, soltou um assobio baixo.

— Há um arsenal mortífero aqui — disse ele a Lyon. — Quem empacotou isso?

— Eu — Christina respondeu. — Apenas algumas armas que pensei que Jade poderia precisar para proteger vocês dois.

— Armas que Jade poderá precisar para *me* proteger? — ele parecia incrédulo. — Lyon, sua esposa está me insultando?

Lyon sorriu enquanto assentia.

— Com certeza, Caine. Você também pode se desculpar agora e acabar com isso.

— Por que, em nome de Deus, eu me desculparia?

— Para economizar tempo — explicou Lyon. Esforçava-se para não rir. Caine ficou completamente desconcertado.

— O casamento deixou você inofensivo — murmurou Caine.

— Tão inofensivo quanto um brinde com leite — declarou Lyon com um sorriso.

Caine concentrou sua atenção em retirar os itens desnecessários da bolsa.

Enquanto ambas as mulheres soltavam ligeiros protestos, Caine jogou vários punhais no chão, duas pistolas e uma ameaçadora corrente.

— Não vai precisar de tudo isso, Jade. Além disso, você é muito tímida para usar qualquer um desses itens.

Ela já reunia todas as armas outra vez.

— Deixe essas coisas aí, minha pequena guerreira.

— Ah, está bem, faça como quiser — ela resmungou. — E pare de usar apelidos carinhosos comigo. Guarde-os para as outras mulheres de sua vida. Eu não sou sua doçura, nem seu amor, e definitivamente não sou sua guerreira. Oh, não fique tão inocentemente perplexo, Caine. Christina me contou tudo sobre as outras mulheres.

Ele ainda tentava entender o comentário anterior.

— Chamar você de guerreira é um carinho nessa sua mente confusa?

— Lógico que sim, seu grosseirão — ela respondeu. — Não vou fazer você se desculpar por me chamar de confusa, mas apenas porque provavelmente você ainda está irritado com a notícia de que sua casa da cidade foi incendiada.

Caine sentiu vontade de grunhir de frustração. Ele terminou de tirar da sacola as armas desnecessárias, depois a fechou.

— Obrigado pelo trabalho que teve, Christina, mas pode precisar de suas armas para proteger Lyon. Venha, Jade — ele ordenou.

Caine pegou a sacola numa mão e a mão de Jade na outra. Seu aperto machucou-a.

Ela não se importou. Estava muito satisfeita pela forma com que contara suas histórias: a um só tempo convencera Caine e o confundira. A contração nas mandíbulas de Caine indicava que ele não estava de bom humor. Jade deixou-o arrastá-la para a porta dos fundos. O criado de Lyon preparara dois cavalos para eles. Quando Jade cruzou a porta, Christina a envolveu nos braços e abraçou-a forte.

— Boa sorte — ela sussurrou.

Caine prendeu a sacola à montaria e depois jogou Jade em cima do outro cavalo. Ela acenou em despedida enquanto atravessava o portão dos fundos atrás de Caine.

Jade voltou a olhar para trás, para Lyon e Christina. Tentou memorizar o sorriso de Christina e também o cenho franzido de Lyon, porque estava certa de que nunca mais os veria.

Christina mencionara o destino mais de uma vez para ela. Acreditava que Caine se tornaria o companheiro vitalício de Jade. Mas Christina não entendia a situação completa. E quando Christina soubesse a verdade, Jade temia que sua nova amiga nunca mais iria querer saber dela.

Era muito doloroso pensar nisso. Jade se forçou a se concentrar apenas na única razão pela qual estava ali. Seu dever era proteger Caine até que Nathan voltasse para casa.

E era isso. Seu destino havia sido determinado há alguns anos.

— Fique mais perto de mim, Jade — Caine ordenou por cima do ombro.

Jade aproximou-se dele com o cavalo.

Caine se preocupou em sair de Londres por um caminho tortuoso, para despistar. Percorreu os arredores da cidade e depois voltou, para ter certeza de que não estavam sendo seguidos.

Ele se recusou a pegar a estrada norte até estarem a uma hora de distância da cidade.

A viagem deveria levar cerca de três horas. No entanto, por causa de sua natureza cautelosa, estavam apenas na metade do caminho antes de pegarem a estrada principal.

Jade reconheceu a área.

— Se eles não a removeram, a carruagem de Nathan está um pouco à nossa frente — disse ela a Caine.

Estava mais longe do que ela se lembrava. Jade concluiu que o veículo havia sido retirado da estrada quando outra meia hora se passou e eles não o avistaram.

Então, viraram outra curva e viram-na ao lado do estreito barranco.

Caine não disse uma palavra. Sua expressão era sombria, no entanto, ao passarem pela carruagem.

— E então? — ela perguntou.

— Está destruída, deu para perceber — ele respondeu.

Jade reparou na raiva existente no tom de voz do homem e se preocupou que ele a culpasse pela destruição.

— Isso é tudo o que tem a dizer? — ela perguntou. Aproximou o próprio cavalo do dele, para que pudesse ver a expressão no rosto de Caine. — Você não acreditou em mim, não foi? É por isso que está com raiva.

— Eu acredito em você agora — ele respondeu.

Ela esperou um bom tempo antes de perceber que ele não iria dizer mais nada.

— E? — ela perguntou, pensando em obter suas desculpas.

— E o quê?

— E você não tem mais nada a dizer? — ela o pressionou.

— Poderia dizer que, assim que encontrar os desgraçados que fizeram isso, eu vou matá-los — ele respondeu num tom moderado, porém arrepiante. — E depois que estiverem mortos, provavelmente incendiarei seus corpos, só por farra. Sim, eu poderia dizer isso, mas só a abalaria, não é, Jade?

Os olhos dela se arregalaram durante a fala dele. Não havia nenhuma dúvida em sua mente de que ele queria agir conforme disse. Um tremor a atravessou.

— Sim, Caine, fico abalada em ouvir tais planos. Você não pode sair por aí matando pessoas, por mais que esteja com raiva delas.

O nobre estancou o cavalo de forma abrupta ao lado dela. Então, estendeu a mão e agarrou-a pela nuca. Ela ficou tão assustada, que não tentou se afastar.

— Eu protejo o que é meu.

Ela nem pensou em discutir. A julgar por sua expressão, Caine poderia estrangulá-la se o fizesse. Jade simplesmente olhou para ele e esperou que a soltasse.

— Entende o que estou lhe dizendo? — Caine quis saber.

— Sim — ela respondeu. — Você protege o que pertence a você. Eu entendi.

Caine sacudiu a cabeça. A inocente estava tentando aplacá-lo. De repente, ele a puxou para si, inclinou-se e a beijou. Um beijo exigente. Possessivo.

Ela ficou mais aturdida do que nunca. Caine se afastou e a encarou.

— Já é hora de entender que você vai ser minha, Jade.

Ela balançou a cabeça.

— Não pertenço a ninguém, Caine, e é hora de você entender isso.

O homem parecia furioso com ela. Então, num instante, sua expressão suavizou. Seu doce guardião estava de volta. Jade quase suspirou de alívio.

— É hora de sairmos da estrada principal outra vez — disse ele, mudando deliberadamente de assunto.

— Caine, você tem que entender...

— Não discuta — ele a interrompeu.

Ela assentiu e estava prestes a guiar o cavalo pelo declive quando Caine tirou as rédeas das mãos dela e sentou-a no colo.

— Por que estou montando com você? — ela perguntou.

— Você está cansada.

— Deu para notar?

Pela primeira vez em um longo tempo, ele sorriu.

— Deu para notar.

— Estou cansada — ela admitiu. — Caine, a égua de Lyon nos seguirá? Seu amigo ficará chateado se ela se perder.

— Ela nos seguirá — ele respondeu.

— Bom — Jade respondeu, envolvendo a cintura dele com os braços e descansando a lateral do rosto contra seu peito.

— Você cheira tão bem — ela sussurrou.

— Você também.

Ele parecia terrivelmente preocupado com ela. Também parecia determinado a seguir a rota mais difícil através da floresta. Jade suportou o inconveniente durante dez minutos, mas por fim perguntou:

— Por que está pegando esse trajeto mais complicado?

Caine afastou outro ramo baixo com o braço antes de responder.

— Estamos sendo seguidos.

Essa afirmação feita de maneira tão natural atordoou-a tanto quanto um beliscão no traseiro dado por um estranho. Ela ficou instantaneamente indignada.

— Não estamos — ela exclamou. — Eu teria notado.

Tentou se afastar dele para poder olhar por cima do ombro e ver por si mesma. Caine não permitiu que ela se movesse.

— Está tudo bem — disse ele. — Ainda estão longe de nós.

— Como sabe? — ela perguntou. — Eles nos seguiram desde que saímos de Londres? Não, é claro que não. Eu realmente teria notado. Quantos você acha que são? Caine? Tem certeza absoluta?

Ele cortou aquela avalanche de perguntas.

— Tenho certeza — ele respondeu. — Eles nos seguiram por cerca de cinco, talvez um pouco mais de seis quilômetros agora. Mais especificamente, desde que chegamos aos limites da minha propriedade. Acredito que sejam seis ou sete.

— Mas...

— Eu os avistei da última vez que retrocedemos — ele explicou com paciência.

— Eu retrocedi com você, lembra? — ela observou. — E não vi ninguém.

Parecia indignada. Caine não entendia a razão dessa reação.

— Estamos muito longe de sua casa?

— Cerca de quinze minutos de distância — respondeu Caine.

Passaram por uma clareira, um pouco mais tarde. Jade sentiu que tinha acabado de entrar no país das maravilhas.

— É lindo aqui — ela sussurrou.

O prado verdejante era rodeado por um riacho estreito que acompanhava o suave declive adjacente a uma pequena cabana. A luz do sol era filtrada pelas copas das árvores que limitavam aquele paraíso.

— Talvez o guarda-caça esteja dentro da cabana — disse ela. — Ele pode estar disposto a nos ajudar com os bandidos.

— A cabana está vazia.

— Então, teremos que apanhá-los sozinhos. Você deixou todas as pistolas para trás?

Ele não respondeu.

— Caine? Não vamos parar?

— Não — disse ele. — Estamos apenas pegando um atalho.

— Escolheu outro local para esperá-los?

— Vou levá-la para casa antes, Jade. Não quero colocar você em risco. Agora, abaixe a cabeça e feche a boca. As coisas vão ficar difíceis.

Como Caine voltara a parecer carrancudo, Jade fez o que ele pediu. Sentiu o queixo do marquês no topo de sua cabeça quando encostou o rosto contra a base da garganta dele.

— Algum dia eu quero voltar a esse lugar — ela sussurrou.

Ele não comentou nada sobre tal esperança. Também não exagerou quando disse que as coisas iriam ficar difíceis. Assim que chegaram ao campo aberto, Caine colocou o cavalo para galopar. Jade sentiu como se girasse no ar. Não era a mesma coisa do que ser atirada no Tâmisa, entretanto, já que tinha Caine para se segurar.

Fosse lá quem estivesse por trás dessa traição, enviara homens para a propriedade de Caine a fim de esperá-lo. Jade preocupou-se com a possibilidade de uma emboscada quando eles se aproximaram do terreno principal. Rezou para que seus homens estivessem lá para enfrentar a batalha.

Eles estavam prestes a alcançar o topo e a cobertura das árvores novamente quando o som de disparos de pistola ecoou. Jade não sabia como proteger as costas de Caine agora. Tentou se contorcer em seus braços para ver de onde vinha a ameaça, mesmo que instintivamente estendesse as mãos pelos ombros dele, para cobrir o máximo que pudesse.

Os tiros vinham da direção sudeste. Jade se inclinou sobre a coxa esquerda de Caine assim que outro tiro ecoou.

— Fique quieta — Caine ordenou em seu ouvido no mesmo instante que ela sentiu uma leve picada do lado direito. Ela soltou uma ligeira exclamação de surpresa e tentou olhar para a própria cintura. Parecia que um leão acabara de golpeá-la com as garras abertas. Contudo, na mesma hora, a dor começou a se dissipar. Uma sensação de queimação bastante irritante irradiou de seu flanco e Jade concluiu que fora atingida por um dos galhos que acabavam de quebrar.

Um torpor se instalou e ela colocou de lado a questão de seu arranhão insignificante.

— Estamos quase em casa — disse Caine.

Devido à sua preocupação, ela se esquecera de fingir ter medo.

— Proteja-se quando nos aproximarmos da casa — ela ordenou.

Caine não respondeu a esse comando. Ele seguiu pela estrada de trás até os estábulos. Seus homens devem ter ouvido a agitação, pois pelo menos dez deles estavam correndo para a floresta, armados.

Caine gritou para o chefe do estábulo abrir as portas e entrou. A égua de Jade o seguiu. O chefe do estábulo agarrou-lhe as rédeas e introduziu-a na primeira baia antes que Caine tivesse ajudado Jade a apear.

A pressão em sua cintura fez com que a dor em seu flanco retornasse. Ela mordeu o lábio inferior para evitar gritar.

— Kelley! — Caine gritou.

Um robusto homem de meia-idade, cabelos louros e barba cheia correu para ele.

— Sim, milorde?

— Fique aqui com Jade — ele ordenou. — Mantenha as portas fechadas até eu voltar.

Caine tentou montar seu corcel então, mas Jade agarrou a parte de trás de seu casaco e deu um forte puxão.

— Está doido? Não pode voltar lá fora.

— Deixe-me, querida — disse ele. — Eu volto já.

Ele afastou as mãos da moça e gentilmente a empurrou contra a baia. Jade não estava disposta a desistir, no entanto. Ela o agarrou pelas lapelas e o deteve.

— Mas Caine — ela choramingou enquanto ele se desvencilhava das mãos dela. — Eles querem matá-lo.

— Eu sei, meu amor.

— Então, por que...

— Quero matá-los antes.

Caine percebeu que não devia ter compartilhado sua intenção quando ela o agarrou pela cintura e apertou-o com surpreendente força.

Ambos ouviram mais dois tiros, enquanto ele se livrava do abraço.

Caine concluiu que seus homens haviam assumido a luta. Jade rezava para que seus homens já houvessem interferido e perseguido os vilões.

— Feche as portas depois que eu sair, Kelley! — Caine gritou quando montou no cavalo rapidamente e instigou o garanhão a se colocar em movimento.

Outro tiro soou apenas um minuto ou dois depois que Caine tinha saído. Jade passou correndo pelo chefe do estábulo e espiou pela pequena janela quadrada. O corpo de Caine não estava esparramado em uma poça de sangue no campo. Ela voltou a respirar.

— Não há absolutamente nada com que se preocupar — ela murmurou.

— É melhor se afastar da janela — Kelley sussurrou atrás dela.

Jade ignorou essa sugestão até ele começar a puxar seu braço.

— Milady, espere o marquês em um lugar mais seguro. Venha e sente-se aqui — continuou ele. — O marquês voltará em breve.

Ela não podia sentar-se. Jade também não conseguia parar de andar ou se preocupar. Rezou para que Matthew e Jimbo tivessem cuidado dos intrusos. Eram dois de seus homens mais leais. Ambos haviam sido bem treinados, também, já que Black Harry os treinara pessoalmente.

Aquilo era culpa de Caine, concluiu. Ela com certeza não estaria em tal estado de nervos se ele fosse de fato minimamente parecido com o seu perfil no arquivo. Ele, entretanto, parecia ter duas personalidades completamente diferentes. Oh, ela sabia que o arquivo dizia a verdade. Seus superiores se referiam a ele como um homem frio e metódico quando a tarefa em questão precisava de consideração especial.

No entanto, o homem que ela encontrou não era nem frio nem insensível. Tinha apostado nos instintos protetores de Caine, mas acreditava que ele seria muito severo, mesmo assim. Ele não se mostrara severo, no entanto. Era um homem carinhoso que já a tomara sob sua proteção.

O problema, é claro, foi a contradição. Jade não gostava de inconsistências. Isso tornava Caine imprevisível. E imprevisível significava perigoso.

As portas de repente se abriram. Caine ficou parado ali, seu cavalo ainda coberto de suor espumoso e arfando.

Jade ficou tão aliviada ao ver que ele estava seguro, que as pernas dela bambearam. Todos os músculos do seu corpo começaram a doer. Precisou sentar-se na cadeira indicada por Kelley antes de conseguir falar.

— Você está mesmo bem? — ela conseguiu perguntar.

Caine achou que ela parecia estar prestes a irromper em lágrimas. Abriu-lhe um sorriso para tranquilizá-la e, então, levou o cavalo para dentro. Depois de entregar as rédeas para o chefe do estábulo, e gesticular para os homens que o seguiam que voltassem lá para fora, apoiou-se com descontração na parede ao lado dela. Estava tentando deliberadamente fazê-la acreditar que nada fora do comum acontecera.

— A luta já havia terminado quando cheguei à floresta.

— A luta já havia terminado? Como assim? — ela perguntou. — Não entendo.

— Eles devem ter mudado de ideia — disse ele.

— Você não precisa mentir para mim — ela exclamou. — E pode parar de agir como se estivéssemos conversando amenidades, também. Agora, diga-me o que aconteceu.

Ele soltou um longo suspiro.

— A maior parte da luta já tinha terminado quando cheguei lá.

— Caine, chega de mentiras — ela exigiu.

— Não estou mentindo — ele respondeu.

— Então, diga algo que faça sentido — ela ordenou. — Você deveria ser lógico, lembra?

Ele nunca tinha ouvido aquele tom de voz nela antes. Santo Deus, ela parecia um comandante agora. Caine sorriu.

— Foi a coisa mais estranha que eu já vi — admitiu. — Peguei dois deles e depois voltei para o lugar onde imaginei que o restante do bando se escondia, mas, quando cheguei lá, eles haviam ido embora.

— Eles fugiram?

Ele meneou a cabeça em uma negativa.

— Havia evidências de que uma luta tinha ocorrido.

— Então, seus homens...

— Estavam comigo — ele interveio.

Jade cruzou as mãos no colo, os olhos baixos para que ele não pudesse ver sua expressão. Temia que não pudesse esconder seu alívio ou seu prazer. Matthew e Jimbo tinham feito bem o trabalho deles.

— Não, isso não faz sentido — a moça concordou.

— Havia evidências de luta — disse ele, observando-a de perto.

— Evidências? — ela perguntou, num suave sussurro. — Como o quê?

— Pegadas... sangue em uma folha — o marquês continuou. — Outros sinais também, mas não um corpo à vista.

— Acha que podem ter tido uma discussão entre si?

— Sem fazer um som? — ele perguntou, parecendo incrédulo.

— Você não ouviu nenhum barulho?

— Não. — Caine continuou a apoiar-se contra a parede. Ele olhou para Jade.

A moça lhe devolveu o olhar. Jade pensava que ele poderia estar filtrando as informações que recebera nas últimas horas, mas a expressão estranha no rosto dele a preocupava. De repente, lembrou-se de uma história que Black Harry gostava de contar sobre os maravilhosos e imprevisíveis ursos-pardos que vagavam pelas florestas da América do Norte. O animal era uma raça tão esperta! Harry disse que o urso, na verdade, era muito mais esperto do que seus caçadores humanos. Muitas vezes, deliberadamente levava as vítimas a uma armadilha ou as atacava pelas costas. O caçador desavisado costumava estar morto antes de perceber que virara a caça.

Caine seria tão esperto quanto o urso-pardo? Essa possibilidade era arrepiante demais para pensar a respeito.

— Caine? Você me assusta quando me olha assim — ela sussurrou. — Odeio quando franze a testa. — Ela sublinhou essa mentira torcendo as mãos. — Você lamenta ter se envolvido nessa confusão, não é? Não posso culpá-lo, sir — ela acrescentou num tom de voz melodramático. — Vai acabar sendo morto se ficar comigo. Cheguei à conclusão de que sou azarada e trago má sorte às pessoas. — Enfatizou a afirmação balançando a cabeça. — Apenas me deixe aqui, no seu estábulo, e vá para casa. Quando a noite cair, vou voltar para Londres.

— Acredito que tenha acabado de me insultar outra vez — disse ele, com voz arrastada. — Já não expliquei que ninguém toca no que me pertence?

— Acontece que eu não pertenço a você — ela disse, um pouco irritada com o fato de ele não ter ficado impressionado com sua encenação. Caine deveria estar tentando confortá-la agora, não deveria? — Você não pode simplesmente decidir que eu... oh, não importa. Você é incrivelmente possessivo, não é?

Ele assentiu.

— Sou possessivo por natureza, Jade, e você me pertencerá.

Ele parecia feroz. Jade sustentou seu olhar com coragem.

— Você não apenas está enganado, sir, mas também é bastante teimoso. Aposto que nunca compartilhou seus brinquedos quando era criança, não é? — Não lhe deu tempo para responder a essa afirmação. — Ainda assim, não queria insultá-lo.

Caine puxou-a para pô-la de pé. Ele colocou o braço em volta dos ombros dela e começou a caminhar em direção às portas.

— Caine?
— Sim?
— Você não pode continuar a me proteger.
— E por que não, meu amor?
— Um pai não deveria perder dois filhos.

Jade com certeza não levava muita fé em sua capacidade, Caine pensou. Ainda assim, parecia tão assustada que ele decidiu não se opor.

— Não, não deveria — ele respondeu. — Seu irmão também não deveria perder a única irmã. Agora, ouça-me. Não me arrependo de ter me envolvido e não vou deixar você. Eu sou seu guardião, lembra?

Sua expressão era solene.

— Não, você é mais do que o meu guardião — disse ela. — Tornou-se o meu anjo da guarda.

Antes que ele pudesse respondê-la, Jade inclinou-se na ponta dos pés e beijou-o.

— Eu não deveria ter feito isso — disse ela, sentindo-se corar. — Não costumo demonstrar muita afeição, mas quando estou com você... bem, acho que gosto quando você coloca seu braço em meus ombros ou me abraça. Eu me pergunto sobre essa mudança repentina em mim. Acha que eu posso ser uma libertina?

Caine não riu. Ela parecia muito sincera e ele não queria magoar seus sentimentos.

— Estou satisfeito por gostar que eu a toque. — Ele fez uma pausa na porta e se inclinou para beijá-la. — Eu acho que amo tocá-la. — Sua boca capturou a dela, então. O beijo foi longo, duro, exigente. Sua língua esfregou-se contra os lábios macios de

Jade até que se abriram para ele e, então, deslizou para dentro com insistência preguiçosa. Quando ele se afastou, a moça estampava em seu rosto, mais uma vez, a expressão mais perplexa do mundo.

— Você tentou ser meu escudo quando estávamos montados no cavalo, não foi, meu amor?

Jade ficou tão surpresa com essa pergunta que sua mente se esvaziou de todas as explicações plausíveis.

— O que eu fiz?

— Tentou ser meu escudo — ele respondeu. — Quando percebeu que os tiros estavam vindo...

— Eu não fiz isso — ela o interrompeu.

— E na outra noite, quando se atirou sobre mim e me desequilibrou, você realmente salvou a minha vida — ele continuou, como se ela não o tivesse interrompido.

— Não foi de propósito — ela interveio. — Eu estava com medo.

Jade não conseguia discernir de sua expressão o que ele estava pensando.

— Se houver uma próxima vez, prometo não me colocar em seu caminho — ela se apressou em dizer. — Por favor, perdoe-me por não estar sendo muito lógica, Caine. Nunca tinha sido perseguida antes, nunca haviam atirado em mim, nem... Sabe de uma coisa? Não estou me sentindo muito bem agora. Sinto-me doente, de verdade.

Caine levou um tempinho para perceber a mudança de tema.

— É sua cabeça, doçura? Deveríamos ter pedido a Christina para tratar desse galo.

Ela assentiu.

— É minha cabeça, minha barriga e meu flanco também — ela disse a Caine, enquanto caminhavam em direção à frente da casa principal.

Estava aliviada por suas dores terem atraído a atenção de Caine. Jade olhou ao redor, percebendo pela primeira vez como era bela a paisagem. Quando fizeram a curva, ela parou de chofre.

O trajeto parecia ser interminável. Era ladeado por árvores frondosas, a maioria delas centenárias, segundo Jade estimou. Os ramos que se curvavam do alto por cima do caminho de cascalho formavam um dossel encantador.

A casa de tijolos vermelhos tinha três andares. Na fachada, pilares brancos alinhados acrescentavam-lhe um toque majestoso. Cada uma das janelas oblongas era guarnecida por cortinas brancas mantidas no lugar por idênticos reposteiros negros. A porta da frente tinha sido pintada de negro também, e mesmo de longe já dava para perceber a atenção aos detalhes.

— Você não me disse que era tão rico — Jade declarou.

Parecia irritada com ele.

— Eu vivo uma vida confortável — ele respondeu com pouco-caso.

— Confortável? Essa mansão rivaliza com a Carlton House — disse ela.

De repente, sentiu-se fora do lugar como um peixe fora d'água. Jade afastou o braço dele de seus ombros e continuou:

— Não gosto de homens ricos.

— Que pena — ele respondeu, rindo.

— Que pena por quê? — ela perguntou.

Caine estava tentando fazê-la se mover de novo. Ela havia parado na base da escada e agora olhava para a casa como se fosse uma ameaça à sua pessoa. Ele podia ver o temor nos olhos dela.

— Tudo vai ficar bem, Jade — disse ele. — Não tenha medo.

Ela reagiu como se ele tivesse acabado de difamar sua família.

— Não tenho medo — declarou em seu tom mais altivo e com um olhar fulminante para combinar.

Fora uma reação instintiva mostrar seu desagrado de forma tão enfática, mas logo percebeu o seu erro. Ela deveria ter medo, certo? E agora Caine a olhava com aquela expressão indecifrável, outra vez.

Jade nunca teria cometido um erro assim se não estivesse passando tão mal. Santo Deus, que dor estava sentindo.

— Você insulta a si mesmo ao dizer que estou com medo — ela explicou.

— Eu... o quê?

— Caine, se ainda estivesse com medo, significaria que não levo fé em você, não é?

O sorriso súbito que ela esboçou distraiu a atenção de Caine.

— Além disso — continuou —, eu já contei onze homens armados e a postos. Presumi que estejam a seu serviço, já que não estão tentando atirar em nós. O fato de já ter tomado tão boas precauções me tranquilizou.

Seu sorriso se ampliou quando adivinhou que ele pensava outra vez no quanto ela era tola. Então, Jade tropeçou. Só que não fora outro estratagema para chamar a atenção dele, mas um autêntico tropeço, que a teria derrubado no chão se ele não a tivesse amparado.

— Meus joelhos estão fracos — ela se apressou em explicar —, não estou acostumada a andar. Solte a minha cintura, Caine. Ela está doendo.

— O que não está doendo, meu amor? — ele perguntou num tom divertido, mas com ternura nos olhos.

Ela tentou parecer ofendida.

— Eu sou mulher, esqueceu? E você disse que todas as mulheres são fracas. É por essa razão que parece tão presunçoso agora, sir? Porque acabei de dar substância à sua ultrajante opinião?

— Quando você me olha assim, eu me esqueço do quanto você me confunde. Você tem os olhos mais lindos, meu amor. Acho que sei agora como seria um fogo verde.

Ela sabia que o homem estava tentando deixá-la embaraçada. Sua piscadela lenta e sexy lhe confirmava isso. Caine sabia ser muito sedutor, aquele patife. Quando ele se inclinou e beijou o alto de sua testa, ela precisou se segurar para não deixar escapar um suspiro de prazer. Chegou a esquecer suas dores.

A porta da frente se abriu, então, atraindo a atenção de Caine. Com um suave empurrão, Jade também se virou, justo quando um homem alto e idoso apareceu na entrada.

Parecia uma gárgula. Jade presumiu que o homem fosse o mordomo de Caine. Estava vestido todo de preto, exceto pelo plastrão branco, é claro, e sua maneira austera mais do que combinava com seu traje formal. O criado parecia ter sido mergulhado num tanque de goma e posto para secar.

— Esse é o meu mordomo, Sterns — explicou Caine. — Não se assuste com ele, Jade — acrescentou quando ela se encostou um pouco mais em Caine. — Ele pode ser tão intimidante como um rei quando lhe apraz.

O tom de carinho na voz de Caine lhe dizia que ele não se sentia intimidado.

— Se Sterns gostar de você, e tenho certeza que vai, ele irá defendê-la até a morte. Não poderia ser mais leal.

O homem em discussão desceu os degraus com passos dignos. Ao encarar seu patrão, curvou-se de modo firme. Jade notou as mechas prateadas nas têmporas e estimou sua idade em cinquenta e tantos anos. Tanto o cabelo grisalho quanto o rosto de traços rudes e pouco atraentes lembravam-na de seu tio Harry.

Então, já gostava dele.

— Bom dia, milorde — declarou Sterns, antes de se virar para olhar para Jade. — A caçada foi boa?

— Não estava caçando — respondeu Caine.

— Então, os tiros de pistola que ouvi foram apenas por esporte?

O criado não se dera ao trabalho de olhar para o patrão ao fazer tal observação, mas continuou a examinar Jade minuciosamente.

Caine sorriu. Estava se divertindo com o comportamento de Sterns. O homem não era de se surpreender com facilidade, mas com certeza estava surpreso agora, e Caine sabia que ele lutava bastante para manter sua rígida compostura.

— Eu estava caçando homens, não animais — explicou Caine.

— E teve sucesso? — Sterns perguntou num tom de voz que sugeria que ele não estava minimamente interessado.

— Não — respondeu Caine. Ele soltou um suspiro pela falta de atenção do mordomo. Ainda assim, não poderia culpar o homem por se deixar enfeitiçar por Jade. Ele mesmo já passara por isso.
— Sim, Sterns, ela é muito bonita, não é?

O mordomo fez um aceno de cabeça repentino e, então, obrigou-se a voltar a atenção para o patrão.

— Sem dúvida que é, milorde — ele concordou. — Seu caráter, no entanto, ainda precisa ser discernido. — Ele apertou as mãos atrás das costas e confirmou com um gesto rápido de cabeça.

— Você verá que seu caráter é tão belo quanto ela — respondeu Caine.

— Você nunca trouxe uma senhora para casa antes, milorde.

— Não, não trouxe.

— E ela é nossa hóspede?

— Ela é — respondeu Caine.

— Estou atribuindo à questão mais importância do que deveria, por acaso?

Caine negou com um gesto de cabeça.

— Não, não está, Sterns.

O mordomo ergueu uma sobrancelha, depois assentiu de novo.

— Já estava na hora, senhor — disse Sterns. — Quer que prepare um dos quartos de hóspedes para a dama ou ela irá ocupar os seus aposentos?

Como a pergunta imoral fora formulada de forma tão prática, e porque ela ainda se ressentia da forma rude de se referir a ela como se ela não estivesse lá, Jade demorou um pouco para assimilar o insulto. Somente quando se deu total conta do que Sterns sugeria foi que ela reagiu. Jade se afastou de Caine e deu um passo em direção ao mordomo.

— Esta dama aqui exigirá um quarto próprio, meu bom homem. Um quarto com uma sólida tranca na porta. Fui clara?

Sterns empertigou-se.

— Entendo perfeitamente bem, milady — ele declarou.

E embora o tom do homem fosse digno, havia uma vivacidade brilhando em seus olhos castanhos. Era um olhar que apenas Caine tinha recebido antes.

— Eu verificarei a solidez da tranca pessoalmente — ele acrescentou com um olhar significativo na direção do patrão.

— Muito obrigada, Sterns — respondeu Jade. — Tenho muitos inimigos perseguindo-me, sabe? E não irei descansar devidamente se tiver que me preocupar com certos cavalheiros se esgueirando no meu quarto à noite para me vestir a camisola. Você pode entender isso, não pode?

— Jade, não comece... — Caine iniciou uma frase.

— Caine sugeriu que eu ficasse com sua mãe e seu pai, mas não pude fazer isso, Sterns — continuou ela, ignorando a rude interrupção de Caine. — Não quero arrastar seus queridos pais para esse triste caso. Quando alguém está sendo caçado como um condenado, não tem tempo para se preocupar com a reputação. Você não concorda, senhor?

Sterns piscou várias vezes durante a explicação de Jade, mas depois assentiu quando ela lhe lançou um olhar tão doce e expectante.

Uma trovoada ribombou à distância.

— Vamos ficar encharcados se ficarmos parados aqui fora por muito mais tempo — observou Caine. — Sterns, quero que envie Parks para chamar o médico antes que a tempestade desabe.

— Caine, isso é realmente necessário? — Jade perguntou.

— É, sim.

— Você está doente, milorde? — Sterns perguntou com preocupação aparente no olhar.

— Não — respondeu Caine. — Quero que Winters dê uma olhada em Jade. Ela sofreu um acidente.

— Um acidente? — perguntou Stern, voltando-se para Jade.

— Ele me jogou no Tâmisa — ela explicou.

Sterns levantou uma sobrancelha em reação a essa afirmação. Jade assentiu, satisfeita com seu óbvio interesse.

— Esse não é o acidente ao qual me referi — murmurou Caine. — Jade tem um galo bastante grande na cabeça. Isso a tem deixado um pouco confusa.

— Oh, isso — respondeu Jade. — Não me incomoda tanto quanto a fisgada em meu flanco. Mas não quero que seu médico me apalpe. Não permitirei.

— Você precisa ser examinada — respondeu Caine. — Prometo a você que ele não irá apalpá-la. Não vou deixar.

— Receio que não seja possível buscar Winters para ver a dama — interveio Sterns. — Ele está desaparecido.

— Winters está desaparecido?

— Faz mais de um mês agora — explicou Sterns. — Devo mandar chamar outro médico? Sua mãe recorreu a Sir Harwick quando não conseguiu localizar Winters. Creio que ficou satisfeita com seus serviços.

— Quem precisou da atenção de Sir Harwick? — Caine perguntou.

— Seu pai, embora ele tenha protestado com muita veemência — esclareceu Sterns. — Sua perda de peso tem deixado sua mãe e suas irmãs muito preocupadas.

— Ele se aflige por Colin — disse Caine, num tom abrupto e também cansado. — Espero em Deus que ele se recupere logo. Está certo, Sterns, envie Parks a Harwick.

— Não envie Parks a Harwick — ordenou Jade.

— Jade, agora não é o momento para ser do contra.

— Milady, o que lhe aconteceu nesse infeliz acidente? Alguém golpeou sua cabeça?

— Não — ela respondeu timidamente. Ela baixou os olhos para o chão. — Eu caí. Por favor, não se aflija por mim, Sterns — ela acrescentou ao reparar na sua expressão de compaixão. — É só um galinho de nada. Quer ver? — ela perguntou, enquanto afastava o cabelo da testa.

O movimento fez a lateral de seu corpo começar a incomodá-la novamente. Desta vez, não conseguiu disfarçar a dor que sentiu.

Sterns não poderia ter se mostrado mais interessado em seu machucado, nem mais compassivo. Bem diante de Caine, o mordomo transformou-se na dama de companhia de Jade. Balbuciou toda sorte de condolências e, quando Jade aceitou seu braço e os dois começaram a subir os degraus juntos, Caine foi deixado para trás, assistindo à cena.

— Devemos colocá-la na cama imediatamente, querida senhora — declarou Sterns. — Como foi que caiu, se posso perguntar?

— Perdi o equilíbrio e caí da escada — ela respondeu. — Foi minha culpa, sou muito desajeitada.

— Oh, não, tenho certeza de que não é desajeitada — Sterns se apressou em protestar.

— É muita gentileza sua, Sterns. Sabe? Já não dói tanto agora, mas meu flanco... bem, sir, não quero alarmar você, nem desejo que pense que sou chorona... Caine acha que não faço nada além de reclamar e chorar. Essas foram as palavras dele, sir. Sim, foram mesmo...

Caine apareceu atrás dela e a segurou pelos ombros.

— Vamos dar uma olhada nisso. Tire o casaco.

— Não — ela respondeu enquanto entrava no vestíbulo. — Você só quer me apalpar, Caine.

Uma fila de criados esperava para cumprimentar o patrão. Jade passou por eles de braço dado com Sterns.

— Senhor, o meu quarto fica na parte da frente da casa? Espero que sim. Adoraria ter uma janela de frente para a bela vista do caminho e da floresta além.

Por causa de seu tom de voz alegre, Caine decidiu que ela estava exagerando sobre suas dores.

— Sterns, leve-a ao andar de cima e acomode-a, enquanto eu cuido de alguns assuntos.

Não esperou por uma resposta, mas virou-se e saiu pela porta da frente de novo.

— Mandem Parks buscar o médico — Sterns falou do alto da escada. O mordomo virou-se para Jade. — Não discuta conosco, minha querida. Você me parece terrivelmente pálida. Não pude deixar de notar que suas mãos estão frias como gelo.

Jade rapidamente afastou sua mão da dele. Ela não tinha percebido que a segurara enquanto subia os degraus. Sterns notara, é claro. A pobrezinha estava obviamente esgotada. Na verdade, estava trêmula.

— O sol já vai se pôr. Você jantará em sua cama — comunicou-a. — O milorde realmente a jogou no Tâmisa? — ele perguntou, quando pensou que ela estava prestes a discutir suas decisões.

Ela sorriu.

— Sim, jogou — ela respondeu. — E ainda não se desculpou por isso. E também jogou minha bolsa. Agora sou pobre — ela acrescentou, novamente alegre. — Lady Christina me cedeu algumas das suas adoráveis roupas, e agradeço a Deus por isso.

— Não me parece muito triste com sua atual situação — observou Sterns. Ele abriu a porta do quarto, depois recuou para que ela pudesse passar.

— Oh, creio que de nada adianta ficar triste — ela respondeu. — Céus, Sterns, que quarto lindo! Dourado é a minha cor favorita. A colcha é de seda?

— Cetim — esclareceu Sterns, sorrindo pelo entusiasmo no seu tom de voz. — Posso ajudá-la a tirar o casaco, milady?

Jade assentiu.

— Você abriria a janela primeiro? Está um pouco abafado aqui. — Ela caminhou até lá para olhar para fora, calculando a distância até o limiar das árvores. Matthew e Jimbo estariam à espera de seu sinal, ao cair da noite. Estariam vigiando as janelas para ver uma vela acesa, o sinal que haviam combinado, para indicar que tudo estava bem.

Jade virou-se quando Sterns começou a puxar seu casaco.

— Mandarei que o lavem, milady.

— Sim, por favor — ela respondeu. — Acredito que haja um pequeno rasgo na lateral também, Sterns. Poderia pedir que alguém reparasse isso?

Sterns não respondeu. Jade olhou para o rosto dele.

— Está passando mal, sir? — ela perguntou. O rosto do criado de repente pareceu adquirir um tom esverdeado. — Sterns, sente-se. Não me leve a mal, mas acredito que possa estar a ponto de desmaiar.

Ele sacudiu a cabeça quando Jade lhe indicou a poltrona perto da janela. O mordomo enfim recuperou a voz. E reivindicou a plenos pulmões a imediata presença do patrão.

Caine estava começando a subir os degraus externos quando ouviu o berro de Sterns.

— O que foi que ela fez agora? — murmurou consigo mesmo. Atravessou o vestíbulo onde os criados se encontravam mais uma vez alinhados, fez-lhes um aceno geral e depois subiu a escada correndo.

Parou abruptamente quando chegou à entrada do quarto, pois a visão que encontrou o surpreendeu.

Sterns lutava para sair da poltrona. Jade o segurava ali com uma mão no ombro dele. E, com a outra, abanava-o com um livro fino.

— O que, em nome de Deus... Sterns? Está passando mal?

— Ele desmaiou — anunciou Jade. — Ajude-me a levá-lo para a cama, Caine.

— Seu flanco, milorde — protestou Sterns. — Querida senhora, pare de abanar esse livro na minha cara. Caine, dê uma olhada em seu flanco.

Caine compreendeu antes de Jade. Ele correu para ela, virou-a e, quando viu a quantidade de sangue que empapava sua blusa branca, também desejou sentar-se.

— Santo Deus — ele sussurrou. — Oh, querida, o que aconteceu com você?

Jade soltou um suspiro alto quando constatou o dano. Teria cambaleado para trás se ele não a tivesse segurado.

— Meu amor, não sabia que estava sangrando?

Ela estava estupefata.

— Eu não sabia. Achei que fosse um arranhão de um dos galhos.

Sterns se posicionou do outro lado de Jade.

— Ela perdeu uma quantidade considerável de sangue, milorde — ele sussurrou.

— Sim, perdeu — respondeu Caine, esforçando-se para não parecer preocupado demais. Não queria que ela ficasse mais assustada.

Suas mãos tremiam quando delicadamente levantou a roupa de sua cintura. Ela percebeu.

— É sério, não é? — ela sussurrou.

— Não olhe, querida — disse ele. — Está doendo?

— No instante em que vi todo esse sangue, começou a doer à beça.

Então, Jade notou o furo na roupa de Christina.

— Eles arruinaram a linda blusa da minha amiga! — ela exclamou. — Os desgraçados a perfuraram com um tiro. Basta olhar para aquele buraco, Caine. É do tamanho de um... de um...

— Tiro de pistola? — Sterns sugeriu.

Caine tinha conseguido remover a blusa e agora usava a faca para cortar a roupa branca.

— Ela está trêmula — Sterns sussurrou. — É melhor colocá-la na cama antes que desmaie.

— Eu não vou desmaiar, Sterns, e você deve se desculpar por pensar que eu o faria. Caine, solte-me. Não é decente cortar minhas roupas. Cuidarei desse ferimento sozinha.

De repente, Jade estava desesperada para tirar ambos os homens do seu quarto. Desde o momento em que vira a ferida, seu estômago ficara embrulhado. Agora, sentia a cabeça zonza e os joelhos vacilantes.

— Bem, Sterns? — ela perguntou. — Vou receber minhas desculpas ou não?

Antes que o mordomo tivesse chance de responder, Jade disse:

— Maldição. Vou *mesmo* desmaiar, afinal de contas.

Capítulo Oito

Jade despertou com um sobressalto. Ficou surpresa ao ver que se encontrava na cama, pois não tinha a menor ideia de como havia chegado lá. Depois de um longo momento, a verdade se revelou. Santo Deus, ela realmente havia desmaiado.

Estava começando a aceitar esse fato e a lidar com a humilhação quando percebeu que a brisa que entrava pela janela aberta estava esfriando sua pele nua.

Ela abriu os olhos e encontrou Sterns inclinando-se sobre ela de um lado da cama e Caine fazendo o mesmo do lado oposto. Seus cenhos intensamente franzidos quase bastaram para fazê-la desmaiar mais uma vez.

— O tiro a atravessou — Caine murmurou.

— Graças a Deus por isso — Sterns sussurrou.

— Qual de vocês, seus canalhas, removeu minhas roupas quando eu não estava olhando? — ela perguntou num tom de voz tão frio quanto uma geada recente.

Sterns sobressaltou-se visivelmente. Caine limitou-se a sorrir.

— Está se sentindo melhor, milady? — perguntou o mordomo depois de recuperar a compostura.

— Sim, obrigada. Sterns? Por que está segurando a minha mão? — ela quis saber.

— Para mantê-la parada, milady — ele respondeu.

— Pode me largar agora. Não irei interferir na tarefa de Caine.

Depois de o mordomo acatar esse pedido, ela logo tentou afastar as mãos de Caine do seu flanco.

— Você está me cutucando, Caine — ela sussurrou.

— Estou quase terminando, Jade.

Sua voz pareceu terrivelmente rude para ela, mas, ao mesmo tempo, Caine estava sendo muito delicado. Era uma contradição.

— Está zangado comigo, Caine?

Ele nem sequer se preocupou em encará-la quando deu sua resposta curta.

— Não.

— Poderia soar um pouco mais convincente — ela respondeu. — Você está zangado — acrescentou com um aceno de cabeça. — Não entendo por que... — Ela se deteve para soltar um suspiro.

Caine presumiu que o curativo que aplicava em seu machucado havia causado o desconforto.

— Está muito apertado? — perguntou ele, seu semblante repleto de preocupação.

— Você acha que isso é tudo culpa minha, não é? — ela balbuciou. — Acha que eu propositalmente...

— Oh, não, milady — interrompeu Sterns. — O marquês não a culpa. Não era sua intenção ser alvejada. Milorde sempre fica um pouco...

— Mal-humorado? — ela sugeriu.

O mordomo assentiu.

— Sim, ele fica mal-humorado quando está preocupado.

Ela voltou sua atenção para Caine.

— Desculpe-me se o preocupei — disse ela, então. — Ainda está preocupado?

— Não.

— Então, o ferimento não é tão terrível como parecia?

Caine concordou com a cabeça. Deu os últimos retoques em sua obra antes de lhe dar atenção total.

— É apenas uma ferida superficial — explicou ele. — Você deve voltar à ativa em breve.

Ele parecia mesmo estar falando sério quando disse isso. Jade sentiu-se aliviada.

— Cubra minhas pernas, Sterns, e não olhe enquanto estiver fazendo isso — ela ordenou. Sua voz recuperara algo da energia, estimulando um sorriso no homem de rosto severo.

Jade estava usando apenas sua roupa de baixo agora. Um dos lados da camisola com borda de renda havia sido rasgado para expor seu ferimento. Ela compreendeu a necessidade de ter as roupas removidas, mas, agora que sabia que não corria mais risco de morrer, seu pudor precisava ser preservado.

O mordomo fez conforme ela solicitou e, então, retirou-se para buscar uma bandeja com o jantar para ela. Jade e Caine ficaram a sós.

— Não me importo se é apenas um ferimento superficial insignificante — disse ela. — Decidi que vou prolongar isso, Caine.

Ele se sentou na lateral da cama, segurou a mão dela e lançou-lhe um sorriso eletrizante.

— Por que tenho a sensação de que há algo por trás dessa declaração?

— Que perspicaz de sua parte, senhor — ela respondeu. — Há algo, sim. Enquanto eu estiver prolongando isso, você ficará ao lado do meu leito de convalescente. Isto, afinal de contas, deve ser culpa sua — ela acrescentou com um aceno de cabeça.

Ela teve que morder o lábio inferior para não rir. Caine parecia totalmente confuso.

— Hã? — ele indagou quando ela o encarou com expectativa. — Como chegou à conclusão de que isso é minha culpa?

Ela deu de ombros.

— Ainda não descobri ao certo, mas o farei. Agora, dê-me a sua palavra, Caine. Não repousarei com tranquilidade até saber que não vai sair do meu lado.

— Está certo, meu bem — ele respondeu. Sua piscadela foi lenta e diabólica. — Não sairei do seu lado dia e noite.

A importância dessa declaração não passou despercebida para ela.

— Você pode ir para a própria cama à noite — ela respondeu.

— Posso, é? — ele perguntou secamente.

Jade decidiu não provocá-lo mais, presumindo que ele ficaria mal-humorado se ela persistisse com suas ordens. Além disso, ela havia ganhado aquele round, não?

O inconveniente de ser alvejada por um disparo iria se transformar em uma bela vantagem. Ela agora tinha uma razão perfeitamente convincente para mantê-lo ao seu lado. Ora, bastaria que prolongasse aquilo até que Nathan viesse buscá-la.

Jade não se dera conta do quanto estava exausta. Adormeceu logo após o jantar, com a bandeja ainda empoleirada no colo, e só despertou uma vez durante a noite. Duas velas proporcionavam uma luz suave na mesa de cabeceira. Jade lembrou-se do sinal que precisava dar a Jimbo e Matthew para que soubessem que tudo estava bem e imediatamente afastou as cobertas.

Então, avistou Caine. Ele estava esparramado na poltrona adjacente à cama, os pés descalços apoiados na cama, a camisa branca aberta até a cintura, mergulhado num sono profundo.

Jade não sabia dizer por quanto tempo o observou. Disse a si mesma que estava apenas se certificando de que ele estava profundamente adormecido. Deus, ela o achava tão atraente! E logo havia se tornado muito mais do que apenas bonito. Era como um abrigo seguro da tempestade, e o desejo de apoiar-se nele, de deixá-lo cuidar dela, chegava quase a oprimi-la.

Seu anjo da guarda começou a roncar, tirando-a de seu transe. Ela desceu da cama com cuidado, apanhou uma das velas e ficou de pé na frente da janela.

Uma chuva leve caía sobre a paisagem. Jade sentiu-se um pouco culpada que seus homens estivessem se ensopando lá fora. Se ela tivesse dado o sinal mais cedo, eles poderiam ter encontrado abrigo seco antes.

— O que está fazendo?

Jade quase deixou cair a vela, de tão assustada que ficou ao ouvir a voz tonitruante de Caine.

Virou-se e encontrou-o a poucos passos de distância.

— Estava apenas olhando pela janela — ela se justificou, sussurrando. — Não quis acordar você.

O cabelo de Caine estava despenteado e ele parecia estar mais dormindo do que acordado, de fato. Uma mecha caíra sobre sua testa, dando-lhe uma aparência um tantinho vulnerável. Sem pensar no que fazia, ela alisou os cabelos dele, colocando-os de volta no lugar.

— Você pode olhar pela janela amanhã — ele retorquiu, sua voz rouca de sono.

Depois de fazer essa declaração, ele retirou a vela dela, depositou-a de volta na mesa e, em seguida, arrogantemente gesticulou para que ela voltasse para a cama.

— Seu ferimento está doendo? — ele perguntou.

Não achou que ele estivesse excessivamente preocupado com seu machucado, porque havia bocejado quando fez a pergunta.

Jade começou a dizer-lhe que não, que não estava doendo de modo algum, e então reconsiderou.

— Sim — disse ela. — Está doendo sim, mas só um pouquinho — acrescentou quando a expressão dele exibiu um pouco de preocupação. — Por que estava dormindo na poltrona?

Ele retirou a camisa antes de responder.

— Você estava ocupando a maior parte da cama — explicou. — Não queria deslocar você.

— Não queria me deslocar? Por que iria querer me deslocar?

Caine apagou as velas, puxou as cobertas e esticou-se ao lado dela. Então, ofereceu uma resposta vaga.

— Vou ficar com você até que adormeça novamente.

— Mas, Caine, isso não é nada apropriado...

— Vá dormir, meu amor. Você precisa descansar.

Ela enrijeceu quando ele colocou o braço em volta dela. A mão dele repousou entre seus seios. Quando tentou afastá-la delicadamente, ele pegou sua mão e a segurou.

— Isso realmente não é de forma alguma... — Ela deixou de protestar no meio da frase, percebendo que desperdiçava energia à toa. Caine já roncava de novo e com certeza não iria ouvir uma palavra do que ela falasse.

Concluiu que não faria tanto mal deixá-lo dormir com ela por um curto período de tempo. Afinal, tinha mantido o homem bastante atarefado e ele por certo precisava daquele descanso. Já havia notado como ele se tornava mal-humorado quando ficava cansado. Era estranho, mas achava aquele defeito atraente.

Jade aconchegou-se contra ele e fechou os olhos. Instintivamente, soube que ele se comportaria. Ele era um cavalheiro, e havia dado sua palavra de que jamais se aproveitaria dela.

Claro que estava tão exausta quanto ele parecia estar, pois adormeceu lutando com um pensamento confuso.

Começava a desejar que ele não fosse assim tão gentil, no fim das contas.

O médico, Sir Harwick, não pôde ser localizado por dois dias e duas noites completos. Caine enviou mensageiros para sua casa em Londres e para a sua propriedade no campo. Harwick enfim foi localizado na residência de Lady McWilliams, atendendo a um parto. Ele enviou uma missiva de volta a Caine explicando que, assim que seu dever estivesse concluído, iria imediatamente até a propriedade do marquês.

Caine vociferou a respeito desse inconveniente até Jade lembrá-lo de que sua condição não representava risco de vida, um fato, acrescentou ela, que o mensageiro havia relatado ao médico, e que, de qualquer forma, ela estava começando a se sentir muito melhor e que não precisava nem queria que ninguém a ficasse cutucando.

Prolongar aquilo logo se tornou uma tortura para Jade. Ela não suportava o confinamento.

O tempo parecia acompanhar o seu estado de espírito, também. Desde o momento em que chegara à casa de Caine, não tinha parado de chover.

O humor de Caine era tão azedo quanto o seu próprio. Ele lembrava a ela um animal enjaulado. Toda vez que entrava no quarto dela para lhe falar, ficava andando de um lado para o outro, as mãos unidas com firmeza atrás das costas, enquanto a interrogava severamente a respeito de seu passado, seu irmão e todos os eventos que levaram ao assassinato que ela tinha testemunhado. Caine sempre encerrava cada sessão de duelo comentando que ainda não havia reunido informações suficientes para tirar conclusões substanciais.

Sua frustração era quase palpável. Jade descobriu que tentar enrolá-lo era um bocado enervante. Ela era cuidadosa em não proporcionar-lhe muitos fatos verdadeiros ou muitas mentiras, também, mas, Deus, era um trabalho cansativo.

Eles passavam muito tempo gritando um com o outro. Jade o acusava de ter ficado arrependido de se envolver em seus problemas. Ele, é claro, sentia-se insultado por tal acusação. Ainda assim, não se apressava em negar.

No fundo, no fundo, Jade achava que ele já não a considerava atraente. Ora, ele nem sequer tentava mais beijá-la, ou dormir ao seu lado, e no terceiro dia, mal direcionara uma palavra civilizada a ela.

Na quarta noite de seu confinamento, o controle de Jade foi para o brejo. Ela arrancou o curativo novo que Sterns tinha trocado para ela apenas algumas horas antes, pediu que lhe preparassem um banho e, depois, anunciou que estava completamente recuperada.

Quando terminava de lavar o cabelo, seu estado de espírito havia melhorado de maneira considerável. Sterns ajudou-a a secar os longos cachos, depois a sentou em frente à lareira, onde um forte fogo ardia.

Depois que Sterns instruiu os criados a mudar a roupa de cama e retirar a banheira, ele insistiu em colocar Jade de volta na cama.

Assim que a escuridão caiu, Jade fez sinal aos seus homens, depois voltou para a cama. Ela abriu um dos livros que havia pegado na biblioteca de Caine e aconchegou-se para ler ao som dos distantes barulhos do trovão.

A tempestade, entretanto, revelou ser mais do que apenas uma tormenta. Uma árvore gigantesca, alta como a casa de três andares de Caine, foi derrubada no chão por um raio tão poderoso, que as raízes expostas ficaram brilhando com um estranho tom de vermelho durante um bom tempo. O estrondo do trovão sacudiu a casa e, na sequência, um chiado crepitante de madeira sendo queimada estourou e ecoou no ar noturno como carne assando em uma fogueira a céu aberto.

Todas as mãos disponíveis foram necessárias nos estábulos para acalmar os cavalos assustados. O cheiro do incêndio fora captado por suas narinas, ou pelo menos foi isso que Kelley, o chefe dos estábulos, declarou. Precisaram chamar Caine, pois não conseguiram acalmar seu garanhão. Assim que ele adentrou os estábulos, no entanto, sua montaria imediatamente parou de teimosia.

Foi bem depois da meia-noite que Caine retornou para a casa principal. Embora fosse apenas uma curta distância até os estábulos, ainda assim ele ficara encharcado. Deixou suas botas, meias, jaqueta e camisa na entrada e subiu as escadas. Outro estrondo de trovão sacudiu a casa quando Caine estava prestes a entrar em seu quarto.

Jade deveria estar aterrorizada, disse a si mesmo quando mudou de direção. Faria uma rápida visita a ela para se certificar de que estava bem. Se estivesse dormindo profundamente, ele a deixaria em paz. Se ainda estivesse acordada, entretanto... então, talvez pudessem ter outra discussão acalorada sobre os males do mundo e a inferioridade das mulheres. Esse pensamento fez Caine sorrir em expectativa. Jade estava se revelando tudo, menos inferior. Ela zombava das crenças dele, também. Mas iria para o túmulo antes de admitir esse fato para ela, porque era divertido demais vê-la tentando esconder as próprias reações às suas opiniões.

Na verdade, foi um pouco surpreendente para ele quando se deu conta de que, de fato, queria mesmo conversar com ela. Decerto havia várias outras coisas que ele queria fazer também, mas se forçou a suprimir esses pensamentos.

Parou e bateu à porta dela. O que não fez, no entanto, foi lhe dar tempo de dizer-lhe que fosse embora, nem tempo, se ela estivesse dormindo, de acordar. Nada disso: abriu a porta antes que ela pudesse ter qualquer reação.

Ficou satisfeito ao ver que ela não dormia. Caine recostou-se contra o batente da porta e olhou para ela por um longo tempo. Um acolhedor sentimento de satisfação o preencheu. Nos últimos dias, começara a aceitar que gostava de tê-la em sua casa, e mesmo quando ela lhe fazia cara feia, sentia como se houvesse alcançado o paraíso. Devia mesmo ser insensato, pensou então, pois estava começando a amar suas expressões de descontentamento. O fato de ele conseguir deixá-la irritada com tanta facilidade indicava que Jade se importava, mesmo que apenas um pouquinho.

A mulher o enfeitiçara. Caine não gostou de admitir essa verdade... ainda assim, ela era tão bela, tão macia, tão feminina. Um homem só precisava de um pouco mais disso para se render por completo. Que Deus o ajudasse, pois ele sabia que estava se aproximando desse ponto.

Estava se tornando um tormento para ele não tocá-la. Seu humor refletia a batalha que travava. Sentia-se amarrado por dentro e, toda vez que a via, queria tomá-la em seus braços e fazer um amor apaixonado com ela.

Ainda assim, não conseguia ficar longe de Jade. De hora em hora, continuava entrando no quarto para verificar como ela estava. Santo Deus, chegava até a observá-la dormindo.

Jade não tinha como saber o tormento pelo qual ele passava. Não ficaria tão serena assim se fizesse alguma ideia das fantasias que passavam por sua cabeça.

Ela era uma inocente, de fato. Estava sentada na cama com as costas apoiadas num monte de travesseiros, parecendo tão pura e virginal enquanto balançava a cabeça para ele.

Duas velas queimavam na mesa lateral e ela segurava um livro nas mãos. Enquanto ele continuava a encará-la, Jade fechou lentamente o livro, o olhar direcionado a ele o tempo todo, e depois soltou um longo suspiro.

— Sabia que deveria ter trancado a porta — ela declarou. — Caine, não estou em condições de passar por outro interrogatório hoje à noite.

— Está bem.

— Está bem?

O fato de ele ter concordado com tamanha facilidade obviamente a surpreendeu. Ela parecia desconfiada.

— Está falando sério, sir? Não vai me importunar?

— Falo sério, sim — ele assegurou com um sorriso.

— Ainda assim, não deveria estar aqui — disse a ele com aquela voz rouca e sensual que Caine achava tão excitante.

— Dê-me uma boa razão por que eu não deveria estar aqui.

— Minha reputação está em jogo e você está praticamente nu — ela respondeu.

— São duas razões — observou ele.

— Onde está com a cabeça? — perguntou, quando ele fechou a porta atrás de si. — Seus criados saberão que está aqui.

— Pensei que não se importasse com sua reputação, Jade. Mudou de ideia, então?

Ela balançou a cabeça em uma negativa. A luz das velas cintilou em seus cabelos com o movimento. Ele ficou hipnotizado.

— Eu não me importava com a minha reputação quando pensei que fosse me matar, mas, agora que me deu esperança de me manter viva e bem, mudei de ideia.

— Jade, Sterns sabe que eu dormi aqui na primeira noite, quando...

— Aquilo foi diferente — ela o interrompeu. — Eu estava doente, ferida, e você estava preocupado. Sim, definitivamente aquilo foi diferente. Agora eu me recuperei. Os criados por certo contarão à sua mãe, Caine.

— Minha mãe? — Ele começou a gargalhar. — Não precisa se preocupar com os criados, Jade. Estão todos dormindo. Além disso, minhas intenções não são lascivas.

Ela tentou não deixá-lo perceber sua decepção.

— Eu sei — ela disse com outro suspiro de zombaria. — Mas se não está querendo arranjar encrenca, por que está aqui tão tarde da noite?

— Não me lance esse olhar de desconfiança — ele respondeu. — Achei que poderia estar assustada com a tempestade, só isso. — Ele fez uma pausa para franzir a testa para ela, depois acrescentou:

— A maioria das mulheres ficaria apavorada. Mas você não está, não é mesmo?

— Não — ela respondeu. — Sinto muito.

— Sente muito por quê?

— Porque você parece desapontado. Desejava me confortar?

— Esse pensamento passou pela minha cabeça — ele admitiu secamente. Sua carranca se intensificou quando percebeu que Jade estava tentando não rir dele. Afastou-se da porta e caminhou até a lateral da cama. Jade recolheu as pernas um segundo antes de ele se sentar.

Ela tentou desesperadamente não fixar a vista no seu peito nu. O emaranhado de pelos escuros e encaracolados que se afilavam em uma linha terminava no centro da barriga. Queria resvalar os dedos sobre aqueles pelos crespos, sentir o seu calor contra os seios e...

— Céus, Jade, a maioria das mulheres teria medo.

Sua voz a arrancou de seus pensamentos eróticos.

— Não sou como a maioria das mulheres — ela respondeu. — É melhor entender isso de uma vez, Caine.

Ele estava tendo problemas para entender o que quer que fosse naquele momento. Olhou fixamente para os botões no alto de sua camisola branca, imaginando a pele sedosa escondida debaixo dela.

Sua respiração estava entrecortada. Agora que sabia que ela não estava preocupada com a tempestade, realmente deveria ir embora. Suas calças, molhadas por causa da tempestade, provavelmente estavam ensopando as cobertas.

Ele sabia que deveria sair, mas não conseguia se mexer.

— Não sou de forma alguma como a maioria das mulheres que você conhece — afirmou Jade, apenas para preencher o súbito e incômodo silêncio. Gotas de água pontilhavam os ombros e os braços musculosos. À luz das velas, a umidade fazia sua pele bronzeada brilhar. Ela voltou a atenção para a cintura dele. Isso foi um erro, ela percebeu. A protuberância entre suas coxas era muito evidente... e estava despertando. Sentiu-se enrubescer em resposta.

— Você está ensopado — ela falou num ímpeto. — Andou zanzando pela tempestade, seu insensato?

— Tive que ir aos estábulos para ajudar a acalmar os cavalos.

— Seu cabelo fica encaracolado quando está molhado — acrescentou. — Você deve ter odiado isso quando era criança.

— Eu odiava tanto isso que não compartilhava os meus brinquedos — disse ele.

Seu olhar direcionou-se para os seios dela. Notou os mamilos túrgidos roçando contra o fino tecido da camisola. Exigiu-lhe um supremo ato de disciplina não tocá-la. Estava a ponto de perder todo o controle, e até mesmo um simples beijo de boa-noite o faria esquecer suas boas intenções.

Outro relâmpago iluminou o quarto, seguido por um estrondo de trovão de arrebentar os tímpanos. Caine estava fora da cama e de pé junto à janela antes que Jade houvesse afastado as cobertas.

— Esse com certeza atingiu alguma coisa — anunciou Caine. — Não creio ter visto uma tempestade tão feroz quanto essa.

Ele perscrutou a escuridão, procurando por sinais de um incêndio em ascensão. Então, sentiu Jade segurando a sua mão. Ocultou sua preocupação quando se virou para fitá-la.

— Logo, logo vai parar — ela prometeu. Assentiu quando ele pareceu muito surpreso, apertou-lhe a mão para tranquilizá-lo e acrescentou: — Você verá.

Não podia acreditar que ela, de fato, estava tentando consolá-lo. Como Jade parecia muito sincera, não se atreveu a rir. Não queria ferir seus ternos sentimentos, e se ela sentia a necessidade de tranquilizá-lo, permitiria que o fizesse.

— Titio costumava me dizer, sempre que havia uma tempestade, que os anjos estavam discutindo — contou ela. — Ele dizia isso como se eles estivessem se divertindo à beça.

— E você acreditava em seu tio? — ele perguntou com um tom divertido.

— Não.

Então, ele riu, um som ribombante que lembrava o trovão.

— Começo a apreciar sua franqueza, Jade. Acho isso muito encantador.

Ela não pareceu ter gostado de ouvir essa sua opinião. Soltou a mão dele e balançou a cabeça novamente.

— Tudo é sempre preto no branco para você, não é? Nunca há espaço para nuances, há? Tentei acreditar no meu tio, mas sabia que ele mentia para apaziguar o meu medo. Às vezes, Caine, uma mentira serve para o bem. Entende o que estou dizendo?

Ele a contemplou por um longo tempo.

— Dê-me outro exemplo, Jade. — Sua voz sussurrante era suave. — Já mentiu para mim?

Ela assentiu lentamente.

Vários batimentos cardíacos depois, Caine perguntou:

— E que mentira foi essa?

Ela não respondeu rápido o bastante para agradá-lo. De repente, as mãos dele estavam em seus ombros e ele a girou em um gesto vigoroso para que o encarasse. Então, tocou seu queixo e o empurrou para cima, forçando-a a olhá-lo. — Explique essa mentira! — ele exigiu.

A expressão em seus olhos causou-lhe um arrepio. Ela não conseguiu enxergar calor algum ali. A cor havia se transformado no cinza das manhãs de inverno.

— Então, não consegue suportar uma mentira, não importa o motivo?

— Diga-me que mentira foi essa — ele ordenou de novo.

— Eu não desgosto tanto assim de você, na verdade.

— O quê? — ele perguntou, parecendo incrédulo.

— Eu disse que não desgosto tanto assim de você.

— É só isso? É essa a mentira que você...
— Sim.
Ela podia sentir a tensão diminuir nas mãos que a seguravam.
— Santo Deus, Jade, pensei que fosse algo sério.
— Como o quê? — ela exigiu saber, erguendo a voz.
— Como o fato de ser casada, talvez — respondeu Caine, ele próprio quase gritando. — Já sei que não desgosta tanto assim de mim — ele acrescentou com um tom de voz mais suave.
— Você é impossível — ela gritou. — E também inflexível. Se eu escondesse outras mentiras, com certeza não as admitiria para você agora. Você fica muito mal-humorado.
— Jade?
— Sim?
— Que outras mentiras?
— Pensei em lhe dizer que era casada — disse ela, então. — Mas não sou nada boa em invenções e achei que não fosse acreditar em mim.
— Por que iria querer que eu acreditasse que você era casada?
Ele agora esfregava os ombros dela de forma distraída.
— Porque — ela apressou-se em dizer —, na taberna, bem, você estava olhando para mim exatamente como um tigre planejando a próxima refeição, e pensei que, se acreditasse que eu era casada... ou tivesse me tornado viúva recentemente, então eu ganharia a sua compaixão.
— Então, você queria a minha compaixão, e não a minha luxúria?
Ela assentiu.
— Você tem que admitir que estamos atraídos um pelo outro. Nunca quis que um homem me tocasse da maneira que quero que... você me toque.
— É bom saber disso, meu amor.

— Oh, você já sabe disso — ela sussurrou. — Pare de parecer tão satisfeito consigo mesmo. Era inevitável que isso acontecesse mais cedo ou mais tarde.

— O que era inevitável que acontecesse?

— Eu encontrar alguém de quem eu desejasse ficar um pouco íntima — ela explicou.

— Fico feliz que tenha acontecido comigo — admitiu ele.

Ele envolveu seus braços ao redor dela e puxou-a contra si.

— Jade, quer que eu a toque agora?

Ela desvencilhou-se de seus braços e deu um passo para trás.

— Não importa se eu quero que me toque ou não, Caine. Você é o meu guardião. Tem que me deixar em paz.

De repente, ela se viu puxada de volta contra o seu peito, suas coxas, sua vigorosa ereção. A frágil camisola provou-se uma escassa proteção contra o seu corpo, seu maravilhoso calor.

— Não funciona dessa maneira, Jade.

— Por que não?

— Eu quero você.

A rouquidão na voz dele foi sua perdição. Jade sabia que deveria estar consternada com a própria reação a ele. No entanto, ela realmente queria derreter em seus braços. O desejo de deixá-lo tocá-la era um tormento tão doce... Por Deus, como estava confusa! Jamais permitira que alguém se aproximasse tanto dela. Sempre se protegera de envolvimentos, quaisquer que fossem, por ter aprendido bem cedo na vida que amar alguém causava mais dor do que alegria. Até mesmo Nathan a abandonara. Ela se tornara muito vulnerável desde então. Sim, somente uma tola deixaria um homem como Caine se aproximar assim... somente uma tola.

O trovão retumbou à distância. Nem Jade nem Caine estavam cientes do tempo agora. Estavam consumidos demais pelo calor que fluía entre eles.

Olharam-se nos olhos pelo que pareceu uma eternidade.

E, no fim, foi inevitável. Quando Caine baixou lentamente a cabeça na direção dela, Jade se inclinou para encontrá-lo no meio do caminho.

A boca de Caine apoderou-se totalmente da dela. Era tão voraz por ela quanto ela era por ele. Jade acolheu sua língua, esfregando-se contra ela com a sua própria. Nela, o gemido de anseio e aceitação misturou-se com o grunhido de necessidade dele.

O beijo foi abertamente sexual. Caine era um homem vigoroso cujo apetite não seria facilmente apaziguado. Ele não a deixaria recuar nem permitiria que ela não se entregasse por completo. Jade não queria voltar atrás. Envolveu os braços ao redor do pescoço dele, enfiou os dedos em seus cabelos cacheados e macios, e agarrou-se a ele. Desejou nunca mais se soltar.

Quando Caine enfim se afastou, ela sentiu como se ele tivesse levado seu coração. Jade aconchegou-se nele de forma bastante descarada, repousando a lateral do rosto contra o calor do peito dele. O emaranhado de pelos fazia cócegas em seu nariz, mas ela gostava demais da sensação para se afastar. Seu perfume, tão maravilhosamente masculino, lembrava urze e almíscar. A fragrância terrosa fixava-se à sua pele.

A voz de Caine estava entrecortada quando ele perguntou:

— Jade? Existem outras mentiras sobre as quais queira me contar?

— Não.

Ele sorriu devido à timidez na voz dela e disse:

— Não, não há outras mentiras; ou não, você não quer me contar a respeito delas?

Ela esfregou a bochecha contra o peito dele para tentar distraí-lo, e então falou:

— Sim, existem outras mentiras. — Ela o sentiu ficar tenso contra ela, e logo acrescentou: — Mas são tão insignificantes que nem me lembro delas agora. Quando o fizer, prometo dizer a você.

Ele logo relaxou de novo. Mentir, ela determinou, estava no topo de sua lista de atrocidades.

— Jade?

— Sim, Caine?

— Você me deseja?

Não lhe deu tempo de responder.

— Droga, seja honesta comigo agora. Chega de mentiras, Jade. Eu preciso saber — ele bradou. — Agora.

— Sim, Caine, eu o desejo. Muito.

Ela disse aquilo como se tivesse de confessar um pecado sombrio.

— Jade, deve haver alegria em desejar um ao outro, não desespero.

— Há ambos — ela esclareceu. Estremeceu por dentro ante a ideia do que estava prestes a fazer. Ela estava ávida... e terrivelmente indecisa. *Não me apaixonarei por ele*, prometera a si mesma, e sabia que a mentira era um esforço vão quando seus olhos se encheram de lágrimas. Caine já havia conquistado o seu coração.

Quando ela voltou para os seus braços, estava trêmula. Ele intensificou a força de seu abraço.

— Eu cuidarei de você, Jade — ele sussurrou. — Meu amor, no que está pensando?

— Que eu irei sobreviver — ela respondeu.

Ele não entendeu o que a moça quis dizer, mas o temor na voz dela fez seu coração doer.

— Nós não precisamos...

— Eu o desejo — ela o interrompeu. — Mas você tem que me prometer uma coisa antes.

— O que é? — ele perguntou.

— Você não deve se apaixonar por mim.

A seriedade em sua voz lhe dizia que ela não estava brincando. Caine ficou enfurecido com ela na hora. Ela o deixava totalmente confuso. Decidiu que exigiria uma explicação para o seu ridículo pedido, mas, então, ela começou a acariciar sua pele e aquecê-lo. Depositou beijos quentes e molhados em seu peito, e quando sua língua roçou um de seus mamilos, o corpo de Caine começou a arder por ela.

Jade o provocou traçando um caminho pela lateral de seu pescoço com sua doce boca, encorajando-o sem palavras. O controle de Caine desapareceu. Nunca tivera uma mulher que reagisse a ele com tamanha inocência, com tamanha honestidade. Pela primeira vez em sua vida, sentia-se valorizado... e amado.

Deixou escapar um grunhido grave, mesmo que houvesse dito a si mesmo para ser gentil com ela. Queria saborear cada toque, cada carícia, para fazer com que aquela noite com ela durasse para sempre. Entretanto, contrariou a própria ordem quando Jade começou a produzir aqueles gemidinhos eróticos no fundo da garganta. Ela o deixou maluco. Puxou bruscamente os cabelos dela com uma mão cheia de seus cachos sedosos e, então, empurrou a cabeça dela para trás, para que pudesse reivindicar de novo sua boca com outro beijo avassalador.

Sua paixão a consumia. A boca dele devorava seus lábios, e sua língua... oh, Deus, sua língua a fazia estremecer com um desejo cruel. As unhas de Jade cravaram na saliência dos músculos em seus braços. Ela se entregou. Uma ânsia profunda começou a se espalhar como um incêndio por sua barriga, depois desceu para o seu ventre, até se tornar uma doce tortura excruciante.

As mãos de Caine moveram-se para as nádegas dela. Ele a puxou contra sua ereção. Jade instintivamente abraçou a rigidez entre suas coxas e começou a esfregar-se contra ele.

A ânsia se intensificou.

Quando a boca de Caine buscou a lateral de seu pescoço, quando sua língua começou a brincar com o sensível lóbulo de sua orelha, mal lhe sobrou força para permanecer de pé. Ele sussurrou promessas misteriosas e proibidas de todas as coisas eróticas que queria fazer com ela. Algumas ela entendeu, outras não, mas queria experimentar todas.

— Não há como voltar atrás agora, Jade — ele murmurou. — Você vai me pertencer.

— Sim — ela respondeu. — Quero pertencer a você esta noite, Caine.

— Não — ele objetou. Ele a beijou de forma demorada, duradoura. — Não apenas por uma noite, meu amor. Para sempre.

— Sim, Caine — ela suspirou, mal sabendo o que estava prometendo. — Diga-me o que quer que eu faça. Eu quero agradá-lo.

Ele respondeu a ela pegando sua mão e direcionando-a para o cinto de suas calças.

— Segure-me, querida — ele instruiu com voz rouca. — Toque-me. Aperte-me. Com força.

Seu tamanho a amedrontava, mas a reação dele ao seu toque superou a timidez inicial dela. Seus gemidos de prazer tornaram-se mais ousados. Ele a fez sentir-se poderosa e impotente ao mesmo tempo. Jade curvou-se contra ele, sorrindo quando ouviu suas instruções sussurradas de novo, pois a voz dele realmente tremia. Sua mão não perdeu tempo. Os dedos dela roçaram sua barriga lisa, depois escorregaram para dentro da cintura das calças. Caine ficou ofegante, dizendo-lhe sem palavras quão satisfeito estava com a sua agressividade. Ela se tornou cada vez mais audaciosa e lentamente começou a desabotoar a braguilha de suas calças. Foi desajeitada, mas determinada, até que todos os botões estivessem abertos. Então, hesitou. Caine assumiu a tarefa por ela. Forçou a mão dela para dentro da braguilha. Seus dedos se esticaram para baixo, por entre os pelos flexíveis, e depois desceram ainda mais, até que ela tocava o próprio centro de calor dele. Era tão incrivelmente quente, duro, mas Jade mal o havia acariciado quando o marquês afastou sua mão.

— Terá terminado para mim antes mesmo de começarmos — afirmou Caine quando ela tentou tocá-lo novamente.

— Caine, eu quero...

— Eu sei — ele gemeu. Estava retirando a camisola dela quando ele fez essa brusca declaração. Jade de repente ficou envergonhada e tentou puxar a roupa para baixo outra vez.

— Não posso ficar com ela?

— Não.

— Caine, não faça isso — ela balbuciou. — Não faça...

E, então, ele a tocava lá, em seu ponto mais íntimo. A palma de sua mão posicionou-se de maneira atrevida e seus dedos começaram a produzir sua mágica. Ele sabia exatamente onde tocar e acariciar, sabia direitinho quanta pressão aplicar.

A camisola dela foi logo descartada, assim como as calças dele. As mãos largas de Caine englobaram inteiramente os seus seios. Os polegares roçaram seus mamilos intumescidos até que ela se esfregasse com força contra ele.

Outro relâmpago iluminou o quarto. Quando Caine enxergou a paixão em seus olhos, ele a ergueu em seus braços e a levou para a cama. Deslizou para os lençóis, também. Um de seus joelhos encaixou-se entre as coxas dela, forçando-a a abrir-se para ele, e, quando ela consentiu, Caine empurrou sua ereção contra sua suavidade úmida.

— Oh, Deus, você é tão deliciosa — ele sussurrou. Apoiou-se nos cotovelos para que não a sufocasse com o seu peso, depois baixou a cabeça para o encontro de seus seios. Beijou-a lá, depois sob eles, e então circulou lentamente um de seus mamilos com a ponta da língua.

Ela sentiu como se tivesse acabado de ser atingida por um raio. Jade moveu-se inquieta contra ele. Quando Caine enfim tomou seu mamilo na boca e começou a sugá-lo, as unhas dela cravaram nos ombros dele. Seu grunhido sutil era de dor e de prazer.

— Você gosta disso, meu amor? — ele perguntou antes de mudar para o outro mamilo e levá-lo à boca.

Jade queria comunicar o quanto gostava do que ele lhe fazia, mas o desejo tornava impossível pronunciar sequer uma palavra. Sua boca tomou novamente a dela e suas mãos afastaram suas coxas com gentileza. Seus dedos eram implacáveis em sua busca para deixá-la pronta para recebê-lo.

— Coloque as pernas ao meu redor, Jade — ele ordenou subitamente com uma voz áspera. — Não aguento mais esperar, querida. Preciso estar dentro de você.

Ela sentiu a ponta úmida de seu sexo e, então, as mãos dele seguraram os seus quadris, levantando-os. Sua boca cobriu a dela e sua língua a devorou ao mesmo tempo que ele a invadia. A dor da penetração invadiu o seu atordoamento sensual.

Ela berrou e tentou se afastar. Caine sentiu a resistência contra sua ereção. Ele hesitou por um brevíssimo momento. A expressão nos olhos dele ao inclinar a cabeça para trás para vê-la exibia sua determinação. E então ele investiu contra ela mais uma vez, até que rompeu seu hímen e preencheu-a por completo. Jade soltou outro berro e apertou os olhos em resposta à sua invasão.

Caine ficou completamente imóvel, tentando dar-lhe tempo para se adaptar a ele — tentando, também, dar tempo a si mesmo para recuperar o controle.

— Você tem que parar agora — ela gritou. — Eu não quero mais fazer isso.

Lágrimas escorriam pelo rosto dela. Ela abriu os olhos para encará-lo.

— Pare agora — implorou.

A expressão dele demonstrava preocupação. Uma fina camada de transpiração cobria sua testa. A mandíbula estava firmemente cerrada. Imaginou que ele deveria estar com tanta dor quanto ela.

E então ele balançou a cabeça.

— Não posso parar agora — disse ele. — Me aguente apenas, Jade. Não se mova desse jeito... isso me faz querer...

A testa de Caine caiu para descansar sobre a dela. Ele fechou os olhos em reação ao doce tormento.

— Você também está com dor? — ela perguntou, quase soluçando de choro.

— Não, amor — ele sussurrou. — Não estou com dor.

— Eu não sou mais virgem, não é? Já terminamos, não terminamos?

Ela estava oprimida pelas emoções confusas que se digladiavam dentro de si. A dor era persistente. Queria que Caine a deixasse em paz... E, no entanto, queria que ele a abraçasse também.

— Não, querida, você não é mais virgem — ele respondeu por fim. — Você é minha agora. E pode ter certeza de que nós ainda não terminamos.

Ele soava como se tivesse acabado de correr uma grande distância. A expressão sombria em seu rosto quando a fitou de novo a assustou de verdade.

Era evidente que o marquês odiava aquilo tanto quanto ela.

Jade sentia-se devastada por ter fracassado.

— Sabia que não seria nada boa nisso — gritou ela. — Por favor, saia de cima de mim. Você está me machucando.

Caine estremeceu para obter controle.

— Querida, não consigo parar — repetiu ele. Ele tentou beijá-la, mas ela virou o rosto e começou a lutar de novo.

— Se não parar, vou começar a chorar — ela implorou. — Eu odeio chorar — ela acrescentou com um choramingo contra a orelha dele.

Ele não mencionou o fato de que ela já estava chorando. Droga, ela o fez sentir-se tão vil como uma cobra. Ele queria confortá-la, mas o fato de estar totalmente enterrado em sua bainha quente e apertada fez sua disciplina desertá-lo.

— Amor, a dor não durará muito — ele assegurou. Deus, como esperava que tivesse razão.

Suas mãos aproximaram-se das laterais do rosto dela e a boca encerrou a conversa.

Sua língua deslizou para dentro para se enroscar na dela, e quando sentiu que a resistência dela começava a arrefecer, ele moveu a mão para baixo, entre seus corpos unidos, para acariciar o botão sensível e estimulá-lo novamente.

Jade não esqueceu a dor, mas isso não parecia importar agora. A ânsia retornou com persistência aumentada. Caine forçou-se a ficar completamente imóvel até que ela se ajustasse a ele. Quando Jade arqueou-se lentamente contra ele, retirou-se parcialmente, depois voltou a afundar nela.

Seu gemido entrecortado obrigou-o a parar mais uma vez.

— Ainda estou machucando você? — ele perguntou, enquanto rezava para que não estivesse lhe causando mais dor. Seu corpo urrava por consumar a liberação, e ele sabia que, mesmo se ela implorasse, não conseguiria parar agora. — Está melhor agora?

— Um pouco — ela respondeu contra seu pescoço. Sua voz soava tímida, permeada de incerteza. — Está um pouco melhor.

Caine continuou a hesitar até que Jade mordeu o lóbulo de sua orelha e empurrou-se contra ele de novo. Era todo o encorajamento de que precisava. O corpo dele assumiu o controle. Embora tivesse prometido ser gentil com ela, suas investidas tornaram-se mais poderosas, mais fora de controle.

As coxas dela o apertaram com força. Os dedos dos pés dela dobraram-se contra as costas das pernas dele. Ela enterrou as unhas em suas omoplatas. Caine era agora implacável em sua busca em enlouquecê-la. Ele mergulhava nela e então se retirava lentamente, de novo e de novo, repetidas vezes. Ele sabia que deveria retirar-se antes de atingir o próprio clímax, pois nenhum deles havia tomado precauções contra a gravidez, mas ela era tão quente, tão apertada, que pensamentos nobres tornaram-se insustentáveis. E em algum lugar, nos recônditos obscuros de sua mente, estava a admissão sincera de que ele queria dar a ela seu filho.

O ritmo de acasalamento se fez presente. A cama rangia a cada forte investida. O estrondo do trovão misturava-se aos seus leves gemidos de prazer, suas palavras de amor sussurradas. Caine não permitiria que ela não se entregasse por completo. Onda após onda de intenso prazer começou a espiralar por todo o seu corpo até que ela tremia pela necessidade de satisfação. Ele a fez ansiar com ardor pela conclusão. Jade, então, sentiu-se aterrorizada pelo que estava acontecendo consigo. Era como se ele estivesse tentando roubar sua alma.

— Caine, eu não posso...

Ele silenciou seu medo com outro beijo longo e inebriante.

— Deixe acontecer, Jade. Fique comigo. Eu a manterei segura.

Segura. Ele a manteria em segurança. A confiança instintiva de Jade nele afastou seu medo e sua vulnerabilidade. Deixou a tempestade capturá-la até que ela se tornasse uma só com o vento. E então sentiu como se estivesse fragmentando-se pelo ar em direção ao sol. Seu corpo apertou-se com força. Ela gritou seu nome, com alegria, com liberação, e com amor.

Caine enterrou sua semente dentro dela exatamente no mesmo momento. A cabeça dele tombou no ombro dela e Caine soltou um grunhido de satisfação.

Seu próprio clímax o fez estremecer em admiração. Jamais havia sentido uma rendição tão completa e feliz. Sentiu-se drenado... e renovado.

Ele nunca a deixaria partir. Esse pensamento repentino martelava em sua mente com a mesma intensidade que os batimentos selvagens do coração. Não lutou contra a verdade nem tentou se mover.

Estava satisfeito.

Jade, esgotada.

Foi somente quando seus braços começaram a doer que ela percebeu que ainda estava agarrada a ele. Aos poucos soltou-se, depois deixou os braços caírem para os lados. Estava atônita demais com o que havia acabado de acontecer para falar qualquer coisa. Ninguém jamais lhe dissera que seria assim. Deus do céu, havia perdido totalmente o controle. Entregara-se a ele por completo, de corpo e alma, confiando absolutamente nele para mantê-la segura.

Ninguém tinha tido tal poder sobre ela. Ninguém.

Jade fechou os olhos para manter as lágrimas escondidas. Caine, ela concluiu, era um ladrão muito mais esperto do que ela. O homem ousara roubar seu coração. E o que era ainda pior: ela havia permitido isso.

Mesmo quando sentiu sua tensão embaixo dele, Caine não conseguiu encontrar força ou vontade de afastar-se dela.

— Acho que você deveria sair agora — ela sussurrou. Sua voz estava trêmula.

Caine suspirou contra o pescoço dela. Passou os braços ao redor dela e rolou para o lado. Jade não conseguiu resistir ao impulso de tocar seu tórax por apenas um instante. Embora não entendesse ao certo por que, realmente desejava ouvir dele algumas palavras elogiosas antes de mandá-lo embora... Apenas algumas singelas mentiras sobre amor e honra, que ela poderia rememorar e saborear no futuro, nas noites frias, quando estivesse sozinha. Sim, seriam mentiras, mas queria ouvi-las assim mesmo.

Isso, é claro, não fazia o menor sentido para ela. Podia sentir-se ficando irritada com ele. Era tudo culpa de Caine, porque ele a havia transformado em uma tola que não conseguia decidir se queria chorar ou gritar.

— Querida, já está sentindo-se arrependida?

Ela não conseguiu detectar um pingo de arrependimento em seu tom de voz. Na verdade, ele soava divertido, era isso que parecia.

Quando Jade não respondeu à sua pergunta, ele enfiou a mão em seus cabelos e os puxou, forçando-a a olhar para ele.

Ele ficou absolutamente satisfeito com o que viu. Seu rosto estava corado por terem feito amor, sua boca inchada pela ação de seus beijos e os olhos ainda estavam turvos de paixão. Caine sentiu como se ele tivesse deixado sua marca nela. Uma onda de pura possessividade o invadiu, e ele assentiu com arrogância. Decidiu ignorar sua expressão descontente, imaginando que não passava de pura bravata para impressioná-lo.

Não conseguiu resistir a beijá-la de novo. Quando se inclinou lentamente para reivindicar sua boca, ela tentou virar o rosto. Caine segurou seus cabelos com mais firmeza para mantê-la imóvel.

O beijo era destinado a desmanchar sua cara feia. Assim que sua boca cobriu a dela, sua língua afundou naquele calor doce e inebriante. A carícia erótica provocou uma resposta. Foi um beijo longo e intenso, e ela estava agarrando-se a ele quando Caine enfim ergueu a cabeça de Jade para encará-la de novo.

— Você me desejava tanto quanto eu a desejava, Jade — asseverou ele. — Você fez a escolha, amor, e agora terá que viver com isso.

O homem era um descarado. Os olhos dela encheram-se com novas lágrimas. Sua atitude era tão sem sensibilidade quanto um peso de papel. E ele tinha mesmo que sorrir para ela depois de fazer uma declaração tão dolorosa?

Jade jurou que ele nunca saberia quanto suas palavras a machucavam.

— Sim, Caine, eu fiz a escolha de lhe dar a minha virgindade, e viverei com as consequências das minhas ações. Agora, se não se importar, estou realmente com sono e gostaria de...

— Não é disso que estou falando — ele interrompeu. Sua voz estava tão irregular quanto um raio. — A escolha que você fez foi pertencer a mim, Jade. Nós vamos nos casar, querida.

— O quê?

— Você me ouviu — ele respondeu, a voz mais suave agora. — Não pareça tão horrorizada, meu amor. Não é tão ruim assim.

— Caine, eu nunca fiz uma escolha dessas — ela balbuciou.

Ele não estava com disposição para ouvi-la negar. Queria sua aceitação. Por Deus, ele não iria deixar a cama dela até que a obtivesse. Ele a rolou de costas e, em seguida, empurrou-lhe as coxas com um de seus joelhos. Suas mãos seguraram as dela, aprisionando-as acima de sua cabeça. Posicionou propositalmente sua virilha contra ela.

— Olhe para mim — ele ordenou. Quando ela obedeceu a esse comando, ele disse: — O que acabamos de compartilhar não pode ser desfeito. Você é toda minha agora. Aceite isso, Jade, e a coisa toda será muito mais fácil para você.

— Por que eu deveria aceitar? — ela perguntou. — Caine, você não sabe o que está pedindo.

— Eu sou um homem muito possessivo — ele respondeu. Sua voz tinha adotado um tom severo.

— Eu percebi — ela murmurou. — É um pecado isso.

— Não vou compartilhar o que me pertence, Jade. Entendeu?

— Não, eu não entendo — ela sussurrou. A expressão em seus olhos a apavorou. — É porque eu era virgem e você se sente culpado? Essa é a razão pela qual quer se casar comigo?

— Não, eu não me sinto culpado — ele assegurou. — Mas você vai se casar comigo, sim. Conversarei com seu irmão assim que ele retornar...

— Você é o homem mais arrogante e inflexível que já tive o desprazer de conhecer.

Um sorriso brotou nos cantos da boca dele.

— Mas você gosta de homens arrogantes e inflexíveis, amor. Não permitiria que eu a tocasse, se fosse de outra forma.

Era estranho, mas ela não pôde encontrar uma falha nesse argumento.

— Por favor, afaste-se de mim. Não consigo respirar.

Ele imediatamente rolou para o lado. Então, apoiou a cabeça no cotovelo para poder ver os seus gestos. Jade puxou o lençol sobre os dois, cruzou as mãos sobre os peitos e olhou fixamente para o teto.

— Jade?

— Sim?

— Eu machuquei você?

Ela não olhava para ele. Caine puxou-lhe o cabelo para enfatizar sua impaciência.

— Responda.

— Sim, você me machucou — ela sussurrou. Jade sentiu que ruborizava.

— Sinto muito, Jade.

Ela estremeceu diante da ternura em sua voz; então, percebeu que precisava assumir o controle de suas emoções. Sentia vontade de chorar e não conseguia entender o porquê.

— Não, você não sente — ela declarou. — Ou teria parado quando eu lhe pedi.

— Eu não podia parar.

— Não podia? — Ela se virou para olhar para ele.

— Não, não podia.

Estava quase desarmada pela ternura que podia enxergar em seus olhos. Havia também um claro brilho ali, indicando seu divertimento. Ela não sabia o que pensar dele agora.

— Bem, que bom que você não se sente culpado, porque não tem nada pelo que se sentir culpado.

— E por que isso? — ele falou de modo arrastado.

— Por quê? Porque você não me obrigou a fazer nada que eu não quisesse fazer. Eu fiz.

— Eu estava aqui, ao menos? — ele perguntou. — Se bem me lembro, fui um participante ativo.

Ela ignorou o riso em sua voz.

— Sim, é claro que você estava aqui. Mas eu que permiti que você fosse... ativo.

Se ela não estivesse sendo tão sincera daquele jeito, se não estivesse torcendo as mãos, ele teria irrompido em gargalhadas. Eram seus sentimentos que estavam em questão, todavia. Portanto, ele se controlou.

— Tudo bem — ele concordou. — Você esteve mais ativa do que eu. Está feliz agora?

— Sim — ela respondeu. — Obrigada.

— Ora, de nada — ele disse, por sua vez. — Agora me diga por que queria que eu fizesse amor com você.

Ela voltou a olhar para o teto antes de responder. Caine estava fascinado pelo rubor que cobria o rosto de Jade. Sua pequena inocente ficara novamente envergonhada. Ela tinha sido selvagem poucos minutos atrás, quando estavam fazendo amor. Seus ombros ainda doíam das unhas que ela cravara. A natureza apaixonada da mulher mais do que combinava com a sua própria, mas também havia sido a primeira vez para ela, e ele presumiu que Jade ainda estava tímida e confusa pelo que acontecera.

— Porque eu queria — ela respondeu. — Veja, eu sempre soube que nunca me casaria e queria... Oh, você não vai entender. Aposto que em breve, depois de eu ter ido embora, você nem se lembrará mais de mim.

Ela virou-se para analisar a reação dele a essa afirmação, certa de que ela o havia irritado.

Ele começou a rir.

— Está sendo muito grosseiro — ela anunciou, antes de tornar a olhar para o teto. — Gostaria que se retirasse.

Os dedos dele trilharam a lateral de seu pescoço, causando-lhe um arrepio.

— Jade? Era inevitável.

Ela balançou a cabeça.

— Não era.

Ele puxou os lençóis lentamente até que seus seios ficassem descobertos.

— Era sim — ele sussurrou. — Deus, eu a desejava há tanto tempo...

Ele continuou a arrastar os lençóis para baixo, até a barriga dela ficar à vista.

— Quer saber de uma coisa, amor?

— O quê? — ela perguntou. Parecia sem fôlego.

— Eu a desejo novamente.

Ele se inclinou e a beijou antes que ela pudesse discutir com ele. Jade deixou que ele se aproximasse até que sua boca tornou-se mais insistente. Então, ela o empurrou para longe. Rolou com ele, e quando estavam frente a frente, manteve o olhar direcionado para o peito dele.

— Caine? — Seus dedos brincavam com os pelos crespos enquanto ela tentava encontrar coragem para lhe fazer a pergunta.

— Sim? — incentivou ele, perguntando-se por que ela estava agindo de modo tímido novamente.

— Saiu tudo direitinho, então?

Ele ergueu o queixo dela com o polegar.

— Oh, sim, saiu sim.

— Você não ficou desapontado?

Ele ficou comovido por sua vulnerabilidade.

— Não, não fiquei desapontado.

Sua expressão se fechou tanto, que ela percebeu que Caine falava a verdade.

— Eu também não fiquei desapontada.

— Sei disso — ele respondeu com aquele sorriso arrogante plantado de novo no rosto.

— Como sabe?

— Pela forma como reagiu ao meu toque, a maneira como encontrou sua própria satisfação, o modo como gritou meu nome nessa hora.
— Ah.
O sorriso dele amainou o restante de sua preocupação.
— Foi um pouco perturbador, não foi, Jade?
Ela assentiu.
— Eu não fazia ideia de que seria tão... magnífico.
Ele beijou o alto de sua cabeça.
— Consigo sentir o meu cheiro sobre você todinha — disse ele. — Gosto disso.
— Por quê?
— Isso me deixa excitado.
— Eu deveria me lavar.
— Farei isso por você — ele ofereceu.
Ela rolou para longe dele e desceu da cama antes que ele pudesse alcançá-la.
— Você não fará isso — ela disse antes de lhe dar as costas e lutar para vestir o seu robe.
Seu sorriso era deslumbrante, mas desapareceu com rapidez quando ela notou as manchas de sangue nos lençóis.
— Você me fez sangrar. — A acusação saiu de forma gaguejante.
— Amor, foi a sua primeira vez.
— Eu sei disso — ela retorquiu.
— Você deveria mesmo sangrar.
Ela ficou surpresa com essa afirmação.
— Está falando sério?
Ele assentiu.
— Mas só da primeira vez, Caine? Não que algum dia vá haver uma segunda vez — ela apressou-se em acrescentar. — Ainda assim, eu não...

— Acontece somente na primeira vez — ele assegurou. Decidiu ignorar sua declaração sobre não fazer amor novamente e, em vez disso, perguntou: — Jade? Ninguém nunca explicou esses fatos a você?

— Bem, é claro que explicaram — ela respondeu, sentindo-se agora uma completa tola.

Ele não acreditou nela.

— Quem? Seus pais morreram antes que tivesse idade suficiente para compreender. Foi o seu irmão? Nathan explicou a você?

— Nathan me deixou. — Na verdade, ela não tinha a intenção de deixar escapar essa verdade. — Quero dizer, ele estava ausente o tempo todo, por causa dos estudos, e eu raramente o via.

Caine reparou o quanto ela estava ficando agitada. Estava dando nós no cinto do roupão.

— Quando Nathan a deixou?

— Ele estava ausente por causa dos estudos — repetiu ela.

— Por quanto tempo?

— Por que está me fazendo essas perguntas? — ela questionou. — Meu tio Harry assumiu minha educação enquanto Nathan estava ausente. Ele fez um bom trabalho, Caine.

— Ele obviamente deixou de lado alguns fatos pertinentes — observou Caine.

— Titio é um homem muito reservado.

— Não havia mulheres por perto que pudessem...

Ele desistiu da pergunta quando ela balançou a cabeça.

— Havia mulheres, mas nunca conversei sobre um assunto tão pessoal com nenhuma delas, Caine. Não teria sido apropriado.

Ela moveu-se para detrás do biombo antes que ele pudesse questioná-la ainda mais. Jade banhou-se com as lascas de sabão com aroma de rosas e água da bacia. Só então percebeu quanto ela estava dolorida. Estava totalmente irritada com ele e consigo mesma quando voltou para a cama.

Caine parecia estar acomodado para passar a noite. Os travesseiros agora estavam apoiados atrás de sua cabeça. Ele parecia extremamente confortável. Ela apertou o cinto do roupão e franziu o cenho para ele.

— Caine, você realmente precisa entender uma coisa — ela começou a dizer com voz firme.

— O que é, querida? — ele perguntou.

Ela odiava quando ele sorria para ela de forma tão inocente. Fazia seu coração começar a bater acelerado e sua mente esvaziar-se de qualquer pensamento. Precisou olhar para o chão para poder prosseguir.

— Isso não pode acontecer de novo. Jamais. Não lhe fará bem algum discutir comigo, Caine. Eu já me decidi. Agora é hora de você partir.

Em resposta à sua fervorosa ordem, Caine ergueu as cobertas e gesticulou para ela dobrando o dedo.

— Venha para a cama, Jade. Você precisa descansar.

Ela soltou um gemido alto.

— Você vai ser cabeça-dura?

— Receio que sim, amor.

— Por favor, fique sério — Jade exigiu quando ele lhe deu uma piscadela.

— Eu estou sério — ele respondeu. — Mas também sou realista.

— Realista? — Ela se aproximou da lateral da cama, mordiscando o lábio inferior enquanto pensava na melhor tática para fazê-lo ir embora.

Seu erro foi chegar muito perto, ela percebeu um pouco tarde demais. Caine a capturou com facilidade. De repente, ela se viu deitada de costas ao lado dele. A coxa quente e pesada de Caine prendeu as pernas dela no lugar e uma das mãos segurou-a ao redor da cintura. Jade percebeu que, mesmo na ação vigorosa, ele teve o cuidado de não tocar em seu machucado. Ele era um homem incrivelmente gentil. Arrogante, também. Ela estava dominada por completo, e ele ainda teve a audácia de sorrir para ela.

— Bom, agora vejamos — disse ele. — Eu sou realista porque sei que isso acaba de começar — explicou. — Jade, pare de me atormentar. Você não pode honestamente acreditar que eu nunca mais vou tocá-la, pode? Pessoas casadas...

— Não ouse falar sobre casamento comigo de novo — ela o interrompeu.

— Tudo bem — ele concordou. — Já que isso parece ser tão perturbador para você, eu espero um pouco antes de abordar esse assunto. Ainda assim, você concorda que ficará aqui por cerca de duas semanas, certo?

Ele voltou a ser lógico. Jade na verdade achava esse traço bastante reconfortante agora.

— Sim, embora com certeza não sejam mais duas semanas agora. Já fiquei aqui por mais de meia semana.

— Tudo bem — ele respondeu. — Agora, você acha que durante todo esse tempo que nos restar eu vou viver como um monge?

— Sim.

— Isso não é possível — ele contestou. — Eu já estou sofrendo.

— Não, você não está.

— Estou sim — ele murmurou. — Droga, Jade, eu a desejo novamente. Agora.

— Droga, Caine, você tem que se comportar.

A voz dela soou rouca para si própria, mas era tudo culpa dele, disse a si mesma. Ele a provocava de propósito. Caine a encarou profundamente enquanto aos poucos desamarrava o cinto de seu roupão. Então, seus dedos roçaram-lhe os mamilos. Continuando a encará-la, ele acariciou sua barriga, descendo cada vez mais. Seus dedos se moveram ainda mais para baixo, em direção aos cachos suaves na junção de suas coxas.

Ele beijou o vale entre os seios de Jade enquanto os dedos vagarosamente alimentavam o fogo nela. Jade fechou os olhos e instintivamente moveu-se contra a mão dele. A língua de Caine fez seus mamilos enrijecerem e, quando ele deslizou os dedos dentro dela, ela soltou um gemido que era um misto de prazer e dor.

Ele ergueu a cabeça para beijá-la, exigindo resposta. A língua de Caine molhou os lábios dela. Quando obteve sua cooperação, inclinou-se para trás.

— Já está ficando quente para mim, não é, amor?

— Caine — ela sussurrou seu nome enquanto tentava afastar sua mão dele. Mas ele não seria dissuadido. Ela mal conseguia pensar. — Você deve parar com esse tormento. Precisa lutar contra essa atração. Oh, Deus, não faça isso.

— Não quero lutar contra isso — ele retrucou. Mordiscou o lóbulo da orelha dela. — Eu gosto dessa atração, Jade.

Ele era incorrigível. Jade soltou um suspiro entrecortado, então deixou-o beijá-la loucamente outra vez. Quase não protestou quando Caine despiu seu roupão e acomodou-se entre suas coxas. Os pelos nas pernas dele faziam cócegas nos dedos dos pés dela e de súbito ela ficou encantada com todas as maravilhosas diferenças que havia entre seus corpos. Ele era tão rijo, tão firme por toda parte. Os dedos dela esfregavam as batatas das pernas dele e os mamilos se enrijeciam, ansiando por mais do seu toque.

— Caine? Você me promete uma coisa?

— Qualquer coisa — ele respondeu com voz entrecortada.

— Podemos passar esse tempo juntos, mas, quando Nathan retornar, isso tem que acabar. Nós...

— Não farei promessas que não poderei cumprir — ele a interrompeu.

Parecia irritado.

— Você vai mudar de opinião — ela sussurrou.

— Você parece muito certa disso. Por quê? O que está escondendo de mim?

— Sei que ficará entediado comigo — ela se apressou em dizer. Envolveu os braços ao redor dele. — Beije-me, por favor.

Havia certa ânsia em sua voz. Caine respondeu à altura. O beijo foi como um incêndio, e logo se tornou completamente fora de controle.

Toda a atenção de Caine estava concentrada em agradá-la. Ele trabalhou a excitação dela, construindo aquela tensão aos poucos, levando-a à loucura lentamente. Beijou cada um dos pontos em seus seios onde a pele se arrepiava, sugou os dois mamilos até que ela estivesse suplicando por alívio.

E, então, começou a descer pelo corpo dela, bem devagar. Sua língua provocou a barriga lisa e, quando ele desceu ainda mais a cabeça, seus gemidos tornaram-se ofegações de puro prazer.

Seus dentes propositalmente rasparam os cachos suaves. Sua língua arremeteu contra as pétalas sedosas até que ficaram escorregadias com a umidade, enquanto seus dedos ao mesmo tempo a penetravam em uma carícia erótica.

Ele a desejava cada vez mais. Sua língua golpeou-a repetidamente enquanto os dedos deslizavam para dentro e para fora.

As mãos dela torciam os lençóis. O prazer que Caine impunha a ela maravilhava-a. Não fazia ideia de que se pudesse fazer amor de tal maneira. Era óbvio que Caine sabia o que fazia, ele a estava deixando louca de desejo.

Quando sentiu a primeira onda de êxtase, quando ela instintivamente contorceu-se de prazer e agonia ao redor dele, Caine subiu e ficou sobre ela. Jade não conseguiu impedir que o esplendor a consumisse. O homem a penetrou forte, quente, com toda a sua extensão, no exato momento em que ela encontrou a própria liberação. Ela o apertou com firmeza e agarrou-se a ele numa alegre rendição.

Ele tentou se segurar, mas viu-se impotente para parar. Ela o deixou desesperado pela própria liberação. Sua semente espalhou-se por ela em um orgasmo fulgurante que o fez esquecer-se de respirar.

Até aquela noite, ele jamais havia se entregado tão inteiramente. Uma parte dele sempre se segurava. Sempre conseguira manter o próprio controle. No entanto, não fora capaz de negar nada àquela mulher especial. Era esquisito, mas ele não enxergava sua aceitação como rendição. Na verdade, era como uma espécie de vitória, pois, no fundo, sabia que Jade também não conseguira se segurar.

Sentia-se purificado de corpo e alma. Aquela incrível dádiva que haviam acabado de compartilhar o preenchia de satisfação.

Foi preciso toda a sua força para que ele rolasse para o lado. Ficou contente quando ela seguiu seu gesto e aconchegou-se contra ele. Caine envolveu os braços ao redor dela e a abraçou com força.

— Ainda posso sentir o seu gosto.

— Oh, Deus. — Ela parecia mortificada.

Ele riu.

— Eu gosto do seu gosto. Você é toda doce e feminina, meu amor. É uma combinação sensual. Um homem poderia ficar viciado nisso.

— Poderia?

— Sim — ele rosnou. — Mas eu sou o único que irá provar você. Não é mesmo?

Ele beliscou o traseiro dela para obter sua resposta.

— Sim, Caine — ela concordou.

— Machuquei você de novo?

— Um pouco — ela admitiu.

— Eu não me arrependo.

Ela simulou um suspiro.

— Eu sei.

— Não poderia ter parado.

Ela descansou o rosto sob o queixo dele. Longos minutos se passaram antes que ela falasse novamente.

— Jamais o esquecerei, Caine.

Ela sabia que não fora ouvida. Sua respiração profunda e uniforme indicava que ele já havia adormecido.

Sabia que deveria despertá-lo e exigir que voltasse para o próprio quarto. Sterns ficaria desapontado quando os encontrasse juntos.

Caine segurou-a com mais firmeza ante a tentativa de se afastar dele. Mesmo dormindo, o homem continuava possessivo do mesmo jeito.

Jade não teve coragem de acordá-lo. Fechou os olhos e deixou que seus pensamentos se dispersassem como o vento. Adormeceu minutos depois.

Ele sonhou com anjos.

Ela sonhou com tubarões.

Capítulo Nove

Na manhã seguinte, o médico, Sir Harwick, chegou para dar uma olhada em Jade. Ele era um homem idoso, com cabelos grisalhos e olhos azuis que faiscavam como o oceano em um dia calmo. Era impecável tanto no traje quanto nas maneiras. Jade achou que ele parecia um guaxinim atrevido, pois o cabelo nas laterais do rosto estava penteado em curvas que terminavam a poucos centímetros das bordas do nariz pontudo.

Tal qual dissera a Caine que aconteceria, Sir Harwick apalpou-a e espetou-a. Caine estava aos pés da cama, com as mãos cruzadas atrás das costas, agindo como uma sentinela que guardasse seu tesouro. Quando o médico terminou o exame, decretou que o repouso era o melhor a ser recomendado para o estado de Jade. Como ela não acreditava que se encontrava em condições especiais, ignorou todas as suas sugestões.

Caine, por outro lado, parecia ter memorizado uma delas. Estava decidido a considerá-la uma inválida, ela concluiu. Quando Harwick sugeriu uma compressa fria para o galo que já estava quase sumindo, Caine foi providenciá-la no mesmo instante.

Jade agradeceu por ser deixada a sós com o médico.

— Soube que o senhor foi chamado para examinar o pai de Caine — ela começou. — Fiquei preocupada em saber que ele não estava se sentindo bem. Está melhor agora?

O médico balançou a cabeça.

— Não há muito que alguém possa fazer por ele — declarou. — É uma pena. Ele desistiu da vida desde que Colin foi tirado dele. Colin era seu filho favorito, compreende? E a perda o destruiu.

— Por que diz que Colin era o seu filho favorito? — ela perguntou.

— Ele é o primogênito da segunda esposa — explicou Harwick. — A mãe de Caine morreu quando ele era pequeno. Não devia ter mais de cinco ou seis anos.

Era evidente que Sir Harwick gostava de uma boa sessão de fofocas. Puxou uma cadeira para o lado da cama, acomodou-se sem pressa e disse num sussurro entusiasmado:

— O primeiro casamento foi forçado, sabe? E, pelo que entendi, foi uma união muito infeliz. Embora Henry tivesse se esforçado para dar certo.

— Henry?

— O pai de Caine — esclareceu Harwick. — Henry ainda não se tornara o Duque de Williamshire, já que o próprio pai ainda estava vivo. Por essa razão, ele tinha mais tempo para se dedicar ao casamento. Não funcionou, entretanto. A mãe de Caine era uma megera. Ela infernizava a vida tanto do marido quanto do filho. Imagine que tentou jogar o filho contra o próprio pai, acredita nessa blasfêmia? Quando ela morreu, ninguém lamentou por muito tempo.

— O senhor chegou a conhecer essa mulher?

— Sim — ele confirmou. — Ela era atraente, mas sua beleza ocultava um coração perverso.

— E o segundo casamento do duque é feliz?

— Oh, sim — respondeu Harwick. Ele fez um gesto arrebatador com a mão dele. — Gweneth é uma mulher esplêndida. Ela colocou a sociedade inteira aos seus pés quando começou a recebê-la nas festas que dava com o marido. A elite segue sua liderança quase tão fervorosamente quanto a moda e maneiras ditadas por Brummel. Devo dizer que Gweneth tem sido uma boa esposa e mãe. As crianças nasceram todas muito perto umas das outras... prova de que ela fez bem seu trabalho, não é mesmo?

— Você inclui Caine, Sir Harwick, quando fala dos filhos?

— Sim — respondeu Harwick. — Os outros respeitam Caine, pois é o mais velho, mas ele vive sua vida um pouco distanciado da família. A menos que alguém tente ferir um de seus irmãos ou irmãs, é claro. Então, Caine se envolve. — Ele pausou para se inclinar para frente em sua cadeira e, então, sussurrou em um tom conspirador: — Alguns dizem que até mais do que deveria. — Ele enfatizou essa observação levantando e abaixando as sobrancelhas.

— Por que dizem isso? — ela perguntou. Sua voz soou mais preocupada do que gostaria, mas Harwick não pareceu notar. Jade não queria que a conversa morresse ali. Procurou mostrar uma expressão interessada, porém não ansiosa demais, e até sorriu. — O senhor me deixou muito curiosa — acrescentou.

Harwick parecia satisfeito com seu interesse.

— Minha querida, Caine fez questão de espalhar que está caçando Selvagem. Fez com que seus homens publicassem o anúncio de recompensa em toda a cidade. Os jogadores estão fazendo suas apostas. Dez a um a favor de Caine, é claro. Ele vai pegar o pirata — previu. — E, quando o fizer, Deus tenha piedade dele.

— Sim, Deus tenha piedade — ela concordou. — Mas o senhor mencionou que o pai de Caine está doente? — ela insistiu na pergunta, tentando puxá-lo de volta ao assunto inicial. — Muito doente?

— Gravemente — declarou Harwick.

— Não há nada que possa ser feito?

Harwick balançou a cabeça.

— Gweneth está quase fora de si de tanta preocupação com Henry. O homem não come nem dorme. Ele não pode continuar assim. Não, eu temo que ele seja o próximo a morrer se não se conformar com a morte de Colin.

— Talvez ele precise de um pouco de ajuda — disse Jade.

— Quem precisa de ajuda? — Caine perguntou pelo vão da porta.

— Seu pai — respondeu Jade. Então, virou-se para Sir Harwick. — Ouvi falar que um colega seu está desaparecido?

— Oh, sim, o pobre Sir Winters — respondeu Harwick. — Um bom médico, também — ele acrescentou com um aceno de cabeça.

Quando ele lhe deu um olhar tão expectante, Jade disse:

— O senhor fala como se ele estivesse morto.

— Estou certo de que está — afirmou Sir Harwick.

Caine estava do outro lado da cama de Jade, tentando sem muito sucesso aplicar a compressa fria sobre o galo. Jade estava muito mais interessada em ouvir as opiniões do médico do que em se preocupar com seu pequeno galo. Ela insistia em tirar a compressa. Caine insistia em recolocá-la.

Harwick observou a luta silenciosa por um bom tempo, tentando não sorrir. Aqueles dois por certo formavam um belo par.

A próxima pergunta de Jade levou-o de volta ao assunto.

— Por que o senhor acha que Winters está morto?

— Só pode estar — respondeu Harwick. — Seu cozinheiro foi o último a vê-lo vivo — explicou. — Winters estava passeando nos jardins dos fundos de sua propriedade. Virou em um trecho do caminho e simplesmente desapareceu.

— Há quanto tempo foi isso? — Caine perguntou.

— Já tem quase três meses — respondeu o médico. — É claro que todos sabemos o que aconteceu com ele.

— Sabemos? — perguntou Jade, assustada pela severidade no tom de Harwick. — E o que foi?

— Não deveria estar comentando sobre isso — respondeu Harwick. A expressão em seu rosto indicava o oposto. O homem parecia tão ansioso para falar quanto um menino prestes a abrir presentes de aniversário.

Sir Harwick inclinou-se para frente na cadeira. Em um sussurro dramático, ele disse:

— Escravos brancos.

Jade julgou não ter entendido direito.

— Como?

— Escravos brancos — repetiu Harwick. Ele acenou com a cabeça para enfatizar sua afirmação e, depois, recostou-se na cadeira.

Jade teve que morder o lábio inferior para evitar rir. Não ousou olhar para Caine, sabendo muito bem que, se ele mostrasse o menor sinal de divertimento, ela não conseguiria se controlar.

— Não podia imaginar — ela sussurrou.

Harwick parecia saborear sua reação.

— Claro que não — ele se apressou em dizer —, você é uma jovem dama e certamente jamais ouviu falar em temas tão desagradáveis. Selvagem também está por trás dessa traição. Foi ele quem sequestrou Winters e vendeu-o como escravo.

Jade não estava achando graça agora. Sentiu seu rosto ficando vermelho.

— Por que Selvagem é culpado de todos os crimes na Inglaterra? — ela perguntou antes que pudesse evitar.

— Pronto, pronto, não fique aborrecida — sussurrou Sir Harwick. Ele acariciou a mão dela e disse: — Eu não deveria ter lhe contado a especulação que anda circulando.

— Não estou aborrecida — mentiu Jade. — Só acho irritante a maneira como todos usam Selvagem como bode expiatório para tudo. Também não estou preocupada com o seu amigo, Sir Harwick, pois, no fundo do meu coração, sei que Winters vai aparecer um dia, são e salvo.

O médico apertou a mão dela com carinho.

— Você tem um coração tão bom.

— O pai de Caine tem um coração forte?

Foi Caine quem respondeu essa pergunta.

— Sim, tem.

Jade ficou surpresa com a raiva em sua voz. Ela se virou a fim de observá-lo.

— É bom saber — disse ela. — Por que está franzindo a testa? É porque eu perguntei sobre o seu pai ou por ele ter um coração forte?

— Nem uma coisa, nem outra — respondeu Caine. Sua atenção se voltou para o médico. — Meu pai começará a sentir-se melhor quando eu cuidar de Selvagem. A vingança será seu bálsamo curativo.

— Não, Caine — respondeu Jade. — A justiça será sua salvação.

— Neste caso, são a mesma coisa — argumentou Caine.

Sua mandíbula latejando indicava seu descontentamento. Sua teimosia também.

Jade teve vontade de gritar com ele. Em vez disso, agradeceu-lhe.

— Foi bondade sua me trazer essa compressa.

Ela ajustou o pano frio contra a têmpora. Então, virou-se para Sir Harwick.

— E obrigada, senhor, por cuidar de mim. Sinto-me muito melhor agora.

— Foi um prazer — respondeu Sir Harwick. Ele se levantou, apertou a mão dela mais uma vez e acrescentou: — Assim que se sentir melhor, deve se mudar para a casa do duque e da duquesa. Estou certo de que os pais de Caine ficariam felizes por ter você como hóspede até estar totalmente recuperada.

Seu olhar voltou-se para Caine.

— É claro que guardarei segredo. Não haverá nenhuma fofoca desagradável envolvendo essa adorável dama.

— Que segredo? — Jade perguntou, completamente perplexa. Sir Harwick lançava a Caine um olhar muito penetrante. Era perturbador.

— Ele está preocupado com sua reputação — disse Caine.

— Oh, isso. — Ela soltou um longo suspiro.

— Ela não está muito preocupada — disse Caine secamente.

Sir Harwick pareceu assustado.

— Como não, minha querida, isso simplesmente não fica bem! Não deveria ficar sozinha aqui com um homem solteiro.

— Sim, suponho que isso não fica bem — ela concordou.

— Mas você ficou doente, minha querida, e por certo não conseguiu pensar com clareza. Não culpo você ou Caine — ele acrescentou com um aceno para o marquês. — Seu anfitrião agiu de boa-fé.

— Ele agiu? — Jade perguntou.

— Com certeza — respondeu Sir Harwick. — Há toda uma equipe de criados residente aqui. Ainda assim, os fofoqueiros fariam a festa com essas notícias. Muitas pessoas ficariam feridas pelos rumores. A mãe de Caine...

— Minha madrasta — Caine interveio.

— Sim, é claro, sua madrasta — continuou Harwick. — Ela ficaria ferida. A sua prometida, então, nem se fala.

— A sua o quê?

Ela realmente não tivera a intenção de levantar a voz, mas o comentário casual feito por Sir Harwick a atordoou. De repente, sentiu-se nauseada. A cor sumiu de seu rosto.

— O senhor disse "a prometida" de Caine? — ela perguntou num sussurro rascante.

— Jade — começou Caine —, acredito que Sir Harwick esteja se referindo a Lady Aisely.

— Ah, entendi — Jade respondeu. Ela forçou um sorriso para o médico. — Agora eu me lembro. Lady Aisely, a mulher com a qual você vai se casar. — Sua voz ao final da frase soou muito aguda.

Ela nem conhecia tal mulher, mas já a desprezava. Quanto mais ela pensava no assunto, mais furiosa ficava com Caine. Na verdade, estava com ódio dele também.

— Lady Aisely não receberia bem a notícia de sua hospedagem aqui — observou Sir Harwick.

— Ela não é minha prometida — Caine interveio. — Quem quer que ela se case comigo é minha madrasta — ele explicou, sem conseguir esconder a vontade de rir no seu tom de voz. A reação de Jade ao ouvir sobre Lady Aisely não poderia ter sido mais reveladora. Dizia que ela se importava.

— Mas sua querida madrasta está...

— Está doida para ver a mim e Lady Aisely juntos — ele interrompeu. — Não vai acontecer, Harwick.

Jade podia sentir o olhar de Caine. Ela tentou desesperadamente afetar desinteresse. Percebeu que estava torcendo a compressa nas mãos e interrompeu essa ação tão reveladora no mesmo instante.

— Não me interessa com quem você vai se casar — declarou.

— Deveria interessar.

Ela negou com um gesto de cabeça.

— Só queria que tivesse mencionado seu noivado antes da noite passada.

— Eu não estou noivo — ele protestou. — E a noite passada teria...

— Caine! — ela gritou o seu nome e então baixou a voz quando acrescentou: — Temos visita, caso não se lembre.

Harwick soltou uma gostosa risada. Ele caminhou ao lado de Caine até a porta.

— Tenho um palpite sobre vocês dois. Estou certo?

— Depende do palpite — respondeu Caine.

— Ela é sua prometida, não é?

— Sim — respondeu Caine. — Só que ainda não aceitou isso.

Os dois homens compartilharam um sorriso.

— Posso dizer que ela vai ser difícil, meu filho.

— Difícil ou não — Caine respondeu, com voz suficientemente alta para acordar os mortos —, ela será minha esposa.

A porta se fechou, abafando o grito de negativa de Jade. Ela atirou a compressa longe e desabou contra os travesseiros, rangendo os dentes de frustração.

Por que se importaria com quem ele haveria de se casar? Assim que Nathan voltasse, ela nunca mais voltaria a ver Caine. E por que diabos tudo tinha que ser tão complicado? Deus era testemunha de que proteger Caine já era bastante difícil. Agora ela também teria que acrescentar o pai de Caine à sua lista.

Será que Lady Aisely era bonita?

Jade afastou aquele pensamento sombrio. Teria de tomar providências com relação ao Duque de Williamshire. Colin teria razão de ficar transtornado quando voltasse para casa e descobrisse que seu pai morrera de tristeza.

Caine levara Lady Aisely para a cama?

Eu não posso pensar nela agora, decidiu Jade. *Há muitos outros problemas com que me preocupar.*

Ela teria que fazer algo sobre o pai de Colin. Um bilhete, ela concluiu, não seria suficiente. Teria que enfrentar o homem e conversar com ele.

Estaria a madrasta de Caine já fazendo os arranjos para o casamento dele? Oh, Deus, ela esperava que Caine estivesse lhe dizendo a verdade. Ela esperava que ele não quisesse Lady Aisely.

— Isso é ridículo — ela murmurou para si mesma. Claro que Caine se casaria. E é claro que seria com alguém que não fosse ela. Quando ele descobrisse a verdade sobre os seus antecedentes, ele não a desejaria mais.

Com um grunhido de frustração, Jade desistiu de tentar formular planos. Suas emoções eram como as velas do *Esmeralda*, totalmente insufladas por um vento forte. Não tinha sentido tentar concentrar-se agora. O pai de Caine só teria que suportar o desespero por um pouquinho mais de tempo.

Evitou Caine durante a maior parte do dia. Na hora do jantar, fizeram uma refeição tranquila. Sterns surpreendeu Jade quando puxou uma cadeira e sentou-se para comer com eles. Ele mantinha a atenção em Caine a maior parte do tempo, mas, quando a olhava, sua expressão era gentil e afetuosa.

Jade concluiu que Sterns não havia descoberto que ela dormira com Caine, afinal de contas. Ficou aliviada. Já percebera que o relacionamento de Sterns com Caine era muito mais do que patrão e empregado. Pareciam mais uma família, e ela não queria que um homem que era importante para Caine a achasse uma libertina.

Continuou lançando olhares nervosos para Sterns até que ele estendeu a mão e deu uns tapinhas carinhosos na dela.

Caine foi quem mais falou durante a refeição. A conversa centrou-se nos problemas de dirigir uma propriedade tão grande. Jade estava extremamente interessada. Surpresa também, pois Caine mostrou ter genuína preocupação com os que viviam em suas terras. Ele realmente se sentia responsável por seu bem-estar.

— Você ajuda aqueles que precisam de ajuda? — ela perguntou.

— Claro.

— Dando-lhes dinheiro?

— Quando é a única resposta — explicou. — Jade, o orgulho de um homem é tão importante quanto a sua fome. Uma vez que o estômago está cheio, uma forma de ajudá-lo a progredir é o próximo passo.

Ela pensou nessa afirmação por um longo tempo e depois disse:

— Sim, a autoestima de um homem é importante. Assim como a da mulher — acrescentou.

— Sem a autoestima, há uma boa chance de que ele... ou ela desista por completo. Ninguém pode se sentir manipulado ou um fracasso.

— Há uma diferença entre manipulação e fracasso — argumentou ela.

— Na verdade, não — respondeu Caine. — É tolo aquele que permite uma coisa ou outra, não é, Sterns?

— Certamente — Sterns concordou. O mordomo alcançou o bule antes de continuar. — O orgulho de um homem é muito importante, está acima de tudo.

— Mas com certeza vocês dois concordarão que há momentos em que o orgulho deve ser posto de lado — ela interveio.

— Que momentos? — Caine perguntou.

— A vida de um homem é um excelente exemplo — ela respondeu.

— Mas a vida de um homem não é tão importante quanto sua autoestima — disse Sterns. — Não concorda, milorde?

Caine não respondeu. Olhava para Jade com aquela expressão indecifrável no rosto outra vez. Jade não tinha ideia do que ele estava pensando agora. Sorriu para ele apenas para encobrir o próprio desconforto e, então, alegou cansaço e voltou para o quarto.

Sterns ordenou que um banho fosse preparado para ela. Um fogo ardia na lareira, aquecendo o ar. Jade demorou-se na banheira e depois foi para a cama. Ficou se revirando por quase uma hora antes de mergulhar num sono agitado.

Caine foi deitar-se com Jade um pouco depois da meia-noite. Tirou as roupas, apagou as velas e se acomodou na cama ao seu lado. Ela estava dormindo de lado, a camisola embolada em torno das coxas. Caine puxou-a para cima lentamente e depois atraiu contra si o traseiro sedoso de Jade.

Ela suspirou dormindo. O som o fez arder. Céus, ela estava tão quente, tão doce. Moveu a mão por baixo da camisola. Acariciou sua pele, os seios, esfregou os mamilos até excitá-los. Ela se agitou contra ele irrequieta, gemendo sem acordar.

Provavelmente, pensava que estava no auge de um sonho erótico, pensou Caine. Mordiscou-lhe o pescoço, provocou o lóbulo da orelha com a língua e, quando o traseiro de Jade moveu-se contra ele com mais insistência, Caine deslizou a mão para o calor entre suas coxas.

Ele atiçou aquele fogo até ela estar quente, molhada e pronta para ele. O outro braço a prendia pela cintura. Ela tentou se virar para ele, mas Caine não a deixava se mover.

— Abra-se para mim, Jade — ele sussurrou. — Deixe-me entrar em você.

Separou-lhe as coxas por trás com o joelho até se encaixar entre elas.

— Diga-me que você me quer — ele exigiu.

Ela podia sentir a ponta aveludada de seu sexo. Mordeu o lábio inferior para evitar gritar-lhe que parasse com aquela tortura.

— Sim, eu quero você — ela sussurrou. — Por favor, Caine. Agora.

Era a rendição de que ele precisava. Delicadamente, Caine a deitou de bruços, ergueu seus quadris e penetrou-a com uma estocada poderosa. Sua bainha apertada envolveu-o e pressionou-o. Por pouco ele não derramou seu sêmen no mesmo instante. Caine acalmou seus movimentos e respirou fundo.

— Calma, meu amor — sussurrou com um gemido quando a mulher se moveu contra ele.

As mãos de Jade apertavam o lençol. As mãos de Caine se juntaram às dela. Ele aconchegou a cabeça na perfumada concavidade entre o pescoço e o ombro.

— Caine, eu quero...

— Eu sei — ele respondeu. Estava decidido a diminuir a velocidade desta vez, para prolongar a doce agonia, mas suas súplicas insistentes o deixaram fora de controle. Repetiu o movimento de novo e de novo, até estar alheio a tudo que não fosse o desejo de alcançar satisfação para ambos. Quando soube que estava prestes a derramar-se nela, deslizou a mão sob o ventre de Jade e massageou-a até o êxtase.

O clímax foi glorioso. Caine desabou sobre ela. Estava exausto e completamente em paz.

— Meu amor, você ainda respira? — ele perguntou, quando seu coração deixou de martelar nos ouvidos.

Ele a estava provocando, porém, ao ver que não respondia imediatamente se afastou dela.

— Jade?

Ela se virou e olhou para ele.

— Você me fez implorar.

— Eu o quê?

— Você me fez implorar.

— Sim, fiz mesmo, não foi? — ele respondeu com um sorriso largo.

— E não parece nem um pouco arrependido — observou. Acariciava o peito dele com as pontas dos dedos. — Você é um completo patife. Não entendo por que o considero tão atraente.

A expressão sonhadora e apaixonada ainda estava em seus olhos. Caine beijou sua testa, a ponte do nariz sardento e depois buscou sua boca para um beijo de língua longo e molhado.

— Você quer mais, amor? — Ele não lhe deu tempo de responder. — Eu quero — ele sussurrou com um grunhido baixo.

Muito tempo depois, os dois amantes caíram no sono nos braços um do outro.

Capítulo Dez

Os oito dias seguintes foram mágicos para Jade. Caine mostrou ser um homem gentil e amoroso. Era extremamente atencioso com seus sentimentos, também, e tinha a estranha habilidade de captar seu estado de espírito mais rápido do que ela. O melhor de tudo, para ela, eram as noites. Sterns acendia a lareira no escritório de Caine, e os três liam num silêncio repleto de companheirismo.

Ao longo dos anos, Sterns de fato se tornara o pai substituto de Caine. Jade soube que o criado tinha estado com a família de Caine desde o nascimento do nobre. Quando Caine estabeleceu a própria residência, Sterns o seguiu.

Sterns informou-a de que estava ciente dos novos arranjos para dormir. Enquanto Jade corava envergonhada, ele declarou que não julgava ninguém. E também acrescentou que fazia muito tempo que não via Caine tão despreocupado. Jade, ele concluiu, iluminara a existência do marquês.

Um mensageiro chegou da parte da mãe de Caine, solicitando sua ajuda para tirar o pai da situação em que se encontrava.

Caine foi visitar o pai, mas, quando retornou, duas horas depois, estava de péssimo humor. Sua conversa com o pai não adiantara nada.

Naquela noite, depois de Caine ter adormecido, Jade se encontrou com Matthew e Jimbo para dar-lhes novas ordens.

Matthew estava esperando por ela a poucos metros da cobertura das árvores. O marinheiro era alto, magro como um caniço e tinha a pele tão escura como a de uma pantera. E um temperamento equiparável ao da magnífica fera, mas só quando estava irritado. Ele também tinha um sorriso fácil, que podia ser bastante cativante quando estava de bom humor.

Matthew não sorria agora. Tinha os braços cruzados diante do peito e a carranca de um homem que acabava de surpreender um ladrão vasculhando suas gavetas.

— Por que está franzindo a testa, Matthew? — ela perguntou num sussurro abafado.

— Na noite passada eu o vi na janela com você, garota — resmungou Matthew. — Esse dândi estava se engraçando com você?

Jade não queria mentir, mas também não estava disposta a compartilhar a verdade com seu leal amigo.

— Fui ferida — ela respondeu. — É verdade, não me olhe assim, Matthew. Eu levei um tiro de pistola no meu flanco. Foi um ferimento insignificante. Caine ficou preocupado e passou a noite em meu quarto, cuidando de mim.

— Black Harry vai alimentar os tubarões com meu traseiro se ele souber...

— Matthew, você não vai contar nada para Harry, ouviu? — ela interveio.

O marinheiro não ficou intimidado com seu tom irritado.

— O seu tom petulante não me assusta, mocinha — ele respondeu. — Eu vi o janota colocar o braço ao seu redor quando estavam caminhando até a porta da frente, no primeiro dia, e eu vou contar a Harry. Isso é fato, e você já pode começar a tremer nas bases. Jimbo queria acertar-lhe uma faca nas costas. A única razão que o impediu foi saber que você ficaria irritada com ele.

— Sim, eu ficaria irritada de verdade — ela respondeu. — Ninguém vai tocar num fio de cabelo de Caine ou terá que se ver comigo. Agora, pare de fazer essa cara feia, Matthew. Nós temos uma questão importante para discutir.

Matthew não queria mudar de assunto.

— Mas ele a está incomodando?

— Não, ele não está me incomodando — ela respondeu. — Matthew, sabe que posso me cuidar sozinha. Tenha mais fé em mim.

Matthew ficou contrito na mesma hora. Não queria que sua patroa se decepcionasse com ele.

— É claro que sei que pode cuidar de si mesma — ele se apressou em dizer. — Mas você não tem noção de como é atraente. Você é bonita demais para o seu próprio bem. Pensando bem, Jimbo e Harry tinham razão. Deveríamos ter cortado o seu rosto quando era pequena.

Jade sabia pela expressão em seus belos olhos castanhos que ele estava brincando com ela.

— Nenhum de vocês teria ousado me machucar — retrucou. — Somos uma família, Matthew, e vocês me amam tanto quanto eu amo vocês.

— Você não passa de uma pirralha atrevida — disse uma outra voz grave. Jade virou-se na direção do som e viu seu amigo, Jimbo, mover-se em silêncio para se postar bem diante dela. A carranca de Jimbo combinava com o tamanho do gigante.

Assim como Matthew, ele também estava vestido com roupas de camponeses em tons terrosos, pois cores vivas poderiam ser facilmente avistadas por entre os ramos.

À luz da lua, o cenho franzido de Jimbo parecia feroz.

— Matthew me disse que o dândi a tocou. Eu poderia matá-lo, só por isso. Ninguém...

— Vocês dois estão subestimando Caine se acham que ele irá deixar vocês cravarem facas nele com facilidade — ela interrompeu-o.

— Aposto que ele é tão fracote quanto Colin — argumentou Jimbo.

Jade deixou-o ver como estava exasperada com ele.

— Fazia tempo que você não via Colin e ele estava meio fora de si por causa dos ferimentos naquela ocasião. Agora, ele provavelmente deve estar apto como sempre. Além disso, você comete um erro de cálculo grave se acredita que qualquer um dos irmãos seja fraco. Lembre-se, Jimbo, que eu li o arquivo de Caine. Sei do que estou falando.

— Se um homem tem sangue nas veias, ele pode sangrar — disse Matthew.

Nenhum dos marinheiros parecia afetado por sua carranca. Jade soltou um suspiro de frustração.

Ela se virou para Matthew e disse:

— Preciso falar com o pai de Caine. Vocês precisam manter Caine ocupado com uma distração enquanto eu estiver fora.

— Não vejo necessidade de falar com o pai de Caine — protestou Matthew. — Colin e Nathan devem retornar a qualquer momento agora.

— Por que estão demorando tanto? Não, não me atrevo a esperar mais nem um minuto. O pai de Caine pode muito bem estar em seu leito de morte agora. Ele não está comendo nem dormindo. Não posso deixá-lo morrer.

— Pelo visto, está mesmo decidida a fazer isso — Matthew murmurou. — Em que tipo de distração está pensando?

— Vou deixar isso em suas hábeis mãos — respondeu Jade.

— Quando quer que seja feito? — perguntou Jimbo.

— Amanhã — ela respondeu. — O mais cedo possível.

Jade enfim voltou para a cama, contente em saber que Matthew e Jimbo não a desapontariam.

A distração começou apenas uns minutos antes da aurora na manhã seguinte.

Ela percebeu então que deveria ter sido mais específica em suas instruções. E quando aquilo tudo terminasse, ela arrancaria o couro de Matthew. Suas hábeis mãos uma ova. O homem tinha incendiado os estábulos.

Felizmente, ele havia tido o bom senso de deixar os cavalos saírem antes.

Caine estava ocupado, esse crédito Matthew merecia. Os cavalos estavam correndo soltos. Três éguas prenhes estavam prestes a ter seus potros, e todos na propriedade foram requisitados para ajudar a apagar o fogo, que começava a se alastrar, e a recolher os animais.

Ela fingiu estar dormindo até Caine sair do quarto.

Então, vestiu-se rapidamente e saiu pelos fundos da mansão. Caine havia postado guardas ao redor do perímetro, mas, com aquele caos, ela pôde se esgueirar e sair com facilidade.

— Jimbo foi para o Shallow's Wharf — Matthew contou a Jade enquanto a ajudava a subir no cavalo que havia escolhido para ela. — Ele deve estar de volta amanhã ao pôr do sol, com notícias para nós. Se os ventos estiverem fortes, não acha que Nathan estará aqui em breve? E você tem certeza de que não quer que eu a acompanhe?

— Tenho certeza de que quero que você proteja Caine — ela respondeu. — É ele quem está em perigo. Volto em uma hora. E mais uma coisa, Matthew: não coloque fogo em mais nada enquanto eu estiver fora.

Matthew abriu um largo sorriso.

— Funcionou, não é mesmo?

— Sim, Matthew — ela respondeu, não querendo ferir seu orgulho. — Funcionou.

Ela deixou o sorridente Matthew para trás e chegou ao seu destino cerca de meia hora mais tarde. Depois de deixar o cavalo na floresta adjacente aos limites da propriedade, ela rapidamente se dirigiu à porta da frente. A casa era gigantesca, mas a fechadura era insignificante para os padrões de qualquer ladrão. Jade só levou alguns minutos para abri-la. A luz filtrada pelas janelas era suficiente para ela enxergar o caminho até a escada caracol. Dos fundos da casa lhe chegavam sons indicativos de que o pessoal da cozinha já começara a trabalhar.

Jade espiou em cada um dos numerosos quartos, silenciosa como um gato. No entanto, o Duque de Williamshire não pôde ser encontrado em nenhum deles. Presumira que ele estaria ocupando o maior quarto, mas o imenso aposento estava vazio. Uma mulher de meia-idade, loura e atraente, roncava como um marinheiro no quarto adjacente. Jade adivinhou que a mulher fosse a duquesa.

No final do longo corredor na ala sul, ela encontrou a biblioteca. Era uma localização incomum para um escritório. O pai de Caine estava ali. Profundamente adormecido em sua poltrona atrás da escrivaninha de mogno.

Depois de trancar a porta contra intrusos, Jade examinou o belo homem por um longo tempo. Tinha um ar distinto com seus cabelos grisalhos, feições aristocráticas e rosto angular, muito parecido com o de Caine. Apresentava palidez e olheiras profundas. Mesmo adormecido, parecia atormentado.

Jade não conseguiu decidir se o homem merecia um sermão por sua condição ou um pedido de desculpas por ter-lhe causado tanta dor desnecessária.

Sentiu compaixão, no entanto. Ele lembrava Caine, é claro, embora o pai com certeza não fosse tão musculoso. Embora tivesse a mesma altura. Quando ela tocou em seu ombro, ele acordou com um sobressalto e saltou da cadeira com uma rapidez que a surpreendeu.

— Por favor, não fique alarmado, senhor — ela sussurrou. — Não queria assustá-lo.

— Não queria? — ele perguntou, imitando seu tom de voz baixo.

O Duque de Williamshire recuperou aos poucos a compostura. Passou os dedos pelos cabelos e sacudiu a cabeça, procurando clarear as ideias.

— Quem é você? — ele perguntou.

— Não importa quem eu sou, sir — ela sussurrou. — Por favor, sente-se, pois tenho informações importantes para compartilhar com você.

Ela esperou com paciência até que ele atendesse o seu pedido e, então, inclinou-se na borda da escrivaninha próxima a ele.

— Esse sofrimento tem que chegar ao fim, o senhor está se matando em vida.

— O quê?

Ele ainda parecia confuso com a mulher, que notou, também, que a cor de seus olhos tinha o exato tom de cinza que os de Caine. O cenho franzido também era o mesmo.

— Eu disse que você deve parar de sofrer — afirmou novamente. — Sir Harwick é de opinião que você pode vir a morrer se continuar assim. Se não parar com essa tolice...

— Escute aqui, mocinha...

— Não levante a voz para mim — ela interveio.

— Quem, em nome de Deus, é você? E como entrou...

O ímpeto o deixou e ele balançou a cabeça lentamente.

Jade achou que ele parecia mais incrédulo do que zangado. Concluiu que as coisas haviam começado bem.

— Sir, eu simplesmente não tenho tempo para uma longa discussão. Primeiro, você deve me prometer que nunca contará a ninguém sobre essa nossa conversa. Você me dá a sua palavra?

— Você a tem — ele respondeu.

— Bom. Agora, acredito que deva me desculpar, embora na verdade eu não seja muito boa nisso. Odeio pedir desculpas a qualquer um. — Ela encolheu os ombros e depois acrescentou: — Desculpe-me por não ter vindo antes até você. Causei-lhe um sofrimento gratuito, quando poderia tê-lo poupado disso. Você me perdoa?

— Não tenho ideia do que está falando, mas, se isso a deixa feliz, eu a perdoo. Agora, diga-me o que quer de mim.

— Sua rabugice, sir, é tão irritante quanto a de seu filho.

— De que filho fala? — ele perguntou com um sorriso se insinuando no olhar.

— Caine.

— Essa sua visita é sobre Caine? Ele fez algo que a ofendeu? Você deve saber que Caine é um homem adulto e sabe cuidar de si. Eu não interferirei, a menos que haja uma causa real.

— Não — respondeu Jade. — Não se trata de Caine, embora fique feliz em saber que o senhor tem tanta fé na capacidade do seu filho mais velho para tomar as próprias decisões. Ao não interferir, você demonstra orgulho por seu filho.

— Então, sobre quem deseja falar? — ele perguntou.

— Sou amiga de Colin.

— Você o conheceu?

Ela assentiu.

— Eu o conheço, sim. Sabe? Ele está...

— Morto — ele interveio com tom severo. — Selvagem o matou.

Jade estendeu a mão e a pousou sobre o ombro dele.

— Olhe para mim, por favor — ela ordenou com um sussurro suave quando ele se virou para olhar para as janelas.

Quando o pai de Caine fez o que ela pediu, Jade assentiu.

— O que estou prestes a lhe contar será difícil de crer. Primeiro, entenda isso. Tenho provas.

— Provas?

Ela assentiu de novo.

— Selvagem não matou Colin.

— Matou, sim.

— Estou cansada de ouvir sobre os crimes de Selvagem — ela murmurou. — Colin...

— Selvagem enviou-a a mim?

— Por favor, baixe a voz — ela voltou. — Selvagem não matou o seu filho — ela repetiu. — Ele o salvou. Colin está vivo e bem.

Um longo período se passou antes que o duque reagisse. Seu rosto lentamente foi se tornando vermelho, enquanto ele a encarava com um olhar tão frio que ela pensou que poderia congelá-la. Antes que o homem pudesse gritar com ela de novo, Jade falou:

— Eu disse que tenho provas. Está disposto a me escutar ou já está tão decidido que...?

— Vou escutá-la — ele a interrompeu. — Entretanto, se isso for algum tipo de brincadeira cruel, juro que irei caçar Selvagem e matá-lo com minhas próprias mãos.

— Seria uma troca justa por tanta crueldade — ela concordou. — O senhor se lembra da ocasião em que Colin subiu numa árvore gigante e não conseguiu descer? Ele tinha quatro ou cinco anos de idade. Como estava chorando e se sentindo muito covarde, você prometeu que nunca falaria a ninguém sobre o incidente. Também o convenceu de que não era errado sentir medo, que o medo não era um pecado, que...

— Eu me lembro — o duque sussurrou. — Nunca comentei com ninguém. Como você...

— Como acabei de dizer, Colin me contou essa história. Muitas outras também.

— Ele poderia ter contado estas histórias antes de ser morto — afirmou o duque.

205

— Sim, ele poderia, mas não o fez. Selvagem resgatou Colin do mar. Seu filho estava em condições lastimáveis. Sabe aquele médico, Sir Winters?

— Ele é meu médico pessoal — murmurou o duque.

— Não acha estranho que ele tenha desaparecido?

A raiva estava se dissipando devagar do rosto do duque.

— Acho estranho — ele admitiu.

— Nós o pegamos — explicou Jade. — Ele era necessário para cuidar de Colin. Achei importante que seu filho fosse tratado por seu médico de família. Ele estava com dores terríveis, sir, e queria que ele tivesse o maior conforto possível.

Jade mordiscou o lábio inferior enquanto contemplava outra maneira de convencê-lo. Ele ainda lhe parecia incrédulo.

— Colin tem uma marca de nascença nas nádegas — ela deixou escapar de repente. — Sei porque cuidei dele até Jimbo e Matthew conseguirem sequestrar Winters. Pronto! É prova suficiente para você?

Em resposta a essa pergunta, o duque lentamente recostou-se na cadeira.

— Recebi prova da morte de Colin.

— De quem?

— Do Departamento de Guerra.

— Exatamente.

— Não entendo.

— Vou explicar depois que Colin voltar para casa — respondeu Jade. — Pode me explicar uma coisa antes de eu continuar a tentar convencê-lo?

— O que seria? — ele perguntou num tom cansado.

— Saberia me dizer por que Colin me fez prometer que não diria a Caine que está vivo? Aprendi a confiar no seu filho mais velho e não entendo o motivo dessa promessa. Colin estava meio fora de si na ocasião, e talvez o que murmurou sobre os irmãos Bradley não fosse...

O pai de Caine saltou da cadeira novamente.

— Colin está vivo!

— Por favor, baixe a voz — ela ordenou. — Ninguém deve saber.

— Por quê? Eu quero gritar a plenos pulmões. Meu menino está vivo!

— Vejo que enfim o convenci — ela respondeu com um sorriso. — Por favor, sente-se, sir. Você me parece fraco.

Jade esperou até que ele voltasse a sentar-se e perguntou:

— O que foi que o fez perceber que eu estava falando a verdade?

— Quando você disse que Colin não queria que Caine soubesse... — ele balbuciou. Então sussurrou: — Santo Deus, os irmãos Bradley. Eu havia me esquecido desse incidente.

Agora era a vez de Jade parecer confusa.

— Por que... — ela perguntou, incapaz de esconder a preocupação. — Colin não confia no próprio irmão?

— Oh, não, você entendeu mal — ele respondeu. — Colin idolatrava Caine. Quero dizer, ele o idolatra. Meu Deus, ainda é difícil me acostumar com a ideia.

— Mas, se ele idolatra Caine, por que me fez prometer que não iria lhe contar? O senhor ainda não me explicou. E quem, por favor, diga, são os irmãos Bradley?

O Duque de Williamshire soltou uma risada profunda.

— Quando Colin tinha apenas oito ou nove anos, ele correu para casa com o nariz sangrando e um corte no lábio. Caine estava em casa. Ele exigiu saber quem fizera aquilo e, assim que Colin revelou que os irmãos Bradley eram os responsáveis, Caine saiu pela porta em disparada. Colin tentou detê-lo, é claro. Ele não mencionara a quantidade de irmãos, sabe? Meia hora depois, Caine chegou em casa tão machucado quanto o irmão.

— Quantos irmãos eram? — Jade perguntou.

— Oito.

— Santo Deus, quer dizer que os oito irmãos atacaram Colin e...

— Não, apenas um agrediu Colin... um menino chamado Samuel, se bem me lembro. De qualquer forma, Samuel devia saber que Caine retaliaria e correu para casa para obter reforços.

— Caine poderia ter sido morto — ela sussurrou.

— Na verdade, minha querida, sua compaixão deveria ser direcionada aos irmãos Bradley. Caine só pretendia assustar o menino que agredira Colin, mas quando os irmãos se uniram e partiram com tudo para cima dele, Caine lhes deu uma lição! Meu garoto sozinho deu conta deles todos.

Jade balançou a cabeça. Não achara nem um pouco de graça naquela história horrível. No entanto, o pai de Caine estava ali sorrindo, todo orgulhoso do filho...

— Percebe, então, minha querida? Não é por desconfiança que Colin a fez prometer. Foi só porque Colin conhece muito bem Caine. Colin deve estar pensando em proteger Caine até que ele possa explicar a situação completa para ele. Não quer que ele se meta com outro grupo de Bradleys de novo. Dos dois, Colin sempre foi o mais cauteloso. Caine não sabia que Colin estava trabalhando para o nosso governo — acrescentou. — Quanto a isso, eu também não sabia. Nunca teria permitido isso, especialmente quando soube que Sir Richards não era o seu superior.

— Richards — ela sussurrou. — Sim, ele era o superior de Caine, não era?

O pai de Caine ficou surpreso com essa afirmação.

— Você reuniu um bocado de informações sigilosas, não é? Não posso deixar de me perguntar como as obteve. Vai me dizer quem lhe forneceu tais segredos?

Jade sentiu-se um pouco insultada com a pergunta.

— Ninguém me forneceu coisa alguma — esclareceu ela. — Descobri sozinha. Sou muito engenhosa, sir. Meu irmão, Nathan, estava ajudando Colin a resolver um problema bastante complexo para o governo. Alguém não queria que eles tivessem sucesso, no entanto. Uma armadilha foi montada. A única razão pela qual ambos estão vivos é que... Selvagem tornou-se suspeito. O pirata conseguiu intervir a tempo.

— Colin sabe quem está por trás dessa traição?

Ela balançou a cabeça.

— Nós só sabemos que é alguém de elevada posição no Departamento de Guerra. Nathan e Colin estão seguros enquanto acreditarem que estão mortos. Não posso lhe contar mais nada. Quando Colin retornar...

— Você vai me levar para vê-lo?

— Ele deverá estar em casa dentro de mais alguns dias, sir. É claro que não poderá ficar aqui, a menos que o senhor retire todos os criados da casa... os detalhes terão que ser resolvidos. — Ela fez uma pausa para sorrir para o duque. — Eu me pergunto se você reconhecerá o seu filho. O cabelo de Colin cresceu até os ombros. Tanto ele como Nathan estão parecendo verdadeiros piratas agora.

— Isso deve agradar a Selvagem.

— Ah, sim, agrada muito a Selvagem.

— Seus ferimentos foram graves? — o duque perguntou.

— Eles haviam sido amarrados e amordaçados, depois atiraram neles e os jogaram ao mar. Seus inimigos sabiam que ainda não estavam mortos.

— Eles os largaram para se afogarem.

— Não, eles os largaram aos tubarões. As águas estavam infestadas com os predadores, e o sangue fresco... atraiu-os.

— Meu Deus...

— Os tubarões não os pegaram, embora eu admita que foi por muito pouco. Selvagem perdeu um bom homem no resgate.

— Selvagem entrou nessas águas com esse outro homem?

— Sim — ela respondeu. — Selvagem é o melhor nadador. Além disso, o pirata nunca pediria aos outros o que... ele mesmo não possa fazer.

Jade começou a se encaminhar para a porta, mas foi interrompida pela pergunta seguinte.

— Está apaixonada por meu Colin?

— Santo Deus, não! — ela respondeu. Destrancou a porta e virou-se para o novo confidente. — Quando nos encontrarmos, o senhor deve fingir que não me conhece. No momento, estou mantendo Caine ocupado. Como sabe, ele está determinado a encontrar Selvagem. A caçada o colocou em risco, mas isso logo será resolvido.

— Mas Selvagem não...

— Selvagem protege Caine — disse ela. — Culparam o pirata por matar Nathan e Colin. Seu governo colocou a cabeça dele a prêmio. Caine, como você provavelmente sabe, dobrou a recompensa. Agora, considere o que aconteceria se Caine pudesse encontrar Selvagem e conversasse com ele antes de...

— Selvagem pode convencer Caine de que não matou Colin.

— Exatamente — ela respondeu. — Percebe? Quem está por trás dessa traição quer fazer com que Selvagem não seja encontrado.

— Ou matar Caine antes que ele descubra a verdade.

— Sim.

— Meu Deus, Caine está em risco. Eu devo...

— Não faça nada, senhor — declarou Jade. — Como expliquei, Selvagem está protegendo Caine.

— Bom Deus, Selvagem não é o nosso inimigo — o duque sussurrou. — Tenho uma dívida para com esse homem que jamais poderei pagar. Cara dama, não há nada que eu possa fazer por você?

— Devo cuidar de Caine por enquanto — ela respondeu. — Ele é um homem muito teimoso, mas um guardião por natureza. Está ocupado pensando que está cuidando dos meus problemas agora. Quando Colin chegar em casa, vocês três poderão decidir o que deve ser feito.

— Selvagem enviou você para Caine, então?

— Sim — ela respondeu com um sorriso.

— Caine não vai desistir — ele interveio. — Rezo para que Colin volte logo.

— Não se preocupe com isso — disse Jade. — Se você disser a Caine para desistir da caçada só conseguirá que ele redobre os esforços para obter sucesso. Está determinado demais para parar agora.

— Então, você deve confiar nele.

— Não posso, sir. Dei minha palavra a Colin. Além disso, temos poucos dias antes da revelação da verdade.

— E se o seu irmão e Colin estiverem atrasados?

— Então, teremos que bolar um novo plano — ela anunciou com um aceno de cabeça.

— Mas o que especificamente...

— Nós teremos que encontrar uma maneira de tirar a caça do caçador. Caine ficará furioso, mas continuará vivo. Devo pensar nisso com cuidado — acrescentou ao abrir a porta.

— Quando voltarei a vê-la? Você mencionou que devo fingir que não a conheço, mas...

— Oh, tenho certeza de que vai me ver novamente — ela respondeu. — E há uma pequena coisa que poderia fazer para me recompensar — acrescentou. — Disse que faria qualquer coisa — ela o lembrou.

— Sim, qualquer coisa.

— Caine é o seu filho mais velho e, se deve haver um favorito, então deveria ser ele.

O duque ficou claramente atônito com as suas observações.

— Eu amo todos os meus filhos. Não sabia que eu preferia um acima dos outros.

— Sir Harwick acredita que Colin é o seu favorito — disse ela. — Também disse que Caine se mantém afastado da família. Não permita que isso continue, senhor. Caine precisa de seu amor. Demonstre-o.

A porta se fechou.

O Duque de Williamshire permaneceu ali sentado diante da escrivaninha um longo tempo antes que sentisse as pernas fortes o bastante para suportarem seu peso. Lágrimas de alegria escorreriam pelo rosto dele. Fez uma oração em ação de graças por aquele milagre que acabara de receber.

Seu Colin estava vivo.

Henry repentinamente estava voraz. Saiu em busca de um café da manhã. Seria difícil, pois o duque não era um homem dado a encenações, mas teria que conter os seus sorrisos. Nenhum dos criados deveria suspeitar do verdadeiro motivo de sua recuperação.

Sentia-se renascido. Era como se alguém houvesse estendido a mão para o obscuro abismo de desespero em que se encontrava e o tivesse erguido até as estrelas.

A jovem que agora considerava sua redentora tinha os olhos verdes mais lindos que já vira. Selvagem, sem dúvida, batizara o seu navio em honra daqueles olhos. O *Esmeralda*. Sim, concluiu com um aceno de cabeça. Também estava certo de que agora conhecia a verdadeira identidade do pirata, mas prometera que morreria antes de revelar essa verdade a qualquer um.

Ele se perguntou, porém, o que Caine diria quando descobrisse que a mulher que ele estava protegendo era na verdade a irmãzinha de Selvagem.

Haveria raios e trovões em abundância, e ele só rogava aos céus que estivesse lá para proteger sua salvadora quando a fúria de Caine explodisse.

O Duque de Williamshire estava certo de que havia descoberto tudo.

Servia-se de uma segunda porção de ovos e rins quando sua esposa, Gweneth, entrou correndo na sala de jantar.

— O cozinheiro me disse que você estava comendo — ela balbuciou.

O duque virou-se para a esposa com um leve sorriso no rosto. A pobre Gweneth parecia abalada. Seu cabelo louro e curto estava em completa desordem e ela nem conseguira amarrar a faixa do roupão.

— Por que, Henry? — ela perguntou, olhando-o fixamente.

— É o que se costuma fazer toda manhã — ele respondeu. — E eu estava com fome.

Seus olhos castanhos se encheram de lágrimas.

— Você estava com fome? — ela sussurrou.

Henry deixou o prato de lado e caminhou até a esposa. Ele a tomou nos braços e beijou o alto de sua cabeça.

— Andei lhe causando muita preocupação ultimamente, não foi, meu amor?

— Mas está se sentindo melhor agora? — ela perguntou.

— Fui aconselhado a não continuar me lamentando — afirmou.

— Por quem?

— Por minha consciência — ele mentiu. — Com o tempo, Gweneth, vou lhe explicar essa minha mudança repentina. Por ora, no entanto, eu só posso dizer que sinto muito por toda a preocupação que causei a você e às crianças. Já me mortifiquei tempo suficiente.

— É um milagre — ela sussurrou.

Sim, ele pensou consigo mesmo. *Um milagre com os olhos verdes enfeitiçantes.*

— Venha e coma um pouco, minha querida. Você me parece um pouco abatida.

— Pareço abatida? — Sua risada saiu trêmula. — Você é que está parecendo um defunto, meu amor.

Ele a beijou com ternura e depois a levou até a mesa.

— Depois de me banhar, creio que irei a cavalo ver Caine.

— Ele ficará surpreso com a sua recuperação — declarou Gweneth. — Oh, Henry, é tão bom ter você de volta conosco!

— Você gostaria de cavalgar comigo até a casa de Caine?

— Oh, sim, eu adoraria — ela respondeu. Seus olhos brilharam com determinação. — Não é adequado ter hóspedes, mas acredito que convidarei Lady Aisely e sua querida mãe para um longo fim de semana. Você deve dizer a Caine que esperamos que ele... porque você está sacudindo a cabeça para mim?

— Não desperdice suas energias, Gweneth. Desista. Caine não vai se casar com Lady Aisely.

— É um excelente partido, Henry — ela argumentou. — Dê-me dois bons motivos para que eu não encoraje essa união.

— Muito bem — ele respondeu. — Um, ela não é ruiva.

— Bem, é claro que ela não é ruiva. Ela tem lindos cabelos louros. Você sabe muito bem disso.

— E dois — continuou ele, ignorando a expressão atônita da esposa. — Ela não tem olhos verdes.

— Henry, ainda não está se sentindo muito bem, está?

A risada de Henry ecoou pela sala de jantar.

— Caine precisa de uma feiticeira. Você terá que aceitá-la, minha querida.

— Aceitar o quê? — ela perguntou.

Sua piscadinha lenta a deixou mais intrigada do que nunca.

— Eu acredito, Gweneth, que seu café da manhã precisará esperar um pouco mais. Você precisa voltar para a cama agora mesmo.

— Preciso? — ela perguntou. — Por quê?

O duque inclinou-se para frente e sussurrou no ouvido da esposa. Quando terminou sua explicação, Gweneth corou.

— Oh, Henry — ela sussurrou. — Você realmente está se sentindo melhor!

Capítulo Onze

Jade já estava de volta à casa de Caine pouco tempo depois. Após entregar as rédeas para Matthew, ela subiu correndo a escada dos fundos em direção ao seu quarto. Quando dobrou o corredor, deparou-se com Sterns montando guarda diante da porta do quarto dela como um centurião.

Ele se surpreendeu ao vê-la. Depois, cruzou os braços, como se fosse ralhar com ela.

— Era para você estar dentro do quarto, milady.

Ela decidiu inverter os papéis e fazer com que Sterns desse as explicações.

— E o que está fazendo aí parado?

— Estou guardando a porta.

— Por quê?

— Para não deixá-la sair.

— Mas eu já saí — ela respondeu com um leve sorriso. — Sterns, acredito que seu tempo seja muito valioso para ficar aí guardando um quarto vazio.

— Mas eu não sabia que estava vazio — ele protestou.

Ela deu um tapinha no braço dele.

— Pode me explicar mais tarde, sir. Agora, deixe-me passar, pois realmente preciso tirar esse traje de equitação e ajudar Caine.

Ela passou pelo carrancudo criado e fechou a porta sem fazer caso de seus protestos. Em pouco tempo, trocou de roupa, colocando um vestido verde-escuro, e desceu correndo a escada principal.

Sterns agora guardava a porta da frente. A contração de suas mandíbulas lhe dizia que ia ser difícil convencê-lo a deixá-la passar.

— Você não pode sair — ele anunciou com um tom de voz que teria resfriado um urso-polar.

Ela não se mostrou minimamente intimidada. Ao contrário: abriu um largo sorriso.

— Posso e vou — ela respondeu.

— Milorde faz questão que permaneça dentro de casa.

— E eu faço questão de sair.

Em resposta a essa insubordinação, Sterns inclinou-se contra a porta e balançou lentamente a cabeça.

Jade decidiu desviar sua atenção.

— Sterns? Quantos criados residem aqui?

Ele ficou surpreso com a pergunta dela.

— Atualmente, estamos com meia equipe apenas — ele respondeu. — Somos cinco.

— Onde estão os outros?

— Em Londres — ele respondeu. — Estão ajudando a limpar a casa da cidade.

— Mas pensei que havia sido destruída pelo fogo — observou ela.

— O incêndio não foi tão sério — esclareceu Sterns. — A lateral foi fechada com tábuas e agora resta apenas o dano causado pela fumaça a ser reparado. Enquanto os operários consertam a estrutura, os criados estão limpando o interior.

— Eu me pergunto, Sterns, se os criados aqui podem ser confiáveis.

Ele se empertigou todo antes de responder.

— Milady, todos os criados são confiáveis. Todos são leais ao patrão.

— Tem certeza?

Ele se afastou um passo da porta.

— Por que está tão interessada...

— Você terá dois hóspedes nos próximos dias, Sterns, mas ninguém deve saber que eles estão aqui. Seu pessoal deve guardar segredo.

— O marquês não me falou de nenhum hóspede — ele argumentou, parecendo um pouco magoado.

Jade passou por ele correndo e abriu a porta.

— Caine ainda não sabe dos hóspedes — disse ela. — Foi por isso que não comentou com você. Será uma surpresa, entende?

Dava para ver pela expressão perplexa de Sterns que ele não entendia.

— Só pensei em preveni-lo para que pudesse preparar os quartos com antecedência — explicou. Ela ergueu as saias e começou a descer os degraus. — Agora, pare de franzir o cenho, Sterns. Vou dizer a Caine que tentou me manter dentro de casa.

— E eu direi a milorde que você não estava no seu quarto — ele gritou.

Jade encontrou Caine andando entre as ruínas dos estábulos. Só haviam restado brasas fumegantes. A destruição fora absoluta.

Os cavalos, ela percebeu, estavam agora reunidos em um grande curral retangular que os homens acabavam de montar.

A camisa branca de Caine estava coberta de fuligem.

— Conseguiu juntar todos os cavalos? — ela perguntou ao chegar perto dele.

Ele se virou devagar para fitá-la. Sua expressão furiosa poderia muito bem iniciar outro incêndio. Seu tom, no entanto, era enganadoramente tranquilo quando disse:

— Todos, menos o que você pegou emprestado.

— Emprestado? — ela perguntou, afetando inocência.

— Vá para casa e espere por mim na sala de estar — ele ordenou.

— Mas, Caine, eu quero ajudar.

— Ajudar? — Ele quase perdeu a paciência. — Você e seus homens já ajudaram o suficiente. — Várias respirações profundas depois, ele disse: — Volte para dentro. Agora!

Seu rugido alcançou o objetivo. Jade imediatamente se virou e correu de volta para a casa. Podia sentir o olhar fulminante de Caine em suas costas e não ficaria surpresa se seu vestido pegasse fogo.

O homem estava colérico.

Seria inútil tentar discutir com ele agora. Teria que esperar até que sua fúria tivesse se dissipado um pouco.

Quando alcançou o degrau inferior, virou-se para ele.

— Caine? Se tiver que ficar aqui fora, não seja um alvo tão descaradamente fácil.

Sterns correu pela escada, segurou o cotovelo de Jade e sussurrou:

— Faça o que ele mandou, Lady Jade. Não o deixe ainda mais irritado. Agora, venha para dentro — ele acrescentou, enquanto a ajudava a subir a escada. — Não creio já ter visto milorde tão furioso.

— Sim, ele está furioso — sussurrou Jade, agastada pelo tremor em sua voz. — Sterns, eu poderia tomar uma xícara de chá? Parece que o dia de hoje azedou por completo — acrescentou. — E ainda nem chegou à metade.

— É claro que posso lhe preparar um pouco de chá — Sterns apressou-se em dizer. — Tenho certeza de que o marquês não quis levantar a voz para você. Assim que a raiva dele passar, estou certo de que se desculpará.

— Pode ser que a raiva dele nunca passe — ela murmurou.

Sterns abriu a porta da frente para Jade entrar e seguiu-a.

— Os estábulos não tinham nem um mês de construídos — observou ele.

Jade tentou prestar atenção ao que Sterns dizia, mas as palavras de Caine continuavam ecoando em sua mente. *Você e seus homens já ajudaram o suficiente.* Sim, essas haviam sido as palavras dele. Ele sabia sobre Matthew e Jimbo. Mas como? Ela se perguntou. E o mais importante: o que mais ele sabia?

Enquanto Sterns foi cuidar do chá, Jade atravessou os umbrais da grande sala de estar. Ela abriu de par em par as portas francesas na outra extremidade da sala para deixar entrar o ar fresco da primavera. Era uma medida de precaução também, pois, se Caine se decidisse a matá-la, teria uma possível rota de fuga.

— Bobagem — ela murmurou enquanto voltava a andar de um lado para o outro. Caine nunca levantaria a mão contra ela, por mais que estivesse furioso. Além disso, não era possível que soubesse de toda a verdade.

A porta da frente se abriu de repente, com violência, quicando duas vezes contra as paredes internas antes de se fechar com uma pancada. Caine havia chegado.

Jade correu para o sofá de brocado dourado, sentou-se e cruzou as mãos no colo. Ela forçou um sorriso sereno no rosto. Não o deixaria perceber que estava tremendo. Não, morreria antes de o deixar saber que estava preocupada. As portas do salão se abriram em seguida. Caine encheu todo o vão da entrada. Jade não pôde conservar o sorriso depois que viu sua expressão. Parecia pronto a matá-la. Estava trêmulo de raiva.

— Aonde você foi esta manhã? — ele rugiu.

— Não use esse tom de voz comigo, sir. Você me deixará surda.

— Responda.

Ela olhou feio para Caine porque ele ignorara seu pedido e gritara novamente. Então, Jade respondeu:

— Eu fui visitar o seu querido pai.

Essa afirmação arrefeceu-o um pouco. Então, ele balançou a cabeça.

— Não acredito em você.

— Estou lhe dizendo a verdade — afirmou.

Caine entrou na sala e não parou até se debruçar sobre ela. As pontas de suas botas tocavam a bainha do vestido dela. Ele assomava sobre ela como um deus vingador. Jade sentia-se presa. No fundo, sabia que era isso mesmo que queria que ela sentisse.

— Sinto muito se não acredita em mim, Caine, mas eu fui ver o seu pai. Estava muito preocupada com ele, sabe? Sir Harwick mencionou que ele não estava se sentindo bem e achei que uma boa conversa iria levantar seu estado de espírito.

Ela olhou para as mãos enquanto fazia aquela confissão.

— Quando você iniciou o incêndio, Jade?

Ela o encarou, então.

— Não iniciei nenhum incêndio — declarou.

— Uma ova que não — ele rugiu. Caine se afastou dela e caminhou até a lareira. Estava tão furioso, que não julgou prudente ficar perto dela.

Jade se levantou, cruzou as mãos e disse:

— Não pus fogo em seus estábulos, Caine.

— Então, mandou um dos seus homens fazê-lo. Agora eu quero saber por quê.

— Que homens?

— Os dois desgraçados que andam por aqui desde o dia em que chegamos — ele respondeu.

Caine esperou ouvir sua negação. Jade não fizera outra coisa senão mentir desde o momento em que tinham se conhecido. Ele percebia isso agora.

— Ah, esses dois — ela respondeu. Deu de ombros delicadamente. — Você deve estar se referindo a Matthew e Jimbo. Você os conheceu, foi?

A angústia dele era quase insuportável agora.

— Sim, conheci-os. São mais duas das suas mentiras, não são?

Jade não conseguia encará-lo agora. Que Deus a ajudasse, pois enfim estava vendo o homem que o arquivo descrevia.

Frio. Metódico. Letal. Os adjetivos não haviam sido exagerados, afinal de contas.

— Matthew e Jimbo são homens de valor — ela sussurrou.

— Então você não nega...

— Não vou negar nada — ela respondeu. — Você está me colocando numa posição impossível. Dei a minha palavra e não posso quebrá-la. Você só precisa confiar em mim um pouco mais.

— Confiar em você? — ele cuspiu as palavras como blasfêmias. — Nunca mais confiarei em você. Deve pensar que sou um tolo se acredita que sim.

Estava aterrorizada com ele agora. Jade respirou fundo e disse:

— Meu problema é muito delicado.

— Estou pouco ligando se o seu problema é delicado — Caine vociferou. — Em nome de Deus, qual é o seu jogo? Por que está aqui?

Ele voltara a gritar com ela. Jade balançou a cabeça em uma negativa.

— Só posso lhe dizer que estou aqui por sua causa.

— Responda.

— Muito bem — ela sussurrou. — Estou aqui para protegê-lo.

Ela poderia muito bem ter dito que descera dos céus, já que ele não deu a mínima atenção àquela revelação.

— Eu quero o verdadeiro motivo, droga!

— Esse é o verdadeiro motivo. Estou protegendo você.

Sterns apareceu na porta aberta com uma bandeja de prata nas mãos. Olhou o rosto do patrão e logo se virou para sair.

— Feche as portas atrás de você, Sterns — ordenou Caine.

— Não levante a voz para Sterns — Jade exigiu num tom semelhante. — Ele não tem nada a ver com isso e você não pode descontar a raiva nele.

— Sente-se, Jade. — A voz de Caine estava muito mais calma agora e muito mais ameaçadora, também. Custou a Jade toda a sua determinação não fazer o que ele ordenava.

— Você provavelmente chuta cachorrinhos quando está de mau humor, não é?

— Sente-se.

Ela olhou para a porta, calculando a distância até a sua segurança, mas as palavras seguintes de Caine a fizeram mudar de ideia.

— Você não conseguiria.

Jade virou-se para Caine.

— Não está disposto a agir de forma racional, não é?

— Não — ele respondeu. — Não estou disposto.

— Esperava que pudéssemos ter uma discussão tranquila depois que você se acalmasse e...

— Agora — ele a cortou. — Vamos ter nossa discussão agora, Jade. — A vontade dele era agarrá-la e espremer dela todas as respostas para as suas dúvidas, mas sabia que, se ele a tocasse, poderia matá-la. Sentia como se seu coração houvesse se partido ao meio.

— Selvagem enviou você, não foi?

— Não.

— Sim — ele respondeu. — Meu Deus, o miserável enviou uma mulher para fazer o trabalho para ele. Quem é Selvagem, Jade? Seu irmão?

Ela sacudiu a cabeça e afastou-se dele.

— Caine, tente me ouvir...

Ele começou a avançar na direção dela, mas se forçou a parar.

— Tudo... mentira, não é, Jade? Você não estava em perigo.

— Nem tudo — ela respondeu. — Mas você era o alvo principal.

Ele balançou a cabeça. Jade sabia que Caine não iria acreditar em nada do que ela lhe dissesse. Podia ver a dor, a cruel agonia nos olhos dele.

— Ele enviou uma mulher — Caine repetiu. — Seu irmão é um covarde. Ele vai morrer. Seria justo, não seria? Olho por olho... ou, neste caso, irmão por irmão.

— Caine, você precisa me ouvir — ela gritou. Jade sentia vontade de chorar por causa da dor que ela estava lhe causando. — Você tem que entender. No começo, eu não sabia que tipo de homem você era. Oh, Deus, sinto muito...

— Sente? — ele perguntou com voz desprovida de qualquer emoção.

— Sim — ela sussurrou. — Se pelo menos você me ouvisse...

— Acha que vou acreditar em qualquer coisa que me diga agora?

Jade não respondeu. Caine parecia estar olhando através dela. Ele não disse nada por um longo tempo. Ela quase podia ver o fogo do ódio ardendo dentro dele.

Fechou os olhos para não ver aquela expressão sombria no rosto de Caine, sua raiva, seu rancor.

— Você permitiu que eu fizesse amor com você porque Selvagem ordenou? — ele perguntou.

Jade reagiu como se ele tivesse acabado de bater nela.

— Isso faria de mim uma prostituta, Caine, e não faria isso de jeito nenhum, nem por meu irmão.

Caine não concordou com rapidez suficiente para aplacá-la. Os olhos de Jade se encheram de lágrimas.

— Eu não sou uma prostituta — ela gritou.

O súbito rugido que ecoou através das portas francesas desviou a atenção de Caine e Jade. O som gelado foi como um grito de batalha.

Jade reconheceu o som. Nathan chegara. Toda a encenação enfim terminaria.

— Você acabou de chamar a minha irmã de prostituta?

As paredes tremiam com a indignação na voz grave de Nathan. Jade nunca vira o irmão tão furioso.

Ela deu um passo em direção ao irmão, mas, de repente, viu-se afastada para o lado por Caine.

— Não fique no meu caminho — ele ordenou num tom calmo, horrivelmente calmo.

— No caminho do quê? — ela perguntou. — Não permitirei que machuque o meu irmão, Caine.

— Tire as mãos dela — bradou Nathan. — Ou eu mato você.

— Nathan — gritou Jade. — Caine não sabe de nada. — Ela tentou afastar as mãos de Caine de seus ombros. O que se provou impossível. A pressão era tão forte quanto a de um torno.

Não sabia quem parecia mais furioso. O olhar de Nathan era tão feroz quanto o de Caine, e tão ameaçador quanto. Os dois gigantes adversários se equivaliam. E acabariam se matando, se tivessem chance.

Nathan também parecia um pirata. Seus longos cabelos castanho-escuros derramavam-se pelos ombros largos. Estava usando uma calça preta justa e uma camisa branca aberta quase até a cintura. Nathan não era tão alto quanto Caine, mas com certeza era tão musculoso quanto o marquês.

Sim, eles se matariam. Jade tentou freneticamente pensar em uma maneira de acalmar os ânimos enquanto os dois homens se avaliavam.

— Eu lhe fiz uma pergunta, desgraçado — gritou Nathan mais uma vez, dando um passo ameaçador para frente. — Você chamou minha irmã de prostituta?

— Ele não me chamou de prostituta — gritou Jade quando Nathan pegou a faca na cintura. — Ele não sabe sobre Colin. Mantive a minha palavra de não lhe contar.

Nathan hesitou. Jade tirou partido disso.

— Ele acha que você matou Colin. Descobriu tudo, Nathan.

A mão de Nathan afastou-se da adaga. Jade estava com as pernas bambas, mas aliviada.

— Descobriu tudo, não foi? — Nathan disse com voz arrastada.

Caine olhou para o intruso, sabendo agora que não havia dúvida de que o pirata era o irmão de Jade.

Ambos tinham os mesmos olhos verdes.

— Descobri tudo, sim — Caine vociferou de repente. — Você é Selvagem e matou o meu irmão.

Jade se afastou de Caine e deu um passo em direção a Nathan. Caine a segurou e empurrou-a para trás de si.

— Nem tente ir até ele, Jade.

— Está tentando me proteger do meu próprio irmão? — ela perguntou.

Caine não respondeu.

— Ele tocou em você? — Nathan gritou a pergunta como se fosse um xingamento.

— Nathan, pode mudar de assunto? — ela gritou. — Agora não é hora de discutir questões pessoais.

— Cale a boca — ordenou Caine.

Quando ele começou a avançar, Jade agarrou a parte de trás de sua camisa, tentando detê-lo. A ação não o atrapalhou. Caine chutou o carrinho de chá ornamentado de seu caminho e continuou em direção à sua presa.

— Óbvio que eu a toquei — ele rugiu. — Não era tudo parte do plano, seu miserável?

Nathan soltou um grito colérico e depois correu para frente. Os homens eram como dois touros se enfrentando.

— Não! — berrou Jade. — Nathan, por favor, não machuque Caine! Caine, não machuque Nathan também...

Desistiu de suas súplicas ao perceber que não prestavam atenção nela.

Caine desferiu o primeiro golpe. Literalmente jogou Nathan contra a parede. Uma adorável pintura representando o Tâmisa de outros tempos, limpo e claro, foi ao chão com um baque alto.

Nathan terminou de destruir a obra quando enfiou o pé na tela na tentativa de acertar uma joelhada na virilha de Caine.

Estava determinado a fazer do adversário um eunuco. Caine bloqueou o golpe com facilidade, no entanto, e jogou Nathan contra a parede outra vez. O irmão de Jade conseguiu acertar seu primeiro golpe forte, apesar de ser por meios sujos. Caine agarrara Nathan pelo pescoço e estava prestes a esmagar a parte de trás de seu crânio com o punho quando sua atenção foi distraída pelo homem de pé na entrada. Afrouxou de imediato a pressão no pescoço de Nathan, que se aproveitou disso para acertar-lhe um murro no queixo.

Caine apenas balançou com o soco, para ele insignificante, e empurrou Nathan contra a parede outra vez.

— Colin?

O nome saiu em um sussurro estrangulado pela incredulidade. Sua mente não podia aceitar o que via.

Seu irmão estava vivo. Colin estava encostado no batente da porta, exibindo aquele sorriso torto tão familiar, tão infantil... tão Colin! Ele parecia magro, terrivelmente magro, mas muito vivo.

Caine estava tão atordoado que não percebeu que estrangulava Nathan até o ouvir ofegar. Assim que diminuiu a pressão, Nathan se libertou e acertou-o de novo. Caine ignorou o golpe e enfim o soltou.

Quase como uma reflexão tardia, Caine meteu o cotovelo nas costelas de Nathan e depois deu um passo em direção a Colin.

— Palavra de honra, Colin, juro que vou matar o seu irmão — berrou Nathan. — Sabe o que ele fez à minha irmã? Ele...

— Nathan, não precisa dizer a Colin — gritou Jade. — Por favor! — E acrescentou: — Ao menos uma vez, tente ser um cavalheiro.

Colin lentamente se afastou da porta. Usava sua bengala como apoio enquanto se dirigia para o irmão. Caine tremia de emoção quando abraçou o irmão caçula.

— Meu Deus, você realmente está aqui. Nem consigo acreditar.

— Estou tão feliz em vê-lo, Caine — disse Colin. — Sei que você está surpreso. Vou explicar tudo. Tente não ficar muito zangado comigo. Não permiti que ninguém lhe dissesse. Queria explicar eu mesmo. Estamos lidando com gente cruel. E você os teria atacado...

Colin parecia não ter forças para continuar. Desabou contra Caine, apoiando nele a maior parte de seu peso.

Caine continuou a sustentá-lo enquanto esperava que o irmão se recuperasse.

— Não tenha pressa, Colin — ele sussurrou. — Leve o tempo que precisar.

Quando Colin assentiu, Caine recuou para poder olhar o irmão outra vez. A covinha estava de volta na bochecha de Caine e lágrimas se formaram em seus olhos.

— Colin, você também está parecendo um pirata — ele declarou. — Seu cabelo está tão longo quanto o de Selvagem — acrescentou com um aceno de cabeça e uma careta na direção de Nathan.

Nathan lhe devolveu a cara feia.

— Eu não contei nada a ele, Colin — disse Nathan. — Mas o seu irmão astuto já descobriu tudo. Ele sabe que eu sou Selvagem e que enviei a minha irmãzinha para se prostituir por mim.

Jade desejou que o chão se abrisse e a engolisse inteira. Seu rosto parecia estar em chamas.

— Nathan, se Caine não o matar, eu mesma o farei — ela ameaçou.

Colin olhou para ela. Quando começou a rir, Jade soube exatamente o que ele pensava.

— Não lhe disse... — ele começou.

— Colin, sente-se — ela ordenou. — Você deve tirar o peso dessa perna. É muito cedo para caminhar.

Colin não estava disposto a esquecer o horrível comentário de Nathan.

— Eu sabia que você e Caine iriam... — ele soltou um suspiro. — Eu avisei, não avisei?

— Colin, não quero ouvir mais nenhuma palavra sobre mim e Caine — ela gritou. — Terminou, acabou. Você entende? Onde está o Winters? — ela se apressou em acrescentar, na esperança de distrair sua atenção. — O médico devia estar conosco.

— Winters estava com você? — Caine perguntou.

— Selvagem o convenceu a cuidar de mim a bordo do *Esmeralda* — explicou Colin. Mancando, aproximou-se do sofá e sentou-se. — Ele estava um pouco relutante no início, mas Selvagem pode ser muito persuasivo. E, no final, acho que Winters se divertiu como nunca em sua vida.

— Bem, onde ele está? — Jade perguntou.

— Nós o deixamos ir para casa — respondeu Colin. — Agora, pare de se preocupar. Só vai levar um tempo para que a perna sare por completo.

Jade meteu uma almofada atrás das costas de Colin e depois apoiou os pés dele num grande e redondo pufe.

— Acho que vou pedir um refresco para você, Colin — disse ela. — Você me parece muito pálido. A caminhada até a casa o cansou, não foi?

Ela nem lhe deu tempo de responder; suspendeu as saias e fez menção de sair correndo pelas portas da sala de estar.

Caine bloqueou seu caminho.

— Você não vai a lugar nenhum.

Ela se recusou a olhar para ele enquanto tentava furar o bloqueio. Caine a segurou pelo braço. A pressão era pungente.

— Sente-se, Jade.

— Jade?

Colin pronunciou o nome num sussurro de surpresa.

— Permiti que Caine me chamasse por meu nome de batismo.
— Permitiu? — Nathan perguntou.
— Por quê? Como você a chama? — Caine perguntou ao irmão.
— Ela tem vários apelidos — respondeu Colin. — Eu a chamo de Ruiva na maioria das vezes, não é, Jade?

Quando ela assentiu, Colin continuou:
— Nathan a chama de Pirralha o tempo todo. Ele tem um gosto particular por esse apelido.

Sua piscadinha lenta aumentou o rubor de Jade.
— Black Harry me chama de Golfinho — explicou Colin. — Que também é um insulto.

Nathan balançou a cabeça.
— Os golfinhos são gentis, Colin. Não é um insulto.

Caine soltou um suspiro fatigado.
— Quem é Black Harry?

O maravilhoso milagre de repente o atingiu com força total. Sentiu suas forças o abandonando. Caine arrastou Jade para a poltrona *bergère* em frente ao sofá, desmoronou ali e forçou-a a sentar-se no braço.

Isso tudo sem tirar os olhos do irmão.
— Ainda não consigo acreditar que está vivo — disse ele.
— Agradeça a Selvagem por isso — respondeu Colin. — E eu não posso acreditar que esteja tão calmo. Tinha certeza de que ficaria furioso ao descobrir que fiz Jade prometer que não iria lhe contar. Caine, há tanto que preciso explicar. Primeiro, no entanto, creio que a irmã de Nathan tenha algo a lhe dizer.

Jade sacudia a cabeça com veemência.
— Eu não tenho nada a dizer a ele, Colin. Se quiser esclarecer todos os fatos, faça isso depois que eu partir.

Caine não prestava atenção ao que Jade dizia. Ele soltou o braço dela, inclinou-se para frente com os cotovelos sobre os joelhos e falou:

— Quero que me diga quem fez isso com você. Dê-me o nome, Colin. Eu farei o resto.

Jade aproveitou a falta de atenção de Caine. Ela tentou sair outra vez. Caine nem tirou os olhos do irmão quando agarrou a mão dela.

— Creio que mencionei que você não vai a lugar nenhum.

Nathan parecia incrédulo.

— Por que ainda não usou seu punhal nele?

Ela deu de ombros antes de responder:

— Colin teria ficado chateado.

— Por que Black Harry está demorando tanto? — Nathan perguntou a Colin, então. Caminhou até o sofá, sentou-se ao lado de Colin e apoiou os pés no mesmo pufe largo.

— Ele ainda vai demorar um pouco — explicou Colin. — Perdeu os óculos.

Ambos começaram a rir. Jade ficou horrorizada.

— Black Harry está aqui? Na Inglaterra?

Sua voz tremia. Apenas Nathan pareceu entender o motivo de sua angústia.

— Está — ele anunciou num tom severo. — E quando eu disser a ele...

— Não, Nathan, você não deve dizer nada a ele — ela gritou. Jade tentou sair do alcance de Caine. Ele aumentou a pressão.

— Quem é Black Harry? — Caine perguntou, ignorando a luta de Jade para se soltar.

— É o tio dela — respondeu Colin. — Ele cuidou de Jade depois que o pai morreu.

Caine estava tentando assimilar todas aquelas informações. A maneira como Jade reagiu à notícia de que Harry estava no país indicava que tinha medo dele.

— Quanto tempo ela esteve com ele? — perguntou a Colin.

— Anos — respondeu Colin.

Caine virou-se para Nathan.

— Onde diabos você estava enquanto ela crescia? Saqueando por aí?

— Maldição, Colin, um homem tem seu limite — murmurou Nathan. — Se ele continuar, vou matá-lo, mesmo que isso signifique perder sua amizade.

Colin ainda estava muito exausto da caminhada para participar da conversa. Queria descansar apenas mais alguns minutos antes de começar sua explicação. Bocejando alto para chamar a atenção, disse:

— Ninguém vai matar ninguém até que tudo seja esclarecido. — Ele se recostou contra as almofadas e fechou os olhos.

Então, uma grande perturbação chamou a atenção de todos. Caine olhou para cima, a tempo de ver um grande vaso de flores cair do alto direto na varanda. O vaso espatifou-se contra o muro de pedra. Uma forte blasfêmia seguiu o ruído.

— Harry está aqui — disse Colin.

Caine continuou a olhar para a entrada, pensando que estava preparado para quase qualquer coisa agora. Nada mais poderia surpreendê-lo.

Infelizmente, estava enganado. O homem pomposo que por fim apareceu na soleira era tão escandaloso que Caine quase riu.

Harry fez uma pausa, colocou as grandes mãos nos quadris e olhou para sua plateia. Estava todo vestido de branco, com uma larga faixa vermelha amarrada em torno de sua cintura de barrica. A pele era bronzeada pelo sol, o cabelo era prateado como as nuvens. Caine calculou que deveria ter uns cinquenta anos, talvez um pouco mais.

Tal visão poderia provocar pesadelos em criancinhas por meses a fio. Ele era incrivelmente feio, com um nariz bulboso que cobria a maior parte de seu rosto. Os olhos não passavam de fendas, devido ao fato de que os apertava intensamente para enxergar melhor.

O homem tinha estilo, Caine teve que admitir. Ele adentrou a sala de estar com um andar arrogante. Dois homens correram à frente dele, afastando objetos de seu caminho. Mais dois o seguiam. Caine reconheceu os últimos. Eram Matthew e Jimbo, cujos rostos estavam cobertos de hematomas frescos, que Caine havia infligido na conversinha que tivera com eles.

— Está ficando lotado aqui — afirmou Caine.

Jade soltou a mão com um safanão e correu para Black Harry. Ela se atirou nele e o abraçou com força. Caine notou o dente de ouro de Harry, então. Quando sorriu para Jade, um dos dentes da frente brilhou na luz.

— Oh, tio Harry, como senti a sua falta — ela sussurrou.

— É claro que sentiu minha falta — gritou o homem grisalho. — Sabe que vou lhe dar uma boa surra — acrescentou, depois de lhe dar outro abraço carinhoso. — Você perdeu a cabeça, garota? Vou ouvir cada detalhe dessa história e depois arrancarei seu couro.

— Ora, vamos, Harry — disse Jade num tom tranquilizador. — Eu não queria preocupá-lo.

Harry soltou um resmungo alto.

— Você não queria que eu descobrisse, isso sim! — retrucou. Ele se inclinou e beijou o alto de sua cabeça. — Aquele é Caine? — perguntou, apertando os olhos na direção do homem em questão.

— É, sim — respondeu Jade.

— Ele não está morto.

— Não.

— Você desempenhou bem a sua tarefa, então — Harry elogiou-a.

— Estará bem morto se eu o pegar de jeito — Nathan falou arrastando a voz.

— Que motim é esse que estou ouvindo?

— Harry? — Jade chamou-o, puxando sua atenção de volta para ela.

— Sim?

Ela se inclinou na ponta dos pés e sussurrou em seu ouvido. Harry franziu a testa durante a narrativa.

Quando Jade terminou, ele assentiu.

— Pode ser que eu fale, pode ser que eu não fale. Você confia nesse homem?

Ela não conseguiria mentir.

— Confio.

— O que ele significa para você, garota?

— Nada.

— Então, olhe nos meus olhos — ele ordenou. — Está falando para o chão e isso me diz que algo complicado está acontecendo.

— Não há nada complicado — ela sussurrou. — Estou feliz que não precise mais fingir.

Harry não pareceu convencido.

— Então, por que se deu ao trabalho de proteger um homem que não significa nada para você? — ele a provocou, sentindo que Jade não estava lhe dizendo a verdade completa.

— Ele é irmão de Colin — ela lembrou ao tio. — Foi só por isso.

Harry decidiu esperar até que estivessem sozinhos antes de forçá-la a dizer a verdade.

— Ainda não estou entendendo — ele berrou. Apertava os olhos na direção de Caine, agora. — Você deveria estar beijando os pés de Selvagem — acrescentou. — Seu patético irmão está vivo, não é?

— Agora que está aqui, podemos esclarecer tudo isso, Harry — falou Colin.

Harry grunhiu e olhou de volta para Jade.

— Eu ainda vou lhe dar uma surra, garota. Duvida?

— Não, Harry, eu não duvido de você — ela respondeu. Com esforço, ela escondeu um sorriso. Em todo aquele tempo juntos, Harry nunca levantara a mão para ela. Era um homem bom e gentil, com uma alma tão pura e imaculada, que Deus certamente lhe sorria com orgulho. Harry gostava de ameaçar com todo tipo de castigos horríveis diante de uma plateia. Ele era um pirata, como costumava lembrar-lhe com frequência, e precisava manter as aparências.

Caine já se levantava da cadeira quando Harry fizera sua primeira ameaça, mas Colin fez sinal para que ele se sentasse de novo.

— Bravata — ele sussurrou para o irmão.

— Tragam-me uma cadeira, homens — gritou Harry. Ele continuou a espremer os olhos na direção de Caine enquanto caminhava até a lareira. Tanto Colin quanto Nathan conseguiram tirar os pés e o pufe de seu caminho bem a tempo. Enquanto Jade ajudava Colin a se acomodar de novo, Harry postou-se de pé diante da lareira, com as mãos cruzadas atrás das costas.

— Você não se parece nada com o Golfinho — ele observou. Sorriu, mostrando o adorável dente mais uma vez, e acrescentou: — Você e seu irmão insignificante são tipos tão comuns quanto o pecado. É a única semelhança familiar que consigo perceber.

Caine achava que o homem não conseguia enxergar direito coisa alguma, mas guardou a opinião para si. Olhou para Colin para ver como ele reagia àquele insulto. Embora os olhos de Colin estivessem novamente fechados, ele sorria. Caine concluiu que Harry latia muito, mas não mordia.

Um de seus homens carregou uma grande poltrona para perto da lareira, e, quando Harry instalou-se nela, Jade foi postar-se atrás dele. Ela colocou a mão no ombro de Harry.

— Você usa óculos, garoto? — Harry perguntou a Caine.

Caine balançou a cabeça.

— Alguém aqui usa? Um de seus criados, por acaso?

— Não — respondeu Caine.

— Tio, você sabe onde perdeu o último par? — ela perguntou.

— Ora, querida, sabe que não me lembro — ele respondeu. — Se lembrasse, não os teria perdido, não é?

Harry virou-se para Caine.

— Há alguma aldeia perto daqui?

Colin começou a rir. Até mesmo Nathan sorriu. Caine não tinha a menor ideia da razão de estarem achando tanta graça.

— Há uma aldeia próxima — disse Colin.

— Ninguém lhe perguntou nada, seu palerma. Volte a dormir, Golfinho. É só nisso que você é bom — acrescentou com uma piscadela.

Harry virou-se para os comparsas e gritou:

— Homens, sabem o que fazer.

Os dois homens de aparência desagradável que descansavam perto das portas da varanda assentiram com a cabeça. Assim que se viraram para sair, Jade cutucou o ombro de Harry.

— Oh, tudo bem, garota — ele murmurou. — Sem pilhagem, homens — ele gritou, então. — Estamos muito perto de casa.

— Entendido, Black Harry — gritou um deles.

— Eles correram para me obedecer? — Harry perguntou a Jade num sussurro.

— Sim — ela respondeu. — Tão rápido quanto um raio.

Harry assentiu. Ele apertou os joelhos com as mãos e inclinou-se para frente.

— Quando entrei, ouvi uma conversa de amotinados. Era de se pensar que essa fosse uma ocasião de alegria, mas não escuto nenhuma comemoração. Você ouve alguma comemoração, garota?

— Não, Harry.

— Será que o Golfinho é tão incômodo que você não está feliz por tê-lo de volta? — perguntou a Caine. — Não posso dizer que eu o culpo. O garoto sequer consegue jogar uma partida decente de xadrez.

— Da última vez que jogamos, eu estava delirando de febre — Colin lembrou-lhe.

Harry bufou.

— Você está sempre delirando, seu pateta.

Colin sorriu.

— Caine? Sabe por que chamam essa triste figura de Black Harry?

— Vou contar — anunciou Harry. — É porque eu tenho um coração sombrio.

Ele fez essa declaração num tom presunçoso e, então, esperou um minuto para que Caine apreciasse sua explicação.

— Eu me dei esse apelido. É apropriado, não é, garota?

— Sim, tio, é muito apropriado. Seu coração é tão sombrio quanto a noite.

— Gentileza da sua parte dizer isso — respondeu Harry. Estendeu a mão e acariciou a dela. — Assim que meus homens retornarem de sua missão, vou para o Wharf. Não me cairia mal uma boa ceia para me dar alento.

— Vou cuidar disso — disse Jade. No mesmo instante, dirigiu-se para a porta, afastando-se deliberadamente da poltrona de Caine. Quando chegou ao vestíbulo, virou-se para o tio.

— Por favor, não deixe Nathan e Caine lutarem na minha ausência, Harry.

— Eu não me preocuparia — gritou Harry.

— Mas eu, sim — ela retorquiu. — Por favor, Harry?

— Tudo bem, então, não vou deixá-los lutar.

Assim que a porta se fechou atrás de Jade, Harry sussurrou:

— É uma obra de arte, essa menina. Deveria ter cortado o rosto dela anos atrás. Ela é bonita demais para o seu próprio bem. Por isso tive que deixá-la para trás tantas vezes. Não podia confiar em meus homens quando virava as costas.

— Ela é tão bonita — disse Nathan — que um homem sem caráter iria querer se aproveitar dela.

— Esqueça isso por ora, Nathan — Colin interveio. Ele abriu os olhos e contemplou Caine. — Meu irmão é um homem de caráter.

— Uma ova que é — grunhiu Nathan.

Caine não estava prestando atenção na conversa. Refletia sobre o comentário casual de Harry, de que ele deixava Jade para trás. Onde ele a deixava? Quem tomava conta dela quando ele se ausentava? Certamente, não havia uma mulher por lá, ou Jade saberia um pouco mais sobre os fatos da vida.

— Sobre o que é essa conversa? — Harry quis saber, chamando a atenção de Caine de novo.

— Embora não seja da sua natureza, estou lhe pedindo que seja paciente, Harry — solicitou Colin. — Houve um pequeno mal-entendido, só isso.

— Desfaça-o rapidamente, então — ordenou Harry.

— Maldição, Colin, eu sei tudo o que preciso saber — disse Nathan. — Seu irmão é um bastardo...

— Você nasceu fora do casamento, filho? — Harry interrompeu. Ele parecia absolutamente empolgado com essa possibilidade.

Caine suspirou.

— Não, eu não nasci fora do casamento.

Harry nem tentou esconder sua decepção, outro fato que não fazia nenhum sentido para Caine.

— Então, não pode usar esse apelido — ele instruiu. — Somente aqueles que nasceram com o estigma podem se vangloriar disso. Um homem vale tanto quanto o seu apelido — ele acrescentou com um aceno de cabeça.

— Ou uma mulher — Colin interveio.

Caine parecia incrédulo. Colin tentou não rir.

— Harry? Conte-lhe sobre Bastard Bull — ele sugeriu.

— Colin, pelo amor de Deus... — Caine começou.

— Tudo a seu tempo, Caine — seu irmão sussurrou. — Eu preciso de um pouco mais de tempo para concatenar meus pensamentos.

Caine assentiu.

— Tudo bem — disse ele. Então, virou-se para Harry. — Conte-me sobre Bastard Bull.

— No final das contas, não era nenhum bastardo — Harry declarou com uma careta. — Ele apenas disse que era para poder se juntar a nós. Sabia da importância que atribuo a apelidos. Quando descobrimos que ele mentiu, nós o jogamos ao mar com o lixo.

— Eles estavam no meio do oceano na ocasião — disse Colin. — Mas Selvagem não o deixou se afogar.

— Quanta consideração da sua parte — Caine murmurou para Nathan.

— E tinha também um outro sujeito, um homem bom e forte...

Caine soltou um longo suspiro. Ele se recostou na poltrona, fechou os olhos e decidiu que teria que esperar até que toda aquela conversa ridícula sobre apelidos terminasse. Colin parecia estar gostando da conversa, e ele havia pedido tempo. Seu irmão parecia meio adormecido agora... e estava assustadoramente pálido.

Por uns bons dez minutos ou mais, Harry continuou com sua dissertação. Quando finalmente terminou, Nathan disse:

— Jade também tem um apelido especial.

— Deixe que eu conto esse — declarou Harry. — Afinal de contas, fui eu que o criei.

Nathan assentiu.

— Tudo bem, Harry, conte você.

Todos olhavam para Caine agora. Se ele tivesse se dado ao trabalho de abrir os olhos, teria visto o sorriso deles.

Caine estava tendo dificuldade em manter a paciência.

— E qual foi o apelido especial que você deu a ela, Harry? — ele enfim perguntou num tom cansado.

— Bem, meu garoto — Harry disse. — Gostamos de chamá-la de Selvagem.

Capítulo Doze

Ele não recebeu bem a novidade. Por um longo tempo, simplesmente recusou-se a acreditar que Jade pudesse ser Selvagem. Somente um homem conseguiria escapar de peripécias tão ousadas, somente um homem.

Colin, Harry e Nathan estavam todos observando-o com atenção. Quando ele sacudiu a cabeça em negação, eles assentiram em uníssono.

— Noto que está tendo problemas para aceitar isso — disse Colin. Sua expressão era solidária. — Mas é verdade, Caine. Harry deu-lhe esse apelido há anos porque...

— Deixe que eu conto — Harry o interrompeu. — Por causa da cor do cabelo dela, filho. Tão vermelho quanto um incêndio descontrolado e selvagem quando ela era pequena.

Era aparente pela expressão de Caine que ele ainda não aceitava. Harry achou que ele não estava entendendo a razão de ser do apelido especial de Jade.

— Ela também era tão rebelde e selvagem quanto o diabo naquela época — explicou.

A expressão de Caine passou lentamente da incredulidade para fúria. Colin e Harry se inquietaram. Somente Nathan parecia estar se divertindo com a ocasião.

— Um homem seria capaz de deixar uma rosa para trás, Caine? — ele perguntou, com a intenção de espicaçá-lo. — Isso é coisa de mulher. Acho incrível que ninguém tenha descoberto até agora. Você não concorda, Colin?

— Sim — Colin respondeu, olhando para o irmão. — É surpreendente.

Foi a última observação durante um longo tempo. Harry e Nathan esperavam que Caine se conformasse com a verdade.

Colin conhecia o irmão muito melhor do que seus amigos. Ele esperou pacientemente a explosão.

Jade estava na sala de jantar ajudando Sterns a preparar a mesa. Assim que o mordomo deu uma olhada no rosto dela, soube que algo estava errado. Ela lhe pareceu tão pálida como a toalha de linho.

Ela não lhe contou nada, mas explicou que seu tio havia chegado e que ele e seus quatro ajudantes precisariam jantar antes de partir. Também insistiu em usar os melhores cristais. Sterns foi à cozinha para solicitar a refeição, lançando a cozinheira e sua auxiliar, Bernice, num frenesi e, depois, voltou para a sala de jantar.

Ele encontrou Jade examinando uma grande bandeja de prata oval.

— Meu tio gostaria disso — observou ela. — É uma peça magnífica.

Sterns assentiu com a cabeça.

— Um presente do rei — explicou. — Quando o marquês foi nomeado cavaleiro, Colin deu uma festa em sua honra. O rei compareceu e deu-lhe a bandeja. Se você a virar, verá a inscrição.

Jade sacudiu a cabeça. Ela colocou a bandeja nas mãos de Sterns.

— Esconda.

— Como disse?

— Esconda isso, Sterns — ela repetiu. Olhou em volta da sala e perguntou: — Há outras coisas especiais que Caine gostaria de conservar?

— O jogo de chá de prata — disse ele. — Acredito que tem um significado especial para milorde.

— Também foi presente do rei?

— Não, o jogo era de sua avó.

— Esconda também, Sterns. Coloque as coisas na cama de Caine. Estarão a salvo lá.

— Milady? — perguntou Sterns. — Está se sentindo bem?

— Não.

— Parece que sim — declarou Sterns. — E está caminhando como se estivesse em transe. Eu sei que algo está errado.

Jade caminhou até a porta e se virou para Sterns.

— Você foi muito bondoso comigo, sir. Sempre me lembrarei disso.

Sterns pareceu assustado. Jade estava prestes a fechar a porta atrás de si quando o chamado imperioso de Caine chegou até ela.

— Jade!

O berro fez os cálices de cristal tremerem. Jade não mostrou nenhuma reação à convocação, mas Sterns sobressaltou-se.

— Creio que seu patrão acabou de saber de algumas verdades angustiantes — disse ela. — Eu esperava que meu tio aguardasse... Não importa.

Sterns a seguiu até a entrada. Quando ela começou a subir as escadas, o mordomo gritou para ela:

— Acredito que milorde deseja que você vá até ele, Lady Jade.

Ela continuou subindo as escadas.

— Eu ficaria feliz em permanecer ao seu lado — ele prometeu.

— Sei que o temperamento de milorde pode ser assustador às vezes.

Sterns esperou até que a mulher estivesse fora de vista e depois correu para dentro da sala de estar.

O mordomo teve dificuldade em manter sua imperturbável compostura quando viu Colin.

— Meu Deus, é você, Colin? — ele balbuciou.

— Olá, Sterns — disse Colin. — É bom vê-lo novamente. Você continua mandando no seu patrão?

Sterns demorou um pouquinho para se recuperar.

— Eu me esforço para isso — ele sussurrou.

— Esse é um dos criados, Caine? — Harry perguntou.

— Ele é um ditador, não um criado — Colin declarou com um sorriso.

Sterns virou-se para o homem mais velho que, era óbvio, não enxergava muito bem. Tentou não ficar boquiaberto.

— O meu jantar já está pronto? — gritou Harry.

Sterns concluiu que ele devia ser o tio de Jade. O estranho sentado ao lado de Colin era muito jovem.

— Está quase pronto — Sterns respondeu antes de se virar para Caine. — Devo falar com você imediatamente no vestíbulo, milorde. É uma questão importante.

— Agora não, Sterns — Caine disse num tom cansado. — Fale comigo mais tarde.

— Talvez o senhor não tenha compreendido — replicou Sterns. — Há um problema que deve ser resolvido imediatamente. Diz respeito a Lady Jade.

Caine não se surpreendeu.

— O que ela está queimando agora? A cozinha?

— Milorde, não é momento para brincadeiras — o mordomo retrucou.

— Parece que estou brincando, Sterns?

O mordomo cruzou os braços.

— Lady Jade não está queimando coisa alguma no momento — disse ele. — Ela está partindo.

Essa declaração obteve a reação que Sterns esperava. Ele se afastou do caminho de seu patrão quando Caine se levantou, e assentiu com satisfação quando o escutou rugir:

— Uma ova que ela está!

O mordomo esperou até que o patrão tivesse deixado a sala e depois voltou-se para o tio de Jade.

— O jantar será servido num instante — anunciou com seu arrogante tom de voz totalmente restaurado.

Caine subiu a escada, dois degraus de cada vez. Seu coração estava acelerado. O pensamento de que ela o deixaria era insuportável. Pela primeira vez na vida, estava em pânico. E não gostou do sentimento.

Assim que abriu a porta do quarto dela, o marquês a viu. O pânico o abandonou de imediato. Caine fechou a porta atrás de si com violência e se inclinou contra ela.

Respirou fundo para tentar se acalmar. Jade estava fingindo que ele não estava lá. Continuou ao lado da cama, dobrando um vestido dourado. Sua bolsa de viagem estava aberta e quase cheia até o topo.

— Pode parar de fazer as malas — disse ele, espantado que sua voz soasse tão vigorosa. — Você não vai a lugar algum.

Jade virou-se para confrontá-lo. Estava disposta a lhe dizer poucas e boas antes de partir, mas, quando viu sua expressão, seu ímpeto vacilou e ela não conseguia se lembrar de nada do que queria dizer a ele.

Caine estava tão furioso que o músculo de sua mandíbula latejava. Ela ficou meio que hipnotizada observando aquilo, enquanto tentava convocar sua coragem outra vez.

— Nunca permitirei que me deixe, Jade — disse ele. — Nunca. Está me ouvindo?

Ela pensou que todos no vilarejo deviam estar ouvindo também. Os berros dele ainda retumbavam no seu ouvido. Ela reuniu todas as suas forças para enfrentá-lo. Balançou a cabeça lentamente.

— Você me chamou de prostituta — ela sussurrou.

A angústia em sua voz o trespassou. Parte de sua raiva diminuiu.

— Não, eu não a chamei de prostituta.

— Pensou que eu fosse — ela retrucou. — E estava disposto a gritar isso para o mundo todo.

— Não estava — ele negou. — Jade, temos questões mais importantes para discutir agora.

Ela soltou um suspiro.

— Mais importante do que me chamar de prostituta?

Ele se afastou da porta e começou a se dirigir a ela. Ela recuou de imediato.

— Não se aproxime de mim. Nunca mais quero que me toque.

— Então você vai ser infeliz pelo resto dos seus dias, Jade, porque eu vou tocar em você o tempo todo.

— Você não me quer realmente — ela gritou. — Você quer a mulher vulnerável e fraca que eu fingi ser, Caine. Você não conhece o meu verdadeiro eu. Não, não conhece — ela insistiu quando ele meneou a cabeça para ela. — Também sou muito forte e determinada. Apenas fingi que precisava de você, seu tolo, de modo que se sentisse compelido pela honra a manter-se ao meu lado. Eu usei todos os estratagemas que uma mulher fraca também usaria. Sim, eu fiz isso! Queixei-me em todas as oportunidades, e eu chorava sempre que precisava que as coisas saíssem do meu jeito.

Ele agarrou-a e puxou-a contra si.

— Eu vou embora — ela gritou. — Você não consegue meter isso nessa sua cabeça dura...

— Você vai ficar.

— Eu odeio você — ela sussurrou, antes de explodir em lágrimas.

Caine descansou o queixo no alto da cabeça de Jade.

— Não, você não me odeia — ele sussurrou.

— Eu odeio tudo em você — ela lamentou entre soluços. — Mas, acima de tudo, eu odeio a maneira como você me contradiz.

— Jade?
— O quê?
— Essas suas lágrimas são fingidas?

Ela não conseguiu parar de chorar o suficiente para lhe dar uma resposta clara.

— Com certeza são — ela balbuciou. — Eu nunca choro — ela acrescentou um momento depois. — Só mulheres fracas choram.

— Mas você não é fraca, é, meu amor? — ele perguntou. Seu sorriso era gentil, sua voz também, mas seu aperto continuava sendo tão forte quanto o ferro, mesmo depois de ela ter desistido de lutar e de se afastar dele.

Ele desejava apertá-la nos braços pelo resto de seus dias.

— Jade?
— O que foi agora?
— Eu amo você.

Ela não respondeu à sua declaração, mas começou a tremer. Ele sabia que estava aterrorizando-a.

— Você é a mulher mais intrigante do mundo — ele sussurrou num suspiro. — Que Deus me ajude, porque eu realmente amo você, mesmo assim.

— Não vou amá-lo — ela balbuciou. — Nem ao menos gosto de você. E também não confiarei em você. — Ela terminou a lista do que não faria com um soluço alto.

Caine não foi minimamente afetado por tais afirmações.

— Eu amo você — ele disse de novo. — Agora e para sempre.

Contentou-se em segurá-la enquanto ela chorava. Santo Deus, ela tinha um reservatório e tanto de lágrimas!

Eles devem ter ficado assim por no mínimo dez minutos antes que ela se recuperasse.

Ela enxugou as bochechas nas lapelas do casaco de Caine e depois se afastou dele.

— É melhor voltar lá para baixo — ela sussurrou.

— Não sem você — ele respondeu.

— Não — ela respondeu. — Nathan e Harry saberiam que eu estive chorando. Vou ficar aqui.

— Jade, você não pode adiar... — ele parou no meio da frase e perguntou: — Por que importa eles saberem se esteve chorando ou não?

— Se chorar, eu não seria o que eles esperavam de mim — ela respondeu.

— Pode explicar o que quis dizer com essa observação, por favor? — perguntou gentilmente.

Ela lhe lançou um olhar de insatisfação.

— As aparências devem ser mantidas, Caine.

Jade caminhou até a cama e sentou-se.

— Eu não quero falar sobre isso. — Ela soltou um suspiro, depois acrescentou: — Oh, está bem. Encontro você lá embaixo.

Ele discordou com um gesto de cabeça.

— Vou esperar por você aqui.

— Não confia em mim?

— Não.

Esperou que ela explodisse. Jade o surpreendeu, no entanto, quando simplesmente deu de ombros.

— Ótimo — disse ela. — Não confie em mim, Caine. Partirei na primeira oportunidade. Não vou ficar aqui, esperando você me deixar. Não sou idiota.

Ele enfim entendeu. Ela não conseguia esconder seu medo ou sua vulnerabilidade agora.

— E você tem certeza absoluta de que eu deixaria você, não é, Jade?

— Claro.

Ela respondeu com tanta franqueza que ele não tinha certeza de como proceder.

— Mesmo que eu tenha acabado de lhe dizer que a amo, você ainda...

— Nathan e Harry também me amam — ela interveio.

Caine desistiu de tentar argumentar com ela agora, adivinhando que isso de pouco adiantaria. Concluiu que teria de esperar e encontrar outra maneira de vencer as defesas de Jade.

Caine de repente sentiu vontade de descer e matar tanto Nathan quanto Harry. Em vez disso, suspirou. Não conseguiria desfazer o passado de Jade. Não; ele só poderia dar-lhe um futuro seguro e a salvo.

— Eu nunca a deixaria... — Ele se deteve e depois completou: — Muito bem, Jade. Você pode me deixar sempre que quiser.

Os olhos dela se arregalaram com essa declaração. E também parecia que ela iria começar a chorar de novo.

Caine sentiu-se um ogro.

— Sempre que quiser partir, faça isso.

Ela baixou os olhos.

— Obrigada.

— De nada — respondeu ele. Caine caminhou até a mulher, puxou-a para que se levantasse e, então, ergueu seu rosto. — Apenas um outro pequeno detalhe — ele acrescentou.

— Sim?

— Toda vez que você sair, eu vou atrás. Não há nenhum lugar onde possa se esconder, Jade. Eu vou encontrá-la e arrastá-la de volta para cá. Seu lugar é aqui.

Ela tentou afastar a mão dele de seu queixo.

— Você nunca me encontraria — ela sussurrou.

Ele pôde sentir o pânico em sua voz. Caine se inclinou para beijá-la. Mas não conseguiu, pois ela desviou o rosto. Então, ele capturou seus lábios macios segurando-lhe as laterais da cabeça.

Sua língua tomou posse. Ele rosnou baixinho quando ela contraiu os lábios para barrá-lo, depois aprofundou o beijo. A língua de Jade enfim roçou a dele, sua resistência vencida. Ela envolveu a cintura de Caine com os braços e se derreteu contra ele.

— Eu amo você — ele disse novamente ao erguer a cabeça.

No mesmo instante, ela irrompeu em lágrimas outra vez.

— Você vai fazer isso toda vez que eu lhe disser que amo você?

Ele estava se divertindo mais do que se sentindo exasperado. Jade balançou a cabeça.

— Você ainda não entendeu — ela sussurrou. — Ainda não se deu conta.

— O que eu não entendi? — ele perguntou num tom cheio de ternura.

— Você não entendeu o que eu sou — ela se exaltou.

Caine soltou outro suspiro. Agarrou a mão dela e a conduziu para fora do quarto. Estavam na metade da escada para o vestíbulo quando Caine afinal respondeu.

— Eu a entendo muito bem. Entendo que você é minha.

— Eu odeio a sua possessividade — Jade disse atrás dele.

Caine fez uma pausa na porta da sala de estar, depois soltou a mão de Jade.

— Se tentar se afastar de mim enquanto estivermos lá, eu juro por Deus que a envergonharei sem piedade. Entendeu?

Ela assentiu. Quando Caine começou a abrir a porta, notou a mudança que se operou em Jade. A mulher vulnerável que ele abraçara há poucos instantes desaparecera. Parecia bastante serena. Caine ficou tão surpreso com a mudança que meneou a cabeça.

— Estou pronta agora — ela anunciou. — Mas, se disser a Harry que dormimos juntos...

— Não farei isso — ele interveio antes que ela pudesse ficar alterada de novo. — A menos que você saia do meu lado, é claro.

Ela o censurou com um rápido olhar, depois forçou um sorriso e entrou na sala.

A conversa parou assim que ela e Caine apareceram. Jade sentou-se no braço da poltrona ao lado da lareira e fez sinal para que ele tomasse o assento.

— Falta muito para o meu jantar ficar pronto? — Harry perguntou a ela.

— Mais um minuto ou dois — respondeu Jade. — Fiz questão do melhor para você, tio. E isso demora um pouco mais.

Harry sorriu para ela.

— Sou um felizardo por ter você para cuidar de mim, Selvagem — ele cantarolou.

— Não a chame de Selvagem.

Tal ordem saiu num sussurro áspero. Jade estremeceu com a raiva na voz de Caine.

Nathan sorriu quando Harry apertou os olhos na direção de Caine.

— Por que diabos não? Esse é o nome dela — ele argumentou.

— Não, o nome dela é Jade — Caine disparou.

— Meu nome é Selvagem.

A voz dela se tornara tão dura quanto o gelo.

— Sinto muito se não gosta, Caine, mas esse é...

Ela interrompeu a explicação quando o marquês segurou sua mão e começou a apertá-la.

— Ele ainda não acredita — disse Harry.

Jade não respondeu ao tio, mas secretamente acreditava que ele tinha razão. Caine por certo não estaria segurando sua mão se tivesse realmente assimilado a situação.

— Ele acredita que todas as mulheres são fracas, tio — ela sussurrou.

Harry bufou. Estava prestes a embarcar em várias das suas histórias favoritas sobre as habilidades especiais de sua Selvagem quando os homens que ele enviou à aldeia retornaram de sua missão.

Os homens avançaram meio desajeitados em direção a Harry.

— E então? O que vocês têm para mim, homens?

— Onze pares — anunciou o menor dos dois marinheiros.

Enquanto Caine observava, cada vez mais atônito, óculos de todos os tamanhos e formatos caíram no colo de Harry. O velho experimentou o primeiro par, apertou os olhos para Caine, tirou os óculos e jogou-os por sobre o ombro.

— Estes não servem — resmungou.

O ritual foi repetido vezes seguidas até que ele provou o oitavo par. Então, soltou um suspiro feliz.

— Estes servem — ele anunciou.

— Tio, experimente os outros — sugeriu Jade. — Pode haver outro par que também sirva.

Harry fez o que ela sugeriu e depois meteu outro par no bolso.

— Homens, executaram bem a tarefa. Estou orgulhoso de vocês.

Caine deixou a cabeça pender para frente. A imagem de como os homens de Harry tinham conseguido os óculos o forçou a um sorriso relutante.

— Metade da Inglaterra estará apertando os olhos antes de Harry voltar para casa — Colin previu com uma sonora risada.

— Você está me insultando, rapaz? — Harry perguntou.

— Não, apenas sendo sincero — respondeu Colin.

Sterns abriu as portas e anunciou que o jantar já estava pronto para ser servido.

Harry saiu de sua poltrona. Nathan e Colin saíram de seu caminho, bem no instante em que ele chutou o pufe para longe.

— Você vem comigo, garota? — Harry perguntou, enquanto passava por Jade.

Caine aumentou a pressão na mão dela.

— Não, tio, vou ficar aqui — gritou Jade. — Tenho algumas explicações a dar. Aproveite a refeição com seus homens.

Assim que Harry saiu da sala, Jade fez um gesto para que os homens o seguissem. Parecia que Jimbo queria discutir essa ordem. Sua expressão era quase hostil. Seu alvo era Caine.

Jade apenas encarou Jimbo. A mensagem silenciosa funcionou e o grandalhão se apressou em deixar a sala.

— Feche as portas atrás de você — gritou ela.

— Mas talvez eu não a escute se me chamar — argumentou Jimbo.

— Você vai me ouvir — prometeu Jade.

— Você vai me ouvir também — disse Nathan. — Posso cuidar da minha irmã, Jimbo.

— Isso ainda precisa ser provado — Jimbo murmurou alto o suficiente para que todos ouvissem. Ele deu a Caine um último olhar fulminante e depois fechou as portas.

— Está descansado o suficiente para explicar esse problema para Caine? Eu gostaria de acabar com isso, Colin, para poder partir.

Caine deu outro bom apertão na mão dela.

— Sim, estou descansado o suficiente — disse Colin. Ele se virou para Nathan, recebeu seu aceno de cabeça e voltou a atenção para Caine. — Quando eu estava no meu último ano em Oxford, fui abordado por um homem chamado Willburn. Ele era do Departamento de Guerra e estava recrutando homens como espiões para a Inglaterra. Nosso país ainda não estava oficialmente em guerra com a França, mas todos sabiam que ela era inevitável. De qualquer forma, Willburn sabia que você trabalhava para Richards. Eu ainda estava comprometido a manter segredo. Deveria ter me perguntado na época por que não poderia discutir meus deveres com você, Caine, mas não o fiz. Você nunca falou sobre o seu trabalho, e pensei que era assim que devia ser. Para ser sincero, acho que estava apaixonado por esse negócio de espionagem. — Sua expressão tornou-se embaraçada quando acrescentou: — Por algum tempo, eu me vi como salvador da Inglaterra.

— Como você conheceu Nathan? — Caine perguntou.

— Foi quase um ano depois que comecei a trabalhar para Willburn. Nós fomos designados para trabalhar em dupla. Ele foi recrutado quase da mesma forma que eu. Com o tempo, Nathan e eu nos tornamos bons amigos. — Ele fez uma pausa para sorrir para o amigo. — Nathan é um homem difícil de se gostar.

— Eu notei — disse Caine.

— Continue, Colin — ordenou Nathan.

— Demorei muito tempo para ganhar a confiança de Nathan, quase um ano inteiro trabalhando juntos. Durante todo esse tempo, ele não confiava em mim. Então, em uma viagem em que voltávamos da França, ele me contou sobre as cartas que Selvagem encontrou.

Colin mudou de posição, fazendo uma careta de dor. Nathan captou a expressão antes de qualquer outra pessoa e logo endireitou o pufe para o amigo. Com uma gentileza surpreendente em um homem tão grande, ele levantou a perna ferida de Colin, deslizou uma almofada sob o calcanhar e perguntou:

— Assim está melhor?

— Sim, obrigado — respondeu Colin. — Onde eu estava mesmo?

Caine observava o irmão de Jade. Ainda dava para ver a preocupação nos olhos de Nathan. De repente, percebeu que não podia odiar o homem, afinal de contas.

Essa revelação foi uma grande decepção. Caine queria odiá-lo. O miserável abandonara a própria irmã e a deixara sozinha para se defender. Ele era a razão pela qual Jade tinha tantos escudos a guardar seu coração, a razão pela qual ela sofrera tanto.

No entanto, Colin estava vivo.

— Caine? — Colin chamou, trazendo o irmão de volta à discussão. — Você acredita que é possível que um governo paralelo opere dentro do próprio governo?

— Tudo é possível — respondeu Caine.

— Já ouviu falar do Tribunal? — Colin perguntou. Sua voz baixou para um sussurro.

Colin e Nathan trocaram um aceno de cabeça. Estavam preparados para ouvir a negativa de Caine. Então, eles o deixariam estarrecido com os fatos que haviam descoberto.

— Sim, ouvi falar do Tribunal.

Colin ficou atônito.

— Ouviu?

— Quando? — Nathan quis saber. — Como?

— Houve uma investigação logo após a morte do seu pai, Nathan. O conde estava ligado a todo tipo de atividades subversivas. Suas terras foram confiscadas, seus filhos, deixados na pobreza...

— Como sabe tudo isso? — Nathan perguntou.

Caine olhou para Jade antes de responder.

— Quando ela me contou quem era seu pai, pedi a Lyon que fizesse algumas sondagens.

— Quem é este Lyon? — Nathan perguntou.

— Um amigo nosso — respondeu Colin.

— Ele é confiável? — Nathan perguntou.

— Sim — respondeu Colin antes do irmão. — Caine, você escolheu bem. Lyon não faria perguntas às pessoas erradas como eu fiz.

As costas de Jade começaram a doer devido à sua posição desconfortável. Desvencilhou-se da mão de Caine e ficou um pouco surpresa quando ele a liberou. Mas sabia muito bem que não deveria tentar ir embora. Se havia uma coisa que aprendera é que Caine era um homem de palavra. Ele a constrangeria exatamente como ameaçara.

Ela se mudou para a poltrona que Harry havia desocupado.

— Lyon não fez perguntas a ninguém — explicou Caine. — Ele apenas buscou a informação nos arquivos.

— Não pode ser — Jade interveio. — O arquivo do meu pai não está lá.

Caine ergueu uma sobrancelha ao ouvir essa observação.

— E como sabe disso?

Ela deu de ombros.

— Porque eu o peguei — ela admitiu.

— Você o quê?

— Caine, o arquivo não é a questão agora — ela se apressou em dizer, esperando tranquilizá-lo.

— Então, como Lyon... — começou Nathan.

Caine continuou a olhar feio para Jade enquanto respondia ao irmão.

— Richards era o diretor de Lyon, bem como o meu. Ele tinha os próprios registros. Lyon leu esses arquivos.

— Meu pai foi inocentado após a investigação? — Nathan perguntou.

— Não — respondeu Caine. — Ele também não foi condenado, Nathan. Não havia provas suficientes.

— Agora, há — sussurrou Jade.

— Provas para inocentar seu pai? — Caine perguntou.

— Não, provas para condená-lo. Eu li as cartas de papai.

A tristeza em sua voz partiu seu coração. Caine ainda sentia vontade de esganá-la por enganá-lo, mas também queria beijá-la ao mesmo tempo.

— Caine, como pode sorrir nesse momento? — Colin perguntou. — Isso não é...

— Desculpe — Caine respondeu, sem se dar conta de que estivera sorrindo. — Eu me distraí.

Olhava para Jade enquanto fazia tal confissão. Ela olhava para as próprias mãos.

— Continue, Colin — Caine ordenou então, voltando a atenção para o irmão.

— Logo após o funeral de seu pai, Selvagem... quero dizer, Jade foi deixada com Black Harry. O conde confiava plenamente em Harry.

— Isso é difícil de acreditar — Caine interveio.

— Harry é um bom homem — disse Jade. — Tem um coração puro.

— Tenho certeza de que tem — concordou Caine. — No entanto, você mencionou que havia outra pessoa íntima de seu pai, uma mulher chamada Lady Briars, que estaria disposta a acolher você e Nathan. Eu simplesmente não entendo por que seu pai escolheria um ladrão em vez de...

— Era uma questão de confiança — explicou Nathan. — Meu pai se virara contra a Inglaterra, Caine. Ele achou que nenhum de nós estaria seguro aqui. Harry era a nossa melhor aposta.

— Por que ele não achou que seria seguro?

— As cartas — respondeu Colin. — O conde guardava todas as cartas que recebia dos outros dois. O codinome do pai de Nathan era Raposa, e ele era um dos três no Tribunal. Os outros dois eram chamados de Gelo e Príncipe. Meu pai era um homem muito idealista — interveio Nathan. — No começo, acho que ele guardava todas as cartas para as gerações futuras. Acreditava que estava fazendo algo... heroico pela Inglaterra. As coisas saíram dos trilhos muito rápido, entretanto. Com o tempo, o Tribunal começou a agir apenas em causa própria. Qualquer coisa valia, desde que promovesse o aumento de seu poder. Foi uma metamorfose lenta — disse Colin. — As primeiras cartas eram assinadas com "pelo bem da Inglaterra". Então, após a décima, ou talvez na décima primeira carta, a frase final mudou.

— Para quê? — Caine perguntou.

— Eles começaram a usar a frase "pelo bem do Tribunal" — ele respondeu. — Gelo foi o primeiro a assinar as cartas desse jeito, e os outros dois seguiram o exemplo. A corrupção já era total nessa época.

— Eles começaram a agir de forma independente muito antes disso, Colin — observou Nathan.

— O fim justificava os meios — explicou Colin a Caine. — Enquanto acreditassem que o que faziam estava ajudando o país, poderiam justificar qualquer coisa.

— Muito parecido com sua atitude, Jade — declarou Caine.

Ela ficou tão assustada com esse comentário, que seus olhos se arregalaram.

— Não, não tem nada a ver com a minha atitude — ela argumentou. — Caine, não sou nem um pouco como meu pai. Eu não aprovo o que ele fez. É até pecado admitir, mas não tenho afeição por ele, tampouco. Ele escolheu o seu caminho.

— As terras de seu pai foram confiscadas, sua fortuna tirada — disse Caine.

— Sim — ela concordou, perguntando-se onde ele queria chegar com aquela observação.

— É a razão pela qual você rouba dos ricos, Jade. Eu diria que você está ficando igual.

— Não estou!

O protesto veemente indicou a Caine que ele a incomodara com essa opinião.

— O poder corrompe — disse ele. — O poder absoluto corrompe absolutamente.

— Você não precisa me citar Maquiavel, Caine. Eu concordo que o Tribunal buscava o poder absoluto.

— Você estava no mesmo caminho.

— Não estou — ela gritou.

— "Estava", Caine? — Colin perguntou.

— "Estava" — anunciou Caine. Seu tom era implacável.

— Então, você... — Colin começou.

— Agora não, Colin — interrompeu Caine.

— Do que está falando? — Jade perguntou. — Nunca busquei poder.

Caine ignorou seu protesto.

— Conte-me o restante — ele ordenou a Nathan.

— Nosso pai se arrependeu — disse Nathan. — Sua consciência começou a incomodá-lo quando seu diretor, um homem chamado Hammond, foi punido.

— Punido? — Colin zombou. — Que palavra amena para um crime.

— Hammond era diretor dos três — interveio Nathan. — De Gelo, Príncipe e Raposa. De qualquer forma, no começo, eles faziam tudo o que lhes era ordenado. Não demorou muito para começarem a agir de forma independente. Hammond começou a tomar conhecimento de seus feitos e os três estavam certos de que as suspeitas dele eram crescentes. Gelo surgiu com a ideia de eles o punirem.

— Papai não queria matar Hammond — disse Jade. — Ele estava a caminho de Londres para avisar o diretor quando foi morto. Pelo menos, é isso que conseguimos apurar.

— Quem foi morto? Seu pai ou Hammond? — Caine perguntou.

— Nosso pai — respondeu Nathan. — Ele enviou a Hammond um bilhete dizendo que precisava se encontrar com ele o mais rápido possível, que era uma questão urgente, de vida ou morte.

— E como conseguiram apurar isso? — Caine perguntou.

— Hammond me mostrou o bilhete no funeral do meu pai — respondeu Nathan. — Ele me perguntou se eu sabia alguma coisa sobre essa questão urgente. Eu não sabia de nada, é claro. Eu estava no colégio. Jade era muito pequena para entender. Nosso pai confiava em Harry e deu-lhe as cartas que guardou.

— E Harry contou tudo quando você cresceu? — Caine perguntou para Jade.

Ela assentiu, recusando-se a olhar para ele e mantendo o olhar baixo.

— Harry queria que Nathan fosse conosco. Papai tinha um navio e Harry estava empenhado em se tornar pirata. Nathan queria terminar os estudos. Ele pensou que Harry estava me levando para uma ilha no sul e que eu estaria segura até que ele pudesse vir me buscar.

— Quando comecei a ouvir sobre as aventuras de um pirata chamado Selvagem, tenho que admitir que nem por um momento imaginei que pudesse ser Harry — interveio Nathan.

— Por que você não foi buscar Jade? — Caine perguntou.

— Ele não podia — respondeu Jade, antes do irmão. — Harry e eu nunca parávamos em um lugar por tempo suficiente. Além disso, na época Nathan tinha os próprios problemas. Os inimigos do papai sabiam que ele guardara as cartas. E estavam desesperados para encontrá-las. Depois de revistarem os aposentos de Nathan, eles o deixaram em paz... por um tempo, ao menos, até começarmos a investigar por nossa conta.

— As cartas estavam com você? — Caine perguntou. — Ou Harry as escondeu em algum lugar seguro?

— Nós as guardávamos no *Esmeralda* — ela respondeu.

— Eu as quero — exigiu Caine. — Esse navio está perto o suficiente para enviar um dos homens para buscá-las? Ou talvez...

Ele interrompeu a pergunta quando a viu sacudir a cabeça.

— Não há necessidade de buscá-las. Posso lhe dizer o conteúdo.

— Palavra por palavra — disse Colin. — Selvagem só precisa ler algo uma vez para memorizar pelo resto da vida.

Se Caine achou que a habilidade era estranha, nada disse. Jade ficou-lhe agradecida por permanecer em silêncio.

— Selvagem, recite as cartas para Caine — sugeriu Nathan.

— Se você a chamar de Selvagem mais uma vez, eu acabo com você.

Nathan franziu o cenho para Caine um longo minuto, depois cedeu.

— Tudo bem — ele respondeu. — Vou chamá-la de Jade, só porque não quero que ninguém ouça seu apelido.

— Pouco me importam suas razões, basta fazê-lo — disse Caine.

— Que inferno, Colin, estou tentando ser conciliador, mas juro por Deus que vou fazer esse sujeito engolir sua arrogância quando isso acabar.

Jade achou que uma luta estava para estourar. Ela chamou a atenção de todos ao começar sua recitação, que levou mais de trinta minutos. Não deixou uma palavra de fora. Quando terminou, ninguém disse nada por um longo tempo. Todo mundo estava filtrando lentamente a informação que ela acabava de narrar.

Então, Colin se manifestou.

— Tudo bem — ele começou, com a voz cheia de entusiasmo. — Essa primeira carta foi dirigida a Thorton... que era o pai de Nathan e Jade, é claro, e foi assinada por um homem chamado William.

— Eles ainda não tinham recebido os codinomes — Jade especulou.

— Sim — concordou Colin. — Então, Thorton tornou-se Raposa, e William tornou-se Príncipe. O tal de Gelo são outros quinhentos, no entanto, pois não temos pistas sobre ele...

— Colin, podemos especular sobre sua identidade mais tarde — interrompeu Nathan.

Colin assentiu.

— Procurei Willburn e contei-lhe tudo sobre as cartas, Caine. Nathan e eu decidimos que devíamos confiar nele. Ele era nosso diretor, afinal de contas, e ele cuidava bem de nós. Até hoje ainda não acredito que estava envolvido com o Tribunal.

— Você é inocente — murmurou Nathan. — É claro que ele estava envolvido com os desgraçados.

— Você terá que me provar primeiro — argumentou Colin. — Só então eu acredito.

Nathan balançou a cabeça e se virou para Caine.

— Fomos enviados para o sul, numa missão que agora sabemos que era uma armação. Deveríamos nos encontrar com dois informantes no porto. Era um truque, claro. Antes que soubéssemos o que estava acontecendo, tínhamos sido ambos amarrados e amordaçados, e lançados naquelas águas quentes do sul.

— Você não vai contar tudo isso, não é? — Jade perguntou. — Não há necessidade, Colin.

Nem Nathan nem Colin captaram o medo em sua voz. Caine o fez, e imediatamente olhou para ela.

— Continue, Colin — murmurou Nathan.

Jade, Caine percebeu, estava retorcendo as mãos. Concluiu, então, que ela devia ter testemunhado algo que a aterrorizou.

— Fui o primeiro a cair nas águas — disse Colin, atraindo a atenção de Caine novamente. — Depois de me fazerem longos cortes superficiais nas pernas com as facas, eles me jogaram do cais. Nathan entendeu o que estavam fazendo, embora eu, agradeço a Deus agora, não entendi naquele momento. Pensei que ainda tivesse uma chance, sabe?

A expressão de Colin se anuviou. A de Nathan também era sombria.

— Como Shallow's Wharf estava perto, passamos vários dias com Jade e Black Harry. Colin não sabia que ela era Selvagem, então, e ele se apaixonou por minha irmã caçula — continuou Nathan.

— Sim, é verdade — concordou Colin. Ele se virou para piscar para Jade. — Ainda vou conquistar você, Jade, se me der uma chance.

Ela corou enquanto meneava a cabeça para ele.

— Você era simplesmente impossível.

— Colin a seguia como um cachorrinho — disse Nathan. — Quando percebeu que ela não estava interessada, ficou tão decepcionado que precisei levá-lo para beber.

— Eu me apaixonei por outras duas damas naquela noite, Nathan — observou Colin.

— Elas não eram damas — observou Jade.

— Não, não eram — Nathan concordou. — Como você consegue se lembrar, Colin? Você estava bêbado, homem.

Colin riu.

— Eu lembro de tudo — ele se gabou. Caine manteve a paciência. Dava para ver, pelas expressões sombrias, que eles precisavam brincar um com o outro para suportarem rememorar o incidente.

Jade não teve tanta paciência.

— Tommy e eu seguimos Nathan e Colin quando foram se encontrar com os supostos informantes. Faziam tanto segredo sobre seus planos que fiquei muito curiosa. Também tive a sensação de que havia algo errado.

— Quem é Tommy? — Caine perguntou.

Jade literalmente saltou da poltrona e correu pela sala.

— Nathan, você termina essa história enquanto providencio refrescos. Estou cansada de falar sobre isso.

Nathan começou a chamá-la, mas Colin interrompeu a ação colocando a mão no braço do amigo.

— Ainda é difícil para ela — sussurrou. Nathan assentiu.

— É claro que é difícil para ela — Caine interveio num tom severo. — Meu Deus, ela deve ter assistido vocês...

— Ela não assistiu — sussurrou Nathan. — Como Colin estava explicando, eu sabia qual era o plano deles assim que cortaram as pernas de Colin. Debati-me muito quando tentaram usar as lâminas em mim e acabei sendo baleado. Meu ombro estava em chamas quando entrei na água.

— Eles nos cortaram para chamar a atenção dos tubarões, é claro. O porto está sempre cheio deles por causa do lixo que é despejado ali. O sangue realmente os atraiu como moscas para uma carcaça.

Colin podia ver que a paciência de Caine estava se esgotando. Seu irmão estava inclinado para frente na poltrona com uma expressão sombria no rosto.

— Paciência, Caine. Não é uma lembrança agradável para nós. Nathan assentiu.

— Foi logo depois do pôr do sol — ele começou.

— Ainda consegui ver as barbatanas — interveio Colin.

Caine estava sentado na beira da poltrona. Ele agora entendia o motivo dos pesadelos de Jade. Ela sonhava com tubarões. Meu Deus, imaginar o terror que ela passara fazia seu coração acelerar.

— Selvagem disse a Tommy para buscar um bote, pegou a faca e mergulhou na água atrás de nós. Os homens que nos jogaram no mar estavam certos de nossa morte e já tinham ido embora. Selvagem... Quero dizer, Jade alcançou-me primeiro. Eu estava mais perto. Acho. De qualquer forma, ela me puxou para o barco. Um tubarão abocanhou um pedaço da minha perna quando eles estavam me puxando para o bote. Tommy perdeu o equilíbrio e caiu ao mar. Ele nunca voltou à tona.

Quando Colin fez uma pausa e se virou para Nathan, seu amigo assumiu a narração.

— Eu ainda não entendo o motivo, mas os tubarões ficaram longe de mim. Estavam em um frenesi e Tommy se tornou o alvo. A essa altura, Jade já havia levado Colin para o bote.

— Eu tentei ajudar — murmurou Colin. Sua voz estava rouca. — Mas desmaiei. Quando voltei a abrir os olhos, estava no *Esmeralda*. O homem de aparência mais estranha que eu já vi tentava me pressionar a jogar xadrez. Juro por Deus, Caine, eu não tinha certeza de se estava no céu ou no inferno. Então, vi Nathan dormindo no catre ao meu lado. E também vi a irmã dele, e de repente me lembrei de tudo. Pareceu-me que tudo acabara de acontecer, mas descobri que estive muito mal por uns tempos.

Caine recostou-se na poltrona numa tentativa de aliviar a tensão em seus ombros. Respirou fundo várias vezes e notou que Colin e Nathan faziam o mesmo.

— Ela sabia... quando ela entrou na água, ela sabia que havia tubarões?

— Oh, sim — sussurrou Nathan. — Ela sabia.

— Meu Deus, que coragem isso deve ter exigido...

— Ela não fala sobre o acontecido — interrompeu Colin.

— Ela sonha com isso.

— O quê? — Nathan perguntou.

— Ela tem pesadelos — explicou Caine.

O irmão de Nathan assentiu devagar.

— Matthew e Jimbo queriam ir atrás dos miseráveis que tentaram nos matar, é claro — disse Colin. — Jade não permitiu. Teve uma boa razão, porém. Queria que os homens relatassem ao seu superior que estávamos ambos mortos. Jade sentiu que era a única maneira de nos manter seguros. Foi a decisão certa, acho. Nathan e eu nos contentamos em ficar mortos por um tempo mais, até descobrirmos quem diabos estava por trás dessa traição.

— Que inferno, Caine, fomos punidos pelo nosso próprio governo — murmurou Nathan.

— Não — respondeu Caine. — O governo nem sabia que vocês trabalhavam para eles. Vocês alguma vez se reportaram a Richards ou a seus superiores? Alguma vez reconheceram...

— Vá em frente, diga — interrompeu-o Colin.

— Tudo bem — respondeu Caine. — Vocês trabalharam para o Tribunal.

— Eu sabia que você iria dizer isso — sussurrou Colin.

— Não pode ter certeza — argumentou Nathan.

— Richards não sabia que vocês trabalhavam para o Departamento até ser informado da morte de vocês, Nathan. Ele está investigando agora.

— Então, ele será morto — previu Nathan.

— Ele está investigando secretamente — Caine esclareceu.

— Droga, eu sei que cometi erros — murmurou Nathan. — Eu quase o matei, Colin. Nunca deveria ter envolvido você nisso.

Colin negou com um gesto de cabeça.

— Somos parceiros, lembra? — Ele se virou para o irmão e disse: — Você realmente acredita que Richards é confiável?

— Eu confio a minha própria vida a ele. Jade vai ter que lhe dar as cartas o mais rápido possível, ou recitar o conteúdo para ele.

— Podemos escrever cópias — sugeriu Colin. — Dessa forma, os originais ficam seguros. Ninguém encontrará o *Esmeralda*.

— O navio foi batizado por causa dela, não foi? — Caine perguntou. Havia um discreto sorriso em seu rosto agora. — Eu deveria ter adivinhado isso antes. Seus olhos são da cor de esmeraldas, especialmente quando ela fica brava.

— Sim, Harry nomeou o navio em homenagem a ela — disse Colin. — Percebe agora por que você se tornou um alvo?

Caine assentiu.

— Sim. Eu estava procurando por Selvagem. O Tribunal não podia correr o risco de eu encontrar o pirata e descobrir a verdade.

— Você ainda está em risco, Caine — lembrou Colin.

— Mas não por muito tempo — respondeu Caine. — Eu tenho um plano.

Colin sorriu para Nathan.

— Eu disse que ele teria um plano. — O rapaz não conseguiu esconder o alívio em sua voz.

Jade voltou para a sala. Parecia muito mais calma agora, quase serena. Não o encarava, Caine percebeu, e não lhe dirigiu sequer um único olhar quando voltou para a poltrona em frente à lareira e sentou-se.

— Sterns providenciou para que dois quartos fossem preparados para você e Nathan — disse ela a Colin. — Assim que o seu estiver pronto, deve subir e descansar.

— Tem certeza de que devemos ficar aqui? — Nathan perguntou, cutucando o amigo com o cotovelo. — Minha casa de campo fica numa área muito remota. Foi totalmente reformada um pouco antes do nosso último serviço — acrescentou com um olhar na direção de Caine. — Ficaríamos muito à vontade lá.

Colin sorriu.

— Ouvi falar muito sobre esse seu palácio, conheço cada aposento de cor. Você só fala nisso.

— Bem, então, tem que concordar comigo. Devo dizer, Caine, que é a casa mais bonita de toda a Inglaterra agora... Jade, por que está sacudindo a cabeça para mim? Não acha minha casa esplêndida?

Ela lhe deu um sorriso rápido.

— Oh, sim, Nathan, sua casa era muito esplêndida.

Nathan pareceu assustado.

— Era, você diz?

— Receio ter de lhe dar uma notícia decepcionante, Nathan.

Seu irmão inclinou-se para frente.

— Quão decepcionante? — ele perguntou.

— Houve um incêndio, sabe?

— Um incêndio? — Ele parecia ter engasgado com alguma coisa. Colin resistiu ao impulso de lhe dar uns tapinhas nas costas.

— Foi um incêndio de grandes proporções, Nathan.

A voz dela transbordava comiseração. Nathan estremeceu.

— Quão grandes são essas proporções, Jade?

— A casa principal queimou até o porão.

Ela se virou para Caine enquanto Nathan murmurava vários palavrões.

— Eu lhe disse que ele ficaria desapontado.

Nathan parecia um pouco mais do que desapontado, Caine concluiu. O irmão de Jade parecia disposto a matar alguém. Como Caine sentira a mesma sensação quando seus novos estábulos foram destruídos, ele se solidarizava com o irmão de Jade.

Nathan respirou fundo e depois se virou para Colin. Ele pareceu choramingar quando disse:

— Tinha acabado de terminar a reforma da última maldita sala.

— Tinha mesmo — Jade interveio, dando ao irmão seu apoio total. — A última maldita sala.

Caine fechou os olhos.

— Jade, pensei que era tudo mentira.

— O que era mentira? — Colin perguntou.

— Eu não menti sobre tudo — Jade interveio no mesmo instante.

— Exatamente sobre o que você não mentiu? — Caine exigiu saber.

— Não precisa assumir esse tom comigo, sir — ela respondeu. — Eu só menti sobre testemunhar um assassinato — ela acrescentou com um aceno afirmativo de cabeça. — Na pressa, foi o melhor que me ocorreu. Pelo menos, acho que foi tudo sobre o que menti. Se eu lembrar de mais alguma coisa, eu lhe falo, está bem? Agora, pare de fazer essa cara feia, Caine. Não é o momento para censuras.

— Vocês podem guardar a discussão para depois? — Nathan exigiu. — Jade? Conte-me como o fogo começou. Foi por descuido de alguém?

— Foi proposital, não por descuido — explicou Jade. — Seja quem for que planejou incendiar sua casa, sabia o que estava fazendo. Foram muito minuciosos. Até a adega foi destruída, Nathan.

— Droga, a adega não! — Nathan choramingou.

— Acredito que estivessem tentando destruir as cartas — disse Jade. — Como não conseguiram encontrá-las quando saquearam a casa, eles...

— Saquearam a minha casa? — Nathan perguntou. — Quando?

— No dia anterior ao incêndio — ela respondeu. — Oh, querido, acabei de me lembrar — ela acrescentou com um olhar na direção de Caine. — Eu menti sobre cair da escada também. Sim, eu...

Nathan soltou um suspiro, e a atenção de Jade retornou ao irmão.

— Quando isso acabar, vou reconstruir a casa — disse ele. — E os estábulos, Jade? Eles ficaram intactos?

— Ah, sim, os estábulos ficaram intactos, Nathan. Você não precisa se preocupar com isso.

Caine observava Jade. A preocupação em seu olhar era tão óbvia que ele se perguntou por que Nathan ainda não percebera que ela não acabara de lhe dar as más notícias.

— Foi uma pena o que aconteceu à sua casa — disse Colin.

— Sim — respondeu Nathan. — Mas os estábulos estão bem. Colin, você deveria ver minha criação. Há um cavalo em particular, um excelente garanhão árabe pelo qual paguei uma fortuna, mas valeu bem o dinheiro. Eu o chamei de Relâmpago.

— Relâmpago? — perguntou Colin, sorrindo do nome absurdo.

— Parece que Harry lhe deu uma mão na escolha desse nome.

— Deu, sim — admitiu Nathan com um sorriso. — Mas é apropriado para o corcel. Ele corre tão rápido quanto o vento. Apenas Jade e eu conseguimos montá-lo. Espere até você vê-lo...

— Nathan deixou de lado sua jactância quando notou que Jade balançava a cabeça para ele de novo.

— O que foi, Jade? Não concorda que Relâmpago seja tão rápido quanto o vento?

— Oh, sim, Nathan, Relâmpago era tão rápido quanto o vento.

Nathan parecia prestes a chorar.

— Era?

— Receio ter que lhe dar mais uma notícia decepcionante, Nathan. Houve um ataque e seu bom cavalo foi baleado entre os lindos olhos castanhos.

Caine inclinou-se para frente na poltrona novamente. As implicações do que ela estava dizendo ao irmão acabavam de atingi-lo com força total.

— Quer dizer que não estava mentindo sobre isso também?

Ela balançou a cabeça novamente.

— Que diabos! — gritou Nathan. — Quem atirou no Relâmpago?

Ela fulminou Caine com os olhos.

— Eu lhe disse que ele ficaria desapontado — ela murmurou.

— Isso com certeza não foi culpa minha — murmurou Caine. — Então, pare de me olhar desse jeito.

— Foi Caine quem atirou nele? — Nathan rugiu.

— Não — Jade apressou-se em dizer. — Ele simplesmente não acreditava que você ficaria tão desapontado. Eu ainda nem tinha me encontrado com Caine.

O irmão recostou-se contra as almofadas e cobriu os olhos com a mão.

— Nada é sagrado? — ele gritou.

— Aparentemente, Relâmpago não era — Caine interveio secamente.

Nathan olhou feio para ele.

— Ele era um magnífico animal, está bem?

— Tenho certeza de que era — disse Caine antes de se voltar para Jade. — Se está me dizendo a verdade sobre isso, só pode significar...

— Eu realmente apreciaria se parasse de me insultar, Caine — ela retrucou.

— Jade sempre diz a verdade — defendeu-a Nathan.

— É mesmo? — Caine bufou. — Ainda não conheço esse lado dela. Desde o momento em que a conheci, ela não fez outra coisa além de mentir. Não foi, doçura? Tudo isso vai mudar agora, não é?

Ela se recusou a responder.

— Querida, por que não dá a Nathan o restante das más notícias?

— O restante? Meu Deus, há mais?

— Apenas um pouco mais — ela respondeu. — Você se lembra da sua nova e encantadora carruagem?

— Minha carruagem não, Jade! — protestou Nathan com um gemido baixo.

Ela se virou para Colin enquanto Nathan repassava sua lista de palavrões.

— Você deveria ter visto esse veículo, Colin. Era esplêndido. O interior era tão espaçoso e confortável... Nathan tinha encomendado assentos confeccionados com um couro tão macio...

Colin tentou parecer solidário.

— Era? — ele perguntou.

— Alguém incendiou a carruagem — anunciou Jade.

— Pelo amor de Deus, por que alguém iria destruir um veículo tão bom?

Caine respondeu a essa pergunta.

— Sua irmã deixou de fora um detalhe importante — afirmou. — Acontece que ela estava dentro da carruagem incendiada.

Colin foi o primeiro a reagir a essa afirmação.

— Meu Deus, Jade. Conte-nos o que aconteceu.

— Caine acabou de contar — disse ela.

— Não, conte-nos exatamente como aconteceu — insistiu Colin. — Você poderia ter sido morta.

— Pois se essa era justamente a intenção deles! — disse ela num tom exasperado. — Eles queriam me matar. Depois que sua casa foi destruída, a carruagem foi preparada e eu parti para Londres. Eu queria encontrar você, Nathan...

— Quantos homens foram com você? — Caine interrompeu-a para perguntar.

— Hudson mandou dois homens comigo — ela respondeu.

Caine sacudiu a cabeça.

— Achei que você disse que voltara à Inglaterra há duas semanas.

— Bem, na verdade, foi um pouco mais — ela enrolou.

— Quanto tempo mais?

— Dois meses — ela admitiu. — Tive que mentir sobre isso.

— Poderia ter me falado a verdade.

Ele estava ficando com raiva. Jade estava muito irritada para se importar.

— Ah, é? E você teria acreditado em mim se eu lhe dissesse que eu era Selvagem e que tinha acabado de sequestrar o Winters, entregá-lo a Nathan e agora estava tentando... Oh, do que adiantaria? Você não teria me dado atenção.

— Espere um minuto — interrompeu Nathan. — Quem é Hudson, Jade? Você disse que Hudson mandou dois homens com você, lembra?

— Ele é o mordomo que Lady Briars contratou para você.

Nathan assentiu.

— E depois, o que aconteceu? — ele perguntou.

— Estávamos nas cercanias de Londres quando os mesmos três homens nos atacaram. Eles bloquearam a estrada com grossos galhos de árvores. Quando ouvi um grito, eu me inclinei pela janela para ver o que estava acontecendo. Alguém me atingiu, então, Nathan, com um golpe na lateral da cabeça. Perdi o fôlego. Devo ter desmaiado, embora me envergonhe de admitir essa possibilidade. — Ela se virou para Caine. — Não é da minha natureza desfalecer.

— Jade, você está tergiversando — Caine lembrou.

Ela lhe deu um olhar insatisfeito e depois virou-se para o irmão.

— O interior da carruagem estava em farrapos. Eles usaram facas no couro fino. Senti cheiro de fumaça e, claro, saí.

— Estavam procurando as cartas? — Colin perguntou.

— Você simplesmente abriu a porta e saiu? — Nathan perguntou no mesmo momento.

— Sim e não — respondeu Jade. — Sim, acredito que eles achavam que eu poderia ter escondido as cartas no estofado; e não, Nathan, eu não abri a porta, simplesmente. Ambos os lados estavam bloqueados com mais galhos. Tive que me espremer pela janela. Graças aos céus, a moldura não era tão sólida quanto você acreditava. Na verdade, Nathan, agora que tenho tempo para refletir sobre isso, acho que você pagou demais por aquele veículo. As dobradiças não eram fortes e...

— Jade.

— Caine, não levante a voz para mim — Jade o advertiu.

— Foi por um triz — interrompeu Colin.

— Fiquei muito assustada — Jade sussurrou. Ela se virou para Caine. — Não é vergonha admitir que tive medo.

Caine assentiu. Seu tom de voz sugeria que ela o desafiava a discordar dela.

— Não, não é vergonha sentir medo.

Parecia aliviada. Ela precisava de sua aprovação, então? Caine se perguntou sobre essa possibilidade por um longo tempo e, então, observou:

— Agora sei como você conseguiu esses hematomas nos ombros. Foi quando você se espremeu para passar pela janela, não foi?

— Como diabos você sabe se ela tem contusões nos ombros ou não? — Nathan vociferou, pois acabava de perceber o significado da observação de Caine.

— Eu os vi.

Nathan teria avançado na garganta de Caine se Colin não o tivesse detido, interpondo um braço diante de seu peito.

— Mais tarde, Nathan — declarou. — Você e Caine podem resolver essa disputa mais tarde. Parece que seremos hóspedes aqui por um longo tempo.

Parecia que haviam dito a Nathan que ele teria de nadar com os tubarões novamente.

— Você e Colin estarão se arriscando se forem embora — disse Jade. — Seria muito perigoso.

— Temos que ficar juntos — acrescentou Colin.

Nathan, com relutância, concordou com a cabeça.

— Caine? — Colin chamou. — Quando você foi atrás de Selvagem, você se colocou em perigo. Os membros remanescentes do Tribunal não poderiam correr o risco de você encontrar o pirata. Havia a possibilidade de que Selvagem pudesse convencê-lo de que não tinha nada a ver com a morte do seu irmão. Sim, era um risco enorme.

— E então você me enviou Jade — Caine interveio.

Nathan balançou a cabeça.

— Nós não a enviamos. O plano foi dela do começo ao fim e só ficamos sabendo depois que ela partiu. Não demos um palpite sequer nessa questão.

— Como faremos para tirar os bandidos do seu encalço? — Colin perguntou. — Você não pode nos ajudar a encontrar os culpados enquanto estiver sendo caçado. — Ele soltou um longo suspiro e depois murmurou: — Que inferno essa confusão. Como, em nome de Deus, vamos encontrar os desgraçados? Não temos absolutamente nada para nos basear.

— Está errado, Colin — disse Caine. — Temos um bocado de informação para começar. Sabemos que Hammond, o diretor do Tribunal, era um chefe de departamento legítimo. Os três homens que recrutou eram Gelo, Raposa e Príncipe. Agora, apenas um ou dois ainda estão vivos, certo? E um ou ambos são diretores de Willburn, que, por sinal, deve estar levando uma vida dupla. Deve estar trabalhando tanto para o nosso governo como para o Tribunal.

— Com base em que acha isso? — Nathan perguntou.

— Quando fomos informados da morte de vocês, meu pai e eu recebemos arquivos que relatavam pequenos, porém heroicos, feitos que vocês dois supostamente teriam executado pela Inglaterra. Willburn estava protegendo seu traseiro, Colin, e nenhum arquivo continha informações substanciais que pudessem ser comprovadas. A razão alegada foi a segurança, é claro. Por sinal, vocês dois receberam medalhas por bravura.

— Por que se deram a esse trabalho? — Colin perguntou.

— Para apaziguar — respondeu Caine. — O nosso pai é um duque, Colin. Willburn não podia simplesmente deixar você desaparecer. Muitas perguntas seriam feitas.

— E quanto ao Nathan? — Colin perguntou. — Por que eles se incomodaram em honrá-lo após a morte dele? Seu pai já estava morto e não havia outros Wakerfields com títulos de nobreza. Eles queriam que Jade fosse apaziguada?

Caine discordou com um gesto de cabeça.

— Você está se esquecendo dos outros inúmeros títulos de Nathan — disse Caine. — Ele também é o Marquês de St. James, lembra? O Tribunal deve ter considerado todas as complicações que teriam se dessem motivos para essa facção bárbara suspeitar de algo.

— Eu me esqueci dos homens de St. James — declarou Colin. Ele se virou para sorrir para o amigo. — Você não fala muito sobre esse lado da sua família, Nathan.

— Você falaria? — Nathan respondeu secamente.

Colin riu.

— Este não é o momento para frivolidades — murmurou Jade. — Além disso, tenho certeza de que todas essas histórias sobre os homens de St. James são puro exagero. Por que, debaixo daquela rudeza, eles são na verdade homens muito gentis. Não são, Nathan?

Agora foi a vez de Nathan rir.

— Vai sonhando... — ele disse com voz arrastada.

Jade lhe deu um olhar enviesado por ser tão franco. Depois, voltou sua atenção para Caine.

— Você foi à cerimônia em homenagem a Colin e Nathan? — ela perguntou. — Foi bonita? Havia flores? Tinha bastante...?

— Não, não participei da cerimônia — interrompeu-a Caine.

— Que vergonha — ela declarou. — Perder a homenagem ao próprio irmão...

— Jade, eu estava com muita raiva — Caine interrompeu-a de novo. — Eu não queria ouvir discursos ou aceitar medalhas em nome de Colin. Deixei nosso pai cumprir esse dever. Eu queria...

— Vingança — interrompeu Colin. — Assim como quando foi atrás dos irmãos Bradley.

Depois de fazer essa observação, Colin virou-se para explicar o incidente a Nathan. Jade tornou-se impaciente novamente.

— Gostaria de voltar ao assunto original — declarou. — Você já encontrou alguma solução, Caine?

Ele assentiu.

— Acho que tenho um bom plano para tirar os chacais do meu rastro. Vale a pena tentar, de qualquer maneira, mas essa é apenas uma das ameaças. Ainda precisamos nos preocupar com Jade.

— O que quer dizer? — Colin perguntou.

— Colin, estamos lidando com duas questões diferentes aqui. Eu sou um alvo, sim. Devemos presumir que eles acham que não vou desistir da busca por Selvagem, o bode expiatório deles.

— Mas o que isso tem a ver com Jade? — Colin perguntou. — Eles não têm como saber que ela é Selvagem.

Caine soltou um suspiro antes de responder.

— Vamos começar do início. É óbvio que os outros dois membros do Tribunal sabiam que Raposa guardara as cartas. Como eles não conseguiram localizá-las, usaram um plano B. Mandaram um homem deles, Willburn, para recrutá-lo, Nathan. Quer melhor maneira de ficar de olho no filho do Raposa?

Ele não esperou que Nathan respondesse a essa afirmação e continuou:

— Imagino que seus aposentos em Oxford foram revistados mais de uma vez, não foram?

Nathan assentiu.

— Se fizeram isso é porque tinham bastante certeza de que você estava com as cartas. Por um tempo, você era o único candidato lógico. Sua irmã era muito pequena e Harry já a havia levado. Agora — ele acrescentou com um aceno de cabeça —, ninguém poderia acreditar que Raposa teria confiado as cartas a Harry. Bastava a aparência dele para levar qualquer pessoa a essa conclusão. Eles também não tinham como saber que Raposa conhecia Harry há bastante tempo.

Jade sentiu vontade de suspirar de alívio. Caine estava sendo tão lógico agora. Sentiu-se como se ele tivesse acabado de tirar um fardo do ombro de todos eles. Pela expressão no rosto do irmão dele, ela concluiu que Colin sentia o mesmo alívio.

— E? — Nathan estimulou Caine quando este permaneceu em silêncio.

— Eles esperaram — respondeu Caine. — Sabiam que as cartas acabariam aparecendo. E foi exatamente isso que aconteceu. Harry entregou as cartas a Jade. Ela mostrou a Nathan, que compartilhou a informação com você, Colin.

— Nós já sabemos disso tudo — disse Nathan.

— Silêncio, Nathan — Jade sussurrou. — Caine está sendo metódico agora. Não devemos interferir em sua concentração.

— Quando Colin contou a Willburn sobre as cartas, ele procurou o Tribunal, é claro.

— E então fomos punidos — disse Colin. — Confiei no homem errado.

— Sim, você confiou no homem errado.

— Eles ainda procuram as cartas — disse Nathan.

275

Caine confirmou com um aceno rápido de cabeça.

— Exatamente.

Colin endireitou-se um pouco no sofá.

— Agora que eles pensam que estamos mortos, Nathan, só pode haver outra pessoa que pode estar com a evidência condenatória.

Ele se virou para Jade.

— Eles sabem que você está com as cartas.

— Eles não podem ter certeza — argumentou Jade. — Ou já teriam me matado — acrescentou. — É por isso que ainda estão procurando, é por essa razão que sua linda casa foi destruída, Nathan, e o motivo pelo qual a sua carruagem nova também foi arruinada...

— Jade, eles não têm mais nenhum lugar para procurar. Só lhes resta uma opção agora — interveio Nathan.

— Eles tentarão sequestrá-la — afirmou Colin.

— Sim — Nathan concordou.

— Eu não vou deixar ninguém chegar perto dela — anunciou Caine, então. — Mas não estou convencido de que tenham certeza de que as cartas estão com ela. Qualquer um de vocês poderia tê--las escondido antes de serem apanhados. No entanto, devem estar enlouquecendo à espera de que as cartas tornem a aparecer. Imagino que estejam ficando desesperados.

— Então, o que faremos? — Colin perguntou.

— O mais urgente primeiro — respondeu Caine. Ele se virou para Jade. — Você se lembra do que me pediu quando entrou na taberna naquela noite?

Ela assentiu devagar.

— Eu pedi que você me matasse.

— Você o quê? — Nathan berrou a pergunta.

— Ela me pediu que a matasse — repetiu Caine, embora sem tirar os olhos de Jade.

— Mas ele recusou o meu pedido — explicou Jade. — Eu sabia que ele o faria, é claro. Mas o que isso tem a ver com o seu plano?

A covinha na bochecha de Caine voltou a aparecer quando ele sorriu para ela.

— É muito simples, meu amor. Eu mudei de ideia. Decidi fazer a sua vontade.

Capítulo Treze

— Selvagem tem que morrer — disse Caine, com voz baixa e enfática. — É a única maneira. — Ele olhou para Nathan quando fez essa declaração. O irmão de Jade foi rápido em concordar.

Jade saltou da poltrona.

— Eu não quero morrer — ela gritou. — Esqueça isso, Caine.

— Ora, Jade... — Nathan começou.

— Ele está falando sobre o pirata — explicou Colin. — Não em matar você de verdade, linda.

Jade olhou para Colin.

— Eu sei exatamente sobre o que ele está falando — disse ela. — E ainda assim não aceito. Você tem alguma ideia de quantos anos levei para construir minha reputação? Quando penso...

Os homens a ignoravam agora. Na verdade, Nathan e Colin sorriam. Jade desistiu. Sentou-se de novo e olhou feio para Caine.

— Se você não tivesse iniciado sua caçada para capturar Selvagem, nada disso seria necessário agora. Isso é culpa sua, Caine.

— Jade, é o único jeito — argumentou Nathan. — Se Selvagem morrer, ou melhor, se o mundo acreditar que o pirata está morto, então Caine teria que desistir de sua caçada, não teria? O Tribunal sabe que ele acredita plenamente que Selvagem é responsável pela morte do irmão, lembra?

Ela relutantemente assentiu.

— Então, eles deixariam Caine em paz, não é? Ele voltaria a ficar em segurança?

Nathan sorriu e se virou para Caine.

— Esse seu plano resolve mais de um problema — ele observou, lançando à irmã um olhar significativo.

Caine assentiu.

— Jade, você terá que mudar alguns dos seus hábitos. Quando Selvagem morrer, não poderá...

— É o meu trabalho — ela gritou. — É o que eu faço melhor.

Caine fechou os olhos.

— Exatamente o que você faz tão bem?

Nathan respondeu-lhe.

— Harry fazia a pirataria — explicou. — Jade estava sempre a bordo, mas ele era o líder naquela época. Ela cuidava dos ataques em terra. Jade tem um talento especial, Caine. Não há um cofre que ela não possa arrombar, uma fechadura que ela não consiga abrir.

— Em outras palavras, ela não passava de uma gatuna eficiente.
— Caine fulminou-a. Ele tinha a testa franzida para Jade ao fazer tal declaração.

Ela se ofendeu tanto com sua expressão quanto com o que ele falou.

— Não me importo com o que você pensa de mim, Caine. A farsa acabou e você nunca mais me verá, então não me interessa...

Jade interrompeu seu discurso quando um berro de Harry chegou até ela. Um grito estridente de mulher soou em seguida. Jade presumiu que uma das criadas estivesse sendo aterrorizada.

— Podem me dar licença um instante? — ela perguntou.

Jade nem se deu ao trabalho de esperar pelo consentimento e correu para fora da sala. Assim que a porta se fechou atrás dela, Caine virou-se para Nathan.

— Ela vai entender tudo em breve — ele declarou. — Mas espero que até lá nós já tenhamos encenado a morte de Selvagem e aí será tarde demais.

Colin assentiu.

— Sim, Jade terá que perceber que sabem que ela está com você e que matar Selvagem não vai fazer nenhuma diferença agora. Vocês ainda estão em perigo. Estranho, mas Jade geralmente capta as situações muito mais rápido — acrescentou. — Quanto tempo você acha que vai levar para ela compreender tudo?

Foi Nathan quem respondeu.

— Ela já compreendeu, Colin. Não percebeu a expressão de alívio em seus olhos? Foi fugaz, mas estava lá. No fundo, acho que ela quer que isso acabe.

— E você? — Caine perguntou a Colin. — Como vocês dois podem voltar para o oceano novamente? Jade não é capaz de pensar com lógica agora. Pensa que tem que retomar seus "deveres" anteriores... — ele sussurrou. — É uma maneira de provar seu valor, talvez. Ainda assim, não importa quais sejam seus motivos. Ela precisa de alguém que lhe tire essa opção, que exija que ela desista.

— E esse alguém é você, Caine? — Colin perguntou.

— Sim.

Jade voltou para a sala de estar, então. Nathan se virou para ela.

— Jade? Acho que não deveria partir com Jimbo e Matthew ainda. Espere até resolvermos esse problema.

— Quer dizer esperar até vocês encontrarem o Tribunal? — Parecia horrorizada. — Não posso ficar aqui, não depois...

Caine olhou feio para ela, para que parasse de protestar. Jade caminhou até a poltrona dele e ficou ali, as mãos cruzadas diante de si.

— E quanto a Harry? — Caine perguntou a Nathan. — Ele nos criará algum problema?

— Por que faria isso? — Colin perguntou com outro bocejo. — Ele está aposentado agora. Certamente você reparou que não há notícias de navios pirateados faz tempo.

— Eu reparei — Caine respondeu. — Ainda assim, ele poderá se aborrecer por seu navio incendiado.

— Não!

Jade ficou tão consternada com essa sugestão, que precisou se sentar. Voltou para sua poltrona e desabou.

Nathan foi solidário.

— O *Esmeralda* foi o lar de Jade — ele disse. — Talvez possamos encontrar outro navio, pintá-lo para se parecer com o *Esmeralda* e atear fogo nele. Harry manteria o verdadeiro escondido.

Caine concordou.

— Ele pode cuidar disso? Tem que haver testemunhas do naufrágio do navio, testemunhas que afirmem que viram Selvagem morrer.

— Se tudo for explicado para ele, sim — Nathan concordou.

— Se ele estiver usando seus óculos — Colin interveio com um sorriso.

— Vou falar com ele agora mesmo — anunciou Caine.

Nathan levantou-se antes de Caine.

— É hora de você descansar um pouco, Colin.

Antes que Caine ou seu irmão percebessem a intenção de Nathan, ele ergueu Colin nos braços. Nathan cambaleou com o peso, endireitou-se e depois saiu da sala. Colin imediatamente começou a protestar.

— Pelo amor de Deus, Nathan, ponha-me no chão. Não sou uma criança.

— Poderia me enganar — Nathan retorquiu.

Jade observou os dois amigos desaparecerem ao virarem no corredor e depois sussurrou:

— Nathan cuidou bem de seu irmão, Caine.

Caine virou-se para encarar Jade. Ela fitava seu colo.

— E você também, Jade — ele respondeu.

Ela não acolheu o elogio.

— Ele é muito boa pessoa, o meu irmão. Ele se esconde por trás de sua expressão fechada a maior parte do tempo. Suas costas estão marcadas pelas chicotadas que recebeu, Caine. Ele nem sempre esteve no colégio. Não fala sobre o longo tempo em que se ausentou, não fala onde estava. Só sei que houve uma mulher envolvida em seu sofrimento. Creio que ele deve tê-la amado muito e que ela provavelmente o traiu, porque agora ele tenta aparentar ser frio e cínico o tempo todo. No entanto, Colin conseguiu tocar o coração de Nathan. Seu irmão oferece sua amizade incondicionalmente. Ele salvou Nathan mais de uma vez, também. Meu irmão não confia em muitas pessoas, mas Colin é exceção.

— Seu irmão confia em você?

A pergunta a surpreendeu.

— Oh, sim — ela se apressou em dizer. Ergueu os olhos para ele, viu a ternura em seus olhos e se perguntou o que causara aquela reação. — Colin jamais conseguiria subir todos aqueles degraus. Nathan sabia disso. Meu irmão não lhe deu tempo para deixar seu orgulho ficar ferido.

— Pode ser que esteja um pouquinho ferido — Caine disse com voz arrastada. Ainda conseguiam ouvir Colin gritando suas objeções.

O sorriso de Jade estava hesitante. Ela se levantou e apertou as mãos atrás das costas enquanto olhava para Caine.

— Já que não posso deixar a Inglaterra ainda, acredito que vou enviar um bilhete a Lady Briars e solicitar um convite para ficar com ela.

— Não.

— Não? Por que não?

— Jade, estou realmente cansado de repetir. Você fica comigo.

— Lady Briars me acolheria em sua casa, seria muito mais fácil para você se eu fosse embora.

— Por quê?

— Porque você vai processar isso tudo com essa sua mente lógica e concluir que jamais poderá me perdoar. É por isso.

— Você quer que eu perdoe você?

— Não particularmente.

— Está mentindo outra vez.

— Isso importa?

— Sim, importa. Jade, eu lhe disse que a amo. Isso não importa?

— Importa — ela sussurrou. Quando Caine deu um passo em direção a ela, Jade se afastou da poltrona e começou a caminhar em direção às portas. A expressão no rosto de Caine a preocupou. Retirar-se parecia a escolha lógica agora. — Por que está olhando para mim assim? — ela perguntou.

— Você me enganou, me manipulou, me confundiu, mas tudo isso vai mudar agora, não é?

— Então, enfim está se dando conta, não é? — Ela recuou outro passo. — Quando você aplicar sua lógica, tenho certeza de que entenderá que tudo o que fiz foi para proteger você e seu irmão. Mas primeiro terá que superar sua raiva... e seu orgulho.

— Ainda assim foi certo?

— Caine, algum dia, em breve, acredito que ainda vá me agradecer por essa farsa. Além disso, já terminou.

Ele meneou a cabeça devagar. E sorriu. Jade não sabia o que pensar daquela reação. Como não se atrevia a perdê-lo de vista, não olhou para trás e, de repente, viu-se encurralada contra a parede. Errara por vários centímetros a distância até a porta.

Estava presa. Caine ampliou o sorriso, indicando que estava bem ciente de sua situação e estava adorando.

— Acabou — ela balbuciou.

— Não: está apenas começando, doçura. — Caine espalmou as mãos contra a parede, a cada lado do rosto de Jade.

— Você está se referindo a essa caçada ao Tribunal, não é?

Ele foi se inclinando para baixo.

— Não, estou me referindo a você e eu. Você me deixou tocá-la porque estava me protegendo?

— Que pergunta ridícula — ela murmurou.

— Responda.

— Não, claro que não — ela sussurrou. Fixou o olhar no peito dele enquanto admitia esse fato.

— Foi por sentir-se culpada por me enganar?

— Não — ela gritou. Percebeu que assim demonstrava estar assustada e imediatamente mudou de tom. — Nunca me sinto culpada por mentir. E faço isso muito bem. Tenho orgulho do meu talento, não vergonha.

Caine fechou os olhos e orou brevemente para pedir paciência.

— Então, por que me deixou tocar em você? — ele exigiu saber.

— Você sabe por quê.

— Diga-me.

— Porque queria que você me tocasse — ela sussurrou.

— Por quê?

Ela sacudiu a cabeça e tentou afastar a mão dele. Caine não se moveu.

— Você não vai sair dessa sala até me dizer toda a verdade. Chega de mentiras, Jade.

Ela olhava para o queixo dele agora.

— É muito o que me pede.

— Peço apenas o que posso dar em troca — ele respondeu. — E vamos ficar aqui o dia todo até...

— Oh, está bem — ela respondeu. — Eu quis que me tocasse porque você era um homem bom e amável e eu percebi quanto eu... me importava com você.

Jade olhou nos olhos dele, então, pois precisava saber se ele iria rir ou não. Se ele mostrasse um mínimo de divertimento, jurou que lhe acertaria um soco.

Ele não estava rindo. Parecia arrogantemente satisfeito com essa sua admissão, mas Jade concordou que ele estava em seu direito.

— Caine, você não é nada parecido com a descrição que fizeram de você no seu arquivo. Nem mesmo o seu diretor conhece você de verdade.

— Você leu o meu arquivo?

Ela percebeu que não deveria ter mencionado esse fato quando ele a agarrou com força pelos ombros, criando novos hematomas em sua pele.

— Sim, eu li o seu arquivo — declarou. — Levou quase a noite inteira. Você tem um currículo e tanto.

Ele balançou a cabeça. Estava mais atônito do que irritado.

— Jade, o arquivo deveria estar lacrado... trancado, sem o meu nome nele.

— Oh, estava assim mesmo como descreveu, Caine. Sim, a segurança era realmente muito boa. Sem trancas defeituosas em todas as portas, fechaduras resistentes em cada armário...

— Obviamente, a segurança não era boa o suficiente — ele murmurou. — Você conseguiu entrar. Você encontrou e leu o meu arquivo. Meu Deus, nem eu mesmo o li.

— Por que haveria de querer lê-lo? — ela perguntou. — Você viveu cada evento. O arquivo apenas lista as tarefas atribuídas a você. Não havia muito sobre sua vida pessoal. O incidente com os irmãos Bradley sequer foi mencionado. Caine, por que está tão aborrecido? — ela perguntou. Jade achou que ele poderia tentar esmagar seus ossos agora.

— Você leu tudo? Sabe tudo o que fiz?

Ela assentiu lentamente.

— Você está me machucando, Caine. Por favor, largue-me.

Ele voltou a colocar as mãos na parede, bloqueando a saída dela mais uma vez.

— E, no entanto, mesmo sabendo tudo isso... você ainda veio me procurar. Não teve medo?

— Eu estava com um pouco de medo — ela confessou. — A sua história é muito... rica em eventos. E fiquei preocupada, sim, mas, depois que nos conhecemos, acabei duvidando da precisão...

— Não — ele a interrompeu. — Não houve qualquer exagero.

Ela estremeceu com a rispidez na voz de Caine.

— Você fez o que tinha que fazer — ela sussurrou.

Caine ainda não tinha certeza absoluta de que acreditava nela.

— Qual era o meu codinome?

— Caçador.

— Que droga...

— Caine, tente entender minha posição. Era necessário que eu descobrisse tudo o que pudesse sobre você.

— Por que era necessário?

— Você estava em perigo.

— Não lhe ocorreu que eu poderia cuidar de quaisquer ameaças que aparecessem no meu caminho?

— Sim — ela respondeu. — Ocorreu-me. Ainda assim, fiz uma promessa a seu irmão e me vi obrigada a manter você a salvo.

— Sua palavra é muito importante para você, não é, Jade?

— Bem, claro que sim — ela respondeu.

— Ainda não entendo por que achou que precisava ler meu arquivo.

— Eu precisava encontrar os seus... pontos fracos. Não me olhe assim. Todo mundo tem um calcanhar de aquiles, Caine, até mesmo você.

— E o que você encontrou? Qual é a minha falha?

— Assim como o seu pai, você tem a reputação de ser um defensor dos fracos. Isso não é necessariamente uma falha, mas usei esse traço da sua personalidade a meu favor.

— Ao fingir estar em perigo? Jade, você estava em perigo. Esses eventos aconteceram. Você...

— Eu poderia ter me defendido sozinha — ela se gabou. — Assim que consegui escapar da carruagem de Nathan, fui para o Shallow's Wharf. Jimbo e Matthew estavam lá, esperando por mim. Nós três teríamos resolvido a questão.

— Talvez — disse Caine.

Como ele estava sendo tão amável e parecia distraído, ela tentou passar por baixo de seu braço. Caine simplesmente se aproximou ainda mais dela para detê-la.

— Você achou que eu era mais fraca e tornou-se meu defensor, meu guardião — ela concluiu.

— No final das contas, você também foi minha guardiã — disse ele.

— Isso fere o seu orgulho?

— Não — ele respondeu. — Ser manipulado já causou bastante dano ao meu orgulho.

— Um golpe desse é insignificante para alguém com a sua arrogância — ela sussurrou com voz risonha. — Você teria dado a vida para me proteger. Ouvi você sussurrar essa promessa para mim quando pensou que eu estivesse dormindo.

— Droga, Jade, houve algum momento em que você não me enganou?

Ela não respondeu.

— Jade, eu lhe dei minha proteção. Sabe o que você me deu?

— Mentiras — ela respondeu.

— Sim, mentiras, mas outra coisa também. — Ele podia dizer pelo rubor de Jade que ela entendia o que estava dizendo. — O que mais você me deu?

— Bem, houve... isso — ela sussurrou. — Eu era virgem...

— Você me deu seu amor, Jade.

Ela fez que não com a cabeça.

Ele assentiu.

— Não dei, Caine.

— Sim, deu — ele respondeu. — Você se lembra do que eu lhe disse naquela noite em que fizemos amor?

Ela se lembrava de cada palavra.

— Não — disse ela.

— Você está mentindo de novo, Jade. Você tem a capacidade de se lembrar de tudo o que você lê ou ouve.

— Apenas tudo o que leio — Jade sussurrou. Ela começou a se esforçar para se afastar dele. De repente, encheu-se de pânico.

Caine se aproximou, até suas coxas tocarem as dela.

— Então, deixe-me lembrá-la, minha pequena enganadora — ele sussurrou. — Eu lhe disse que você iria ser minha. Agora e para sempre, Jade.

— Não falou sério — ela gritou. — Não vou prendê-lo a uma promessa tão tola, Caine. — Ela fechou os olhos para afastar a lembrança da noite de amor. — Agora não é hora de... Caine, pare com isso — ela se apressou em dizer quando ele se inclinou e beijou sua testa. — Eu o enganei, menti para você. Além disso... — ela acrescentou —, você não sabia que eu era Selvagem. Tudo o que disse naquela noite deve ser esquecido.

— Eu não quero esquecer — disse ele.

— Caine, não posso ficar com você. Você sequer gosta de mim. Eu sou uma ladra, lembra?

— Não, meu amor, você costumava ser uma ladra — disse ele. — Mas tudo acabou. Haverá algumas mudanças, Jade.

— Impossível. Você nunca poderia fazer tantas mudanças, Caine. Você é muito rígido.

— Eu estava me referindo a você! — ele gritou. — Você fará essas mudanças.

— Não farei.

— Fará. Vai desistir disso tudo, Jade.

— Por quê?

— Porque eu não aceito, é por isso.

Ela não queria entender.

— O que eu faço não é da sua conta — argumentou ela. — Meus homens dependem de mim, Caine. Não vou desapontá-los.

— Eles terão que depender de outra pessoa, então — ele gritou. — Seus dias de ladra acabaram.

Os ouvidos de Jade zumbiam com os berros dele, mas de repente estava com muita raiva e muito assustada para se preocupar com isso.

— Assim que eu sair daqui, você nunca mais me verá. Não se preocupe, não vou voltar para roubá-lo. — Ela decidiu que aquela conversa terminara. Empurrou Caine para se afastar e viu Nathan e Black Harry parados na entrada, observando-a. Ela presumiu que haviam escutado a maior parte da conversa. Estivera gritando, ela percebeu, quase tão alto quanto Caine. E era culpa dele o fato de haver se tornado uma megera escandalosa.

— Por que você se importa com o que ela faz? — Nathan perguntou.

Pelo bem de Jade, Caine manteve sua expressão leve, contida.

— Nathan, acredito que é hora de você e eu conversarmos. Jade, espere na sala de jantar com Harry. Sterns? — Caine acrescentou quando o mordomo se juntou ao grupo. — Providencie para que não sejamos interrompidos.

Black Harry parecia ser o único que entendia o que estava por acontecer.

— Espere um momento, rapaz — ele disse a Caine, enquanto passava por Nathan. Ele atravessou o salão, pegou a salva de prata da cornija da lareira e depois correu para a entrada. — Seria uma pena que isso fosse destruído, não seria? Vou levar comigo — ele acrescentou quando Jade começou a protestar. — Caine gostaria que eu ficasse com isso, garota, então pare de fazer cara feia.

Nathan adentrou a sala de estar. Com um suspiro sussurrado de boa sorte, Sterns arrastou Jade para fora da sala e fechou as portas.

— O que eles têm para falar? — Jade perguntou a Black Harry.
— Eles nem se conhecem.

Um barulho forte aclarou sua perplexidade.

— Santo Deus, eles vão se matar — ela gritou. — Harry, faça alguma coisa.

Jade deu essa ordem enquanto tentava afastar Sterns do seu caminho. Harry correu e colocou o braço em volta de seus ombros.

— Vamos, garota, eles estão loucos para brigar desde o momento em que se conheceram. Não se meta. Venha comigo para a sala de jantar. A cozinheira vai servir a sobremesa.

— Harry, por favor!

— Venha — Harry acalmou-a. — Meus homens estão esperando por mim.

Seu tio desistiu de tentar persuadi-la a se juntar a ele quando Jade começou a gritar. O som não o incomodava muito, considerando todo o barulho que vinha da sala de estar.

— Você sempre foi danada de teimosa, menina — ele murmurou enquanto voltava para a sala de jantar com a preciosa salva de prata debaixo do braço.

No instante em que as portas da sala de jantar se fecharam atrás de Harry, começaram a bater na porta da frente. Sterns se viu dividido entre dois deveres.

— Milady poderia ver quem bate, por favor? — ele gritou para que ela pudesse ouvi-lo apesar do barulho.

Os braços de Sterns estavam cruzados, e suas costas, apoiadas nas portas. Jade postou-se ao lado dele e imitou sua posição.

— Milady vai vigiar estas portas enquanto você vai ver quem é.

O mordomo balançou a cabeça.

— Não pode me enganar, Lady Jade. Está querendo entrar e falar com o marquês.

— É claro que eu quero entrar — ela argumentou. — Caine está lutando com o meu irmão. Vão acabar se matando.

Outro estrondo abalou as paredes. Sterns concluiu que um dos dois homens jogara o sofá na parede. Ele mencionou essa possibilidade para Jade. Ela balançou a cabeça.

— Parece mais um corpo batendo na parede, Sterns. Oh, por favor...

Ela não se deu ao trabalho de continuar implorando quando ele meneou a cabeça.

A porta da frente de repente se abriu. Jade e Sterns voltaram sua atenção para os dois visitantes que acabavam de entrar.

— São o Duque e a Duquesa de Williamshire — Sterns sussurrou, horrorizado.

A atitude de Jade mudou imediatamente.

— Não se atreva a se afastar dessas portas, Sterns.

Ela correu pelo vestíbulo e fez uma reverência diante dos pais de Caine. O Duque de Williamshire sorriu para ela. A duquesa mal reparou em Jade, pois sua atenção estava concentrada na entrada da sala de estar. Outro sonoro palavrão ecoou através das portas fechadas. A madrasta de Caine abriu a boca, chocada.

— Você roubou a inocência dela, seu miserável.

A acusação berrada por Nathan ecoou em todo o vestíbulo. Jade sentiu vontade de gritar. De repente, esperava que Caine matasse seu irmão.

Então, lembrou-se das visitas.

— Bom dia — ela falou. Teve que gritar para que o duque e a duquesa a ouvissem. Sentia-se como uma simplória.

— O que está acontecendo aqui? — a duquesa quis saber. — Sterns, quem é essa dama?

— Meu nome é Lady Jade — ela conseguiu falar. — Meu irmão e eu somos amigos de Caine — acrescentou.

— Mas o que está acontecendo na sala de estar? — perguntou a duquesa.

— Uma pequena discussão — explicou Jade. — Caine e Nathan, meu irmão, sabe? Estão tendo uma discussão bastante animada sobre...

Ela olhou para Sterns em busca de ajuda enquanto tentava freneticamente pensar em uma explicação plausível.

— Agricultura — gritou Sterns.

— Agricultura? — o Duque de Williamshire perguntou, parecendo completamente perplexo.

— Isso é ridículo — declarou a duquesa. Seus curtos cachos louros se agitaram quando ela balançou a cabeça.

— Sim, agricultura — confirmou Jade. — Caine acredita que a cevada e o trigo devam ser plantados apenas a cada dois anos. Nathan, por outro lado, não acredita que um campo deva ficar em pousio. Não é isso, Sterns?

— Sim, milady — gritou Sterns. Ele fez uma careta quando o som de vidro quebrando cortou o ar e disse: — Milorde tem opiniões bastante firmes sobre esta questão.

— Sim — Jade concordou. — Muito firmes. — O duque e a duquesa a olhavam incrédulos. No mínimo, achavam que ela era maluca. Dando-se por vencida, Jade deixou os braços penderem.

— Vamos lá para cima?

— Como disse? — perguntou a duquesa.

— Por favor, subam comigo — repetiu Jade.

— Você quer que subamos para o segundo andar? — perguntou a duquesa.

— Sim — respondeu Jade. — Há alguém esperando para vê-los. Acredito que ele esteja no segundo quarto à direita, embora não tenha certeza.

Ela teve que gritar o final de sua explicação, já que o barulho aumentara a níveis ensurdecedores.

O Duque de Williamshire saiu de seu estupor. Ele apertou as mãos de Jade.

— Deus abençoe você, minha querida — disse ele. — É tão bom vê-la novamente — acrescentou. — Você manteve sua palavra. Nunca duvidei. — Ele percebeu que divagava e se forçou a acalmar-se. — Venha, Gweneth. Jade quer que subamos agora.

— Você conhece essa mulher, Henry?

— Oh, querida, eu me entreguei? — Henry perguntou a Jade. Ela balançou a cabeça.

— Já disse a Caine que eu o procurei — disse ela.

Henry assentiu e depois se virou para a esposa.

— Eu conheci essa linda jovem no início desta manhã.

— Onde? — Gweneth perguntou, recusando-se a deixá-lo puxá-la para a escada. — Quero ouvir sua explicação agora, Henry.

— Ela veio me ver no meu escritório — disse Henry. — Você ainda estava dormindo. Agora venha, meu amor. Você vai entender depois que...

— Henry, ela é ruiva!

— Sim, querida — Henry concordou, enquanto a empurrava para a escada.

Gweneth começou a rir.

— E tem olhos verdes, Henry — ela gritou, a fim de que o marido a ouvisse. — Notei seus olhos verdes imediatamente, Henry.

— Como você é astuta, Gweneth.

Jade acompanhou os pais de Caine com os olhos até chegarem ao corredor lá em cima.

— A sorte está lançada, não é, Sterns?

— Acredito que essa seja uma avaliação bem precisa, milady — afirmou Sterns. — Mas você notou o abençoado silêncio?

— Notei — ela respondeu. — Eles se mataram.

Sterns fez que não com a cabeça.

— Meu patrão não mataria o seu irmão — afirmou ele. — Acredito que deva buscar conhaque para os dois cavalheiros. Imagino que estejam com a garganta seca.

— Não estão com a garganta seca — Jade choramingou. — Estão mortos, Sterns. Ambos estão mortos.

— Ora, milady, olhe sempre pelo lado positivo.

— Esse é o lado positivo — ela murmurou. — Oh, vá buscar o conhaque, então. Eu vigio as portas.

— Confio que manterá sua palavra — ele declarou.

Ela já não queria entrar lá. Estava furiosa com Caine e seu irmão, e tão humilhada porque o Duque e a Duquesa de Williamshire haviam chegado no meio da briga, que queria chorar.

E por que se importava com o que os pais de Caine pensavam dela? Ela estava mesmo de partida. Teria subido ao seu quarto para arrumar a bolsa de viagem, mas não queria se arriscar a encontrar com a duquesa novamente.

Quando Sterns voltou com a garrafa de cristal e dois cálices, Jade abriu a porta para ele. Tanto ela quanto o mordomo pararam quando viram a destruição. A outrora encantadora sala estava em ruínas. Jade achou que não restara uma única peça de mobília intacta.

Sterns localizou os dois homens em meio à bagunça antes de Jade. Sua surpresa inicial também desapareceu mais rápido. O mordomo empertigou-se e prosseguiu até a parede oposta, onde Caine e Nathan estavam sentados no chão, lado a lado, com as costas apoiadas contra a parede.

Jade seguiu atrás do mordomo, hesitante. Suas mãos voaram para cobrir a boca quando avistou os dois guerreiros.

Nenhum deles aparentava ter vencido a luta. Caine tinha um corte irregular na testa, logo acima da sobrancelha direita. O sangue escorria pela lateral de seu rosto, mas ele parecia inconsciente de sua lesão. Na verdade, sorria de orelha a orelha, como um bobalhão.

Nathan parecia tão derrotado... Tinha um corte profundo no canto da boca. Ele segurava um lenço contra a lesão e, por incrível que pareça, também estava sorrindo. A região ao redor do olho esquerdo já começava a inchar.

Jade ficou tão aliviada ao constatar que nem Caine nem Nathan pareciam estar próximos da morte, que começou a tremer. Então, num átimo, essa onda de alívio se transformou em pura raiva. Estava absolutamente furiosa.

— Os dois cavalheiros resolveram a desavença? — Sterns perguntou.

— Resolvemos — respondeu Caine. Ele se virou para olhar para Nathan, e então bateu o punho no queixo dele. — Não foi, Nathan?

Nathan o atingiu de volta antes de responder.

— Sim, resolvemos. — Seu tom era alegre.

— Crianças, vocês devem ir para o quarto agora — disse Jade. Sua voz tremia.

Ambos olharam para ela, depois se viraram para se entreolharem. Obviamente, acharam o insulto muito engraçado, porque ambos caíram na gargalhada.

— Seu irmão com certeza bate como uma criança — Caine disse com voz arrastada quando conseguiu se controlar.

— Uma ova! — respondeu Nathan. — Passe o conhaque, Sterns.

O mordomo apoiou-se num só joelho e entregou a cada homem um cálice. Então, encheu-os com uma porção generosa do líquido.

— Sterns, sua intenção é embebedá-los? — Jade perguntou.

— Seria um notável progresso, milady — respondeu Sterns secamente.

O mordomo ergueu-se, curvou-se e depois examinou lentamente as ruínas.

— Creio que eu estava certo, Lady Jade. Foi o sofá que atingiu a parede.

Jade, em silêncio, olhava fixamente para os restos do que costumava ser um carrinho de chá.

— Sterns, deixe a garrafa — insistiu Caine.

— Como desejar, milorde. Gostaria que eu o ajudasse a se levantar antes de sair?

— Ele é sempre assim tão correto? — Nathan perguntou.

Caine riu.

— Correto? Nunca, não é, Sterns? Se eu me atrasar um minuto para o jantar, ele come minha porção.

— A pontualidade é uma qualidade que ainda preciso lhe ensinar, milorde — disse Sterns.

— É melhor você ajudá-lo a se levantar — disse Nathan. — Ele é fraquinho como... uma criança.

Os dois homens começaram a rir novamente.

— É melhor ajudá-lo, Sterns — disse Caine. — Ele apanhou mais do que eu.

— Você nunca desiste, não é, Caine? — Nathan perguntou. — Sabe muito bem que ganhei essa luta.

— Uma ova! — redarguiu Caine, usando a expressão favorita de Nathan. — Você mal me arranhou.

Jade tinha ouvido o suficiente. Girou nos calcanhares, determinada a ficar o mais longe possível dos dois imbecis. Caine estendeu a mão e agarrou a bainha de seu vestido.

— Sente-se, Jade.

— Onde? — ela gritou. — Vocês destruíram todas as cadeiras nesta sala.

— Jade, você e eu precisamos ter uma conversinha. Nathan e eu chegamos a um acordo. — Caine virou-se para Nathan. — Ela é uma parada dura.

Nathan assentiu.

— Sempre foi.

Caine colocou seu cálice no chão e depois se levantou devagar.

— Nathan? — ele disse, enquanto contemplava a bela mulher olhando-o com ar de censura. — Acha que está em condições de se arrastar para fora daqui e nos conceder alguns minutos de privacidade?

— "Arrastar" uma ova! — Nathan rosnou, enquanto se levantava.

— Eu não quero ficar sozinha com você — Jade interveio.

— Que pena — respondeu Caine.

— Seus pais estão lá em cima — ela disse, quando ele tentou tomá-la nos braços.

Ela esperava que tal afirmação obtivesse uma reação adequada, mas, para seu desgosto, Caine não pareceu se incomodar.

— Eles ouviram todo o barulho — disse ela, então. — Sterns disse que vocês estavam discutindo sobre agricultura.

— Agricultura? — Caine perguntou a Sterns.

O mordomo confirmou com a cabeça e depois se virou para sair da sala, com Nathan ao seu lado.

— Sobre a alternância do cultivo, para ser mais específico, milorde. Foi o melhor em que pude pensar, dadas as circunstâncias.

— Eles não acreditaram — sussurrou Jade, como se estivesse confessando um pecado grave.

— Imagino que não — Caine respondeu secamente. Percebeu, então, que ela de repente parecia prestes a chorar. — E isso a abalou, Jade?

— Não, isso não me abalou — ela gritou. Estava tão brava com ele que nem conseguiu encontrar um insulto adequado. — Vou até o meu quarto — ela sussurrou. — Preciso de alguns minutos de privacidade.

Não mencionou, entretanto, que iria arrumar seus pertences, certa de que Caine ou Nathan tentariam atrapalhá-la. Ela simplesmente não estava a fim de iniciar outra discussão.

Sem se despedir, Jade virou-se e saiu da sala. Santo Deus, como ela queria chorar...

E não podia, é claro, antes de conversar com o tio. Harry precisava entender. Não queria que ele se preocupasse com ela.

Jade encontrou Harry na sala de jantar, examinando minuciosamente o faqueiro. Acabava de meter um garfo na faixa em sua cintura quando ela o chamou; então, virou-se para sorrir para ela.

— Estou pegando toda a prataria, garota. Caine gostaria que eu a levasse para a minha coleção.

— Sim — ela respondeu. — Tenho certeza de que ele gostaria. Tio? Preciso falar com você a sós, por favor.

Na mesma hora, todos os homens se retiraram para o vestíbulo. Jade sentou-se ao lado de Harry, segurou sua mão e disse-lhe calmamente o que ia fazer. Ela também contou sobre as últimas duas semanas, embora deliberadamente tenha deixado de fora do relato seus pesadelos e sua intimidade com Caine. Ambos os fatos só serviriam para perturbar Harry. Além disso, não havia nada que ele pudesse fazer quanto a isso, agora. Não, ele não podia protegê-la dos pesadelos e não conseguiria fazê-la parar de gostar de Caine.

Seu tio grunhiu várias vezes durante sua explicação, mas enfim concordou. Não tinha dúvida de que ela poderia cuidar de si mesma. Era sua protegida, afinal de contas, e tão boa quanto o melhor deles.

— Vou esperar você em casa — prometeu. Ele a puxou para beijar sua bochecha e depois disse: — Fique atenta, garota. Os calhordas são traiçoeiros. Lembre-se de McKindry.

Ela assentiu. Harry se referia ao pirata que lhe marcara as costas com o chicote. Era um calhorda e fora traiçoeiro. Seu tio gostava de usar essa lembrança como lição.

— Vou me lembrar — ela prometeu.

Jade deixou seu tio inventariando os pertences de Caine e subiu as escadas para fazer as malas. Passou pelo quarto de Colin a caminho do seu. A porta estava fechada, mas dava para ela ouvir as estrondosas risadas do duque intercaladas com os soluços altos e deselegantes de sua esposa. Com certeza a mãe de Colin, transtornada pela emoção, devia estar encharcando o filho com tantas lágrimas.

A segurança de Colin já não era mais sua preocupação. Concluíra sua tarefa, disse a si mesma.

Jimbo e Matthew esperavam por ela no corredor. Jimbo entregou-lhe o presente de despedida que pedira a Harry que fosse buscar.

— Nós iremos com você, não iremos? — perguntou Matthew, sua voz um sussurro baixo.

Jade assentiu.

— Encontro com vocês lá fora.

— Vou preparar os cavalos de Caine para a viagem — sussurrou Jimbo.

— Um homem pode ser enforcado por roubar um cavalo — interveio Matthew. Seu sorriso largo indicava que, por ele, não fazia objeções.

— Caine não contará a ninguém — argumentou Jimbo. Ele segurou a bolsa de viagem de Jade e respondeu ao amigo: — É uma pena. Como vamos manter as aparências se ninguém...

O restante da frase se perdeu quando ele dobrou o corredor. Jade foi ao quarto de Caine. Colocou a rosa branca de haste longa sobre a colcha, na cama.

— Eu sou Selvagem — ela sussurrou.

Pronto, terminara. Ela se virou para sair, mas viu o roupão jogado sobre o encosto da poltrona perto da janela. Num impulso, dobrou-o e o colocou debaixo do braço. Seu cheiro estava no roupão, fraco, mas ainda ali, e ela queria algo para confortá-la nas noites à frente, durante os pesadelos obscuros.

Era hora de sair.

Tanto Caine como Nathan pensaram que Jade estava descansando em seu quarto. Caine queria procurá-la, mas Nathan o convenceu de que sua irmã precisava de tempo para se acalmar.

— Você pode não ter notado ainda, Caine, mas Jade não é alguém que receba ordens facilmente — explicou Nathan.

Como Caine tinha mais do que notado isso, nem se preocupou em responder.

A conversa voltou-se para os problemas em questão. Harry foi arrancado de seu inventário para acrescentar suas sugestões. O tio de Jade tinha uma mente rápida. Caine observou-o de perto e chegou a uma conclusão notável. Harry era civilizado. Naturalmente, manteve essa descoberta para si mesmo, pois adivinhou que Harry ficaria ofendido ao ser confrontado com a verdade.

Tio Harry se opôs ao fato de ter que queimar um navio.

— É um desperdício de boa madeira — ele murmurou. — Ainda assim, poderia ser pior. Poderia ter que incendiar meu lindo *Esmeralda* — acrescentou. — Sim, poderia ser pior. Eu iria preferir cravar uma estaca em meu próprio peito do que danificar a minha belezinha. O *Esmeralda* tem sido um lar para Jade e eu todos esses anos.

Antes que Caine pudesse comentar as observações de Harry, o tio o surpreendeu ao acrescentar que estava totalmente de acordo que sua "belezinha" deixasse sua atual linha de trabalho.

Passaram-se umas duas horas antes que seus planos fossem ajustados para a satisfação de todos. Então, Harry voltou para a sala de jantar.

— Ele vai comer tudo que puder e acabar com a sua despensa — disse Nathan. — E também vai depená-lo — acrescentou com um sorriso. — Harry gosta de luxo e de manter as aparências.

— Ele pode levar o que quiser — Caine respondeu. — Jade teve tempo suficiente para se acalmar, Nathan. Já é hora de sua irmã e eu conversarmos.

— Se você lhe der um sermão, você só...

— Eu não vou lhe dar um sermão — retrucou Caine. — Apenas vou lhe dizer quais são as minhas expectativas.

— Parece um sermão para mim — disse Nathan de forma zombeteira.

Tanto Nathan quanto Caine entraram no vestíbulo justo quando a duquesa descia a sinuosa escadaria. Ambos pararam ao vê-la. A madrasta de Caine sorria, mas também enxugava os cantos dos olhos com um lenço de renda. Não havia dúvida de que ela chorara um bocado.

Gweneth quase perdeu o equilíbrio quando bateu os olhos em Nathan. Ela agarrou o corrimão e soltou um suave suspiro de surpresa. Logo recuperou sua compostura, no entanto, e continuou a descer. Quando chegou ao vestíbulo, aproximou-se de Caine.

— Esse é o amigo pirata de Colin? — ela sussurrou.

Nathan a ouviu.

— Eu não sou o pirata Selvagem, madame, mas sou amigo do seu filho.

Nathan se deu conta de que seu tom de voz tinha sido um pouco duro para o gosto da senhora quando ela agarrou o braço de Caine e se aproximou ainda mais dele. Seus olhos castanho-escuros se arregalaram, também, mas ela conservou o sorriso corajosamente.

— Você se parece muito com um pirata — ela declarou. Gweneth ajeitou as dobras de seu vestido cor-de-rosa enquanto esperava sua resposta.

— Já viu muitos, madame? — Caine perguntou.

— Não, nunca vi um pirata — ela confessou. — Embora esse cavalheiro certamente se encaixe na imagem que faço deles. Acredito que seja por causa do comprimento do cabelo — ela explicou, depois de se virar para olhar para Nathan. — E a cicatriz no braço, é claro.

— Ele também está coberto de sangue — Caine falou com voz arrastada.

— Isso também — admitiu sua madrasta.

Ele fizera a observação de brincadeira, mas a expressão da mulher se tornou tão solene, que percebeu que não entendera que se tratava de uma provocação.

— Os piratas gostam de brigar — ela acrescentou com um aceno de cabeça.

— Madame, Colin não explicou que... — Caine começou.

— Meu filho insiste em não revelar a verdadeira identidade de Selvagem — ela o interrompeu. — Mesmo assim, não sou completamente obtusa — acrescentou com um olhar significativo na direção de Nathan. — Eu pego as coisas no ar. Sei quem é Selvagem — completou com um aceno de cabeça. — Henry também sabe.

— Henry? — Nathan perguntou.

— Meu pai — explicou Caine.

— Henry nunca se engana, querido.

Ela fez essa declaração para Nathan, que se viu concordando com a cabeça.

— Então, eu devo ser Selvagem — ele anunciou com um sorriso. — Se Henry nunca se engana.

Ela sorriu diante daquela fácil admissão.

— Não se preocupe, sir, pois guardarei o seu segredo. Agora, onde está aquela amável jovem com quem fui tão rude, Caine?

— Você nunca é rude, madame — Caine interveio.

— Eu não me apresentei adequadamente — argumentou ela. — Então, onde ela está?

— Lá em cima, descansando — respondeu Nathan. — Por que pergunta?

— Você sabe perfeitamente o motivo — ela respondeu. Sua exasperação era óbvia.

— Sei? — Nathan perguntou.

— Preciso me desculpar por meu comportamento, é claro, mas também devo agradecê-la por tudo o que ela fez por esta família.

— Nathan é irmão de Jade — disse Caine.

— Eu já sabia disso — ela respondeu. — Seus olhos verdes o entregaram.

A duquesa caminhou até o homem que acreditava ser o infame pirata.

— Incline-se, meu querido rapaz. Quero lhe dar um beijo por ser um amigo tão leal.

Nathan ficou um pouco desconcertado. A madrasta de Caine tinha soado como um comandante ao lhe dar aquela ordem. De repente, sentiu-se tão sem jeito quanto um colegial e não tinha a menor ideia do porquê. Ele, no entanto, fez o que ela pediu. A duquesa beijou Nathan em ambas as faces.

— Você precisa lavar esse sangue, meu querido. Então, Henry lhe dará as boas-vindas à família.

— Ele o beijará também, madame? — Caine disse num tom zombeteiro. Estava se divertindo com o desconforto de Nathan.

— Claro que não — respondeu sua madrasta.

— Por que ele gostaria de me dar as boas-vindas à família? — Nathan perguntou.

A duquesa sorriu, mas não se incomodou em se explicar. Ela virou-se para Caine.

— Eu deveria ter percebido que não daria certo com Lady Aisely.

— Quem é Lady Aisely? — Nathan perguntou, tentando pescar alguma coisa daquela conversa.

— Uma boneca frívola — respondeu Caine.

A duquesa ignorou o insulto.

— Henry percebeu logo de cara. Os olhos verdes, sabe? E o cabelo ruivo, é claro. — Ela ajeitou as madeixas louras e olhou por cima do ombro para Nathan. — Henry nunca se engana.

Nathan viu-se concordando mais uma vez com a mulher. Ele ainda não fazia ideia sobre o que ela tagarelava, mas considerava a sua lealdade ao marido muito louvável.

— Henry é infalível — Caine disse o que Nathan estava pensando.

— Meu filhinho está terrivelmente fraco — observou a duquesa. — E magro como um caniço. — Ela começou a se dirigir à sala de jantar. — Vou falar com Sterns. Colin precisa de uma boa refeição quente.

Como Caine estava com pressa para ir falar com Jade, esqueceu-se por completo de Harry e seus homens. Nathan foi mais astuto. Pensou em avisar Caine, ou mencionar os convidados para a madrasta dele, mas decidiu esperar para ver o que acontecia. Além disso, Caine já estava na metade da escada, e a duquesa já desaparecera no corredor.

Nathan começou a contar. Só deu tempo de chegar ao número cinco antes que um grito agudo cortasse o ar.

O barulho interrompeu Caine. Ele se virou e viu Nathan apoiado contra a ombreira da porta outra vez, com um sorriso largo.

— O que... — Caine começou.

— Harry — Nathan falou.

— Que inferno — Caine respondeu, enquanto começava a descer a escada —, Harry.

A duquesa gritava como uma doida agora.

— Que droga, Nathan — Caine esbravejou. — Você poderia ter me lembrado.

— Sim — respondeu Nathan. — Eu poderia.

Assim que Caine alcançou o degrau inferior, seu pai apareceu no topo da escada.

— O que, em nome de Deus, está acontecendo? — ele gritou. — Quem está fazendo todo esse barulho?

Nathan respondeu antes de Caine.

— Sua esposa, sir.

Caine fez uma pausa para olhar feio para Nathan e depois se virou para o pai. Estava dividido entre acudir sua madrasta e impedir o pai de cometer um assassinato.

A expressão gélida nos olhos do pai o convenceu a lidar com ele primeiro. Havia também o fato de que, mesmo que Harry provavelmente assustasse a duquesa até a loucura, Caine sabia que realmente não a machucaria.

Caine deteve o pai segurando-lhe o braço quando passou por ele.

— Pai, está tudo bem, de verdade.

Henry não parecia convencido.

— Sua esposa acabou de se deparar com Black Harry — interveio Nathan.

O pai de Caine se afastou do alcance do filho, justo quando as portas da sala de jantar se abriram. Todos se viraram para assistir ao cortejo de homens com aspecto desagradável passar.

Black Harry foi o último. Estava arrastando a duquesa a reboque.

Nathan começou a rir. Caine sacudiu a cabeça. A atenção total do duque, no entanto, estava concentrada no gigante com um reluzente dente de ouro que agora caminhava em direção à porta da frente. Ele carregava uma grande salva de prata debaixo do braço.

Henry soltou um rugido e começou a avançar. Nathan e Caine bloquearam seu caminho.

— Pai, deixe-me cuidar disso, por favor — pediu Caine.

— Então, diga a ele para largar a minha esposa! — o pai de Caine gritou.

— Henry, faça alguma coisa — berrou Gweneth. — Este... homem acredita que vai me levar com ele.

Nathan deu um passo à frente.

— Ora, Harry, você não pode levar...

— Saia do meu caminho, filho — gritou o pai de Caine.

— Pai, Harry é um amigo — explicou Caine. — Ele é o tio de Jade. Você tem uma dívida para com esse homem por ajudar Colin.

Henry fez uma pausa para olhar para o filho com ar incrédulo.

— E Gweneth é o pagamento dessa dívida?

— Deixe-me lidar com essa questão — insistiu Caine mais uma vez.

Antes que o pai pudesse contestá-lo, Caine virou-se.

— Harry — ele gritou.

Black Harry girou, arrastando a duquesa junto. Caine notou sua expressão sinistra, é claro, mas também a expressão divertida em seus olhos. *Aparências*, pensou consigo mesmo. E orgulho. Ambos precisavam ser mantidos.

— Vou levá-la comigo — Harry anunciou a todos. Seus homens concordaram com a cabeça. — Caine gostaria que eu a levasse.

— Não — respondeu Caine. — Eu não quero que você a leve.

— Essa é a sua ideia de hospitalidade, rapaz?

— Harry, você não pode levá-la.

— É uma troca justa — afirmou Harry. — Você está determinado a ficar com a minha garota, não é?

Caine assentiu.

— Eu estou.

— Então, estou pegando essa — Harry respondeu.

— Harry, ela já é comprometida — argumentou Caine. Ele se virou para a madrasta e disse: — Madame, pare de gritar. Já é bastante difícil negociar com esse pirata teimoso. Nathan? Se você não parar de rir, eu vou arrebentar o seu nariz outra vez.

— O que essa mulher é para você, Caine? — Harry perguntou. — Você acabou de chamá-la de madame. Muito bem: o que isso significa?

— Ela é a esposa do meu pai.

— Mas não é sua mãe?

— Ela é minha madrasta — Caine esclareceu.

— Então, não deveria se importar se a levo ou não.

Caine se perguntou qual seria o verdadeiro jogo de Harry.

— Ela foi como uma mãe para mim — disse ele.

Harry franziu a testa, depois se virou para a sua bela cativa:

— Você o chama de filho?

A duquesa perdeu sua expressão indignada e, lentamente, meneou a cabeça.

— Não acreditava que ele desejasse ser chamado de filho — ela respondeu.

— Ele não é o seu favorito — declarou Harry.

O duque de Williamshire parou de tentar passar por Caine. Sua postura tornou-se relaxada. O esboço de um sorriso transformou sua expressão. Ele entendeu enfim do que se tratava, pois se lembrou das instruções de Jade sobre amar os filhos igualmente. Ela devia ter comentado sua preocupação com Harry.

— Eu não tenho um favorito — Gweneth gritou. — Amo todos os meus filhos.

— Mas ele não é seu.

— Ora, é claro que ele é meu — disse ela.

A duquesa não parecia assustada agora, apenas furiosa.

— Como você ousa sugerir...

— Bem, se você o chamasse de filho — Harry disse —, e se ele a chamasse de mãe, então eu não poderia levá-la comigo.

— Pelo amor de Deus, Gweneth, chame Caine de filho! — Henry bradou, tentando fingir indignação. Estava tão satisfeito por dentro com esse rumo inesperado que sua vontade era rir.

— Filho — gritou Gweneth.

— Sim, mãe? — Caine respondeu. Ele estava olhando para Harry, esperando sua próxima refutação.

Harry soltou a refém. E deu uma gostosa e gutural gargalhada quando se virou e saiu pela porta.

Enquanto Gweneth se atirava nos braços do marido, Caine seguiu Harry até lá fora.

— Muito bem, Harry: qual a razão disso?

— Minha reputação — Harry falou arrastando as palavras, mas só depois que seus homens já estavam afastados. — Eu sou um pirata, se é que não se lembra.

— E o que mais? — Caine perguntou, sentindo que havia mais para contar.

— Minha garota preocupava-se com o fato de Colin ser o favorito — Harry admitiu.

Caine ficou atônito com tal afirmação.

— De onde ela tirou essa ideia?

Harry de ombros.

— Não importa onde foi — ele respondeu. — Não quero que ela se preocupe, seja qual for a razão. Você vai ter que me pedir a mão dela, sabe? E da forma adequada, na frente dos meus homens. É a única maneira de tê-la, filho. — Ele fez uma pausa para sorrir para Caine e depois acrescentou: — Está claro que vai ter que encontrá-la primeiro.

Uma sensação de medo percorreu a espinha de Caine.

— Com mil diabos, Harry, ela não está lá em cima?

Harry fez que não com a cabeça.

— Onde ela está?

— Não há necessidade de gritar, filho — respondeu Harry. — Tampouco posso lhe dizer onde ela está — acrescentou. Ele fez um gesto dispensando seus homens, que já acorriam em sua defesa. E disse: — Seria desleal.

— Meu Deus, você não...

— Estou me perguntando por que você não deu por falta de Matthew e Jimbo — ele o interrompeu. — Bastante significativo, não é?

— Ela ainda está em perigo!

— Ela vai ficar bem.

— Diga-me onde ela está! — exigiu Caine.

— Está fugindo de você, imagino.

Caine não queria perder mais tempo discutindo com Harry. Ele se virou e quase arrancou as dobradiças da porta ao abri-la.

— Aonde você vai, rapaz? — Harry gritou.

Era nítida a diversão em sua voz. Caine queria matá-lo.

— Vou persegui-la, Harry.

— Você é bom nisso?

Caine não se incomodou em responder a essa pergunta.

— Ela lhe proporcionou uma divertida caçada com toda aquela encenação, não foi? Eu diria que ela fez um bom trabalho em impressioná-lo — Harry gritou às costas de Caine.

Caine virou-se.

— Onde quer chegar, Harry?

— Bem, estava pensando se já não é hora de você impressioná-la um pouco, presumindo-se, é claro, que esteja disposto a isso.

Caine subiu os degraus de dois em dois em direção ao seu quarto. Estava tirando a camisa pela cabeça quando Nathan o alcançou.

— O que está acontecendo agora? — Nathan quis saber.

— Jade foi embora.

— Droga — Nathan murmurou. — Você vai atrás dela?

— Vou.

— Irei com você.

— Não.

— Você pode precisar da minha ajuda.

— Não — Caine repetiu com severidade. — Eu vou encontrá-la.

Nathan, com relutância, concordou.

— Você é bom em seguir rastros?

Caine assentiu.

— Sou bom.

— Ela deixou uma mensagem para você.

— Eu vi.

Nathan caminhou até a lateral da cama de Caine e pegou do travesseiro a rosa branca de haste longa.

Ele inalou a doce fragrância, depois caminhou até a janela para olhar para fora.

— Ela está apaixonada por você? — Nathan perguntou.

— Está — respondeu Caine. Seu tom de voz perdera a aspereza. — Só que ainda não sabe disso.

Nathan jogou a rosa de volta na cama.

— Eu diria que Jade estava lhe dizendo adeus quando deixou a rosa.

— Não.

— Pode ser um lembrete a você de quem ela é, Caine.

— Em parte, sim — disse Caine. Ele terminou de se trocar, colocou as botas e caminhou em direção à porta.

— E o que mais? — perguntou Nathan enquanto seguia atrás dele.

— Harry está certo — murmurou Caine.

— Sobre o quê?

— Ela está tentando me impressionar.

Nathan riu.

— Isso também — ele concordou.

Caine berrou por Sterns enquanto descia as escadas. O criado apareceu na entrada da sala de estar.

— Lyon encontrará Richards para nós — disse Caine. — Quando os dois chegarem, faça-os esperar até eu voltar, não importa quanto tempo demore.

— E se o seu amigo não encontrar Richards? — Nathan perguntou.

— Ele o encontrará — respondeu Caine. — Provavelmente não estarei de volta até amanhã de manhã — disse ele. — Cuide das coisas enquanto eu estiver fora, Sterns. Você sabe o que fazer.

— Refere-se aos guardas, milorde?

Caine assentiu. Ele começou a se encaminhar para a porta, mas uma pergunta de Sterns o deteve.

— Aonde está indo, senhor?
— Caçar.
A porta se fechou com violência.

Capítulo Catorze

Matthew e Jimbo pareciam estar tão cansados quanto Jade quando chegaram ao seu destino. Havia sido decidido que passariam a noite na estalagem isolada que Harry frequentava quando estava na ativa. Jade insistira para que usassem um desvio para chegarem lá, adicionando mais duas horas de viagem, apenas como precaução adicional contra serem seguidos.

O estalajadeiro era amigo de Black Harry e, assim como ele, não tinha uma reputação das melhores; portanto, nunca fazia perguntas desnecessárias. Se por acaso achava estranho que uma moça finamente vestida estivesse viajando com dois homens que pareciam ser capazes de cortar a garganta de alguém por dois centavos, por certo não comentou sobre isso.

Jade ficou com o quarto do meio no andar de cima. Jimbo e Matthew instalaram-se nos quartos de cada lado do dela. Como as paredes eram finas como papel, nenhum dos dois se preocupava que alguém pudesse violar sua fortaleza temporária. Os degraus eram tão velhos e bambos que até um camundongo teria feito barulho ao subir por eles.

Jade tomou um banho quente e depois se envolveu no roupão de Caine. Quando afinal foi para a cama, estava tensa e irritada. O ferimento de pistola já estava quase curado em sua totalidade, mas ainda coçava loucamente.

Jade adormeceu rezando para que os pesadelos não a visitassem aquela noite, preocupando-se que pudesse gritar e alarmar Matthew e Jimbo.

Durante a noite, a temperatura caiu bastante. Jade enterrou-se debaixo das cobertas. E nem sentiu Caine se enfiar ao seu lado na cama. Quando ele colocou o braço ao seu redor e gentilmente puxou-a para junto de si, a mulher emitiu um suave suspiro e se aconchegou no seu calor familiar.

A luz do luar penetrava através da pequena janela. Ele sorriu quando percebeu que ela vestia o seu roupão. Então, lentamente a despiu. Finda essa tarefa, tirou a faca que estava debaixo do travesseiro e começou a mordiscar a lateral de seu pescoço.

Ela demorou para acordar.

— Caine? — Jade sussurrou, com voz pastosa de sono.

— Sim, meu amor? — ele sussurrou em seu ouvido antes de meter a língua ali para provocá-la. Ela começou a tremer. Era justamente a reação almejada.

Sua mão deslizou para os seios, rodeou o umbigo e voltou abrasadora para um de seus seios.

Ela suspirou de novo. O marquês estava tão quente, cheirava tão bem e, oh, como fazia o frio desaparecer.

Caine continuou a acariciá-la enquanto esperava que compreendesse onde estava. Estava pronto para silenciá-la se ela tentasse gritar.

O despertar veio como um relâmpago. A palma da mão dele cortou sua exclamação.

— Querida, se você gritar, vou ter que machucar Matthew e Jimbo quando eles entrarem aqui — ele sussurrou. Ele a deitou de costas e a cobriu com o corpo. — Você não gostaria disso, gostaria?

Ela fez que não com a cabeça. Caine afastou a mão de sua boca.

— Você está nu.

— Você também — ele sussurrou de volta. — Conveniente, não é?

— Não.

— Sim — ele retrucou. — E é bom, não é?

Parecia maravilhoso. No entanto, não podia admitir isso.

— Como chegou aqui?

Ele beijou seu queixo em resposta a essa pergunta. Jade cutucou seu ombro.

— Caine, o que está fazendo aqui?

— Impressionando você, querida.

— O quê?

— Mantenha a voz baixa, meu amor — Caine a advertiu. — Não quer acordar os meninos, quer?

— Eles não são meninos — ela balbuciou. Parecia sem fôlego. Os pelos do peito dele faziam cócegas em seus seios, enrijecendo seus mamilos. Não queria que ele se afastasse dela, porém, e essa admissão a fez franzir a testa. Santo Deus, estava confusa.

— Impressionando-me, Caine? — ela sussurrou. — Não entendo o que quer dizer.

— É claro que sim, doçura — ele respondeu, beijando a ponte de seu nariz. — Meu Deus, como eu amo as suas sardas — ele disse com um gemido baixo. Ele a beijou longa e profundamente e, quando terminou, ela estava agarrada aos seus ombros.

Ela se recuperou muito mais rápido do que ele.

— Você veio dizer adeus, então? — ela perguntou num sussurro entrecortado.

Sua pergunta fora para irritá-lo. *Na defensiva, novamente*, ele pensou consigo mesmo.

— Não, eu não vim dizer adeus — ele respondeu, determinado a não se irritar. — Eu vim fazer amor com você.

Ele sorriu depois de fazer essa promessa. O coração de Jade começou a martelar. *Aquela maldita covinha,* Jade disse a si mesma. Era irresistível demais para ignorar... E dava-lhe um ar de meninão tão cativante! Mas ele nada tinha de menino. Não, ele tinha o corpo de um homem adulto, um guerreiro com músculos lisos e rígidos. Ela não conseguiu evitar e esfregou os dedos dos pés contra as pernas dele.

— Algum dia, meu amor, você vai entender quanto eu me importo com você. Você é minha luz, meu calor, minha outra metade. Eu só me sinto vivo quando estou com você. Eu amo você. — Ele a beijou de novo, e então sussurrou: — Um dia, você vai me dizer que também me ama. Por enquanto, vou me contentar em ouvir você dizer que me quer.

Ela balançou a cabeça. Caine podia ver o medo em seus olhos, a confusão. O sorriso de Caine estava cheio de ternura quando lhe afastou as pernas e se acomodou entre suas coxas sedosas. Ele esfregou sua dura ereção contra a suavidade dela.

— Você me quer, meu amor.

Jade fechou os olhos com um suspiro. Caine mordiscou sua boca, puxando-lhe o lábio inferior até que ela enfim o abrisse para ele e, então, deslizou a língua para duelar com a dela.

— Caine, o que você...?

Ele a silenciou com outro longo beijo e então sussurrou:

— Chama-se pilhagem, Jade.

— Não é verdade.

— Harry ficaria orgulhoso — ele disse arrastando as palavras. Sua boca agora aplicava beijos molhados sobre a pele lisa e sensível sob o queixo dela. Jade não conseguia parar de tremer.

— Você é minha, Jade. Quanto mais cedo entender isso, melhor será para você.

— E então, o quê? — ela perguntou.

Ele levantou a cabeça para olhar nos olhos dela. Caine podia ver o medo e a vulnerabilidade neles.

— Você vai aprender a confiar em mim — ele sussurrou. — E viveremos felizes para sempre.

— Ninguém vive feliz para sempre.

— Nós, sim.

Ela balançou a cabeça.

— Saia de cima de mim, Caine. Você é...

— Sólido, meu amor — ele a interrompeu. — E decidido, também. Não vou deixar você.

A promessa foi feita num sussurro fervoroso. Ela fingiu não entender.

— Claro que você não vai me deixar. Eu vou deixar você.

— Eu a amo, Jade.

Seus olhos se encheram de lágrimas.

— Você se cansará de mim. Não vou mudar, nem para você, nem para ninguém.

— Tudo bem.

Seus olhos se arregalaram.

— Tudo bem?

Ele assentiu.

— Se quer continuar sendo uma ladra, que seja. Não me cansarei de você, não importa o que faça. Nunca vou deixar você.

— Não poderá evitar.

Caine beijou sua sobrancelha e disse:

— Posso ver que vai demorar um pouco para eu convencê-la. Você pode me dar pelo menos dois meses?

— Caine, eu não acho...

— Você me deve, Jade.

— Eu o quê? — Parecia indignada. — Por que você acredita que eu lhe devo alguma coisa?

— Porque você me enganou — explicou. — Também me causou uma preocupação infinita. E lá estava eu, cuidando dos meus próprios assuntos naquela noite na taberna quando você...

— Eu também salvei o seu irmão — ela o interrompeu.

— Então, há a questão do meu orgulho ferido, é claro — disse ele. — Um homem não pode sentir que foi manipulado.

— Caine, pelo amor de Deus.

— Prometa-me que ficará comigo por mais dois meses ou vou fazer tanto barulho quando eu a pilhar que Matthew e Jimbo virão correndo.

Essa ameaça odiosa recebeu toda a atenção. A determinação nos olhos dele lhe dizia que a ameaça feita por Caine era real, também.

— Você deveria se envergonhar.

— Prometa-me, Jade. Agora.

O tom da voz dele se elevou e Jade apertou sua boca com a mão em retaliação.

— Pode me explicar por que estabeleceu dois meses em vez de um, ou três, ou...

Ele deu de ombros. Ela fingiu irritação.

— E durante esses dois meses você provavelmente vai me arrastar para sua cama todas as noites, não é?

— Vou — ele respondeu com um sorriso. — Sabia que sempre que eu olho para você tenho uma ereção? — Ele mudou de posição e pressionou o corpo contra ela. — Sente o quanto eu quero você? Quero tanto que dói.

Sua franqueza a fez corar.

— Você não deveria dizer coisas assim — ela sussurrou. — E eu não deveria ouvir.

— Você gosta — disse Caine. Sua boca cobriu a dela e sua língua deslizou para dentro para prová-la novamente. Jade não protestou. Ela o queria demais agora para parar. Moveu-se contra ele e depois congelou quando a cama fez um barulho alto e estridente.

— Não podemos... — a negação saiu com um gemido.

— Podemos, sim — ele disse, e sua voz era uma carícia rouca.

Ele silenciou suas preocupações com outro beijo, enquanto acendia o fogo nela. Jade esqueceu tudo sobre Matthew e Jimbo. Caine a fazia arder e só conseguia se concentrar em encontrar libertação daquela doce agonia.

Os dedos de Caine a deixavam louca. Estava molhada, quente, pronta, e parecia que ia morrer com a pressão que crescia em seu interior. Suas unhas cravaram nos ombros dele. Jade teria gritado para que a penetrasse se sua boca não estivesse tomada pela dele. Caine manteve o tormento até que ela o segurou em suas mãos e tentou levá-lo para dentro de si. Caine arrancou as cobertas da cama, jogou-as no chão e foi se deitar ali, arrastando Jade consigo, protegida em seus braços. Ele amorteceu a queda, absorvendo a maior parte do golpe com as costas. Jade caiu esparramada em cima dele. Ela tentou rolar para o lado, mas Caine a segurou ali.

— Leve-me para dentro de você agora, meu amor — ele sussurrou, enquanto afastava as coxas dela para Jade montá-lo.

Ela estava tremendo demais para conseguir. Caine assumiu o controle. Ele a segurou pelos quadris e lentamente se acomodou nela. Ele soltou um gemido grave de prazer bruto. Ela também gemeu baixinho ao mesmo tempo.

Quando ele estava totalmente dentro dela, torceu os cabelos de Jade em torno de suas mãos e puxou-a para outro beijo ardente.

O ritmo de acasalamento se fez presente. O controle de Caine desertou-o. Suas estocadas se tornaram mais poderosas, mais determinadas.

— Leve-me para o céu novamente, Jade — ele sussurrou quando estava prestes a derramar sua semente quente dentro dela. — Vou manter você a salvo.

Jade alcançou o clímax segundos depois. Ela se arqueou contra Caine, apertou-o com força, mordendo o lábio para evitar gritar, e então desabou por cima dele.

Jade enterrou o rosto no pescoço de Caine. Ambos estavam cobertos por uma fina camada de suor.

Jade provou a pele dele com a ponta da língua, enquanto esperava que seu batimento cardíaco normalizasse. Estava muito exausta e contente demais para mudar de posição. Caine abraçou-a. Jade podia sentir o coração dele batendo contra o seu.

— No que está pensando, Jade? — ele perguntou.

Quando ela não respondeu, Caine a puxou pelos cabelos.

— Eu sei que você atingiu o ápice. Vai negar isso agora?

— Não — ela sussurrou timidamente.

Caine ergueu-se num movimento fluido, com Jade nos braços. Quando ambos estavam de volta à cama e debaixo das cobertas, ela tentou virar as costas para ele. Ele não permitiu e obrigou-a a encará-lo.

— E então? — ele quis saber.

— E então o quê? — ela perguntou, olhando para aqueles olhos escuros que a faziam fraquejar.

— Eu sou bom, não sou?

A covinha estava de volta em sua bochecha. Ela não pôde deixar de sorrir.

— Bom no quê? — ela perguntou, fingindo inocência.

— Pilhagem.

Ela lentamente assentiu.

— Muito bom — ela sussurrou.

— E eu a impressionei? — ele perguntou.

— Talvez um pouco — ela respondeu. Jade soltou um suspiro quando a palma da mão de Caine pressionou a junção de suas coxas. — O que está fazendo?

— Impressionando você novamente, querida.

O homem cumpria mesmo o que prometia, Jade admitiu um longo tempo depois. E tinha muito mais resistência do que ela. Quando ele enfim lhe deu sossego, Jade sentia-se como um trapo.

Ela adormeceu com Caine abraçando-a, sussurrando palavras de amor. Não teve nenhum pesadelo aquela noite.

Ao meio-dia, estavam de volta à casa de Caine. Matthew e Jimbo mal puderam esperar para voltar ao Shallow's Wharf o mais rápido possível. Estavam mortificados pelo deslize da noite anterior. Obviamente, haviam subestimado o marquês. Matthew imaginava que não viveria para ver o dia em que fracassasse tão miseravelmente; embora, é claro, Jade prometesse não contar a ninguém que ele havia sido pego tão desavisado.

Que diabos, Caine o cutucara para acordar! E como, em nome de Deus, um homem tão grande conseguira entrar no seu quarto sem fazer barulho? Isso ainda o aturdia.

Assim que voltaram para a casa de Caine, Jade trocou de roupa e depois foi ao escritório de Caine para fazer cópias das cartas para ele. Ouviu-o explicar seu plano. Ela discutiu com certa veemência sobre se Richards seria mesmo digno de confiança, mas concordou que quanto a Lyon não havia dúvida.

— Quando conhecer Richards, gostará dele tanto quanto gosta de Lyon — respondeu Caine. — Você também confiará nele.

Ela balançou a cabeça.

— Caine, eu gosto de Lyon, sim, mas essa não é a razão pela qual confio nele. Não, não — continuou ela —, gostar e confiar são duas coisas muito diferentes.

— Então, por que confia em Lyon? — ele perguntou, sorrindo sobre a censura em seu tom.

— Eu li o arquivo dele — ela respondeu. — Sabe, Caine? Em comparação com ele, você levou uma vida de coroinha de igreja.

Caine sacudiu a cabeça.

— Se eu fosse você, não contaria que leu o arquivo dele — Caine aconselhou-a.

— Sim — ela concordou. — Ele provavelmente ficaria tão irritado quanto você ficou quando disse que li o seu — acrescentou. — O arquivo de Lyon é tão grosso quanto o seu, mas ele não tinha um codinome.

Caine parecia completamente exasperado com ela.

— Jade, exatamente quantos arquivos você leu?

— Apenas alguns — ela respondeu. — Caine, preciso mesmo me concentrar nessas cartas. Por favor, pare de me interromper.

A porta da biblioteca se abriu então, atraindo a atenção de Caine. Nathan entrou.

— Por que ninguém tentou chegar até você, Caine, desde que está aqui? Esse lugar é muito isolado, e eu achava...

— Alguém tentou atacar Caine no dia em que chegamos, Nathan — revelou Jade sem tirar os olhos do que estava fazendo.

Como Jade não prosseguiu, Caine contou a Nathan sobre os detalhes da fracassada tentativa.

— Nathan, como você está bonito! — disse Jade, mudando completamente de assunto quando ergueu os olhos e viu sua bela camisa e calça.

— Essa camisa me parece familiar — Caine comentou.

— É sua — respondeu Nathan com um sorriso. — Coube direitinho. Colin também pegou emprestadas algumas das suas coisas. Não tínhamos muita bagagem quando nos lançaram ao mar. Por que ninguém mais tentou atacá-lo depois do primeiro dia? — ele acrescentou com o cenho franzido.

Nathan começou a caminhar na sala como um tigre na jaula. Caine continuou a apoiar-se na borda da mesa.

— Tentaram.

— O quê? — Nathan perguntou. — Quando?

— Não tentaram — Jade interveio. — Eu teria sabido.

— Nos últimos dez dias, houve mais quatro tentativas.

— E? — Nathan perguntou, exigindo mais explicações.

— Eles falharam.

— Por que não fui informada? — Jade perguntou.

— Eu não queria preocupá-la — explicou Caine.

— Então, você tinha que saber que Matthew e Jimbo estavam aqui — disse Nathan.

— Eu sabia — respondeu Caine. — Eu os deixei em paz até que eles incendiaram os meus estábulos. Então, tive uma conversinha com eles. Não conseguiu pensar em outro plano para me manter ocupado quando foi ver meu pai?

Ele estava se enfurecendo outra vez. Jade adivinhou que ainda não superara o incêndio. Sterns lhe havia dito que os estábulos eram novos em folha.

— Eu deveria ter sido mais específica com Matthew — ela declarou. — Deixei a distração por conta dele. Ainda assim, é preciso reconhecer que ele também foi muito criativo e eficaz. Você ficou ocupado.

— Você correu um risco desnecessário ao sair sozinha daquele jeito — ele a censurou. — Santo Deus, Jade, poderia ter sido morta!

Quando terminou o sermão, Caine já estava gritando com ela.

— Eu tive muito cuidado — ela sussurrou, tentando apaziguá-lo.

— Uma ova que teve! — ele vociferou. — Você teve muita sorte, só isso.

Ela decidiu que precisava desviar sua atenção.

— Eu nunca vou conseguir terminar essa tarefa se vocês dois não me deixarem em paz. — Jogou o cabelo sobre o ombro e voltou para a redação das cartas. Podia sentir o olhar fulminante de Caine sobre ela.

— Por que vocês dois não vão ver como Colin está? Tenho certeza de que ele gostaria de companhia.

— Vamos, Caine. Acabamos de ser despachados.

Caine sacudiu a cabeça.

— Prometa-me que não vai correr riscos desnecessários novamente — ele ordenou a Jade. — Então irei embora.

Ela concordou.

— Prometo.

No mesmo instante, a raiva desapareceu dele, que assentiu e inclinou-se para beijá-la. Ela tentou se esquivar.

— Nathan está aqui — ela sussurrou.

— Ignore-o.

O rosto de Jade estava vermelho como um tomate quando ele afastou os lábios dos dela. Suas mãos também tremiam.

— Eu amo você — ele sussurrou antes de se endireitar e seguir Nathan para fora do escritório.

Jade contemplou a superfície da mesa com o olhar perdido, por um longo tempo. Era possível? Ele realmente a amava? Precisava parar de pensar sobre isso para acalmar o tremor nas mãos. Do contrário, Richards e seu amigo não poderiam ler as cartas. Além disso, não importava se ele a amava ou não. Ainda assim ela tinha que deixá-lo. Não tinha?

Lá pelas tantas, quando o jantar terminou, Jade já estava com os nervos à flor da pele. Nathan decidira fazer sua refeição lá em cima, acompanhando Colin. Ela e Caine, e Sterns, é claro, comiam na enorme mesa da sala de jantar.

Eles entraram em um acalorado debate sobre a separação entre Igreja e Estado. No início, quando Caine declarou de forma ardorosa que era a favor da separação, ela tomou partido da opinião contrária. No entanto, quando ele deliberadamente argumentou sobre os méritos do oposto, ela o refutou com a mesma veemência.

Foi uma discussão revigorante. Sterns acabou atuando como árbitro. O debate deixou Caine faminto de novo. Justo quando ele fez menção de pegar última fatia de carneiro, ela foi arrebatada por Sterns.

— Eu a queria, Sterns — Caine murmurou.

— Eu também, milorde — o mordomo respondeu. Ele pegou seus talheres e pôs-se a devorar a comida. Jade ficou com pena de Caine e cedeu-lhe metade de sua porção. Tanto Sterns como Caine se entreolharam quando batidas repentinas na porta da frente ecoaram pela sala. Caine foi o primeiro a sair do impasse.

— Vou ver quem é — anunciou.

— Como desejar, milorde — Sterns concordou, entre garfadas de seu carneiro.

— Tenha cuidado — gritou Jade.

— Não se preocupe — Caine tranquilizou-a. — Ninguém poderia ter chegado à entrada sem que meus homens percebessem.

Passaram-se uns bons dez minutos antes de Stern terminar sua segunda xícara de chá.

— Acho que devo ir ver quem estava batendo — disse ele a Jade.

— Talvez seja o pai de Caine.

— Não, milady — respondeu Sterns. — Mandei que o duque e a duquesa se mantivessem afastados. Levantaria suspeitas se eles começassem a visitar diariamente o filho deles.

— Você lhes ordenou, de fato? — ela se espantou.

— Claro que sim, Lady Jade. — Com uma reverência formal, o mordomo deixou a sala.

Jade tamborilou os dedos na mesa até Sterns retornar.

— Sir Richards e o Marquês de Lyonwood chegaram — ele anunciou da porta.

— Milorde está requisitando conhaque e você na biblioteca.

— Agora mesmo? — ela perguntou, francamente assustada. Ela se levantou, alisou as dobras de seu vestido dourado e depois ajeitou os cabelos. — Não estava preparada para receber ninguém.

Sterns sorriu.

— Você está encantadora, milady — ele declarou. — Vai gostar dessas visitas. São homens bons.

— Oh, já conheci Lyon — ela respondeu. — E tenho certeza de que gostarei muito de Richards.

Quando ela começou a se encaminhar para a porta, sua expressão passou de despreocupada para receosa.

— Não há motivo para se preocupar, milady.

Jade lhe deu um sorriso radiante.

— Oh, não estou preocupada, Sterns. Estou me preparando.

— Como disse? — ele perguntou, seguindo-a. — Para que está se preparando, milady?

— Para aparentar preocupação — ela respondeu com uma risada. — E parecer fraca, é claro.

— É claro — Sterns concordou com um suspiro. — Sente-se bem, Lady Jade?

Ela se virou para olhar para ele quando chegou à porta da biblioteca.

— Aparências, Sterns.

— Como assim?

— Elas devem ser mantidas. Faça o esperado, entende?

— Não, eu não entendo — ele respondeu.

Ela sorriu de novo.

— Estou prestes a devolver o orgulho de Caine — ela sussurrou.

— Eu não sabia que ele o havia perdido.

— Eu também não sabia, até que ele me falou — ela respondeu. — Além disso, eles são apenas homens, afinal de contas.

Ela respirou fundo e então permitiu que Sterns abrisse a porta para ela. Jade ficou parada na entrada, com a cabeça baixa, as mãos cruzadas diante dela.

Sterns ficou tão surpreso com a mudança repentina em seu comportamento, que ficou boquiaberto.

Quando Caine chamou-a, ela sobressaltou-se visivelmente, como se seu comando tivesse o poder de aterrorizá-la, e então entrou lentamente no aposento. Aquele que se chamava Richards levantou-se primeiro. Era um homem idoso, com cabelos grisalhos, um sorriso gentil e uma barriga redonda. Também tinha um olhar bondoso. Jade acolheu a apresentação com uma reverência perfeita.

Então, virou-se para cumprimentar Lyon. Jade pareceu diminuta ao seu lado, quando ele se pôs de pé em toda a sua elevada estatura.

— É bom vê-lo novamente, Lyon — ela sussurrou, e sua voz soou como pouco mais do que um trêmulo sopro.

Lyon arqueou uma sobrancelha diante daquilo. Sabia que Jade era tímida, mas achou que ela havia superado sua reação inicial depois de o ter visto da primeira vez. Agora, no entanto, ela agia de novo com medo. A contradição o deixou perplexo.

Caine encontrava-se sentado atrás da mesa. Sua poltrona estava inclinada contra a parede. Jade sentou-se na beirada da poltrona adjacente à mesa, com as costas muito eretas e as mãos cruzadas no colo.

Richards e Lyon retomaram seus lugares em frente a ela.

Caine observava Jade. Aparentava estar terrivelmente assustada. Ele não acreditou em sua representação nem por um minuto. Ela estava aprontando alguma, ele concluiu, mas teria que esperar para questioná-la.

Richards pigarreou para chamar a atenção de todos. Seu olhar estava centrado em Jade quando disse:

— Eu não pude deixar de notar, minha querida, o quanto você está preocupada. Li as cartas que seu pai guardou, mas, antes de fazer minhas perguntas, quero deixar perfeitamente claro que não a tenho em menor estima por causa das transgressões de seu pai.

Ela ainda parecia assustada como uma gazela presa numa armadilha, mas se esforçou para produzir um aceno tímido.

— Obrigada, Sir Richards — ela respondeu com um sussurro quase inaudível. — É bondade sua não me culpar. Receava que o senhor pudesse me condenar.

Caine revirou os olhos para o céu. Richards, um homem raramente dado a demonstrar qualquer carinho, agora estava apertando as mãos de Jade. O diretor parecia disposto a tomá-la nos braços e oferecer consolo.

Ela de fato aparentava ser muito vulnerável. Caine de repente lembrou-se de que ela trazia a mesma expressão de quando o encarou na taberna. Ali também lhe parecera vulnerável.

Qual era o jogo dela?

— Nenhum de nós a condena — interveio Lyon. Ele também se inclinou para frente, apoiando os cotovelos nos joelhos. — Você passou por poucas e boas, Jade.

— Sim, passou — concordou Sir Richards.

Caine se esforçou para não sorrir. Seu superior e seu amigo estavam caindo sob o feitiço de Jade. Pensou que Lyon já soubesse com quem estava lidando. Afinal, já conhecia Jade. Ainda assim, o comportamento dela agora, somado a sua impressão anterior de que ela era terrivelmente tímida, obviamente convenceu Lyon de que estava sendo sincera.

— Está pronta para responder algumas perguntas agora? — Richards indagou.

Jade assentiu.

— Não seria melhor que Nathan respondesse às suas perguntas? Os homens são muito mais lógicos. Provavelmente, vou fazer confusão.

— Jade. — Caine pronunciou seu nome em tom de advertência. Ela se virou para lhe dar um sorriso trêmulo.

— Sim, Caine? — Jade perguntou.

— Comporte-se.

Richards virou-se com uma carranca para Caine. Então, voltou sua atenção para Jade.

— Nós também faremos perguntas a Nathan mais tarde. Se a recordação dos fatos não lhe for muito dolorosa, conte-nos exatamente o que aconteceu com você desde o momento em que chegou a Londres.

Jade assentiu.

— Com certeza — ela concordou. — Sabe? Tudo isso começou com as cartas. Meu tio Harry recebeu um pacote de cartas de meu pai. Apenas dois dias depois, papai foi morto. Harry me levou para o seu navio, então. Ele guardou as cartas e, quando achou que tinha chegado o momento certo, ele as entregou a mim. Eu as li, é claro, e mostrei-as para Nathan. Meu irmão estava trabalhando com Colin na época, e confiou nele. Então — ela prosseguiu num tom mais enérgico —, como Caine provavelmente já lhes contou, Colin e Nathan foram... atacados. Os bandidos achavam que eles estavam mortos e... Selvagem decidiu deixar os bandidos contratados voltarem para Londres para relatar seu sucesso.

— Uma sábia decisão — interrompeu-a Richards.

— Sim — disse Jade. Ela se virou para franzir a testa para Caine. — O plano era muito simples. Selvagem sequestrou um médico para cuidar dos ferimentos dos dois, e foi decidido que, quando Colin estivesse bem o suficiente para viajar, ele contaria ao seu irmão, Caine, sobre as cartas e lhe pediria ajuda.

— O que aconteceu para atrapalhar tal plano? — Richards perguntou.

Jade franziu a testa para Caine novamente.

— Ele desandou — declarou. — Selvagem foi feito de bode expiatório para as mortes de Nathan e Colin, como vocês sabem, e Caine decidiu buscar vingança. A ocasião não poderia ser menos propícia. Os membros remanescentes do Tribunal não poderiam correr o risco de Caine encontrar o pirata e conversar com ele. Então, Caine inadvertidamente colocou-se em perigo.

— Não foi inadvertidamente — Caine interveio.

Ela deu de ombros.

— Colin fez com que Selvagem prometesse não contar nada a Caine. Seu irmão sabia que Caine iria... revidar imediatamente, e, como sabem, Colin queria explicar tudo antes. Na verdade, acredito que Colin na ocasião não estava pensando com clareza na coisa toda, devido às dores terríveis, e parecia obcecado com a proteção de Caine. Selvagem concordou, apenas para tranquilizar Colin.

— E onde você se encaixa neste esquema? — perguntou Lyon.

— Nathan é meu irmão — respondeu Jade. — Voltei para a Inglaterra e me instalei em sua propriedade rural. Havia vários homens de Selvagem comigo. Eles se revezaram para proteger Caine. Houve várias tentativas de matá-lo e, então, foi decidido que eu teria que encontrar uma forma de tirar Caine de sua caçada. Dois dias antes de minha suposta partida, uma série de incidentes ocorreu. Na primeira manhã, quando eu estava dando meu passeio habitual, encontrei três homens cavando os túmulos dos meus pais. Gritei ultrajada diante do que estavam fazendo. Assim, acabei atraindo a atenção dos bandidos. Um deles disparou contra mim. Corri para a casa de Nathan para pedir auxílio.

— Os homens de Selvagem ainda estavam protegendo você? — Richards perguntou.

Jade balançou a cabeça.

— Todos eram necessários para manter Caine seguro. Além disso, eu tinha o mordomo de Nathan, Hudson, e os outros criados para me ajudar.

— E depois, o que aconteceu? — perguntou Lyon.

— Estava escuro demais para os criados irem até os túmulos. Decidi esperar até a manhã seguinte. Naquela noite, a casa foi saqueada — continuou ela. — Eu dormi, no entanto, e não ouvi som algum. Mesmo o próprio quarto onde eu dormia foi virado de cabeça para baixo.

— Você deve ter sido drogada — anunciou Richards.

— Se fui drogada, não consigo imaginar como possam ter feito isso — disse Jade. — Na manhã seguinte, montei um dos cavalos de Nathan e voltei aos túmulos para ver se alguma evidência havia sido deixada. O mordomo de Nathan, Hudson, estava tendo dificuldade em acreditar em mim, sabe? E eu queria convencê-lo. Não consegui chegar às sepulturas. Os bandidos prepararam uma emboscada para mim. Eles mataram o cavalo de Nathan. Eu desabei direto no chão junto com o animal.

— Santo Deus, você poderia ter morrido na queda — disse Richards.

— Tive muita sorte, já que só sofri algumas contusões — Jade explicou. — Voltei correndo para casa e contei a Hudson o que tinha acontecido. Ele enviou homens para perseguir os bandidos. Quando voltaram, eles me disseram que não conseguiram encontrar nenhuma evidência. O cavalo desaparecera. Não imagino como isso foi realizado. Caine disse que seriam necessários mais de três homens para erguê-lo, colocá-lo numa carroça e removê-lo.

Ela fez uma pausa para dar de ombros e depois continuou:

— Decidi ir para Londres o mais rápido possível e imediatamente pedi que preparassem a carruagem. Entretanto, assim que ultrapassamos a primeira colina, o cocheiro gritou que havia um incêndio. Dava para ver a fumaça de onde estávamos. Retornamos à casa, a tempo de testemunhar o incêndio devastador. A casa de Nathan foi totalmente destruída até os alicerces. Então, ordenei a Hudson e aos outros criados que fossem para a residência de Nathan em Londres e depois parti novamente para o meu próprio destino.

— E onde era isso? — perguntou Lyon. — Você também estava indo para a residência de Nathan na cidade?

Jade sorriu.

— Não, estava indo para uma taberna chamada Ne'er Do Well. Eu tinha um plano, sabe? Para tirar Caine de sua caçada.

Lyon assentiu.

— Não entendo — interveio Richards. — Qual era exatamente esse plano? Caine não é homem de se deixar enganar com facilidade, minha querida.

— Explicarei tudo mais tarde — Caine interveio. — Deixe-a terminar sua história.

— No caminho para Londres, a carruagem foi atacada. Fui golpeada na cabeça. Perdi os sentidos e, quando acordei, descobri que a carruagem havia sido despedaçada. Consegui me espremer e sair pela janela, depois de alargar a abertura com o salto da minha bota.

— E depois? — Richards perguntou.

— Caminhei.

— Até Londres? — perguntou Lyon.

— Não — respondeu Jade. — Não todo o trajeto. Eu consegui... pegar emprestado um cavalo numa estalagem no caminho. Não estava sendo vigiado. O dono provavelmente estava lá dentro jantando.

Jade terminou o relato alguns minutos depois. Sem mencionar o fato de que ela era Selvagem, e Caine presumiu que teria que contar ele mesmo a Sir Richards e Lyon.

Qual era o jogo dela? Santo Deus, quando terminou, Jade estava enxugando os cantos dos olhos com o lenço de Richards.

O diretor ficara obviamente abalado com sua explicação. Ele se recostou na poltrona e balançou a cabeça.

— O senhor sabe quem são os outros membros do Tribunal? — Jade perguntou a ele.

— Não.

— Mas conheceu Hammond, não foi? — ela perguntou. — Havia entendido que vocês dois começaram juntos.

— Sim, começamos juntos — concordou Richards. — No entanto, depois de alguns anos, minha querida, cada um tinha uma divisão diferente dentro do Departamento de Guerra. Hammond tinha tantos jovens sob sua direção naquela época... Ele dirigia sua própria seção. Conheci alguns dos ávidos jovens recrutados, mas certamente não todos eles.

— Temos várias pistas reveladoras — interveio Lyon. — Não deve demorar muito para descobrirmos a verdade.

— A primeira carta foi assinada por um homem chamado William. Ainda não usavam codinomes. Só que, droga, esse é o nome mais comum na Inglaterra — acrescentou Caine. — Quantos Williams trabalham para o Departamento de Guerra?

Jade respondeu à pergunta.

— Na verdade, havia apenas três nos arquivos de Hammond.

Todos se viraram para olhar para ela.

— Selvagem leu os arquivos — ela sussurrou. Corando, acrescentou: — Foi necessário. Eram William Pryors, William Terrance e William Clayhill. Todos trabalhavam para o seu departamento, Sir Richards. Dois ainda estão vivos, apesar de terem se aposentado do dever, mas William Terrance morreu há quatro anos.

— Tem certeza desses fatos? — perguntou Lyon.

— Como Selvagem chegou aos nossos arquivos? — Richards estava obviamente desconcertado. — Por Deus, ninguém consegue burlar nossa segurança.

— Selvagem, sim — disse Caine. Ele retomou a conversa então, explicando com mais detalhes como o pirata se dispôs a protegê-lo. Contou como Colin e Nathan quase foram mortos e sobre os tubarões também. Quando terminou, ninguém disse uma palavra por um longo tempo.

Jade apertava e torcia as mãos. Não era fingimento agora, mas resultado do abalo que a lembrança dos tubarões lhe trazia.

— Três ávidos rapazes determinados a salvar o mundo — sussurrou Richards. — Mas a ânsia pelo poder tornou-se mais importante.

Jade concordou com a cabeça.

— O senhor notou, sir, que as primeiras cartas foram assinadas com a frase "pelo bem da Inglaterra", mas, com o passar do tempo, eles ficaram cada vez mais ousados e mudaram a assinatura?

— Eu percebi — murmurou Sir Richards. — "Pelo bem do Tribunal" foi como passaram a assinar as cartas — acrescentou. — E isso diz tudo, não? Não pode haver um erro de interpretação aqui.

— Seu pai foi morto pelos outros dois quando ele se recusou a compactuar com seus planos, e depois Hammond foi assassinado — disse Caine.

Richards assentiu.

— Devemos encontrar os outros dois — ele murmurou. — Céus, há tanto para entender. — Ele soltou um suspiro cansado e disse: — Bem, graças a Deus, Selvagem parece estar do nosso lado. Quando penso em todos os danos que poderia causar com esses arquivos, meu sangue gela.

— Oh, Selvagem é muito honrado — Jade apressou-se em dizer. — A maioria dos ladrões é, sir. Não deve se preocupar que a informação caia nas mãos erradas.

— Esse miserável leu o meu arquivo? — Lyon quis saber.

Caine não respondeu. Não achou que houvesse algum motivo para compartilhar a verdade com o amigo. Só o perturbaria.

— O próprio fato de que havia tubarões naquelas águas — sussurrou Richards, mudando de assunto. — Percebem a coragem que teve que ter...

— O senhor terminou suas perguntas? — Jade interrompeu.

O diretor imediatamente estendeu a mão e acariciou as dela outra vez.

— Nós a esgotamos, não foi, minha querida? Posso dizer quanto isso é difícil para você.

— Obrigada por sua consideração — ela sussurrou. Jade se levantou e não protestou quando Richards a abraçou.

— Nós encontraremos os culpados, eu prometo — disse ele.

Jade escondeu as mãos nas dobras do vestido e depois caminhou até Lyon. Ele imediatamente se levantou. Ela se inclinou contra ele.

— Obrigado, Lyon, por nos ajudar. Por favor, dê lembranças minhas a Christina. Não vejo a hora de poder visitá-la novamente.

Ela virou-se para Richards e abraçou-o novamente.

— Esqueci de agradecê-lo também — explicou.

Ela se afastou do diretor, curvou-se e virou-se para sair da sala.

— Jade?

— Sim, Caine?

— O que foi tudo isso?

Jade se virou para sorrir para ele.

— Você disse que o orgulho de um homem é muito importante, não foi?

— Sim, disse.

— Também disse que quando um homem é manipulado ou enganado, seu orgulho também sofre.

— Eu disse isso. — Caine se inclinou para frente. — E?

— Bem, se outros também fossem... enganados... amigos que também se tornaram legendários e ganharam o respeito da Inglaterra, então, o golpe não seria menos doloroso?

Ele entendeu. Sua piscadela foi lenta, seu sorriso arrogante.

— Vou pedir a Colin e Nathan que se juntem a vocês agora — anunciou Jade antes de deixar o aposento. A porta se fechou suavemente atrás dela.

— Sobre o que ela estava falando? — Richards perguntou.

— Um assunto pessoal — respondeu Caine. Voltou-se para Lyon. — Bem? O que acha dela agora?

Seu amigo encheu o cálice com mais conhaque antes de responder.

— Ela ainda é muito bonita — disse ele. — Mas continuo achando-a terrivelmente tímida. Deve acontecer por ficar perto de você.

Caine riu.

— Você continua a pensar que ela é tímida?

— O que há de tão engraçado que não pesquei, Caine? — perguntou Lyon, genuinamente perplexo. — O que achou tão divertido?

— Deixem de lado essa conversa sobre mulheres — ordenou Richards. — Agora, filho, você deve me prometer algo.

— O que é, sir? — Caine perguntou.

— Você realmente conheceu esse tal de Selvagem?

— Conheci.

— Quando isso terminar, deve encontrar uma maneira de me apresentar a ele.

Caine recostou-se na poltrona. Jade estava certa. Ela acabara de lhe devolver o orgulho.

— Eu preciso conhecer Selvagem — afirmou Sir Richards novamente.

Caine assentiu.

— Sir Richards, você acabou de fazê-lo.

Capítulo Quinze

— Jade, volte aqui. — Caine gritou essa ordem enquanto os dois amigos tentavam absorver as notícias que ele acabara de lhes dar.

Quando ela não respondeu aos seus chamados, Caine gritou por Sterns. O mordomo devia estar parado do lado de fora da porta, pois imediatamente entrou correndo na biblioteca. Ele fez uma reverência a seu patrão, uma cortesia que nunca aplicava quando estavam sozinhos, e então perguntou:

— Deseja algo, senhor?

— Traga Jade de volta aqui — ordenou Caine.

— Acredito que ela tenha ouvido o seu berro, milorde — Sterns declarou com a elegância que lhe era peculiar. — Ela recusou o convite para se reunir com você, no entanto. Há algo mais que deseje?

Caine desejava estrangular Sterns, mas deixou de lado tal vontade.

— Traga-a para mim. Arraste-a para cá se for necessário, mas traga-a para mim. É isso que quero, Sterns.

O mordomo assentiu, depois partiu para executar sua missão. Caine voltou-se para os amigos. Um pouco de sua irritação passou quando ele viu o sorriso de Lyon. Seu amigo parecia estar encarando muito melhor a notícia da identidade de Selvagem do que Sir Richards. O diretor ainda parecia bastante perturbado.

— Santo Deus, Caine, eu deveria ter adivinhado — disse Lyon. — Ela era tão tímida... sim, eu já devia saber. Você não é do tipo que se deixa atrair por... e Christina disse que eu deveria olhar por baixo das...

— Filho — Sir Richards interrompeu a divagação de Lyon. — Agora não é o momento para brincadeiras. Temos uma questão séria aqui.

Jade abriu a porta no meio dos protestos de Richards.

— Eu estava buscando Nathan e Colin para você, Caine. O que você queria?

— Devolva para eles, Jade.

Sua voz parecia um tiro de pistola. Jade fingiu inocência.

— Do que está falando? — ela perguntou. Levou a mão ao peito, fingindo espanto e pestanejando para ele.

Ele não ficou nem um pouco impressionado.

— Você sabe muito bem do que estou falando, droga — ele rugiu. — Devolva para eles.

— Caine, não é educado erguer a voz para mim na frente das visitas — ela instruiu. Sua voz aumentou uma oitava. — É muito rude.

— Eles sabem quem você é.

— Eles sabem?

Ela caminhou até a mesa e o fuzilou com os olhos. Suas mãos estavam plantadas nos quadris agora.

— Exatamente o que eles sabem?

— Que você é Selvagem.

Ela soltou um suspiro.

— Por que você não publica nos jornais? — ela gritou. — Assim não precisaria gastar tanto tempo...

— Eu tive que dizer a eles — Caine a interrompeu.

— Você poderia ter esperado até depois de minha partida.

— Já que você não estava partindo, isso não seria possível, não é mesmo?

— Meu Deus, é mesmo verdade? — Richards interveio, ele próprio quase gritando.

Jade olhou por cima do ombro para franzir o cenho para o diretor.

— Não — ela retrucou. — Não é verdade.

— Sim — insistiu Caine. — É, sim.

— Céus, Caine, você não sabe guardar um segredo? — Ela não lhe deu tempo para responder a essa pergunta, virando-se para sair.

— Eu lhe disse para devolver a eles, Jade.

— Por quê?

— Estes homens por acaso são meus amigos — ele respondeu. — É por isso.

— Caine, se não se pode roubar dos amigos, de quem se *pode* roubar? — ela perguntou.

Ele não possuía uma resposta pronta para essa pergunta absurda.

— Você disse que eu tinha carta branca para prosseguir com o meu trabalho — ela o lembrou. — Já voltou atrás com a sua palavra?

Ele não podia acreditar que ela tinha a audácia de parecer tão indignada. Caine não se atreveu a levantar, certo de que o desejo de agarrá-la e enfiar um pouco de bom senso em sua cabeça seria muito irresistível para ignorar.

Jade virou-se para olhar para Lyon.

— Quando eu dou a minha palavra, eu nunca a quebro — afirmou.

Caine respirou profundamente e, então, recostou-se na cadeira. Ele lançou um olhar longo e firme para Jade.

Ela devolveu o olhar.

Caine fez um gesto com o dedo para que ela se aproximasse. Quando Jade chegou ao seu lado, ele disse:

— Eu estava falando sério. Você pode prosseguir com o seu trabalho.

Ela ficou totalmente perplexa.

— Então, por que está fazendo esse tremendo alvoroço com...

— Você pode continuar a roubar — ele a interrompeu. — No entanto, toda vez que roubar algo, eu vou devolver.

Seu arquejo quase a fez cair.

— Não vai, não.

— Vou, sim.

— Mas isso é... ridículo — ela balbuciou. — Não é?

Ele não lhe respondeu. Jade olhou para Lyon, buscando ajuda. O sorriso dele lhe dizia que ela não iria receber ajuda alguma dele. Sir Richards ainda aparentava estar muito embasbacado para intervir.

Ela estava por conta própria, percebeu, como sempre estivera.

— Não.

— Sim.

Parecia que Jade estava à beira das lágrimas.

— Agora, devolva...

— Eu os troquei — ela anunciou. — Posso sair agora?

Caine assentiu. Esperou até que Jade chegasse à porta e então gritou:

— Jade, você pode sair desta sala, mas não se atreva a tentar sair desta casa. Vou atrás de você se fizer isso. Não vai querer me incomodar novamente, não é?

Ela não respondeu a essa pergunta. Caine sabia que estava furiosa com ele, no entanto. A porta quase voou das dobradiças quando ela a fechou com força atrás de si.

— Ela é meio esquentadinha — explicou Caine. Seu sorriso sugeria que ele não se importava nem um pouco com essa característica. — Já se recuperou, Richards? — ele perguntou, então.

— Sim, já — concordou Richards.

— Mas você nunca considerou...

— Não, não — retrucou Richards.

Caine assentiu com satisfação.

— É bom saber que meu próprio superior foi enganado. Acredito que o meu orgulho tenha sido totalmente restaurado.

Neste momento, Nathan e Colin entraram na biblioteca. Colin utilizava sua bengala e o braço de Nathan como apoio.

— Pare de me tratar como criança — murmurou Colin, enquanto Nathan o ajudava a sentar-se em uma poltrona.

— Você é uma criança — afirmou Nathan. Ele arrastou um pufe para a frente da cadeira e apoiou o pé de Colin sobre ele.

Nathan permaneceu em pé para analisar os dois homens que o observavam. Caine fez as apresentações. Apertou-lhes as mãos e, então, sentou-se no braço da poltrona de Colin.

— Jade quer que eu pergunte a vocês que horas são — anunciou Nathan.

O diretor ficou intrigado com esse pedido, e então deu de ombros.

— Eu diria que são quase nove horas, não, Lyon?

Lyon era mais esperto do que o seu superior. Retirou o relógio do bolso da algibeira. Então riu, um som crescente que preencheu o aposento.

— Acredito que isto seja seu, Richards. Você está com o meu. Ela abraçou a nós dois.

Richards estava deveras impressionado.

— Por certo a julguei mal — ele confessou. — Você a viu fazer a mudança, não foi, Caine? Foi por isso que a chamou de volta.

Caine negou com um gesto de cabeça.

— Não, eu não vi — ele admitiu. — No entanto, quando ela abraçou cada um de vocês, eu sabia que tramava alguma coisa. Ela não costuma demonstrar tanto carinho para com estranhos.

— Não, não mesmo — Nathan concordou.

Caine olhou para Lyon.

— A mulher ficou me enrolando, me enrolando... Está determinada a me deixar maluco.

— Eu diria que ela já realizou esse objetivo — asseverou Nathan.

— Isso me parece familiar — comentou Lyon. Ele sorriu, rememorando as estranhas circunstâncias que levaram ao seu casamento. — Eu fui bastante enrolado por Christina, também. Diga-me uma coisa, Caine. O que fez enquanto ela estava enrolando você?

— A mesma coisa que você — respondeu Caine. — Eu me apaixonei por ela.

Lyon assentiu.

— Que Deus o ajude agora, amigo. Não vai ficar nem um pouco mais fácil depois que se casar com ela. Quando é o casamento, a propósito?

— Sim, Caine, quando é o *casamento*? — Nathan exigiu saber.

— Mas não há dúvida de que haverá um casamento. — Colin fez essa declaração com ênfase. Franzia a testa expressivamente para o seu irmão.

— Sim — respondeu Caine. — Haverá um casamento.

— Você fala como se não tivesse escolha, filho, é o que me parece — interrompeu Sir Richards. — Você fará os seus votos com uma pistola apontada para as suas costas?

— Se uma pistola for necessária, será para ser apontada para as costas de Jade, não para as minhas — assegurou Caine. — Eu continuo a ter que convencê-la de que minhas intenções são sérias. Droga, provavelmente terei que fazer a proposta de casamento na frente de seus homens.

Até mesmo Nathan sorriu diante dessa imagem. Colin zombou:

— Jade não vai fazer você se ajoelhar diante dela.

— Não, mas Black Harry com certeza o fará — respondeu Caine.

— Quem é Black Harry? — quis saber Richards.

— Nathan, você começa a explicar — pediu Caine. — Enquanto eu vou atrás de Jade.

— Ela se foi? — Nathan perguntou.

Caine levantou-se e dirigiu-se à porta.

— É claro que ela se foi. Eu nunca cometo o mesmo erro duas vezes, Nathan. Volto logo.

Como Caine já estava usando suas calças e botas de montaria, ele caminhou diretamente para o estábulo que abrigava os cavalos.

A égua sarapintada não estava lá.

— Quantos homens você pôs no rastro dela? — ele perguntou ao chefe dos estábulos.

— Três na saída dos fundos foram atrás dela — respondeu o criado.

Caine pôs a rédea em seu garanhão, mas não se incomodou com a sela. Agarrou a crina negra e montou o corcel com um rápido movimento.

Ele a seguiu até a cabana que ficava nos limites de sua propriedade. Ela estava perto do riacho, dando de beber ao seu cavalo.

Caine passou pelas árvores e estimulou sua montaria a dar uma boa galopada. Jade ouviu o som dos cascos. Virou-se para correr para dentro da floresta. O garanhão de Caine manteve o ritmo quando ele se inclinou e ergueu-a em seus braços. O marquês bateu o traseiro dela na frente dele, deu meia-volta e disparou em direção à casa.

Não disseram uma palavra sequer um ao outro, e Caine não desacelerou o ritmo até que tivessem chegado ao destino.

Sterns os aguardava na porta da frente. Caine arrastou Jade pelos degraus.

— Tranque-a no quarto dela! — ele vociferou. — Coloque dois guardas embaixo das janelas e mais dois do lado de fora, em frente à porta.

Ele não soltou Jade até que a tivesse arrastado para dentro da casa e trancado a porta atrás dele.

Caine manteve a expressão mais desagradável que conseguiu até que voltasse a entrar na biblioteca. Quando estava de volta à poltrona atrás de sua mesa, ele se permitiu sorrir.

— Imagino que a tenha encontrado — disse Nathan.

— Encontrei, sim — respondeu Caine. — Também a deixei incrivelmente impressionada. Agora me deixe a par do que contou aos meus amigos — ele ordenou.

A conversa retornou às cartas e os homens não terminaram de formular seus planos até que já passasse bastante das onze horas. Richards e Lyon receberam aposentos na ala norte. Ambos pareciam relutantes em dizer boa-noite.

Richards insistiu em levar as cópias das cartas consigo para a cama.

— Há informações ainda para serem coletadas — argumentou.

Ninguém discutiu com o diretor. Caine foi direto para o quarto de Jade; tendo dispensado os guardas, destrancou a porta e entrou.

Jade estava lendo na cama. Não se dignou a olhar para ele, mantendo a vista no livro que tinha nas mãos.

— Você precisa de mais luz se pretende ler — declarou Caine. — O fogo precisa ser atiçado, também. Está um frio terrível aqui.

Jade nem olhou para ele.

— É ridículo fingir que não estou aqui — observou ele, a irritação evidente em seu tom de voz.

— Tão ridículo quanto devolver tudo o que eu roubar? — ela respondeu, a atenção focada no livro.

Caine adicionou duas outras velas à mesa de cabeceira. Em seguida, caminhou até a lareira.

— Onde está Sterns? — ele perguntou.

— Sterns recolheu-se para dormir — ela respondeu. — Você daria um bom mordomo, Caine. Ele o treinou bem.

Caine não mordeu a isca.

— Você está louca para uma briga, querida, mas eu não vou atender ao seu desejo.

— Eu não estou louca por uma briga — assegurou ela. Jade fechou o livro com violência enquanto o observava acrescentar outra grossa tora de lenha às brasas.

À luz do fogo, sua pele parecia o bronze de uma estátua. Sua camisa estava aberta até a cintura, as mangas enroladas nos cotovelos. O tecido estava esticado na parte de trás dos ombros, exibindo o movimento dos músculos quando ele estendeu o braço para apanhar o atiçador e revirar o fogo para aumentar as chamas.

Ela pensou se tratar do homem mais atraente do mundo.

Caine virou-se, ainda apoiado em um dos joelhos, e sorriu para ela. A ternura em seu olhar tocou seu coração. Ele era um homem tão bom, um homem confiável, um homem amoroso.

Ele merecia algo melhor do que alguém da laia dela. Por que Caine não percebia esse fato óbvio?

Lágrimas brotaram em seus olhos e ela começou a tremer. Era como se os cobertores de repente tivessem se transformado em neve. Estava congelando... e aterrorizada.

Jamais permita que eu o deixe, ela pensou de repente. *Faça com que eu fique com você para sempre.*

Oh, Deus, como ela queria amá-lo, como queria apoiar-se nele.

E, então, o que ela se tornaria, ela se perguntou, quando ele a deixasse? Como, em nome de Deus, ela sobreviveria?

A mudança nela foi surpreendente. Seu rosto ficou da cor de sua camisola branca.

— Querida, qual é o problema? — ele perguntou. Ele se levantou e caminhou em direção à cama.

— Nada — ela sussurrou. — Não há nada de errado. Só estou com frio — acrescentou, gaguejando. E com medo, ela queria incluir. — Venha para a cama, Caine.

Ela necessitava desesperadamente ficar junto dele. Jade acrescentou ao convite o ato de puxar as cobertas para ele. Caine ignorou seu pedido. Dirigiu-se até o guarda-roupa, encontrou outro cobertor na prateleira superior e então o estendeu sobre as outras cobertas na cama.

— Está melhor assim? — ele perguntou.

— Sim, obrigada — ela respondeu, tentando não parecer muito decepcionada.

— Se não estiver muito cansada, eu gostaria de lhe fazer algumas perguntas — disse ele.

— Faça suas perguntas na cama, Caine — ela sugeriu. — Ficará mais confortável.

Ele balançou a cabeça, depois se sentou na poltrona e esticou as pernas até o pé da cama.

— Assim está bom — foi o que ele disse, esforçando-se ao máximo para não sorrir.

Ela o desejava, talvez tanto quanto ele a desejava. E, por Deus, sua amada teria de lhe dizer isso.

Jade tentou esconder sua irritação. O homem era obtuso! Será que não percebera que ela queria ser abraçada? Dissera-lhe que estava com frio, maldição. Ele deveria tê-la tomado em seus braços, depois tê-la beijado, é claro, e então...

Ela soltou um longo suspiro. Caine, aparentemente, não percebera do que ela necessitava quando começou com seu interrogatório sobre os estúpidos arquivos de novo.

Foi preciso toda a sua determinação para manter a concentração. Teve que olhar para as próprias mãos para que seu sorriso cativante não a distraísse.

— Jade?

— Sim? — ela parecia perplexa.

— Acabei de lhe perguntar se você leu os arquivos sobre os nossos Williams — disse ele.

— Eles não são nossos Williams — ela o corrigiu.

Ela deu-lhe um sorriso expectante, aguardando sua próxima pergunta.

O sorriso de Caine alargou-se.

— Vai me responder? — ele perguntou.

— Responder o quê?

— Você parece preocupada.

— Não estou.

— Está com sono, então?

— Não mesmo.

— Então, responda à minha pergunta — ele a instruiu mais uma vez. — Você leu os arquivos...

— Sim — ela o interrompeu. — Quer ouvi-los, não é?

— Sim, quero — ele respondeu. — Havia mais alguma coisa que você queria fazer? — ele questionou.

O rubor retornou às suas bochechas.

— Não, é claro que não — ela asseverou. — Tudo bem, Caine, vou lhe dizer...

Uma batida ressoou na porta, interrompendo-os. Caine virou-se justo quando Nathan meteu a cabeça no interior do quarto para espiar.

Quando o irmão de Jade viu Caine descansando na poltrona, ele franziu a testa.

— O que está fazendo aqui, Caine?

— Estou conversando com Jade — esclareceu Caine. — O que deseja?

— Eu não consegui dormir — admitiu Nathan, que caminhou até a lareira e inclinou-se para ela. Nathan estava descalço e sem camisa agora. Caine reparou nas cicatrizes nas costas de Nathan, é claro. Ele não comentou, mas ficou se perguntando como Nathan poderia ter sobrevivido a tal espancamento.

— Aqui está o roupão de Caine, caso esteja com frio, Nathan — ofereceu Jade. Ela apontou para a poltrona vazia do outro lado da cama. — Vai pegar um resfriado se não se cobrir.

Nathan estava com um humor afável. Ele colocou o roupão de Caine, e então esticou-se na poltrona.

— Volte para a cama, Nathan — ordenou Caine.

— Quero fazer algumas perguntas à minha irmã.

Nathan havia deixado a porta aberta. Por essa razão, Sir Richards não se incomodou em bater quando chegou ao quarto. O diretor estava vestido com um roupão azul-royal que lhe chegava aos pés descalços. Ele certamente pareceu empolgado ao ver a reunião.

Jade puxou as cobertas até o queixo. Olhou para Caine para ver sua reação a essa invasão.

Ele parecia resignado.

— Puxe uma cadeira, Sir Richards — sugeriu Caine.

— Ficarei feliz em fazê-lo — Richards respondeu. Então, sorriu para Jade. — Eu não conseguia dormir, sabe, então pensei em lhe fazer uma breve visita e...

— Se ela estivesse acordada, você iria questioná-la — supôs Caine.

— Isso não é nada apropriado — observou Richards enquanto arrastava uma cadeira para perto da cama. Seu riso indicava que ele não se importava nem um pouco com esse fato. — Nathan? — ele acrescentou, então. — Você se importaria de buscar Lyon para nós? A essa altura, ele terá as próprias perguntas a fazer.

— Ele pode estar dormindo — disse Jade.

— Pude ouvi-lo caminhar nos aposentos ao lado dos meus. Esse Tribunal deixou todos nós muito incomodados, minha querida. É muita coisa para assimilar.

Nathan retornou com Lyon ao seu lado. Jade de repente sentiu-se ridícula. Ela estava na cama, afinal de contas, e vestida apenas com sua camisola.

— Por que não descemos até a biblioteca para discutir isso? — ela sugeriu. — Eu vou me vestir e...

— Assim está bom — declarou Caine. — Lyon, Jade vai nos entregar os arquivos sobre os Williams.

— Será que tenho de repetir cada uma das palavras, Caine? — ela bufou. — Levará dias.

— Comece apenas com os fatos pertinentes — sugeriu Richards. — Lyon e eu voltaremos para Londres amanhã. Vamos ler os arquivos do início ao fim, então.

Jade deu de ombros.

— Vou começar com Terrance, então — ela anunciou. — O morto.

— Sim, o morto — concordou Lyon. Ele inclinou-se contra a cornija da lareira e sorriu de modo encorajador.

Jade recostou-se contra os travesseiros e começou o seu relato.

Lyon e Richards ficaram deveras impressionados. Depois de superarem o espanto inicial, eles se revezaram em interrompê-la para pedir detalhes específicos a respeito de certas missões em que William Terrance esteve envolvido.

Ela não concluiu o arquivo antes das duas da manhã. Também não conseguia parar de bocejar, um indício do cansaço que sentia.

— É hora de todos nós nos recolhermos às nossas camas — anunciou Sir Richards. — Recomeçaremos pela manhã.

O diretor estava seguindo Lyon e Nathan para fora do quarto quando Jade o chamou.

— Sir Richards? E se o William que você procura não for um dos três que estão nos arquivos?

Richards virou-se para ela.

— É apenas um ponto de partida, minha querida — explicou ele. — Começaremos a fazer o cruzamento de dados, lendo todos os arquivos que os superiores de cada departamento guardaram. Levará tempo, sim, mas iremos perseverar até chegarmos ao fundo disso.

— Existe alguma chance de ambos estarem mortos agora? — Jade perguntou.

Ela parecia tão esperançosa; Richards odiava ter de decepcioná-la.

— Receio que não — disse ele. — Alguém quer essas cartas, querida. Pelo menos um dos dois membros restantes do Tribunal continua vivo, sim.

Jade ficou aliviada por estar novamente sozinha com Caine. Ela estava exausta, preocupada também, e tudo o que queria era que ele a tomasse em seus braços e a abraçasse. Puxou as cobertas para Caine e então deu tapinhas nos lençóis.

— Boa noite, Jade — disse Caine. Ele caminhou até a cama, curvou-se e deu-lhe um beijo horrivelmente casto, depois apagou as velas enquanto se dirigia à porta. — Tenha sonhos agradáveis, querida.

A porta se fechou. Ela ficou atônita por ele tê-la abandonado.

Ele não a desejava mais. O pensamento lhe era tão repulsivo, que Jade o afastou da mente. Ainda estava zangado com ela porque tivera que persegui-la novamente, disse a si mesma... E também estava cansado, ela acrescentou, assentindo. Fora um dia longo e cansativo.

Droga, este homem deveria ser confiável.

Ela não teve sonhos agradáveis. Afogava-se na escuridão, podia sentir os monstros rodeando-a enquanto afundava mais e mais...

Seus próprios gemidos a despertaram. Instintivamente virou-se para Caine, sabendo que ele aliviaria o seu terror.

Ele não estava lá. Jade estava bem acordada quando fez essa constatação, e tremia tanto que mal conseguiu afastar as cobertas.

Não conseguia ficar na cama, mas foi até a janela e olhou para a noite sem estrelas enquanto ponderava sobre sua situação desoladora.

Não sabia por quanto tempo permaneceu ali, preocupada e aflita, antes que enfim entregasse os pontos. Teria que ir até ele.

Caine acordou assim que a porta se abriu. Como estava escuro, ele não precisou esconder o seu sorriso.

— Eu não sei dançar, Caine — ela confessou.

Fechou a porta com força após fazer essa afirmação e depois caminhou até a lateral da cama.

— Você também deve saber disso desde já. Também não sei costurar.

Ele estava deitado de costas com os olhos fechados. Jade o observou por um longo tempo, depois cutucou o ombro dele.

— E então? — ela quis saber.

Caine respondeu-lhe puxando as cobertas. Jade retirou a camisola e deitou-se na cama ao lado dele. Ele logo a tomou em seus braços.

Os arrepios desapareceram. Ela sentiu-se segura novamente. Jade adormeceu esperando que Caine lhe respondesse.

O nobre a acordou um pouco antes do amanhecer para fazer amor, e, quando fez o que de melhor sabia fazer com ela, e ela fez o que de melhor sabia fazer com ele, Jade estava com muito sono para conversar com Caine. Adormeceu ouvindo-o dizer quanto a amava.

Da próxima vez que ela foi cutucada para despertar, era quase meio-dia. Era Caine que a estava amolando. Estava vestido e exigia carinhosamente que ela abrisse os olhos e acordasse.

Ela recusou-se a abrir os olhos, mas tentou chutar para longe as cobertas e fazê-lo voltar para a cama. Caine insistiu em segurar as cobertas na altura do queixo dela. Ela não entendia por que ele estava sendo tão teimoso até que enfim abriu os olhos e viu Sterns parado no pé da cama.

Então, ela assumiu a tarefa de cobrir a sua nudez. Jade podia sentir seu rosto tornar-se carmesim. Seria inútil fazer uma bravata para tentar disfarçar seu embaraço.

— Oh, Sterns, agora você está com vergonha de mim, não é?

A questão foi acompanhada de um gemido. Sterns balançou a cabeça.

— Claro que não, milady — ele anunciou. — Tenho certeza de que meu patrão a arrastou para a cama dele — o mordomo acrescentou com um aceno de cabeça para Caine.

— Pelo cabelo dela, Sterns? — Caine perguntou secamente.

— Eu não me surpreenderia se o tivesse feito, meu senhor.

— Foi o que ele fez — declarou Jade, decidindo deixar Caine levar toda a culpa. — Não deve contar isso a ninguém — acrescentou.

O sorriso de Sterns era gentil.

— Receio que não tenha sobrado ninguém a quem contar.

— Está querendo dizer que Sir Richards e Lyon sabem?

Quando Sterns assentiu, ela se virou para olhar feio para Caine.

— Você contou a eles, não foi? Por que não publica isso também nos jornais?

— Eu não contei — Caine respondeu, sua exasperação evidente. — Você não fechou a sua porta quando... — Ele fez uma pausa para olhar para Sterns, e disse: — Quando eu a arrastei para cá. Eles notaram a cama vazia quando desceram.

Ela queria se esconder debaixo das cobertas pelo restante do dia.

— Jade? Por que a prataria está debaixo da minha cama?

— Pergunte a Sterns — disse ela. — Ele a colocou lá.

— Parecia um lugar apropriado, senhor — explicou Sterns. — Um dos seus convidados, o homem grande com dente de ouro, certamente teria ficado interessado na prataria. Milady sugeriu um esconderijo para as peças depois que lhe expliquei o significado especial que têm para você.

Ela pensou que Caine iria agradecê-la por salvar os seus tesouros. Em vez disso, ele riu.

— Venha para baixo assim que estiver vestida, Jade. Richards deseja começar a questioná-la novamente.

Sterns não saiu do quarto com seu patrão.

— A duquesa enviou vários vestidos que pertencem a uma de suas filhas. Acredito que o manequim seja próximo ao seu, milady.

— Por que ela...

— Eu solicitei as peças — anunciou Sterns. — Quando estava desfazendo sua bagagem, não pude deixar de notar que só havia dois vestidos.

Estava prestes a protestar, mas Sterns não lhe deu tempo.

— O vestido que vai usar está pendurado no guarda-roupa. A cozinheira ajudará você a se vestir. Irei buscá-la imediatamente.

Não adiantaria nada discutir com ele. Sterns passara de mordomo a comandante. Ele escolheu a roupa que ela usaria, também — um vestido marfim escuro com punhos de renda. O vestido aparentava ser tão elegante, que Jade não pôde resistir.

Também havia roupas íntimas. Embora Sterns não as houvesse mencionado, ele colocou os tesouros de seda ao pé da cama, ao lado das meias leves como o ar e das sapatilhas marfim que combinavam com o traje.

Jade estava lavada e elegantemente vestida pouco menos de quinze minutos depois. Sentou-se em uma cadeira de espaldar reto, enquanto a cozinheira penteava os seus cabelos. A mulher idosa era alta e rotunda. Seus cabelos grisalhos eram cortados em cachos curtos. Ela atacou o cabelo de Jade como se fosse preparar um grande assado. Ainda assim, Jade seria capaz de suportar aquele leve desconforto pelo restante do dia, se isso a poupasse de encarar Lyon e Sir Richards novamente.

A reunião não pôde ser evitada, no entanto.

— Você está um arraso, ora se está — anunciou a criada quando terminou a tarefa. Apanhou um espelho de mão e o entregou a Jade. — É uma trança simples, mas aqueles pequenos cachos ao longo das laterais do seu rosto suavizam o visual. Eu os teria prendido no alto da cabeça, milady, mas tive medo de que o peso os fizesse desmoronar.

— Muito obrigada — respondeu Jade. — Você fez um trabalho esplêndido.

A cozinheira assentiu com a cabeça e depois apressou-se em descer as escadas. A reunião não podia ser evitada por mais tempo. Caine viria buscá-la se ela ficasse trancada no quarto. Quando Jade abriu a porta, ficou surpresa e irritada ao encontrar dois guardas no corredor. Ambos os homens ficaram um pouco aturdidos com sua visão. Então, um deles balbuciou que bela imagem ela era. O outro deixou escapar que ela parecia uma rainha.

Os dois guardas a seguiram escada abaixo. As portas da sala de jantar estavam fechadas. O maior dos dois homens apressou-se em abri-las para ela. Jade agradeceu ao homem por sua consideração, depois endireitou os ombros e entrou.

Todos estavam sentados na longa mesa, inclusive Sterns. E todos, incluindo o mordomo tratante, a encaravam.

Todos, exceto Colin, levantaram-se quando ela entrou na sala. Jade manteve seu olhar em Caine. Quando ele puxou a cadeira adjacente à sua, ela caminhou lentamente para o lado dele.

Ele inclinou-se e beijou sua fronte. Nathan quebrou o terrível silêncio.

— Tire as mãos dela, Caine.

— Minhas mãos não estão nela, Nathan — Caine disse com desprezo. — É minha boca que está. — Ele beijou Jade mais uma vez, apenas para provocar o irmão dela. Jade sentou-se na cadeira com um suspiro.

Sterns serviu-lhe o seu café da manhã enquanto os homens continuavam sua discussão. Sir Richards estava sentado em uma das extremidades da longa mesa, e Caine na outra. Quando seu prato foi retirado, Sir Richards chamou a atenção de todos. Ela deu-se conta, então, de que estavam todos esperando por ela.

— Minha querida, decidimos que você deve vir a Londres conosco — anunciou Sir Richards. — Manteremos uma forte segurança — ele acrescentou com um olhar em direção a Caine.

Então, Richards puxou a pena e a tinta para perto de si.

— Eu gostaria de fazer algumas anotações enquanto a questiono — explicou.

— Sir? Por que devo ir a Londres? — Jade perguntou.

O diretor parecia agora um pouco encabulado. Lyon, Jade reparou, estava sorrindo.

— Pois bem — começou Richards. — Precisamos entrar na sala do arquivo. Se eu solicitar as chaves durante o horário de trabalho, meu nome terá de entrar no livro de registros.

— Eles querem ir durante a noite — interrompeu Colin. — Sem chaves.

— Você disse que já entrou no prédio uma vez e leu os arquivos — lembrou Richards.

— Três vezes — Jade o corrigiu.

Sir Richards estava com uma expressão de que estava à beira do choro.

— Então, nossa segurança é assim tão insignificante? — ele perguntou a Lyon.

— Aparentemente — respondeu Lyon.

— Oh, não — Jade apressou-se em dizer. — A segurança é muito boa.

— Então, como foi que... — Richards começou.

Caine respondeu.

— Ela é excepcional, Richards.

Jade enrubesceu em reação ao elogio.

— Sir Richards, compreendo a sua necessidade de manter segredo. Você não quer que o Tribunal saiba que os está caçando, mas creio que eles provavelmente já sabem. Enviaram homens para cá. Certamente viram você e Lyon chegarem e relataram isso...

— Nenhum indivíduo enviado pelo Tribunal retornou para relatar nada a ninguém — explicou Lyon.

— Mas como...

— Caine cuidou deles.

Os olhos de Jade se arregalaram em resposta à declaração de Lyon. Ele parecia estar tão seguro disso. Ela virou-se para olhar para Caine.

— Você cuidou deles como?

Caine balançou a cabeça para Lyon quando pensou que o amigo poderia explicar.

— Você não precisa saber — disse ele a Jade.

— Não os matou, matou? — ela sussurrou.

Ela parecia assustada.

— Não.

Jade assentiu, e depois tornou a olhar para Lyon. Ela notou sua expressão de irritação, mas decidiu ignorá-la.

— Ele não os matou — ela declarou. — Caine não faz mais esse tipo de coisa. Está aposentado.

Ela parecia querer a concordância de Lyon. Ele assentiu, então sabia que seu palpite estava correto quando ela lhe sorriu.

— Jade? — chamou Colin, atraindo a atenção dela. — Você pode ficar com Christina e Lyon quando chegar a Londres. Caine vai ficar em sua residência na cidade, é claro...

— Não — Caine interrompeu. — Ela fica comigo.

— Pense no escândalo — argumentou Colin.

— É quase verão, Colin — respondeu Caine. — Grande parte da sociedade está fora de Londres agora.

— Só é preciso uma testemunha — murmurou Colin.

— Eu disse que não, Colin. Ela fica comigo.

Sua voz firme sugeriu que seu irmão não desse prosseguimento a essa discussão. Colin suspirou, depois concordou com relutância.

Jade não tinha certeza de se havia compreendido.

— O que quis dizer com "uma testemunha"?

Colin explicou. Jade parecia horrorizada quando ele terminou de lhe contar o estrago que poderia ser feito por um fofoqueiro malicioso. Sterns sentou-se ao lado de Jade, deu tapinhas em sua mão e disse:

— Veja pelo lado positivo, milady. Milorde não terá que publicar isso nos jornais agora.

Ela virou-se para ele sem dizer nada, mas fazendo cara feia. Sterns não podia ser intimidado, entretanto. Ele apertou sua mão.

— Não se aflija, minha querida. Tudo foi arranjado.

Ela não sabia do que ele estava falando, mas seu sorriso sugeria que ele tramava alguma coisa. Sterns direcionou sua atenção, no entanto, fazendo um gesto arrogante para a xícara de chá vazia. Ela foi buscar um novo bule.

Assim que saiu da sala, Sterns virou-se para Caine.

— Seus convidados devem chegar em meia hora.

— Convidados? Não podemos receber nenhum maldito convidado — gritou Colin.

Nathan assentiu.

— Droga, com certeza não podemos. Caine, você perdeu a cabeça para convidar...

Caine encarava Sterns.

— Eu não convidei ninguém — ele esclareceu. Uma sugestão de sorriso transformou sua expressão. — Por que não nos diz que convidados são esses, Sterns?

Todos olhavam fixamente para o homem idoso como se tivesse crescido outra cabeça nele.

— Eu tomei a liberdade de convidar seus pais, o tio e os associados de Jade, além de um convidado adicional.

— Por que diabos fez isso? — Nathan exigiu saber.

Sterns virou-se para sorrir para ele.

— A cerimônia, é claro.

Todos se viraram para olhar para Caine. Sua expressão não lhes dizia nada.

— E a autorização, Sterns? — Caine perguntou com um tom de voz blasé.

— Garantida no dia seguinte ao que você assinou o pedido — respondeu Sterns.

— Este homem não é o seu mordomo, Caine? — questionou Sir Richards.

Caine não teve tempo de responder a essa pergunta, pois Nathan falou:

— Ela irá se opor violentamente.

Colin concordou.

— Não acho que Jade aceitará o seu futuro assim tão rápido.

— Vou persuadi-la — declarou Caine. Ele recostou-se na cadeira e sorriu para o mordomo. — Você se saiu bem, Sterns. Eu o congratulo.

— É claro que me saí bem — Sterns concordou. — Eu penso em tudo — ele se vangloriou.

— Ah, é? — Nathan perguntou. — Então, conte-nos como Caine vai convencer Jade?

Em resposta a essa pergunta, Sterns retirou a pistola descarregada que havia escondido na cintura. Depositou a arma no centro da mesa.

Todos ficaram olhando para a pistola até que Sterns rompeu o silêncio. Ele dirigiu suas observações a Richards.

— Eu acredito que ouvi você sugerindo que a pistola fosse apontada para as costas de Lady Jade, ou será que eu estava enganado?

A risada foi ensurdecedora. Jade estava parada à porta, o bule nas mãos enquanto esperava que os homens se acalmassem.

Então, ela serviu a Sterns seu chá, colocou o bule no aparador e depois voltou para o seu assento. Notou a pistola no centro da mesa, mas, quando perguntou o que a arma fazia ali, não conseguiu obter uma resposta decente. Todos os homens começaram a rir de novo.

Ninguém forneceu explicações. Jade presumiu que alguém havia feito uma brincadeira obscena e eles estavam muito constrangidos para compartilhar isso com ela.

Jade estava pronta para retornar aos planos. Caine a surpreendeu, sugerindo que ela voltasse para o quarto.

— Por quê? — ela perguntou. — Pensei que iríamos...

— Você precisa arrumar as suas coisas — disse Caine.

Jade assentiu.

— Vocês só querem continuar com as suas brincadeiras — ela acusou antes de despedir-se.

Estavam todos sorrindo para ela como se fossem ladrões felizes olhando para o seu butim. Ela não sabia o que pensar disso. Os dois guardas a esperavam no vestíbulo. Eles a ajudaram a carregar para os seus aposentos os vestidos que Sterns colocara no guarda-roupa de Caine, e então esperaram do lado de fora, no corredor, enquanto ela fazia as malas.

Quando terminou a tarefa, sentou-se junto à janela e começou a ler o livro que começara a ler duas noites atrás.

Pouco tempo depois, houve uma batida tímida à porta. Jade fechou seu livro e levantou-se, justo quando Black Harry entrou no quarto.

Ficou visivelmente chocada ao vê-lo. Seu tio carregava uma dúzia de rosas brancas de hastes longas.

— São para você, menina — ele anunciou enquanto empurrava o buquê em seus braços.

— Obrigada, tio — ela respondeu. — Mas o que está fazendo aqui? Pensei que fosse esperar por mim na cabana.

Harry a beijou no alto da cabeça.

— Você parece bem, Selvagem — ele murmurou, ignorando completamente sua pergunta. — Caine deveria usar minhas roupas neste dia maravilhoso.

— Por que Caine deveria usar suas roupas? — ela quis saber, agora inteiramente confusa. Nunca vira o tio agir com tanto nervosismo. Ele também parecia bastante preocupado.

— Porque a minha camisa é da mesma cor do seu belo vestido — explicou Harry.

— Mas o que isso tem a ver com...

— Contarei quando estiver pronto — falou Harry. Ele a abraçou, esmagando as flores no processo, e então recuou. — Caine me perguntou se ele poderia se casar com você, menina.

Harry deu outro passo para trás, por precaução, depois de fazer o anúncio, esperando uma explosão. Ele recebeu um encolher de ombros, em vez disso. Notou, porém, que ela segurava as flores com força.

— Cuidado com os espinhos, menina — ele a advertiu.

— O que disse a ele, tio? — ela perguntou.

— Ele fez o pedido da maneira verdadeiramente apropriada — Harry apressou-se em contar. — Eu poderia tê-lo feito ficar de joelhos — ele acrescentou, assentindo. — Ele disse que o faria, se isso fosse necessário para obter a minha permissão. Falou em alto e bom som bem na frente dos meus homens, fez isso mesmo.

— Mas o que você disse a ele? — ela perguntou de novo.

— Eu disse que sim.

Ele deu outro passo rápido para trás depois de lhe contar isso. Mais uma vez, ela deu de ombros, depois caminhou até a lateral da cama e sentou-se. Ela colocou o buquê de rosas na manta ao seu lado.

— Por que não está soltando fogo pelas ventas, menina? — Harry perguntou. Ele esfregou o queixo enquanto a estudava. — Caine disse que você poderia ser resistente à ideia. Não está com raiva?

— Não.

— Então, o que é? — ele exigiu saber. Apertou as mãos atrás das costas enquanto tentava adivinhar os motivos dela. — Você se importa com esse homem, não é?

— Sim, me importo.

— Pois bem, e então? — ele a provocou.

— Tenho medo, tio.

Sua voz tinha sido um sussurro quase inaudível. Harry a ouviu, mas ficou tão espantado com a confissão, que não sabia o que dizer.

— Não tem, não — ele balbuciou.

— Tenho, sim.

Ele balançou a cabeça.

— Você nunca teve medo de nada. — Sua voz era rouca e afetuosa. Harry foi até a cama, sentou-se ao lado dela em cima das flores e colocou o braço desajeitadamente em torno de seus ombros. — O que é diferente agora?

Oh, sim, ela queria gritar: eu já tive medo antes... Tantas vezes, tantos contratempos, que ela havia perdido a conta. Não podia lhe dizer, é claro, pois, se o fizesse, seu tio pensaria que tinha falhado com ela.

— É diferente porque eu vou ter que desistir do meu trabalho — explicou ela em vez disso.

— Você sabe que está na hora, eu me aposentando e tudo o mais — ele respondeu. — Escondi isso dos meus homens, menina, mas os meus olhos, bem, não estou enxergando tão bem quanto antes. Eles se recusarão a seguir um pirata cego.

— Então, quem eles seguirão? — ela perguntou.

— Nathan.

— Nathan?

— Ele quer o *Esmeralda*. Pertenceu ao pai dele, afinal de contas, e ele tem um pequeno negócio para cuidar. Ele vai dar um bom pirata, menina. Ele aprendeu o ofício.

— Sim, ele vai dar um bom pirata — ela admitiu. — Mas, tio Harry, eu não posso ser o tipo de mulher que Caine deseja.

— Você já é a mulher que ele deseja.

— Vou cometer muitos erros — ela sussurrou. Ela estava à beira das lágrimas e tentava corajosamente manter o controle sobre suas emoções por amor a Harry. — Não sei como fazer todas as coisas que uma esposa adequada deveria saber como fazer. Não sou boa com uma agulha, Harry.

— Sim, senhorita, você não é — Harry admitiu, desanimado, lembrando-se de quando ela tentara consertar a meia dele e acabara costurando-a ao seu vestido.

— Não sei dançar — ela acrescentou. Ela parecia tão desamparada ao fazer aquela confissão, que Harry jogou o braço em volta de seus ombros e a abraçou. — Todas as boas damas da sociedade sabem dançar — ela concluiu com um gemido.

— Você vai aprender — Harry prognosticou. — Se quiser aprender.

— Oh, sim — apressou-se em admitir. — Eu sempre quis...

Agora ela parecia melancólica. Harry não sabia o que se passava na sua cabeça.

— O que foi? — ele perguntou. — O que você sempre quis?

— Encaixar-me.

A expressão em seu rosto indicava que ele não tinha entendido sobre o que ela falava.

— Está desejando agora que eu houvesse entregado você a Lady Briars? Ela teria levado você, menina. Ora, ela até lutou comigo ferozmente por você. Ela é a razão de termos saído bem de fininho logo após o funeral de seu pai. Eu presumi que ela retornaria com as autoridades e tentaria roubá-la de mim, levando-a para longe. Eu não era seu tutor legal, se você se lembra. Ainda assim, seu pai queria que você saísse da Inglaterra.

— Você manteve a sua palavra dada ao meu pai — ela interveio. — Foi muito honrado.

— Mas está desejando agora que eu não tivesse sido tão honrado naquela época?

Ela balançou a cabeça. Pela primeira vez em todos os anos que passaram juntos, ela enxergava a vulnerabilidade de Harry.

— Não consigo imaginar minha vida sem você, Harry. Eu jamais desejaria que as coisas tivessem sido diferentes. Você me amou como se eu fosse sua própria filha.

O braço de Harry pendeu ao lado do corpo. Ele pareceu abatido. Ela colocou o braço em volta de seus ombros, tentando agora confortá-lo.

— Tio, Lady Briars teria me ensinado todas as regras, sim, mas ela não poderia ter me amado do jeito que você fez. Além disso, você me ensinou regras muito mais importantes. Você me ensinou como sobreviver.

Harry animou-se rapidamente.

— Ensinei — ele gabou-se com um sorriso. — Mas os componentes já estavam aí. Nunca vi uma ladra tão talentosa ou alguém mentir tão bem em toda a minha vida. Estou muito orgulhoso de você, menina.

— Obrigada, tio — ela respondeu, corando por conta dos elogios. Harry não era do tipo que rasgava elogios à toa, então ela sabia que ele estava sendo sincero.

Sua expressão azedou, no entanto, quando ele voltou ao comentário inicial que ela havia feito.

— Entretanto, você acha que não se encaixa? Você disse que queria se encaixar, menina.

— Quis dizer: ser uma esposa adequada — ela mentiu. — Foi isso o que quis dizer com me encaixar.

— Você não está falando com clareza, menina — observou Harry. Ele parecia aliviado. — Quanto a mim, sempre quis ser vovô.

Ela começou a enrubescer.

— Também não sei como ter bebês — ela lamentou.

Harry tivera a intenção de melhorar o seu humor. Ele se deu conta de que adotara a abordagem errada.

— Droga, nenhuma mulher sabe até chegar o momento, menina. Diga-me uma coisa. Você ama Caine? Ele diz que sim.

Ela esquivou-se de sua pergunta.

— E se ele se cansar de mim? Ele vai me deixar, então, Harry — ela sussurrou. — Eu sei que vai.

— Ele não vai.

— Ele precisa de tempo para perceber... — Ela fez uma pausa na metade da frase. — É isso, Harry. Se a corte for longa o suficiente, talvez ele perceba que cometeu um erro. — Ela sorriu. — E durante esse tempo, no caso de ele não ter cometido um erro, eu poderia tentar aprender tudo o que seria exigido de mim. Sim, tio, é isso. Caine está sendo muito honrado agora, tentando fazer o que é certo...

— Está bem, veja, menina — Harry a interrompeu. — Sobre esse plano de corte prolongada...

— Oh, Harry, essa é a única resposta — ela o interrompeu. — Insistirei em um ano. Aposto que ele concordará de cara.

Ela estava tão satisfeita com a sua decisão, que saiu correndo do quarto. Harry ajustou seus óculos na ponte do nariz, pegou o buquê, enfiou-o debaixo do braço e foi atrás dela.

— Espere — ele gritou.

— Eu devo falar com Caine de uma vez por todas — ela berrou por cima do ombro. — Estou certa de que ele vai concordar.

— E eu estou certo de que ele não vai concordar — murmurou Harry. — Menina, pare. Há ainda algumas coisas que eu tenho de lhe contar.

Ela já havia chegado ao vestíbulo quando Harry alcançou o topo da escadaria.

— Eles estão na sala de estar — gritou seu tio enquanto descia as escadas com passos pesados.

Jade parou abruptamente quando abriu as portas e viu a reunião. Harry a alcançou e a segurou pelo braço.

— Estamos fazendo isso da forma apropriada, menina — ele sussurrou.

— Por que todas estas pessoas estão aqui? — ela perguntou. Olhou para o grupo, reconhecendo todos, exceto o homem baixo e parcialmente calvo de pé junto às portas francesas. Ele segurava um livro na mão e conversava detidamente com o Duque e a Duquesa de Williamshire.

Caine estava ao lado da lareira, conversando com Lyon. Ele deve ter percebido sua presença, pois subitamente se virou no meio de uma frase e olhou para ela.

Sua expressão era solene.

Soube pela expressão intrigada que ela não compreendia o que estava acontecendo. Caine se preparou para a explosão que estava prestes a acontecer e, então, caminhou até Jade para enfrentá-la.

— Não tive tempo para terminar de explicar — Harry apressou-se em esclarecer.

— Posso ver que não — Caine o repreendeu. — Jade, querida, nós vamos...

— Deixe-me contar — insistiu Harry.

Ele apertou a mão de Jade em seu braço para que as unhas não causassem ferimentos e disse:

— Não haverá corte de um ano, menina.

Ela continuou a encará-lo com aquele olhar inocente e angelical. Harry intensificou a pressão na mão dela.

— Mas haverá um casamento.

Ela estava começando a entender, Harry imaginou, quando percebeu que seus olhos ficavam da cor de esmeraldas.

Jade tentava soltar a mão. Harry segurou-a com firmeza.

— Quando é esse casamento? — ela perguntou com um sussurro rouco.

Harry fez uma careta antes de responder.

— Agora.

Ela abriu a boca para gritar sua negativa, mas Caine se aproximou, bloqueando sua visão da plateia.

— Podemos fazer isso do jeito fácil, Jade, ou do jeito mais difícil. Você decide.

Ela fechou a boca e o fuzilou com os olhos. Caine podia ver o quanto estava assustada. Estava quase entrando em pânico. De fato, até tremia.

— O jeito fácil é você caminhar até o sacerdote e recitar os seus votos.

— E o jeito mais difícil? — Jade perguntou.

— Eu arrasto você até lá pelos cabelos — assegurou Caine. Ele se certificou de parecer que estava disposto a executar essa tarefa também. — Seja como for, eu ganho. Nós vamos nos casar.

— Caine...

O medo em sua voz partiu o coração dele.

— Decida — ele ordenou com voz firme. — Do jeito fácil ou do jeito mais difícil?

— Não vou permitir que me deixe — ela sussurrou. — Não vou! Eu o deixarei antes.

— Sobre o que está balbuciando, menina? — Harry perguntou.

— Jade? Qual vai ser? — Caine voltou a exigir, ignorando tanto o protesto dela quanto a interferência de Harry.

Ela se deu por vencida.

— Do jeito fácil.

Ele assentiu.

— Eu a conduzirei até o sacerdote — Harry anunciou. — Nathan — ele gritou. — Você pode vir logo atrás.

— Só um instante — disse Caine.

Enquanto Jade permanecia parada ali tremendo de pânico e Harry lançava à duquesa olhares totalmente lascivos, Caine dirigiu-se até o sacerdote e falou com ele. Quando terminou, entregou um papel ao homem.

Tudo estava pronto. Colin levantou-se ao lado de seu irmão, apoiado pelo braço de Caine. Jade estava junto de Caine. Harry precisou ampará-la.

Jade recitou seus votos primeiro, uma violação da tradição na qual Caine insistiu. Ele encarou a noiva enquanto repetia os votos dele. Caine permitiu que ela mantivesse seu olhar baixo até o fim da litania. Então, levantou o queixo dela e a forçou a olhar para ele.

Jade parecia tão assustada, tão vulnerável... Os olhos dela brilhavam com lágrimas. Ele a amava tanto. Queria lhe dar o mundo. Mas primeiro ele teria que ganhar a confiança dela.

O sacerdote fechou o livro, desdobrou a folha de papel e começou a ler.

— Você promete ficar com sua esposa durante o tempo que viver? Dá a sua palavra perante Deus e essas testemunhas de que jamais a abandonará até que a morte os separe?

Os olhos dela se arregalaram durante as perguntas do sacerdote. Ela se virou e viu o papel que ele segurava.

— Sim — Caine sussurrou quando Jade virou-se para ele. — E agora a última — Caine instruiu o sacerdote.

— Isto é altamente irregular — sussurrou o sacerdote. Ele virou-se para se dirigir a Jade. — E promete dizer ao seu marido que o ama antes deste dia terminar?

Seu sorriso era radiante.

— Sim — ela prometeu.

— Pode beijar a noiva — anunciou o sacerdote.

Caine ficou feliz em fazer isso. Quando ele levantou a cabeça, disse:

— Agora você é minha.

Ele a puxou para os seus braços e a abraçou com força.

— Eu nunca cometo o mesmo erro duas vezes, minha querida — ele sussurrou.

— Não entendo, Caine — ela disse. Ainda estava à beira das lágrimas e tentando desesperadamente manter a compostura. — Então, por que não fez com que o sacerdote me fizesse prometer não deixá-lo? Você não acredita que eu honraria meus votos?

— Depois de dar a sua palavra, sei que não vai quebrá-la — ele respondeu. — Mas você tem que dar isso de livre e espontânea vontade. Quando estiver pronta, vai me dizer.

Ele não teve mais tempo de conversar com ela, pois os convidados os cercavam para oferecer suas congratulações.

Harry estava parado no canto com seus homens, esfregando os olhos com a ponta de sua faixa. A mãe de Caine parecia genuinamente feliz por ter Jade na família. Claro que ela não sabia que sua nova nora era uma ladra comum, Jade lembrou a si mesma.

— O seu tio a virá visitar com frequência? — Gweneth perguntou depois de lançar um rápido olhar a Harry.

— Ele mora a uma boa distância da Inglaterra — explicou Jade. — Provavelmente virá apenas uma vez por ano.

Caine ouviu a última explicação de Jade, viu o breve alívio de sua mãe e começou a rir.

— Minha mãe fica um pouco nervosa quando está perto de seu tio — esclareceu ele.

— Oh, não precisar ficar — respondeu Jade. — Harry é de fato um homem muito gentil. Talvez se o conhecesse melhor...

A mãe de Caine ficou absolutamente consternada com tal sugestão. Jade não sabia o que pensar a respeito disso.

— Essa foi uma ideia de Harry algum tempo atrás — explicou Caine. — Ele queria conhecer melhor a minha mãe.

Como Jade não havia testemunhado Harry tentando arrastar a duquesa porta afora, não entendeu por que a mãe dele parecia tão horrorizada. Também não compreendia por que Caine parecia se divertir tanto com isso.

— Veja só, filho, este não é o momento para...

— Você o chamou de filho — interrompeu Jade. — E você a chamou de mãe, não foi?

— Ele é meu filho — anunciou Gweneth. — Do que mais eu o chamaria, querida? Eu tenho sua permissão.

Jade ficou tão satisfeita que não conseguia parar de sorrir.

— Ah, eu entendi tudo errado — ela sussurrou. — Pensei que ele só a chamava de senhora, e que você nunca, jamais o chamava de filho. Eu queria que ele pertencesse... sim, estava enganada.

Nem Caine nem sua mãe compreenderam, de fato, o que ela falava. Sorriram um para o outro.

— Onde está Henry? — Gweneth perguntou de repente. — Harry está vindo aqui.

A duquesa arrepanhou as saias e foi correndo em direção ao marido antes que Caine ou Jade pudessem detê-la.

— Estava preocupada por eu não me encaixar na família? — ele sussurrou.

Ela parecia envergonhada.

— Todos devem pertencer a alguém, Caine, até mesmo você.

Harry empurrou o buquê de rosas para suas mãos.

— Estas serão as últimas rosas que Jimbo irá buscar para você, menina, então, aproveite-as. — Ele achou que sua declaração poderia ter soado um tanto grosseira, por isso, deu-lhe um beijo na testa. Em seguida, virou-se para Caine. — Preciso lhe contar sobre o incêndio que planejamos para o navio — disse ele. — A pintura deve estar concluída até amanhã.

— Se me der licença, preciso falar com Nathan — disse Jade. Ela notou que seu irmão estava sozinho no terraço.

Caine escutou Harry enquanto ele traçava seus planos, mas manteve o olhar dirigido constantemente para a noiva. Jade encarou seu irmão e conversou com ele durante muito tempo. Nathan assentiu várias vezes. Sua expressão era séria. Ele pareceu assustado, também, quando Jade puxou uma das rosas de seu ramalhete e a entregou a ele.

Ele balançou a cabeça. Ela assentiu.

E, então, sorriu para a irmã, aceitou a rosa e a puxou para um abraço.

Pela primeira vez desde que Caine conhecera Nathan, estava enxergando o homem como ele era de verdade. Estava completamente exposto agora. A expressão em seu rosto enquanto abraçava a irmã era repleta de amor.

Caine não se intrometeu. Aguardou até que Jade se afastasse de Nathan e voltasse para ficar ao lado dele.

Harry e seus homens estavam todos observando Nathan agora. Quando o irmão de Jade levantou a rosa no ar, uma aclamação ressonante elevou-se. Os homens foram imediatamente até Nathan. Jimbo e Matthew bateram-lhe forte nas costas.

— Do que se trata isso tudo? — Caine perguntou a Jade. Ele colocou o braço em volta dela e a puxou para junto de si.

— Eu dei a Nathan um presente de casamento — contou ela.

Os olhos de Jade brilhavam de felicidade. Ele foi tomado por um súbito desejo de beijá-la.

— E então? — ela perguntou quando ele simplesmente ficou ali parado, encarando-a. — Não quer saber o que dei a ele?

— Uma rosa — ele sussurrou. Ele se inclinou e beijou sua testa.

— Querida, vamos dar um pulo lá em cima por alguns minutos.

A urgência em sua voz, somada à expressão em seu rosto, deixou-a sem fôlego.

— Não podemos — ela sussurrou. — Temos convidados. E temos que ir para Londres — ela acrescentou com um aceno afirmativo de cabeça.

Caine soltou um longo suspiro.

— Então, pare de olhar assim para mim.

— Assim como?

— Como se também quisesse dar um pulo lá em cima — ele rosnou.

Ela sorriu.

— Mas eu quero dar um pulo lá em cima.

Ele a beijou então, bem do jeito que queria, usando sua língua num frenesi erótico, fingindo por um momento que estavam, de fato, a sós.

Ela estava mole como gelatina quando Caine inclinou a cabeça para trás. Deus, como amava a maneira como ela respondia a ele.

Então, ele se lembrou da promessa que ela havia feito ao sacerdote.

— Jade, existe alguma coisa que você queira me dizer? — ele gentilmente a provocou quando sua expressão vidrada começou a desaparecer.

— Sim — ela sussurrou. — Queria lhe dizer que dei uma rosa branca a Nathan.

Ela parecia tão sincera, sabia que não estava brincando com ele. Ele decidiu então que teria de esperar até que estivessem sozinhos para começar a pressioná-la a admitir que o amava. Droga, ele precisava ouvi-la verbalizar as palavras.

— Entende o significado disso, Caine?

Ele balançou a cabeça.

— Eu lhe dei o meu nome — ela explicou.

Ele ainda não compreendia.

— Ele vai parecer terrivelmente tolo respondendo ao seu nome, querida.

— Selvagem.

— O quê?

Ela assentiu quando pareceu que ele ia querer discutir com ela.

— Nathan será Selvagem agora. Foi meu presente para ele.

Ela parecia tão satisfeita consigo mesma, que ele se sentia culpado por discutir.

— Jade, Selvagem tem que morrer, lembra?

— Só por um momentinho — ela respondeu. — Os homens têm um novo líder, Caine, Nathan quer o *Esmeralda*. Tem negócios a tratar.

— Que negócios?

— Ele tem que buscar a sua esposa.

Essa declaração, sim, causou-lhe reação. Caine ficou abismado.

— Nathan é casado?

— Desde que tinha catorze anos — respondeu ela. — Por ordem do rei.

— Onde está a esposa dele? — Caine quis saber.

Ela riu, encantada com seu espanto.

— Esse é o negócio do qual ele tem que tratar, Caine.

Ele começou a rir.

— Quer me dizer que Nathan perdeu a esposa?

— Não exatamente — ela contou. — Ela fugiu dele. Agora você consegue entender por que ele está tão irritado?

Caine assentiu.

— Querida, quantos outros segredos você ainda tem para compartilhar comigo?

Ela não teve tempo de refletir sobre essa questão. Sir Richards os interrompeu com a lembrança de que era hora de partirem para Londres.

— Jade, é melhor vestir seu traje para cavalgar — instruiu Caine. — Não levaremos a carruagem.

Ela assentiu, despediu-se rapidamente e subiu as escadas para trocar de roupa. Sterns levou para baixo sua mala, entregando-a ao chefe dos estábulos para que ele pudesse prendê-la na sela do cavalo dela.

Caine acabava de vestir seu casaco quando ela entrou no quarto. Ele já havia vestido as apertadas calças cor de camurça e botas hessianas marrom-escuras. Ele usava a mesma camisa branca, mas havia retirado o plastrão.

— Estou pronta — ela gritou da porta para chamar a sua atenção.

— É uma bela maneira de começar o nosso casamento — murmurou Caine.

— Poderíamos ter esperado — ela comentou.

Ele discordou com um aceno de cabeça.

— Não, não poderíamos ter esperado.

— Caine? Por que não podemos levar a carruagem?

— Vamos sair por trás, pela floresta, começando na direção oposta, é claro, e então fazemos o contorno. Vamos entrar despercebidos em Londres, amor.

Ela sorriu.

— Assim como McKindry — ela anunciou.

Caine deslizou a longa faca em uma bota, a atenção voltada para a tarefa, e perguntou:

— Quem é McKindry?

— O homem que usou o chicote em mim — respondeu Jade. — Não se esqueça da sua pistola, Caine.

— Não vou — ele assegurou, virando-se para ela. — McKindry é o desgraçado que a marcou? — ele exigiu saber.

— Não fique tão irritado, Caine, isso foi há muito tempo.

— Há quanto tempo?

— Oh, eu tinha oito, talvez nove anos na época. Harry deu um jeito em McKindry. E serviu como uma boa lição para mim — ela acrescentou quando a expressão dele se tornou assassina.

— Que lição?

— McKindry chegou de fininho por trás de mim — ela explicou. — Depois disso, toda vez que Harry me deixava, suas últimas palavras eram sempre: lembre-se de McKindry. Veja, era um lembrete de que eu sempre deveria ficar em guarda.

Mas que merda de infância foi essa?, ele perguntou a si mesmo. Caine manteve sua raiva oculta.

— E com que frequência Harry a deixava? — questionou ele, seu tom suave. Ele até se virou para o guarda-roupa para que ela não pudesse ver sua expressão.

— Oh, o tempo todo — ela contou. — Até que eu tivesse idade suficiente para ajudar, é claro. Então, fui com ele. Caine, é melhor você se apressar. Sir Richards ficará impaciente. Eu vou descer...

— Venha aqui, Jade.

Sua voz era um sussurro rouco, sua expressão solene. Jade ficou completamente confusa com o comportamento dele. Ela se aproximou para ficar diante dele.

— Sim, Caine? — ela perguntou.

— Quero que se lembre de algo mais, além de McKindry — disse ele.

— O que é?

— Eu a amo.

— Jamais poderia esquecer que você me ama. — Ela estendeu a mão e gentilmente acariciou a bochecha dele com a ponta dos dedos.

Então, ela tentou beijá-lo, mas ele balançou a cabeça.

— Também quero que se lembre de outra coisa — ele sussurrou. — Lembre-se da promessa que fez para mim de nunca, jamais voltar para o mar.

Seus olhos se arregalaram.

— Mas não prometi a você...

— Prometa-me agora, então — ele ordenou.

— Prometo.

Ela estava bastante atordoada. Caine pôde perceber essa reação.

— Direi a Harry que ele terá de vir para a Inglaterra se quiser vê-la. Não iremos até ele. Também lhe contarei que fiz você me prometer. Ele não vai discutir sobre isso.

— Há quanto tempo você sabe, Caine? — ela perguntou.

— Que você tem medo da água?

Ela assentiu com timidez.

— Desde o primeiro pesadelo — ele explicou, tomando-a de volta em seus braços. — Você tem vivido um pouco ansiosa, não é?

— Um pouco — ela sussurrou. Então, balançou a cabeça. — Não, Caine, eu não tenho vivido apenas um pouco ansiosa. Vivo aterrorizada. Harry não compreenderia.

Passou-se um longo e pesado momento antes de ela sussurrar:

— Caine, acha que sou covarde por ter medo da água?

— Você precisa mesmo me fazer essa pergunta? — ele respondeu. — Já não sabe a resposta, Jade?

Ela sorriu, então.

— Não, você não acha que sou covarde. Desculpe insultá-lo perguntando isso. Só não estou acostumada a admitir...

— Querida, nem mesmo Poseidon retornaria à água se tivesse passado pelo terror que você passou.

Ela começou a rir e a chorar ao mesmo tempo. Estava tão aliviada por ele lhe tirar esse fardo, que até sentiu-se um pouco zonza, de um modo prazeroso.

— Nathan é mais forte do que eu — disse ela, então. — Ele voltará às águas.

— Nathan não é humano, amor, então ele não conta — respondeu Caine.

— Oh, ele é humano, sim. Se eu lhe contar um segredo, você guarda? Não vai atormentar o meu irmão com...

— Eu prometo.

— Nathan fica mareado.

Caine riu.

— Ele vai dar um ótimo pirata, então — disse ele.

— Amo você.

Ela deixou escapar a confissão com o rosto escondido nas lapelas de seu casaco.

Ele parou de rir.

— Você disse alguma coisa? — ele perguntou, fingindo que não a tinha escutado. Puxou o queixo dela para cima e olhou fundo em seus olhos.

Demorou muito tempo para que proferisse de novo as palavras, usando cada grama de coragem que possuía. Sua garganta se apertou, o coração martelou num ritmo descontrolado, e seu estômago parecia estar se revirando.

Ela não teria conseguido dizer se ele não houvesse ajudado. A expressão no rosto de Caine estava tão repleta de amor, que fez parte de seu pânico desaparecer. A covinha cuidou do restante.

— Eu amo você.

Ele se sentiu aliviado, até que ela desabou em lágrimas.

— Foi assim tão difícil? Dizer que me ama?

— Foi — Jade sussurrou enquanto ele enxugava suas lágrimas com beijos. — Não estou nada acostumada a dizer o que está no meu coração. Acho que não gosto nem um pouco disso.

Santo Deus, ele teria rido se ela não tivesse soado tão vulnerável. Ele a beijou em vez disso.

— Você também não gostou de fazer amor da primeira vez — ele lhe lembrou antes de beijar sua doce boca mais uma vez.

Ambos tremiam quando se separaram. Ele a teria arrastado até a cama se o bramido de Sir Richards não os tivesse interrompido.

Suspiraram em uníssono.

— Venha, querida. É hora de partir.

Ele foi para a porta, puxando-a pela mão.

Lyon e Richards estavam aguardando por eles no vestíbulo. O momento de alegria logo foi posto de lado. Eles caminharam em silêncio até o bosque onde Matthew e Jimbo esperavam com os cavalos.

Caine ia na frente. Jade vinha a seguir, com Lyon responsável por proteger sua retaguarda. Sir Richards seguia por último.

Caine foi cauteloso ao ponto da obsessão. A única vez que pararam para descansar foi quando ele retrocedeu sozinho para ter certeza de que não estavam sendo seguidos. Ainda assim, Jade não se importou com o inconveniente. Sentia-se reconfortada com suas precauções.

Cada vez que Caine partia, Lyon permanecia ao seu lado. E toda vez que ele falava com ela, o assunto era sempre concernente ao arquivo dele. Era evidente que estava preocupado com a ideia de que outra pessoa pudesse se apossar dele.

Jade sugeriu que ele roubasse o próprio arquivo para que pudesse ter paz mental. Lyon balançou a cabeça em uma negativa. Tentou não sorrir enquanto explicava que isso não seria ético. Talvez chegasse a ocasião, acrescentou, quando alguém questionaria uma de suas missões. O arquivo não poderia ser destruído ou roubado, pois a verdade era sua proteção.

Jade não discutiu com ele, mas achava que o arquivo ficaria muito mais protegido em sua casa do que no Departamento de Guerra. Tomou a decisão de incumbir-se dessa tarefa.

Quando chegaram aos arredores de Londres, o sol já se punha. Jade estava exausta da longa cavalgada. Ela não protestou quando Caine a trouxe para o seu colo. Jade montou o restante do percurso com os braços do marido ao redor de si.

E durante todo o tempo continuou pensando consigo mesma que Caine era um homem tão forte e confiável... Uma mulher poderia ficar dependente dele.

Jade estava quase caindo no sono quando chegaram à residência na cidade. Caine entrou primeiro, dispensou bruscamente os criados pelo restante da noite e levou Jade para dentro da biblioteca. O cheiro de fumaça ainda pairava no ar, e a maioria das paredes ainda estava enegrecida por causa do incêndio, mas os criados tinham feito um bom trabalho consertando os estragos. A residência da cidade estava suficientemente boa para se habitar.

Quando Lyon e Richards juntaram-se a Jade e Caine, Richards disse:

— Sairemos assim que ficar completamente escuro.

— Seria mais seguro se esperássemos até a meia-noite — Jade sugeriu. — Até lá haverá dois guardas.

— E o que acontece à meia-noite? — perguntou Sir Richards.

— Apenas um guarda permanece durante a madrugada — explicou ela. — O nome dele é Peter Kently e ele sempre fica meio embriagado no momento em que assume o turno. Agora, se aguardarmos meia hora, ele terá terminado sua garrafa e deverá estar profundamente adormecido.

Sir Richards a olhava de queixo caído.

— Como você...?

— Sir, é preciso estar sempre preparado para qualquer eventualidade se quiser ter sucesso — observou.

Enquanto Sir Richards tagarelava a respeito da falta de moral em funcionários do governo, Lyon perguntou a Jade sobre as fechaduras.

— A porta dos fundos é uma obra de arte — declarou. Seus olhos brilhavam de alegria, pois ela obviamente amava aquele tema.

— Uma obra de arte? — Caine perguntou, sorrindo por seu entusiasmo.

— É difícil — ela classificou.

Sir Richards animou-se de modo considerável.

— Bem, graças a Deus há algo com nível de qualidade aceitável.

Ela lançou-lhe um olhar solidário.

— Difícil, Sir Richards, mas não impossível. Eu entrei lá, se você se lembra.

Ele pareceu ter ficado tão desanimado que Jade apressou-se em acrescentar:

— Demorou bastante tempo naquela primeira vez. As trancas duplas são bem complicadas.

— Mas não impossíveis — interveio Lyon. — Jade? Quanto tempo você levou da primeira vez?

— Oh, cinco... talvez até seis minutos.

Richards enterrou o rosto entre as mãos. Jade tentou confortá-lo.

— Calma, Sir Richards. Não é tão ruim assim. Olha só, eu demorei quase uma hora para entrar no cofre interno onde os arquivos lacrados são mantidos.

O diretor não parecia querer ser consolado agora. Jade deixou os homens com seus planos e foi até a cozinha buscar algo para comer. Retornou à biblioteca com uma variedade de comida. Eles compartilharam maçãs, queijo, carne de carneiro fria, pão amanhecido e cerveja escura. Jade tirou as botas, dobrou os pés debaixo de si e adormeceu na cadeira.

Os homens mantiveram as vozes baixas enquanto conversavam sobre o Tribunal. Quando Jade acordou, várias horas depois, viu Caine relendo as cartas que ela havia copiado.

Ele estava com uma expressão intrigada no rosto, em absoluta concentração, e, quando subitamente sorriu e recostou-se na cadeira, ela imaginou que ele poderia ter solucionado o problema que estivera contemplando.

— Você chegou a alguma conclusão, Caine? — ela perguntou.

— Estou chegando lá — asseverou Caine, soando bastante alegre.

— Está sendo lógico e metódico, não é? — ela questionou.

— Sim — ele respondeu. — Damos um passo de cada vez, Jade.

— Ele é um homem muito lógico — disse ela a Lyon e Sir Richards. Caine achou que ela falava como se desse uma desculpa para um defeito lamentável. — Ele não consegue evitar — acrescentou. — É muito crédulo, também.

— Crédulo? — Lyon bufou, rindo. — Não pode estar falando sério, Jade. Caine é um dos homens mais cínicos da Inglaterra.

— Um traço que desenvolvi convivendo com você — Caine lançou.

Jade estava impressionada com os comentários de Lyon. Ele parecia tão certo. Sir Richards estava assentindo, também. Ela virou-se para sorrir para Caine e disse:

— Fico honrada então que confie em mim.

— Tanto quanto você confia em mim, querida — ele respondeu.

Ela franziu o cenho para ele.

— E o que exatamente isso significa? — ela perguntou. — É um insulto?

Ele abriu um sorriso. Jade virou-se para Lyon.

— Faz alguma ideia de como é enlouquecedor casar-se com alguém que é tão terrivelmente lógico o tempo todo?

Foi Caine quem respondeu:

— Não tenho a menor ideia.

Ela decidiu encerrar o assunto. Jade baixou os pés no chão, fazendo uma careta pelo desconforto que tal movimento lhe causou nas costas. Se estivesse sozinha, teria deixado escapar um gemido alto e impróprio para uma dama.

— Não estou nem um pouco acostumada a cavalgar durante tantas horas — ela admitiu.

— Você se saiu bem hoje — elogiou Lyon. Ele se virou para Caine. — Quando isso terminar, Christina e eu vamos oferecer uma recepção a vocês dois.

— Seria ótimo — disse Caine. — Sabe, Lyon, Jade e Christina são muito parecidas.

— Ela é uma ladra, então? — Jade perguntou antes que pudesse deter-se. Sua voz estava cheia de entusiasmo. — Nós nos demos muito bem desde o começo. Não me admira...

— Desculpe desapontá-la, amor, mas Christina não é uma ladra — esclareceu Caine.

Jade pareceu triste. Lyon riu.

— Christina também não é muito lógica, Jade. Ela vem de uma família bastante incomum. Poderia ensiná-la todo tipo de coisa.

— Que Deus nos ajude — Caine interveio, pois estava muito familiarizado com o passado incomum de Lady Christina. A esposa de Lyon havia sido criada na região selvagem das Américas por uma das tribos Dakota.

Jade interpretou erroneamente a reação de Caine.

— Estou certa de que aprendo rápido, Caine. Se me dedicar, poderia aprender qualquer coisa que Christina quisesse me ensinar.

Não lhe deu tempo de discutir com ela.

— Vou mudar minhas roupas. Devemos sair em breve.

Percebeu que Caine olhava feio para Lyon quando ela se despediu e se retirou. Jade rapidamente colocou seu vestido preto. Carregava uma capa consigo. O capuz protegeria seus cabelos vermelhos da luz dos lampiões.

Eles fizeram a pé a maior parte do percurso para o Departamento de Guerra. O prédio ficava do outro lado da cidade, mas usaram uma carruagem alugada para apenas metade do caminho. Quando chegaram ao beco atrás do prédio, Jade aproximou-se de Caine. Ela segurou sua mão enquanto olhava para o último andar da estrutura de tijolos.

— Tem alguma coisa errada, Caine.

— O quê? — Sir Richards perguntou atrás dela. — Minha querida, são os seus instintos, ou...

— Tem uma luz acesa na terceira janela à direita — explicou ela. — Não deveria haver nenhuma luz acesa.

— Talvez o guarda na entrada...

— A entrada fica do outro lado — interrompeu Jade. — Essa luz vem do escritório interno.

Caine virou-se para Lyon.

— Se houver alguém lá em cima procurando pelos arquivos, ele usará a porta dos fundos quando sair.

— Deixe-o passar quando ele o fizer — instruiu Sir Richards. — Eu vou segui-lo.

— Quer que eu vá com você? — ofereceu-se Lyon. — Se houver mais de um...

Richards balançou a cabeça.

— Verei quem é o líder e seguirei esse indivíduo. Você é necessário aqui. Nós nos encontraremos na casa de Caine, não importa a hora.

Eles se moveram para as sombras, ficando a uma razoável distância da porta dos fundos, e então aguardaram pacientemente. Caine colocou o braço em volta dos ombros de Jade e segurou-a junto dele.

— Não quer que eu fique aqui com você, quer, Caine? — ela sussurrou quando seu aperto tornou-se quase doloroso.

— Não, não quero que fique aqui — ele respondeu. — Jade, se houver problemas lá dentro...

— Lyon cuidará disso — ela o interrompeu antes que ele pudesse terminar seu pensamento. — Se um assassinato for necessário, que Deus não permita isso, então Lyon deve ser o responsável por fazê-lo. Ele está acostumado a isso.

Lyon ouviu a declaração dela e arqueou uma sobrancelha em reação ao comentário. Perguntou-se se ela havia lido o arquivo de Caine do começo ao fim. Era uma ação que Caine era tão capaz de executar quanto Lyon.

Os sussurros cessaram assim que a porta dos fundos se abriu com um ruído. Enquanto observavam, dois homens correram para fora. Sob a luz do luar, Jade pôde divisar claramente seus rostos. Ela não pôde evitar ofegar. Caine cobriu a boca de Jade com a mão.

O segundo homem virou-se e trancou a porta. *Como ele conseguiu as chaves?*, Jade se perguntou. Permaneceu quieta até que os homens dobraram a esquina. Sir Richards os deixou para segui-los.

Então, ela virou-se para Caine.

— A segurança é péssima — ela sussurrou.

— Sim — ele concordou. — Você os reconheceu, não foi?

Ela assentiu.

— São dois dos três homens que emboscaram a carruagem de Nathan. O maior dos dois é aquele que me golpeou na cabeça.

A expressão em seu rosto a assustou. Jade achou que ele poderia muito bem ir atrás dos dois homens naquele exato momento.

— Caine, você deve ser lógico agora, por favor. Não pode persegui-los.

Ele parecia irritado com ela.

— Eu posso esperar — disse ele. — Mas quando isso acabar...

Ele não terminou essa afirmação, mas segurou a mão dela e conduziu-a até a porta. Com a ferramenta especial que Harry lhe dera em seu décimo aniversário, ela conseguiu destrancar a fechadura em tempo hábil. A segunda trava levou apenas alguns minutos mais.

Lyon entrou primeiro. Jade foi em seguida, com Caine cuidando da retaguarda. Ela tirou Lyon da frente e assumiu a liderança. Eles subiram até o terceiro andar pela escada dos fundos. Jade lembrou-se do rangido no quarto corrimão do segundo lance de escadas, fez um gesto para que ambos os homens o evitassem, e então sentiu os braços de Lyon em sua cintura. Ele a levantou sobre o degrau e a colocou no chão. Ela virou-se para sorrir em agradecimento antes de prosseguir.

O guarda não dormia em seu posto atrás da mesa no escritório do lado de fora. Ele estava morto. Jade viu o punho da faca projetando-se de seus ombros. Ela recuou com rapidez. A mão de Caine imediatamente cobriu sua boca de novo. Devia pensar que ela ia dar um grito.

Através da janela de vidro da porta, eles podiam ver duas sombras. Caine puxou Jade para o canto, fez um gesto para que ela permanecesse lá e depois seguiu Lyon para o escritório interno. Ela ficou impressionada com o silêncio deles. Os dois dariam bons ladrões, pensou ela.

Estavam demorando muito, entretanto. Ela ficou ali parada com as costas pressionadas contra a parede fria, torcendo as mãos enquanto aguardava. Se algo acontecesse a Caine, não sabia o que faria. Até que tivesse de deixá-lo, é claro, ela acrescentou mentalmente... Que Deus a ajudasse, pois precisava dele.

Não se deu conta de que apertava os olhos até sentir a mão de Caine em seu ombro.

— Vamos lá, estamos sozinhos agora.

— E quanto aos homens lá dentro? — ela sussurrou. — E, pelo amor de Deus, abaixe a voz. Estamos trabalhando agora.

Ele não lhe respondeu. Jade seguiu Caine para o interior do cofre e atirou sua capa na mesa mais próxima enquanto Lyon adicionava outra vela à iluminação.

Então, ela notou os dois homens no chão, no canto. Não pôde conter um arquejo.

— Estão mortos? — ela perguntou.

Não conseguiu parar de olhar para os corpos estirados um sobre o outro. Caine moveu-se para bloquear a visão.

— Não — garantiu ele.

Seu alívio era evidente.

— Jade, nenhum de seus homens nunca teve que...

— Com certeza, não — ela o interrompeu. — Eu os teria punido severamente. Matar não era permitido. Agora pare de falar tanto, Caine. Você deve se apressar. Se eles acordarem, vão acionar o alarme.

— Não vão acordar por um longo tempo — garantiu Caine. Ele puxou uma cadeira e gentilmente a sentou nela. — Descanse. Isso vai levar algum tempo.

— Descansar enquanto estou trabalhando? Jamais. — Ela parecia horrorizada com a sugestão.

— O arquivo de Terrance não está aqui — anunciou Lyon, chamando a atenção deles. Ele estava curvado sobre a gaveta do arquivo, sorrindo largamente. — Interessante, vocês não acham?

— Os lampiões lá da rua provavelmente também acham muito interessante — disse Jade. — Mantenha a voz baixa, Lyon.

— Sim, é interessante — concordou Caine com calma, respondendo ao comentário de Lyon.

— Então, podemos ir agora? — perguntou Jade, lançando mais uma vez um olhar para os dois homens caídos no chão.

— Jade, por que está tão nervosa? — Caine questionou. — Já entrou e saiu desta sala inúmeras vezes — ele lhe lembrou.

— Eu estava trabalhando com profissionais naquela ocasião — ela argumentou.

Lyon e Caine compartilharam um sorriso.

— Ela está preocupada conosco — disse Lyon.

— Não — Caine contestou. — Seria insultante se ela...

Ela não podia acreditar que ele ousava provocá-la agora.

— Claro que estou preocupada. Vocês dois não chegam a ser nem bons aprendizes. Até mesmo um imbecil saberia que agora não é o momento de ficar de conversa fiada. Andem logo com isso.

— Ela está nos insultando — Lyon constatou. Ele começou a rir, mas o olhar fuzilante dela o fez mudar de ideia.

Os homens ficaram sérios, então. Trabalharam em determinados arquivos durante duas longas horas. Jade não os interrompeu. Ela tampouco ousava descansar, pois estava decidida a montar guarda em caso de intrusos.

— Tudo bem, terminamos — disse Caine enquanto fechava ruidosamente o último arquivo.

Jade levantou-se e caminhou até a gaveta. Apanhou a pasta de Caine, virou-se e a devolveu ao seu lugar. Estava de costas para os homens e não demorou nada para retirar os arquivos fartos de Caine e Lyon.

Ela girou, determinada a bater de frente com eles de imediato, caso oferecessem uma palavra de protesto. Mas a sorte estava do seu lado, pois os homens já haviam se dirigido ao escritório externo.

— Não vão revistar os bolsos deles? — ela gritou para chamar--lhes a atenção. Apontou para os homens adormecidos.

— Já fizemos isso — respondeu Caine.

Jade ocultou os arquivos na capa. Apagou as velas e seguiu os homens escada abaixo. Como estavam sozinhos no prédio, presumiu que não precisavam ficar calados. Cada um a sua vez murmurou impropérios. Os de Caine, ela percebeu, eram tão criativos quanto os de Lyon.

— Nunca mais vou levar nenhum de vocês para outra invasão — ela murmurou. — Eu não ficaria surpresa se as autoridades estivessem nos esperando do lado de fora.

Nem Caine nem Lyon prestaram atenção às suas divagações. De qualquer maneira, logo ela se cansaria de dar-lhes sermão.

Sir Richards estava aguardando por eles no beco.

— Há uma carruagem esperando por nós a quatro quadras daqui — ele anunciou antes de virar e assumir a liderança.

Jade tropeçou quando eles dobraram a esquina. Lyon a agarrou, ergueu-a em seus braços. Ela achou que ele pudesse ter sentido as pastas quando a transferiu para os braços de Caine, mas concluiu que, no fim das contas, ele não as havia notado quando sorriu para ela e virou-se para proteger a retaguarda.

Adormeceu no veículo com a capa presa sobre os seios. Era tão reconfortante perceber que não tinha com que se preocupar. Enquanto Caine estivesse por perto, sentia-se segura, protegida. Pela primeira vez em um bom tempo, não precisou se lembrar de McKindry. Caine manteria a guarda para ambos. Ele nunca daria um bom ladrão, é claro, mas certamente não permitiria que os cruéis McKindrys do mundo chegassem de fininho por trás deles, também.

Viu-se na cama de Caine quando despertou. Ele tentava tirar a capa dela.

— Eles estão esperando por você lá embaixo? — ela perguntou com um sussurro sonolento.

— Sim, estão. Querida, deixe-me ajudá-la a...

— Eu posso me despir sozinha — disse ela. — Você precisa que eu...

Ela ia lhe perguntar se precisava que ela descesse com ele, mas Caine a interrompeu.

— Sempre vou precisar de você, Jade. Eu a amo.

Ele se inclinou e a beijou.

— Vá dormir, querida. Eu me juntarei a você assim que terminarmos.

— Não quero precisar de você.

Ela deixou escapar aquela confissão com uma voz repleta de pânico. O sorriso de Caine foi quase solidário.

— Eu sei, amor, mas você precisa de mim. Agora, vá dormir.

Ela não entendeu o porquê, mas percebeu que estava confortada por aquela contradição. Caine era tão seguro de si, tão confiante. Era uma característica que ela não podia deixar de admirar.

Jade soltou um suspiro alto. Estava simplesmente cansada demais para pensar no futuro agora. Escondeu os arquivos, tirou a roupa e caiu de volta na cama. Pensou que poderia muito bem ter o horrível pesadelo novamente, então percebeu que não estava temendo isso tanto quanto antes.

Adormeceu abraçada à promessa que Caine tinha dado a ela. Nunca mais teria que se aproximar do mar de novo.

Caine não veio para a cama até que fossem sete horas da manhã. Jade abriu os olhos por tempo suficiente apenas para vê-lo puxar as cobertas e esticar-se ao lado dela. Ele a puxou para o seu lado, seu braço em torno da cintura dela, e já estava roncando feito um bêbado antes que ela voltasse a se acomodar.

Ela desceu as escadas por volta do meio-dia, apresentou-se à criadagem de Caine em Londres e então dirigiu-se à sala de jantar para tomar o café da manhã.

Caine surgiu de repente na entrada, vestido apenas com calças de cor clara. Ele parecia exausto, irritado também, e, quando a chamou com o dedo, ela decidiu não discutir.

— Venha aqui, Jade.

— Acordou com o pé esquerdo, Caine? — ela perguntou enquanto caminhava para enfrentá-lo. — Ou é sempre assim é tão rabugento logo que acorda?

— Pensei que você tinha ido embora.

Seus olhos se arregalaram em resposta àquela confissão, mas ela não teve tempo para pensar a respeito. Caine ergueu-a nos braços e a carregou de volta para cima. Ela só percebeu quão furioso ele estava quando notou que sua mandíbula latejava.

— Caine, eu não o deixei — ela sussurrou, afirmando o óbvio. Ela estendeu a mão para acariciar sua bochecha, sorrindo por causa da barba por fazer. — Você precisa se barbear, marido.

— Isso mesmo, sou seu marido — afirmou. Ele a jogou na cama, tirou as calças e esticou-se ao lado dela, de barriga para baixo, com o braço ancorado em sua cintura. Ela estava completamente vestida; ele, completamente nu.

Ela teria rido do absurdo da situação, se não lhe tivesse caído a ficha do que ele acabara de insinuar. Como se atrevia a não confiar nela? Estava furiosa. Teria lhe dito umas poucas e boas, também, se ele não estivesse parecendo tão sereno, droga. Ela não tinha coragem de despertá-lo.

O sermão teria que esperar. Fechou os olhos, selecionou um livro de sua memória e o releu na mente enquanto esperava pacientemente que Caine tivesse o descanso de que precisava.

Ele não se moveu até quase as duas daquela tarde. Estava com um humor muito melhor, também. Ele sorriu para Jade, que olhou feio para ele.

— Por que não confia em mim? — ela exigiu saber.

Caine rolou sobre as costas, posicionou as mãos atrás da cabeça e soltou um alto bocejo.

— Tire as roupas, querida — ele sussurrou. — E então discutiremos isso.

O olhar dela desceu pelo corpo até sua inequívoca ereção. Ela enrubesceu em resposta.

— Acho que devemos discutir isso agora, Caine — ela balbuciou.

O marquês a puxou para cima de si, beijou-a com paixão e depois ordenou mais uma vez que ela se despisse. Era estranho, mas agora ela não se importou em obedecer ao seu comando. Ele era um homem tão persuasivo. Exigente, também. Ela atingiu o clímax duas vezes antes de ele enfim a preencher com sua semente.

Ela mal podia se mover quando ele por fim afastou-se dela.

— Agora, o que você queria mesmo discutir?

Ela não conseguia se lembrar. Levaram mais uma hora para se vestir, pois continuaram parando para se beijar. Foi só quando estavam a caminho do andar de baixo que Jade lembrou-se sobre o sermão que iria lhe passar.

— Já não provei para você? — ela perguntou. — Você deveria confiar em mim com todo seu coração.

— Você não confia em mim — ele respondeu. — Isso é uma via de mão dupla, Jade; ou funciona assim ou não funciona. Você deixou claro que vai me deixar na primeira oportunidade. Não foi isso, meu amor?

Ele parou no último degrau e virou-se a fim de encará-la. Estavam cara a cara agora. Os olhos dela, Caine percebeu, estavam cheios de lágrimas.

— Não desejo falar sobre isso agora — ela anunciou, lutando para manter a compostura. — Estou com fome e eu...

— Isso a deixa em uma posição de vantagem, não é, esposa?

— Não entendo o que quer dizer — ela retrucou. Sua voz tremia. — Que vantagem?

— No fundo dessa sua cabecinha irracional, oculta-se a possibilidade de que eu acabe deixando você — ele explicou. — Assim como fizeram Nathan e Harry. Você ainda tem medo.

— Eu tenho medo? — ela balbuciou.

Ele assentiu.

— Você tem medo de mim.

Caine pensou que Jade iria contestar essa declaração. Ela o surpreendeu balançando a cabeça em concordância.

— Sim, você me faz ter muito medo — admitiu ela. — E posso lhe dizer, sir, que não gosto nem um pouco dessa sensação. Isso me deixa...

— Vulnerável?

Ela assentiu de novo. Ele soltou um suspiro paciente.

— Tudo bem, então. Quanto tempo acha que vai levar para perder o medo? — Sua voz era tão gentil, sua expressão tão séria.

— Quanto tempo vai demorar até se cansar de mim? — ela perguntou, seu medo aparente.

— Está fazendo confusão de propósito?

— Não.

— Então, em resposta à sua pergunta absurda, jamais me cansarei de você. Agora, diga-me quanto tempo demorará até que confie em mim? — ele perguntou novamente. Desta vez, a voz não era nada gentil. Era tão dura, tão determinada quanto sua expressão.

— Eu lhe disse que o amava — ela sussurrou.

— Sim, você disse.

— Repeti os votos diante de você e perante Deus. — Sua voz subiu uma oitava. Ele também podia notar seu pânico, sua insegurança. — E então? O que mais quer de mim?

Ela gritava agora, torcendo as mãos. Caine decidiu que Jade ainda não estava pronta para se entregar completamente.

Ele sentiu-se como um ogro por perturbá-la.

— Jade...

— Caine, eu não quero deixá-lo — ela exclamou. — Eu confio, sim, em você. Sim, confio. Sei que você irá me manter segura. Sei que me ama, mas há uma parte de mim que ainda... — Ela parou a explicação e baixou o olhar. Seus braços penderam de tristeza. — Às vezes, os sentimentos bloqueados dentro de mim desde que eu era uma menininha impedem que eu me comporte de maneira lógica — ela admitiu muito tempo depois. — Suponho que esteja certo. Eu não estou sendo nada lógica quanto a isso, estou?

Ele a puxou e a apertou junto de si. O abraço era mais para o próprio bem do que para o dela. Na verdade, ele não conseguia suportar ver o tormento em seus olhos.

— Quero lhe dizer uma coisa, querida. A primeira vez que tentou me deixar... quando Harry me disse que você havia partido, eu fiquei desesperado. Nunca antes tive um sentimento tão atroz, e com certeza odiei isso. Agora estou começando a perceber que você viveu com esse sentimento durante muito tempo, não é?

Ela enxugou as lágrimas com a camisa dele antes de responder:
— Talvez.
— Então, você aprendeu a lidar com isso completamente sozinha — ele prosseguiu. — Tem ensinado a si mesma a não depender de mais ninguém. Estou certo, não estou?

Ela deu de ombros para ele.

— Não gosto de conversar sobre isso — ela sussurrou, tentando parecer desconfortável, não aterrorizada. — Eu o amo com todo o meu coração — acrescentou quando ele a apertou. — E agora sei que você me ama, Caine. Sim, tenho certeza disso.

Nenhum dos dois disse mais uma palavra por muito tempo depois de ela ter feito essa afirmação. Jade usou o tempo para acalmar seu coração acelerado. Ele usou o silêncio para pensar em uma maneira racional de apaziguar seus medos irracionais.

— E se fizermos disso um curto período? — ele deixou escapar de repente.

— O quê? — Ela afastou-se dele para poder ver sua expressão. Certamente estava brincando com ela.

A expressão em seu rosto indicava que ele estava bastante sério.

— Quer fazer do nosso casamento uma breve união? Mas você acabou de me dizer que me amava. Como pode...

— Não, não — ele disse. — Se mantivermos esse compromisso que acabamos de assumir um com o outro durante seis meses, se você puder me prometer que ficará comigo durante esse período, será que o seu temor diminuirá?

Ele soava tão entusiasmado, parecia tão arrogantemente satisfeito consigo mesmo. Ela percebeu então que ele estava sendo bastante sincero quanto a esse esse absurdo.

— Você já disse que jamais me deixaria. Agora está me dizendo seis meses...

— Eu jamais deixarei você — ele falou de modo ríspido, obviamente irritado por ela não estar abraçando seu plano com o mesmo entusiasmo. — Mas você não acredita que eu esteja falando sério. Portanto, só tem que prometer me dar seis meses, Jade.

— E quanto a você, marido? Essa promessa vale para você também?

— É claro.

Ela atirou-se de volta em seus braços para que ele não pudesse vê-la sorrir. Não queria que pensasse que ela estava rindo dele. Era estranho também, mas de repente sentiu como se tirasse um peso do peito. Ela conseguia respirar novamente. O pânico havia desaparecido.

— Me dê sua palavra, esposa.

O comando foi dado em um grunhido baixo.

— Eu dou — ela respondeu.

— Não — ele murmurou. — Isso não vai funcionar. É pouco tempo — ele acrescentou. — Droga, se por acaso eu esquecesse, você teria partido antes que eu... Quero um ano inteiro, Jade. Iniciaremos a partir do dia em que nos casamos. Nunca esquecerei o nosso aniversário.

Ele apertou os ombros dela quando Jade não respondeu rápido o bastante.

— E então? Você promete não me deixar por um ano inteiro?

— Prometo.

Caine estava tão aliviado que queria gritar. Enfim havia encontrado uma maneira de mantê-la feliz. Ele acabara de lhe proporcionar a vantagem de que, tinha certeza, ela precisava.

— Diga as palavras, esposa — ele ordenou com voz rude. — Eu não quero que haja nenhum mal-entendido.

O homem realmente deveria se tornar advogado, ela concluiu. Era tão racional, tão inteligente também.

— Eu ficarei com você por um ano. Agora você deve me prometer, marido.

— Eu não a deixarei durante um ano inteiro — ele declarou.

Ele ergueu o queixo dela com o polegar.

— Acredita em mim, não é? — ele perguntou.

— Sim, acredito.

— E está aliviada, não está?

Ela não respondeu por um longo tempo. A verdade não tardou a chegar, também. Ela a atingiu como um raio de sol quente, preenchendo seu coração e sua mente irracional a um só tempo. Ele jamais a deixaria... e ela nunca poderia deixá-lo. Os sentimentos vulneráveis e infantis escondidos dentro dela por tantos anos de solidão evaporaram.

— Querida? Está aliviada, não está?

— Eu confio em você com todo o meu coração — ela sussurrou.

— Não está em pânico agora?

Ela balançou a cabeça.

— Caine, eu quero contar...

— Eu acabei com o seu pânico, não é?

Como ele parecia tão contente consigo mesmo, ela não queria diminuir sua satisfação arrogante. Um homem tinha que ter seu orgulho intacto, lembrou-se.

— Você fez com que tudo isso sumisse da minha cabeça — ela sussurrou. — E sim, você acabou com o meu pânico. Obrigada, Caine.

Eles compartilharam um longo e doce beijo. Jade tremia quando Caine levantou a cabeça. Ele achou que o beijo havia provocado essa reação.

— Quer voltar para cima, amor? — ele perguntou.

Ela assentiu.

— Depois de você me alimentar, Caine. Estou faminta.

Ele segurou a mão dela e dirigiu-se à sala de jantar.

— Sabe, marido, tive uma estranha sensação agora.

— E qual seria? — ele perguntou.

— Eu me sinto... livre. Você entende, Caine? É como se eu tivesse sido libertada de uma sala trancada. Isso é ridículo, é claro.

Caine puxou a cadeira para ela, depois puxou outra para si.

— Por que é ridículo?

Ela parecia decepcionada.

— Porque não existe um quarto trancado do qual eu não consiga sair — ela explicou.

Caine pediu o café da manhã deles, e quando Anna, a criada, deixou a sala, ele pediu a Jade que lhe contasse sobre algumas das aventuras que ela vivera.

— Quero saber tudo o que há para saber — declarou.

— Você só vai ficar irritado — ela previu.

— Não, não — ele assegurou. — Prometo que não ficarei, não importa o que me conte.

— Bem, não quero me gabar — ela começou. — Mas parece que eu tenho uma habilidade natural para entrar e sair de situações difíceis. Tio Harry diz que sou uma ladra e mentirosa nata — acrescentou.

— Veja bem, querida, tenho certeza de que ele não teve a intenção de criticá-la — garantiu Caine.

— Bem, é claro que não — ela respondeu com irritação. — Foram elogios, marido. O elogio de titio significou ainda mais porque ele geralmente não faz isso com ninguém. Ele diz que não está em sua natureza — ela acrescentou com um sorriso. — Harry preocupa-se com que os outros descubram a verdade sobre ele.

— E qual poderia ser essa verdade? — Caine perguntou. — Que ele é realmente um pouco civilizado, no fim das contas?

— Como adivinhou?

— Por causa da pessoa que você se tornou — ele explicou. — Se ele fosse um bárbaro, você não se tornaria a dama que é.

Ela sorriu com prazer.

— Fico feliz que tenha notado — ela sussurrou. — Titio é muito inteligente.

— Foi ele quem a ensinou a ler, não foi?

Ela assentiu.

— Acabou sendo uma boa coisa também, pois seus olhos começaram a traí-lo. À noite, eu lia para ele.

— De cabeça?

— Só quando não havia livros disponíveis. Harry roubou o máximo em que conseguiu pôr as mãos.

— O modo como ele fala — Caine interrompeu. — Isso também é parte da farsa dele, não é?

— Sim — ela admitiu. — Aparências, afinal de contas. Ele sequer usa a gramática adequada quando estamos sozinhos, temendo escorregar na frente dos homens, entende?

Caine revirou os olhos.

— Seu tio ficou um pouco obcecado em relação à sua posição de líder, não é mesmo?

— Não — ela argumentou. — Você não entendeu. Ele gosta dessa farsa, Caine. — Ela continuou a falar sobre o tio por mais alguns minutos, depois direcionou o assunto para algumas de suas aventuras mais memoráveis. Como havia prometido não se irritar, Caine ocultou sua reação. Suas mãos tremiam, no entanto, com a genuína necessidade de torcer o pescoço do bom e velho tio Harry, quando Jade terminou de contar a ele sobre um incidente particularmente angustiante.

Ele decidiu que, na verdade, não queria saber tudo sobre o seu passado.

— Acho melhor ouvir uma história de cada vez.

— É isso que estou fazendo — ela respondeu. Fez uma pausa para sorrir para a criada quando a mulher depositou uma bandeja de pãezinhos crocantes à sua frente, depois voltou-se para Caine. — Estou contando uma de cada vez.

Caine sacudiu a cabeça.

— Quero dizer, eu quero que me conte uma por mês, no máximo. Um homem só pode aguentar esse tanto. Posso lhe prometer que ficarei pensando sobre a história que acabou de me contar por um bom tempo. Droga, Jade, posso sentir o meu cabelo ficando branco. Você poderia ter sido morta. Você poderia ter...

— Mas você não pode ficar irritado — ela interveio com um sorriso. — Você prometeu.

Caine recostou-se na cadeira.

— Acho melhor mudarmos de assunto. Diga-me quando percebeu que me amava — ele pediu. — Eu a obriguei?

Ela começou a rir.

— Você não pode obrigar alguém a amá-lo — disse ela. — Acredito, no entanto, que, quando li o seu arquivo, já estava apaixonada por você.

Ela sorriu ao ver o olhar atônito em seu rosto.

— É verdade — ela sussurrou.

— Jade, não tenho muito orgulho de algumas das coisas que tive de fazer — confessou ele. — Você leu todo o arquivo, não foi?

— Sim, li — ela respondeu. — Você foi decidido, metódico também, mas não era cruel em relação a isso. Por tudo o que vi, sempre foi tão... confiável. As pessoas dependiam de você e você nunca as decepcionou. Eu admirava essa qualidade, é claro. Então o conheci — ela concluiu. — Você foi um pouco como McKindry, porque surgiu de fininho por trás de mim e roubou meu coração antes mesmo que eu pudesse perceber o que estava acontecendo. Agora você deve me dizer quando percebeu que me amava.

— Foi durante um dos nossos muitos debates acalorados — revelou ele.

Era a vez dela de ficar atônita.

— Nós nunca debatemos — disse ela. — Gritamos um com o outro. Eram discussões.

— Debates — ele repetiu. — Eram barulhentos, mas eram debates ainda assim.

— Está me dizendo que se apaixonou pela minha mente primeiro?

— Não.

Ela riu, encantada com sua honestidade.

— O seu mordomo não deveria estar aqui conosco? Pode parecer suspeito se ele permanecer no campo, Caine.

— Sterns nunca vem para Londres comigo — ele explicou. — Todo mundo sabe disso. Sterns odeia Londres, diz que a cidade ficou muito tumultuada.

— Eu sinto falta dele — ela admitiu. — Ele me faz lembrar de você. Sterns é muito teimoso... e arrogante também.

— Ninguém entende por que eu o aguento — disse Caine. — Mas, pra dizer a verdade, eu é que não entendo por que ele me aguenta. Ele tem sido como um escudo para mim, especialmente quando eu era mais jovem. Eu me meti em muitas confusões. Mas Sterns suavizou a coisa toda. Salvou-me da morte várias vezes, também.

Caine contou-lhe a história da vez em que ele quase se afogou em um incidente com um barco e como Sterns o salvou apenas para jogá-lo de volta às águas para aprender a maneira correta de nadar. Ambos estavam rindo quando Caine acabou de contar a história, pois a imagem do mordomo de cara fechada nadando, completamente vestido, ao lado de seu pequeno protegido era bastante divertida.

Jade foi a primeira a ficar melancólica.

— Caine, você e seus amigos chegaram a alguma conclusão na noite passada, depois que fui me deitar?

— O homem que Richards seguiu até sua casa era Willburn. Você se lembra de que Colin nos contou que Willburn era seu diretor e como ele confiava nele?

— Sim, lembro — ela respondeu. — Nathan disse que nunca confiou em Willburn. Ainda assim, meu irmão não confia em ninguém além de Harry e Colin, e em mim, é claro.

— Colin estava errado, Jade. Willburn trabalhava, sim, para o Tribunal. Ele agora trabalha para o único membro remanescente.

Antes que ela pudesse interrompê-lo, ele prosseguiu:

— Estamos bastante seguros de que William Terrance era o segundo homem. Como ele está morto, assim como seu pai, só sobra o terceiro. Richards está convencido de que Terrance era chamado de Príncipe. Isso quer dizer que Gelo está desaparecido.

— Como vamos encontrar Gelo? Não temos muito o que seguir. As cartas eram escassas de informações pessoais, Caine.

— Claro que vamos encontrá-lo, querida — ele respondeu. — Em uma das cartas, havia a menção de que Gelo não frequentava Oxford. Além disso, tanto Raposa quanto Príncipe ficaram surpresos quando conheceram Gelo.

— Como conseguiu reunir essa informação?

— De uma das anotações feitas por seu pai a Príncipe na terceira... não, na quarta carta.

— Eu me lembro — ela disse. — Só não achava que isso era importante.

— Richards acredita que Gelo poderia muito bem ser um estrangeiro.

— E você? — ela perguntou.

— Não estou convencido. Existem outras pistas importantes nessas cartas, Jade. Só preciso de um pouco mais de tempo para juntar todas as peças.

Ela tinha total fé em sua capacidade de resolver tudo. Quando Caine se propunha a solucionar um problema, ele o fazia.

— Richards está vigiando Willburn. Acha que ele pode nos levar até Gelo. É um começo, mas não estou apostando nisso. Nós temos outras opções, também. Agora, querida, não quero que deixe esta residência, não importa o motivo, está bem?

— Você também não pode sair — ela retrucou. — De acordo?

— De acordo.

— O que faremos para nos mantermos ocupados? — ela perguntou com o máximo de inocência que conseguiu em seu tom de voz.

— Podemos ler bastante, suponho — propôs ele.

Jade levantou-se e ficou de pé atrás dele.

— Sim, poderíamos ler — ela sussurrou enquanto abraçava seus ombros largos. Seus dedos escorregaram para o topo de sua camisa. — Eu poderia aprender a bordar — ela acrescentou. — Sempre quis aprender essa aptidão. — Inclinou-se e mordiscou o lóbulo da orelha dele. — Mas sabe o que eu quero fazer mais do que tudo, marido?

— Estou tendo uma boa ideia — ele respondeu, a voz rouca de excitação.

— Está, é? Então vai me ensinar?

— Tudo o que sei, querida — prometeu ele.

Ele se levantou e a tomou nos braços.

— E em matéria de música, o que teremos? — ela perguntou.

Se ele achava que essa era uma pergunta estranha, não comentou nada.

— Faremos nossa própria música — prometeu. Ele a arrastou pela mão para o vestíbulo e começou a subir os degraus.

— Como? — ela perguntou, rindo.

— Vou cantarolar toda vez que você gemer — ele explicou.

— Não acha que a sala de estar será melhor? — ela perguntou.

— A cama seria mais confortável — ele respondeu. — Mas se você está determinada a...

— Aprender a dançar — ela o interrompeu. — É sobre isso que é esta conversa, não é?

Ela sorriu de forma muito doce para ele depois de contar aquela mentira, esperando por sua reação. Pensou que o havia apanhado em seu truque. Caine, no entanto, mostrou-se muito mais esperto do que ela, e também mais criativo. Ele a seguiu até a sala de estar, trancou as portas atrás dele, e então começou a ensiná-la a dançar.

Era uma pena, mas ela jamais poderia exibir sua nova habilidade em público, pois Caine e ela escandalizariam a sociedade com a maneira erótica e absolutamente pecaminosa com que ele lhe ensinava a dançar. E, embora estivesse sendo completamente racional em sua explicação, ela ainda recusava-se a acreditar que as damas e cavalheiros da sociedade tiravam a roupa antes de dançar valsa.

Caine a manteve entretida pelo restante do dia, mas, assim que a caiu a noite, eles tiveram a primeira discussão.

— O que quer dizer com "estou saindo"? — ela gritou quando ele colocou o casaco. — Nós combinamos que não iríamos deixar esta residência...

— Eu serei cuidadoso — Caine a interrompeu. Ele a beijou na testa. — Lyon e Richards estão esperando por mim, querida. Vou ter que sair todas as noites, receio, até terminarmos. Agora, pare de se preocupar e me diga que não irá esperar por mim.

— Eu vou esperar por você — ela balbuciou.

— Eu sei — ele respondeu com um suspiro. — Mas diga-me que não vai, mesmo assim.

Ela permitiu que ele visse sua exasperação.

— Caine, se alguma coisa acontecer com você, vou ficar com muita raiva.

— Eu serei cuidadoso — reassegurou.

Jade o seguiu até a porta dos fundos.

— Você vai se lembrar de McKindry?

Ele se virou, a mão na maçaneta da porta.

— Essa lição é sua, querida.

— Bem, você pode muito bem aprender com ela, também — ela murmurou.

— Tudo bem — ele concordou, tentando apaziguá-la. — Vou me lembrar de McKindry. — Ele virou e abriu a porta. — Jade?

— Sim?

— Vai estar aqui quando eu chegar em casa, certo?

Ela ficou surpresa com a pergunta, também sentiu-se insultada, e teria lhe dito umas poucas e boas se ele não tivesse se mostrado tão vulnerável.

— Eu o deixei tão inseguro assim? — ela perguntou em vez disso.

— Responda — ele ordenou.

— Estarei aqui quando você chegar em casa.

Essas palavras de despedida tornaram-se o ritual deles. Todas as noites quando saía, ele lhe dizia que se lembraria de McKindry, e ela lhe dizia que estaria esperando por ele.

Durante as horas da madrugada, enquanto esperava que seu marido voltasse para casa, Jade pensava sobre a vulnerabilidade dele. No início, acreditava que ela era a causa. Afinal, ela o deixava ver sua própria insegurança com bastante frequência. Mas ela sentia também que os antecedentes de Caine eram outro motivo para essa vulnerabilidade. Não podia imaginar como havia sido a sua infância. Sir Harwick chamara a mãe de Caine de megera. Ela lembrou que o médico também havia dito que a mulher tentara jogar o filho contra o pai. Não poderia ter sido uma época tranquila para Caine.

Quanto mais ela pensava a respeito, mais convencida ficava de que Caine realmente precisava dela tanto quanto ela precisava dele.

Essa compreensão foi um conforto.

Lady Briars enviou várias mensagens convidando Jade para visitá-la. Caine não permitia que ela deixasse a residência, no entanto, e enviou uma resposta dizendo que a esposa estava indisposta.

No fim, a estimada amiga de seu pai veio vê-la. A lembrança que Jade tinha dela era nebulosa, na melhor das hipóteses, mas sentiu-se terrivelmente culpada por fingir estar doente quando viu quão velha e debilitada estava a mulher. Ela continuava bela, entretanto, com olhos azul-claros e cabelos prateados. Seu cabeça pareceu estar bastante ágil também.

Jade serviu chá na sala de estar, então sentou-se ao lado de Caine no sofá. Ele parecia bastante determinado a participar da conversa das mulheres.

Tanto o marido como a esposa ouviram Lady Briars expressar suas condolências pela trágica morte de Nathan. Jade interpretou bem o seu papel de irmã enlutada, mas odiava a farsa, pois Lady Briars era muito sincera em sua compaixão.

— Quando li sobre a tragédia nos jornais, fiquei chocada — contou Lady Briars. — Eu não fazia ideia de que Nathan trabalhava para o governo, realizando um serviço tão secreto. Caine, devo lhe dizer como fiquei triste ao ouvir que seu irmão também foi morto por aquele horrível pirata. Eu não conhecia o rapaz, é claro, mas tenho certeza de que ele devia ter um coração de ouro.

— Eu também nunca conheci Colin — Jade interveio. — Mas Caine me contou tudo sobre ele. Era um bom homem, Lady Briars, e morreu pelo seu país.

— Como Selvagem envolveu-se nisso tudo? — perguntou Lady Briars. — Ainda estou incerta quanto aos detalhes, minha criança.

Caine respondeu à sua pergunta.

— Pelo que o Departamento de Guerra conseguiu averiguar, Nathan e Colin foram emboscados quando estavam a caminho de investigar um assunto altamente secreto.

— Não é bastante irônico que vocês dois tenham terminado juntos? — perguntou Lady Briars. Havia um sorriso em sua voz agora.

— Na verdade, não — respondeu Caine. — Ambos perdemos a cerimônia em homenagem aos nossos irmãos — ele explicou. — Jade veio me ver. Ela queria falar sobre Nathan e acho que eu precisava falar sobre Colin. Ficamos instantaneamente atraídos um pelo outro. — Ele fez uma pausa para piscar para Jade e prosseguiu: — Eu acredito que foi amor à primeira vista.

— Posso ver o porquê — disse Lady Briars. — Jade, você se tornou uma bela mulher. — Ela balançou a cabeça e soltou um leve suspiro. — Nunca entendi por que o amigo de seu pai a levou tão depressa daqui após o funeral. Admito que ia requerer à Coroa a tutela. Eu sempre quis uma filha. Também achava que você teria ficado muito melhor comigo. Agora, depois de visitá-la, bom, eu devo admitir que foi criada da maneira apropriada.

— Tio Harry insistiu que partíssemos imediatamente — explicou Jade. — Ele não era nosso tutor legal e sabia que você iria lutar por mim e Nathan.

— Sim — concordou Lady Briars. — Sabe, eu me sinto parcialmente responsável pela morte de Nathan. Sim, eu me sinto. Se ele tivesse vindo morar comigo, por certo não teria permitido que ele fizesse essas viagens marítimas. Era muito perigoso.

— Nathan já era um homem adulto quando tomou a decisão de trabalhar para a Inglaterra — interrompeu Caine. — Duvido que a senhora pudesse tê-lo mantido em casa, Lady Briars.

— Mesmo assim — ela respondeu. — Ainda não entendo por que seu pai não me cogitou para a tutela...

— Acho que eu entendo — disse Jade. — Harry me disse que papai havia se voltado contra a Inglaterra.

— Não consigo imaginar por quê — Lady Briars retrucou. — Ele parecia muito contente comigo.

Jade deu de ombros.

— Provavelmente jamais conheceremos seus motivos. Harry acreditava que papai estava sendo perseguido por demônios que estavam na sua cabeça.

— Talvez, sim — concordou Lady Briars. — Agora chega de falar sobre o seu pai, Jade. Conte-me tudo sobre a sua infância. Temos tanta coisa para colocar em dia. Como foi viver nessa ilha minúscula? Você aprendeu a ler e a escrever? Como ocupava seu tempo, criança? Havia muitos eventos para participar?

Jade riu.

— As pessoas da ilha não faziam parte da sociedade, Lady Briars. A maioria sequer se preocupava em usar sapatos. Nunca fui capaz de ler ou escrever porque Harry não conseguiu encontrar alguém que pudesse me ensinar.

Jade contou essa mentira porque Caine insistiu que ninguém soubesse que ela conquistara tais habilidades. Cada pequena informação lhes proporcionaria uma vantagem adicional, ele explicou. Se todos acreditassem que ela não tinha aprendido a ler, então ela não poderia ter lido as cartas.

Ela achou que esse raciocínio estava cheio de falhas, mas não discutiu com o marido. Concentrou-se em inventar várias histórias de infância divertidas para satisfazer a curiosidade de Lady Briars. Ela concluiu suas observações admitindo que, embora certamente tivesse sido uma época tranquila, também fora um pouco entediante.

O assunto retornou à questão do seu recente casamento. Caine respondeu a todas as perguntas da mulher. Jade ficou impressionada com o jeito fácil com que ele contava suas mentiras. Obviamente tinha um talento natural, também.

A velha amiga de seu pai parecia estar genuinamente interessada. Jade a achou uma mulher incrivelmente doce.

— Por que nunca se casou? — perguntou Jade. — Sei que é uma pergunta ousada, mas você é uma mulher tão bonita, Lady Briars. Estou certa de que devia ter jovens à sua volta disputando sua atenção.

Lady Briars ficou obviamente satisfeita com os comentários de Jade. De fato, ela corou. Fez uma pausa para ajeitar o cabelo antes de responder. Jade então notou o tremor na mão da mulher idosa. A devastação da idade, concluiu, enquanto esperava pela resposta.

— Eu depositei minhas esperanças em seu pai durante muito tempo, minha querida. Thorton era um homem tão elegante. Mas faltava essa faísca especial, entretanto. Acabamos nos tornando bons amigos, é claro. Ainda penso nele de vez em quando, e às vezes contemplo alguns dos preciosos presentinhos que ele me deu. Fico bastante sentimental — ela admitiu. — Você tem algo especial que permita recordar-se de seu pai, Jade?

— Não — respondeu Jade. — Tudo o que pertencia ao meu pai queimou no incêndio.

— Incêndio?

— Isso irá desapontá-la, Lady Briars, mas a adorável casa que você ajudou Nathan a reformar pegou fogo. Tudo foi destruído.

— Oh, minha pobre querida — sussurrou Lady Briars. — Têm sido tempos difíceis para você, não?

Jade concordou com a cabeça.

— Caine tem sido um conforto, é claro. Duvido que tivesse conseguido passar por isso neste último mês sem ele ao meu lado.

— Sim, é uma sorte — anunciou Lady Briars. Ela depositou a xícara sobre a mesa. — Então, você diz que não tem nada para se lembrar do seu pai? Nada mesmo? Nem uma bíblia da família, um relógio ou uma carta?

Jade balançou a cabeça. Caine segurou sua mão e a apertou.

— Querida, está se esquecendo do baú — ele interveio com suavidade.

Ela se virou para Caine, perguntando-se qual era a intenção dele. Nenhum indício de sua confusão transpareceu em sua expressão, entretanto.

— Oh, sim, o baú — ela concordou.

— Então você tem algo para se lembrar de seu pai, afinal — declarou Lady Briars. Ela assentiu com aparente satisfação. — Eu já ia correndo para casa dar uma olhada nas minhas coisas para encontrar algo para você. Uma filha deve ter uma lembrança ou duas de seu pai. Agora eu me lembro de uma encantadora estátua de porcelana que seu pai me deu de presente de aniversário quando fiz dezesseis anos...

— Oh, não poderia tirar isso de você — apressou-se em recusar.

— Não, ela não poderia — reafirmou Caine. — Além disso, Jade tem o baú. Claro, ainda não tivemos a oportunidade de olhar dentro. Jade tem estado tão doente nas últimas semanas, com uma febre preocupante.

Ele se virou para sorrir para Jade.

— Minha querida, o que me diz de irmos à residência urbana de Nathan na próxima semana? Se estiver se sentindo disposta para o passeio — ele acrescentou. — Ainda temos que resolver os assuntos do irmão dela — ele disse a Lady Briars.

Jade achou que Caine tinha perdido a cabeça. Ela sorriu, apenas para disfarçar sua inquietação, enquanto aguardava pela próxima surpresa que ele faria.

Não demorou muito a chegar.

— Talvez você queira nos acompanhar até a casa de Nathan e dar uma olhada no baú conosco — sugeriu Caine.

Lady Briars recusou o convite. Ela insistiu que Jade fosse vê-la em breve e, então, despediu-se e partiu. Caine ajudou a frágil mulher a subir em sua carruagem.

Jade ficou andando de um lado para o outro pela sala de estar até ele retornar.

— O que foi tudo aquilo? — ela exigiu saber assim que ele voltou para dentro.

Ele fechou as portas antes de lhe responder. Ela notou o sorriso dele, então. Caine parecia completamente satisfeito consigo mesmo.

— Não gostei de mentir para aquela pobre mulher nem um pouco, Caine — ela gritou. — Além disso, a mentirosa talentosa nesta família sou eu, não você. Por que disse a ela que havia um baú, pelo amor de Deus? Estava pensando em fazê-la se sentir melhor, para que ela não tivesse que se desfazer de nenhum de seus estimados objetos? Quer saber, agora que refleti sobre isso, não gosto nadinha de ouvi-lo mentindo. E então? — ela cobrou quando precisou parar para respirar. — O que tem a dizer em sua defesa?

— A mentira era necessária — começou Caine.

Ela não o deixou prosseguir.

— "Mentiras jamais são necessárias" — ela citou de cabeça. — Você falou isso para mim dias atrás. Lembra-se?

— Amor, está realmente aborrecida porque menti? — ele perguntou. Ele parecia atônito.

— Pode acreditar que estou aborrecida — ela respondeu. — Eu aprendi a confiar na sua honestidade, Caine. No entanto, se me diz que a mentira era realmente necessária, então devo presumir que você tem um plano. Acha que Lady Briars pode mencionar esse baú imaginário a alguém? É isso?

Ela pensou que tinha entendido tudo.

— Não — ele respondeu, sorrindo por causa do cenho franzido que sua negação lhe provocou.

— Não? Então, deveria se envergonhar por mentir para aquela velha senhora.

— Se me deixar explicar...

Ela cruzou os braços.

— É bom que seja uma boa explicação, sir, ou terei de repreendê-lo.

Ele achou que Jade estava falando como o seu tio Harry agora. Por certo vociferava o bastante para fazê-lo chegar a essa conclusão. Ele riu e tomou a esposa zangada nos braços.

— E então? — ela murmurou contra o seu casaco. — Explique, por favor, por que mentiu a uma estimada amiga da família.

— Ela não é uma estimada amiga da família — disse Caine, a irritação aparente em seu tom de voz.

— É claro que é — protestou Jade. — Você a ouviu, marido. Ela guardou todos os presentinhos que meu pai lhe deu. Ela o amava!

— Ela o matou.

Jade não reagiu a essa declaração durante um longo e silencioso minuto. Então, aos poucos, ergueu o olhar para encará-lo. Ela balançou a cabeça.

Ele assentiu.

Seus joelhos fraquejaram. Caine teve de segurá-la quando ela desabou sobre ele.

— Você está tentando me dizer — ela começou, num fiapo de voz. — Está querendo dizer que Lady Briars é...

— Ela é Gelo.

— Gelo? — Ela balançou a cabeça novamente. — Ela não pode ser Gelo — gritou. — Pelo amor de Deus, Caine. Ela é uma mulher.

— E mulheres não podem ser assassinas?

— Não — ela respondeu. — Quero dizer, sim, eu imagino...

Ele apiedou-se de sua confusão.

— Todas as pistas se encaixam, Jade. Agora sente-se e deixe-me explicar para você — ele sugeriu.

Ela estava aturdida demais para se mover. Caine levou-a até o sofá, empurrou-a com gentileza sobre as almofadas e depois acomodou-se ao lado dela.

— É bem lógico, de fato — ele começou enquanto colocava o braço em torno de seus ombros.

Um leve sorriso brotou nos cantos da boca de Jade. Estava se recuperando da surpresa inicial.

— Eu sabia que seria lógico.

— Estava desconfiado quando reli as cartas, é claro. E nunca cometo o mesmo erro duas vezes, amor, lembra?

— Eu me lembro de que você gosta de se gabar disso sempre que tem a oportunidade, marido querido. Agora, explique-me que erro é esse que você não repetiu.

— Pensei que Selvagem fosse um homem. Nunca considerei que pudesse ser uma mulher. Não cometi esse mesmo erro quando estava caçando Gelo.

— Está realmente convencido de que Lady Briars é Gelo? Como chegou a essa conclusão? — ela perguntou.

Ele não estava disposto a mudar de assunto de imediato.

— Jade? Você já tinha considerado que Gelo poderia ser uma mulher? Diga-me a verdade — ele ordenou com aquele tom arrogante de que ela tanto gostava.

Ela soltou um suspiro.

— Você vai se vangloriar.

— Sim, tenho certeza de que vou.

Eles compartilharam um sorriso.

— Não, nunca considerei essa possibilidade. Pronto, está feliz?

— Imensamente — ele falou.

— Caine, você ainda precisa me convencer — ela o lembrou.

— Deus, ainda tenho dificuldade em acreditar nisso. Gelo matou pessoas e ameaçou Nathan e a mim. Lembra-se daquela carta em que disse ao meu pai que, se as cartas não fossem devolvidas, ele nos mataria?

— Ele não, amor — corrigiu Caine. — Ela. — Soltou um longo suspiro, então acrescentou: — Jade, algumas mulheres matam.

— Oh, eu sei — ela respondeu. — Ainda assim, não é nem um pouco condizente com o comportamento de uma dama.

— Você se lembra, em uma das primeiras cartas, de quando eles receberam os codinomes, que Gelo admitiu estar furioso por causa desse nome? Esse comentário me deixou curioso. Não são muitos os homens que dariam importância se o nome é esse ou aquele. Uma mulher, no entanto, daria importância, não é verdade?

— Algumas poderiam dar.

— Há pistas mais substanciais, é claro. Briars contratou toda a criadagem para a casa de campo de Nathan. Eram homens dela, leais a ela. O fato de a casa ter sido saqueada indicou para mim que eles estavam procurando algo. E adivinhe onde Hudson, o mordomo de Nathan, apareceu?

— Ele está ficando na propriedade de Nathan na cidade, não é? Está guardando a casa até que nós a fechemos.

— Não, atualmente ele está na residência de Lady Briars. Suponho que descobriremos que a residência urbana do seu irmão foi virada de cima a baixo a esta altura.

Ela ignorou o sorriso de Caine.

— Nunca confiei em Hudson — ela confessou. — O homem ficava empurrando chá para mim. Aposto que estava envenenado.

— Agora, Jade, não deixe sua imaginação correr solta. A propósito, todos esses incidentes confusos foram obra de Hudson. Eles escavaram o túmulo de seu pai caso houvesse alguma chance de que as cartas estivessem escondidas lá. Também limparam a bagunça que fizeram.

— Hudson atirou no belo cavalo de Nathan?

— Não, foi Willburn — explicou Caine.

— Vou contar a Nathan.

Caine assentiu.

— Hudson cuidou dos detalhes da limpeza. Você estava certa, a propósito, uma carroça foi usada para transportar o cavalo. Devem ter sido necessários sete homens fortes para levantar o corcel.

— Como ficou sabendo disso tudo?

— Está impressionada comigo, não está?

Ele a cutucou para que respondesse.

— Sim, Caine, estou impressionada. Agora, me conte o restante.

— Meus homens me trouxeram os fatos, então não posso levar todo o crédito. O cavalo foi encontrado em um barranco a três quilômetros de distância da estrada principal.

— Espere só até eu contar a Nathan — murmurou Jade novamente.

Caine deu um tapinha no ombro dela.

— Pode explicar tudo a ele depois que isso acabar, está bem?

Ela assentiu.

— Há algo mais para me dizer, Caine?

— Bem, assim que determinei que Briars era certamente a candidata mais lógica, fiz uma busca em seu passado. Olhando por alto, tudo parecia legítimo, mas quanto mais fundo eu pesquisava, mais coisinhas estranhas surgiam.

— Por exemplo?

— Ela fez viagens demais para uma mulher — ele observou. — Por exemplo — ele acrescentou antes que Jade pudesse interromper —, ela foi e voltou da França pelo menos sete vezes, que eu saiba, e...

— E achou isso assim tão estranho? Talvez ela tenha parentes...

— Não — ele respondeu. — Além disso, Jade, ela fez a maioria das viagens durante o período da guerra. Havia outras pistas reveladoras.

— No que eu acredito é que sou casada com o homem mais inteligente de todo o mundo — ela elogiou. — Caine, está apenas começando a fazer sentido para mim. O que Sir Richards e Lyon têm a dizer a respeito da sua descoberta?

— Eu ainda não contei para eles — ele respondeu. — Queria ter certeza absoluta. Depois de ouvir as perguntas de Briars, não tenho mais dúvidas. Vou contar a eles esta noite quando os encontrar no White's.

— Qual foi a pergunta que ela fez que o deixou desconfiado?

— Ela foi logo perguntando se você sabia ler, lembra-se? Considerando o fato de que a maioria das damas de boa criação na Inglaterra adquiriram essa habilidade, pensei ser uma questão reveladora.

— Mas ela sabia que eu havia sido criada em uma ilha — argumentou Jade. — Foi por isso que ela perguntou, Caine. Ela estava tentando descobrir se eu tinha sido criada apropriadamente sem dizer diretamente e...

— Ela também estava um pouco interessada demais em descobrir o que seu pai havia deixado para você — ele a interrompeu.

Os braços de Jade penderam de desgosto.

— Pensei que ela estava sendo sincera.

— Teremos que estreitar a vigilância em torno da residência de Nathan — observou Caine. — Tenho apenas dois homens guardando a casa agora. — Ele parou para sorrir para Jade. — Seu pobre irmão provavelmente ficará com sua residência totalmente incendiada antes que isso acabe.

— Não precisa parecer tão alegre com essa possibilidade — censurou ela. — Além disso, Hudson teve tempo de sobra para descobrir que não há nenhum baú lá. — Ela soltou um curto suspiro. — Tenho outra frustração para você, Caine. Lady Briars sabia que eu estava mentindo quando disse que não sabia ler. Acredito que ela fez essa pergunta para descobrir se poderíamos saber sobre ela. Oh, sim, eu acho que nós metemos os pés pelas mãos desta vez.

Caine parou de sorrir.

— Do que está falando? Por que acha que Briars sabe que estava mentindo?

— Hudson me viu lendo quase todas as noites — ela explicou. — Depois do jantar, eu ia até o adorável escritório de Nathan e lia até ficar com sono. Havia tantos livros maravilhosos que eu ainda não havia memorizado. Hudson acendia a lareira para mim. Tenho certeza de que ele contou a Lady Briars.

Ela acariciou a mão do marido para amenizar a sua decepção.

— E agora, o que vai fazer? — Jade perguntou, certa de que ele elaboraria um plano de ação alternativo bem rápido. Caine era racional demais para não ter coberto todas as possibilidades.

— Eventualmente, poderemos comparar a caligrafia, assim que pegarmos as cartas do *Esmeralda*.

— Temos uma amostra aqui — disse Jade. — Lady Briars enviou duas mensagens solicitando que eu a visitasse. Odeio desapontá-lo, mas a caligrafia não pareceu nada familiar.

— Duvido que ela tenha escrito essas mensagens — Caine retrucou. — Ela é velha, Jade, mas ainda não ficou descuidada. Não, provavelmente fez com que um de seus assistentes escrevesse as cartas.

— Você gostaria que eu roubasse...

— Eu gostaria que você ficasse aqui dia e noite — afirmou. A sugestão foi dada como uma ordem. — Isso vai ficar complicado antes de terminar. Tudo o que coletei na verdade é evidência circunstancial em um tribunal, Jade. Ainda tenho trabalho a fazer. Agora, prometa para mim que não vai sair.

— Eu prometo — ela respondeu. — Tenha um pouco de fé em mim, marido. Você sabe que, quando dou a minha palavra, eu a mantenho. Por favor, me diga o que planejou.

— Lyon está louco de vontade de pressionar Willburn. Acho que é hora de ele ter o que quer. Willburn não tem sido nada prestativo até agora. Esperávamos que ele nos levasse até Gelo, mas ele permanece escondido atrás das cortinas o dia todo. Sim, está na hora de termos uma conversa com ele.

— Não me agrada a ideia de você sair todas as noites, Caine. Até que o navio seja queimado e o rumor da morte de Selvagem chegue a Londres, acho que deveria ficar em casa. Eu lhe digo uma coisa, senhor: se as pessoas nesta cidade comemorarem a minha morte, vou ficar muito desapontada.

O sorriso de Caine foi gentil.

— Eles lamentariam — consolou-a. — Enfim, nunca saberemos. Não é necessário queimar o navio agora.

— Por quê?

— Porque sei quem é Gelo — explicou. — E ela também não vai desistir de vir atrás de mim, pois sabe que sabemos sobre ela.

— Sim — respondeu Jade. — Se não me tivesse feito mentir sobre não saber ler, ela não saberia nada sobre nós, marido. Entende? A mentira não trouxe benefício.

— Não soe tão presunçosa, meu amor.

— Harry ficará feliz por não ter que queimar um navio — ela anunciou, ignorando seu comentário. — Você enviará alguém para avisá-lo, não é?

— Sim, enviarei alguém ao Shallow's Wharf — ele respondeu. — Você vai ter que me dizer exatamente onde fica isso, Jade. É um codinome para outro lugar, não é?

Jade abraçou o marido.

— Você é tão inteligente — ela sussurrou. — Será cuidadoso quando sair, não será? Ela sabe sobre nós, sim. Não quero que dê as costas a ninguém, Caine. Aprendi a depender de você.

— E eu, de você — ele respondeu. O sorriso de Caine era revelador. — Isso parece igualitário para mim.

— É igualitário — disse ela. — Mas você pode fingir que não é, se isso o faz se sentir melhor.

Ele ignorou esse comentário e fez cócegas na lateral do pescoço dela em vez disso. Jade estremeceu em reação.

— Está no clima para outra aula de dança agora?

— Ficarei de joelhos novamente?

— Não gostou, amor? Você agiu como se tivesse gostado. Sua boca era tão doce, tão...

— Eu gostei — ela apressou-se em admitir.

— Nós podemos?

— Oh, sim. — Ela já estava sem fôlego.

— Lá em cima ou aqui?

— Lá em cima — ela sussurrou. Levantou-se e o puxou pela mão. — Mas desta vez, Caine, eu quero conduzir.

Eles passaram o restante do dia nos braços um do outro. Foi um momento feliz que terminou cedo demais. Antes que ela se desse conta, estava dizendo a ele para se lembrar de McKindry e ele exigia que a esposa prometesse esperá-lo até seu retorno.

Jade estava tão exausta que dormiu profundamente até mais ou menos uma hora antes do amanhecer. Despertou com um sobressalto, então rolou para o lado, a fim de abraçar Caine.

Ele não estava lá. Jade desceu correndo as escadas para verificar dentro da biblioteca. Caine ainda não havia retornado para ela. Como ele nunca demorara tanto, começou a ficar preocupada.

Ficou angustiada quando outra hora se passou e ele ainda não havia voltado.

Seus instintos estavam gritando um alerta. Algo havia dado terrivelmente errado. Aquela dor familiar tinha surgido em seu estômago, como nos velhos tempos, quando um plano não dava certo.

Tinha que estar pronta. Jade vestiu-se rapidamente, colocou uma adaga no bolso, o broche especial no cabelo, depois voltou a andar pra lá e pra cá.

Caine tinha deixado dois guardas para sua proteção. Um ficava nas sombras próximo à porta da frente, do lado de fora, e o outro vigiava a entrada dos fundos.

Jade decidiu conversar com Cyril, o homem que guardava a entrada principal. Talvez ele soubesse o que deveriam fazer. Ela abriu a porta bem a tempo de ver um homem entregando a Cyril um papel e depois fugindo.

Cyril subiu os degraus de dois em dois.

— É uma carta para você — disse ele. — A esta hora da noite — ele acrescentou, quase rosnando. — Não podem ser boas notícias, milady.

— Espero que seja de Caine — disse ela num impulso. — Entre, Cyril. Tranque a porta atrás de você. Algo está errado — ela acrescentou, enquanto rompia o selo do envelope. — Caine nunca demorou assim antes.

Cyril resmungou, concordando.

— Sim — disse ele. — Estou com um pressentimento.

— Eu também — sussurrou Jade.

Assim que Jade desdobrou a folha de papel, empalideceu. Reconheceu imediatamente a caligrafia. A mensagem vinha de Gelo.

— O que foi, milady? — perguntou Cyril. Ele falou em um tom de voz baixo, o que era estranho, já que Cyril era um homem grande cuja voz tonitruante combinava com ele.

— Caine está em apuros — sussurrou Jade. — Tenho uma hora para ir até um prédio na Lathrop Street. Sabe onde é?

— Se estiver na Lathrop, é um armazém — respondeu Cyril. — Não gosto disso — acrescentou. — Está cheirando a armadilha. O que acontece se não formos?

— Eles vão matar o meu marido.

— Vou buscar Alden — anunciou Cyril. Ele começou a se dirigir para a porta dos fundos, mas parou quando Jade gritou para ele.

— Eu não vou.

— Mas...

— Não posso sair. Tenho que ficar aqui, Cyril. Isso pode ser um truque, e dei minha palavra a Caine. Não, eu tenho que ficar aqui. Sabe até que horas o White's fica aberto?

— Sem dúvida está fechado agora.

— Caine pode ter ido conversar com um homem chamado Willburn. Sabe onde ele mora?

— Sei — respondeu o guarda. — Ele vive a apenas seis, talvez sete quadras daqui.

— Mande Alden para lá agora. Lyon e Caine podem ter feito uma visita ao traidor.

— E se não tiverem?

— Enquanto Alden vai até a casa de Willburn, eu quero que corra até a residência de Lyon. Agora, se Lyon não estiver em casa, vá à residência de Sir Richards. Você sabe onde esses dois homens moram?

— Sim — afirmou Cyril. — Mas quem irá protegê-la enquanto procuramos por Caine? Você ficará sozinha.

— Eu trancarei as portas — prometeu ela. — Por favor, apresse-se, Cyril. Precisamos encontrar Caine durante a próxima hora. Se não conseguirmos encontrá-lo, então tenho que presumir que a mensagem não era um truque.

— Vamos nos apressar — prometeu Cyril a caminho dos fundos da casa.

Jade apertou a carta nas mãos e permaneceu no centro do vestíbulo por um longo tempo. Então, subiu para o quarto, fechando a porta atrás de si.

As batidas na porta da frente soaram apenas alguns minutos depois. Ela sabia que não era Caine. Ele tinha a chave, é claro. O som do vidro se estilhaçando veio em seguida.

Será que havia se jogado de bandeja nas mãos deles, sem que tivesse conhecimento disso? Estariam eles tão certos de que ela enviaria os guardas para procurar Caine? Jade encontrou consolo naquela possibilidade, pois isso significava que Caine não havia sido feito prisioneiro, no fim das contas.

Rezou para que estivesse certa, e rezou, também, para que Deus não ficasse bravo com ela. Provavelmente teria que matar alguém, e muito em breve, a julgar pelos sons dos homens movimentando-se escada acima.

Jade pegou a pistola da gaveta da mesa de cabeceira de Caine, recuou para um canto e apontou a arma. Decidiu que esperaria até que eles quebrassem a tranca, e então dispararia no primeiro homem que entrasse no quarto.

Sua mão estava firme. Uma calma mortal apossou-se subitamente dela, também. E então a porta foi aberta com um chute. Uma forma escura preenchia a entrada. E continuou aguardando, pois queria ter certeza absoluta de que era seu inimigo e nenhum dos homens contratados por Caine chegando para salvá-la.

— Acenda uma vela — gritou a voz. — Não consigo ver a vadia.

Jade apertou o gatilho. Devia ter atingindo o homem em algum ponto do meio do corpo, pois ele soltou um grito agudo de dor enquanto se dobrava. Ele caiu no chão com um baque.

Ganhei este round, disse ela a si mesma, embora a luta pendesse a favor de Gelo. Jade estava cercada por três homens. Quando o primeiro tentou agarrá-la, ela cortou a mão dele com a adaga. O segundo vilão tomou sua arma enquanto o terceiro desferiu-lhe um soco no queixo. O golpe a fez desabar no chão, totalmente inconsciente.

Jade não voltou a acordar até que estivesse sendo carregada para dentro de um prédio escuro e úmido. Havia apenas algumas velas iluminando o lugar, mas o suficiente para que Jade visse as caixas empilhadas ao longo das paredes de pedra. No final do longo corredor havia uma mulher vestida de branco. Lady Briars estava lá, aguardando por ela.

O homem que a carregava a colocou no chão quando chegou à sua líder. Jade ficou em pé, cambaleante. Ela esfregou o maxilar dolorido enquanto encarava sua adversária.

A expressão naqueles olhos era assustadora.

— Agora entendo por que recebeu o nome de Gelo — ela se ouviu dizendo. — Você não tem alma, tem, Lady Briars?

Jade foi recompensada com uma bofetada no rosto.

— Onde estão as cartas? — Briars exigiu saber.

— Seguras — respondeu Jade. — Você realmente acredita que roubar as cartas de volta irá salvá-la? Há muitas pessoas que sabem o que você fez. Muitas pessoas...

— Sua tola! — Briars gritou. Havia tanta força, tanta crueldade em sua voz que Jade de repente sentiu como se estivesse frente a frente com o diabo. Ela resistiu ao desejo de fazer o sinal da cruz. — Conseguirei essas cartas, Jade. Elas são a minha prova perante o mundo de todas as façanhas gloriosas que realizei. Ninguém vai me privar disso agora. Ninguém. No futuro, o mundo vai perceber o que o meu Tribunal realizou. Poderíamos ter governado a Inglaterra, se eu tivesse escolhido continuar o meu trabalho. Oh, sim, terei as cartas de volta. Elas serão mantidas em um lugar seguro até o momento certo de revelar a minha genialidade.

Ela estava louca. Jade sentiu calafrios nos braços. Tentou desesperadamente pensar em uma forma de argumentar com a mulher antes de finalmente chegar à conclusão de que a enlouquecida Lady Briars estava além de qualquer tipo de racionalidade.

— Se eu lhe devolver as cartas, você deixará Caine em paz? — ela perguntou.

Lady Briars soltou uma risada estridente.

— "Se" devolver? Você faz a mínima ideia de quem sou? Você não pode me dizer não, Jade.

— Oh, eu sei quem você é — respondeu Jade. — Você é a mulher que matou o meu pai. Você é a mulher que traiu o seu país. Você é a criatura imunda que nasceu do diabo. Você é a desequilibrada que...

Ela desistiu do protesto quando Briars a golpeou de novo. Jade recuou um pouco, depois endireitou os ombros.

— Deixe Caine ir, Briars, e eu pego as cartas para você.

Em resposta a essa promessa, Briars voltou-se para um de seus comparsas.

— Tranque a nossa convidada na sala dos fundos — ela ordenou. Virou-se para Jade, então. — Você será a isca, minha querida, para trazer Caine até aqui. Ele tem que morrer — ela acrescentou com uma voz monótona. — Mas só depois que me entregar as cartas, é claro. Então, vou matar você também, pequena Jade. Seu pai foi o verdadeiro traidor, porque ele virou as costas para mim. Para mim! Oh, como desejei poder ter estado lá quando o filho dele morreu. Você terá que me compensar por essa frustração, minha querida criança, morrendo lentamente nas minhas mãos... Tirem-na daqui! — Briars concluiu, quase gritando.

Jade sentiu vontade de chorar de alívio. No fim das contas, eles não haviam capturado Caine. Ele viria resgatá-la, ela sabia, e ainda havia perigo... Mas ele estava seguro por enquanto.

Ela, de fato, sorriu consigo mesma quando a levaram para a sua prisão temporária. Acreditavam que a tinham em seu poder agora. Provavelmente, não lhe amarrariam as mãos, pensou consigo mesma. Jade começou a choramingar para que seus captores acreditassem que estava assustada. Assim que abriram a porta, ela correu para dentro, depois desabou no chão no centro da sala e continuou chorando.

A porta se fechou atrás dela. Ela continuou com seus lamentos até que o som de passos desaparecesse. Então, avaliou a situação. A luz do luar era filtrada através da janela coberta com uma película cinza. A abertura estava a uns bons quatro metros e meio de altura. Havia apenas uma peça de mobiliário, uma velha mesa com três pernas, e certamente sabiam que ela não conseguiria alcançar a janela, mesmo que subisse em cima da mesa.

Sim, tinham pensado que a haviam aprisionado. Jade soltou um leve suspiro de prazer.

Ela puxou o broche especial de seus cabelos, que usava em ocasiões como aquela, e foi trabalhar na fechadura.

Como estava com uma pressa desesperada para chegar a Caine antes dos homens de Briars, não foi tão rápida como teria sido em circunstâncias mais calmas. Demorou pouco mais de dez minutos para abrir a trava.

Estava um breu dentro do armazém propriamente dito. Embora Jade tivesse certeza de que Briars levara todos os seus homens com ela, ainda assim, saiu da construção o mais silenciosamente possível. Ficou completamente desorientada quando chegou à rua. Correu em uma direção por dois longos quarteirões até se localizar e perceber que havia tomado o caminho errado.

Jade estava tomada por um terror absoluto agora. Sabia que levaria mais quinze minutos para chegar em casa. Enquanto corria, fez várias promessas fervorosas ao Criador. Ela lhe deu a sua palavra de que jamais mentiria ou roubaria novamente se ele mantivesse Caine a salvo.

— Eu sei que você me deu esses talentos especiais, Senhor, e você sabe que, quando eu dou a minha palavra, não a quebro. Também não seguirei os passos do meu pai. Apenas permita que eu viva o bastante para provar isso. Por favor, Deus? Caine precisa de mim.

Ela teve que parar quando a fisgada na lateral do corpo se intensificou.

— Se me der só um pouco mais de força, Senhor, eu também não direi mais blasfêmias.

Foi estranho, mas a fisgada desapareceu. Ela também conseguiu recuperar o fôlego. Essa última promessa deve ter sido aquela que o Criador esperava ouvir, ela imaginou.

— Obrigada — sussurrou enquanto arrepanhava a saia novamente e começava a correr.

Jade não parou de novo até chegar à rua em que se localizava a residência na cidade. Manteve-se nas sombras enquanto se encaminhava para os degraus. Quando avistou três homens caídos na entrada da casa, começou a correr de novo. Os homens não estavam em condições de detê-la. Pareciam apagados por completo em seu descanso forçado.

Caine obviamente havia retornado para casa.

Jade não conseguia se lembrar do número de homens que Briars tinha com ela. Começou a se preocupar de novo. Será que deveria se esgueirar pela porta dos fundos ou entrar no vestíbulo e tentar enfrentar Briars mais uma vez?

A pergunta foi respondida quando o berro de Caine chegou até ela.

— Onde ela está? — Caine vociferou através da porta.

A angústia em sua voz partiu o coração de Jade. Ela abriu a porta e correu para dentro.

Estavam todos na sala de estar. Lyon, Jade percebeu, estava segurando Caine pelos ombros. Briars estava em frente aos dois homens. Sir Richards estava ao lado dela. Cyril e Alden estavam ambos atrás do diretor.

— Ela morrerá de fome antes que possa encontrá-la — gritou Briars, soltando uma bufada de satisfação. — Não, você nunca irá encontrá-la. Nunca.

— Oh, sim, ele irá.

Briars soltou um chiado quando a voz suave de Jade chegou até ela. Tanto Caine como Lyon viraram-se.

Caine simplesmente ficou parado ali, sorrindo para a esposa. Ela viu as lágrimas em seus olhos, sabia que os seus estavam tão marejados quanto os dele. Lyon parecia tão surpreso quanto Richards.

— Jade... como conseguiu...

Ela olhou para Caine quando deu sua resposta.

— Eles me trancafiaram.

Demorou um minuto antes que qualquer um reagisse. Lyon foi o primeiro a rir.

— Eles a trancafiaram — disse ele a Caine.

Jade continuou sorrindo até que Caine caminhou em direção a ela. Quando ele estendeu a mão para tocar seu rosto com a ponta dos dedos, ela irrompeu em lágrimas e correu subindo as escadas.

Entrou no primeiro quarto, bateu a porta atrás de si e atirou-se na cama. Caine estava bem atrás dela. Ele a puxou para os seus braços.

— Meu amor, acabou tudo agora — ele sussurrou.

— Eu não o deixei. Eu fiquei bem aqui até que eles entraram e me arrastaram para longe. Eu não quebrei a minha palavra.

— Acalme-se, Jade. Nunca pensei...

— Caine, eu estava com tanto medo — ela lamentou contra o peito dele.

— Eu também estava — ele sussurrou. Ele a apertou, então disse: — Quando Cyril me contou... Pensei que você estava... Oh, Deus, sim, eu fiquei com medo, droga.

Ela enxugou os olhos no casaco dele e disse:

— Você não pode mais dizer *droga*. Não podemos mais dizer nenhuma blasfêmia, Caine. Eu prometi a Deus.

Seu sorriso estava cheio de ternura.

— Entendo.

— Teria prometido qualquer coisa para mantê-lo a salvo — ela sussurrou. — Preciso tanto de você, Caine.

— Eu também preciso de você, meu amor.

— Não podemos mais roubar, nem mentir — disse ela, então. — Eu fiz essas promessas, também.

Ele revirou os olhos para o céu.

— E as suas promessas também são minhas? — ele perguntou a ela. Ele escondeu seu sorriso, pois ela parecia tão sincera, e ele não se incomodou em dizer a Jade que nunca tinha roubado nada antes.

— Sim, é claro que minhas promessas também são suas — ela respondeu. — Devemos compartilhar tudo, não devemos? Caine, somos parceiros iguais neste casamento.

— Somos iguais — ele concordou.

— Então, minhas promessas também são suas?

— Sim — ele respondeu. De repente ele se afastou dela. A preocupação em sua expressão era óbvia. — Você não desistiu de mais nada, não é?

Ele parecia temer a resposta dela. Ela logo adivinhou o que ele estava pensando.

— Como dançar?

— Como fazer amor.

Ela riu, um som rico e cheio de alegria.

— Não é a mesma coisa?

— Isso não é hora de zombaria, Jade.

— Não, Caine, nós não desistimos de dançar ou fazer amor. Jamais faria uma promessa que não conseguisse manter — ela acrescentou, citando as palavras que ele próprio havia lhe dito.

Caine queria arrancar-lhe as roupas e fazer amor com ela naquele mesmo instante. Ele não podia, é claro, porque ainda havia a bagunça a ser limpa no andar de baixo.

Caine não conseguiu passar muito tempo com sua esposa nos dias que se seguiram. Ele e Lyon estavam ambos ocupados, relatando suas descobertas para os registros de seus superiores. Lady Briars foi trancafiada na prisão de Newgate. Falava-se que ela seria transferida para um hospício próximo dali, pois o tribunal havia determinado que a mulher estava completamente louca. Jade concordava totalmente.

Caine enfim estava livre para manter sua outra promessa a Jade. Eles se estabeleceram para viver uma vida tranquila juntos.

E, como ele havia previsto, viveram felizes para sempre.

Ele continuava terrivelmente inseguro, entretanto. Jade preocupava-se com isso. Na manhã do primeiro aniversário deles, Caine exigiu que ela lhe prometesse ficar por mais um ano.

Jade achou que o pedido vinha numa má hora, considerando o fato de que ela estava no meio de uma contração excruciante. Ela cerrou os dentes para suportar a agonia.

— Caine, vamos ter nosso bebê — disse ela.

— Eu sei, meu amor — ele respondeu. Rolou para o lado e gentilmente afagou a barriga inchada dela. — Eu notei há bastante tempo — acrescentou apenas para provocá-la. Ele inclinou-se para beijar sua testa úmida. — Você está com muito calor, Jade?

— Não, eu estou...

— Prometa-me — ele a interrompeu enquanto puxava para baixo a coberta de cima. — Aí você pode voltar a dormir. Você ficou muito inquieta durante a noite. Acho que ficou acordada até tarde conversando com Lyon e Christina. Fiquei feliz em vê-los, é claro, e fico feliz que Christina queira oferecer seus serviços quando chegar a hora, mas ainda insisto em que um médico esteja presente, Jade.

Jade estava exausta demais para discutir. Ela vinha tendo contrações esporádicas durante a longa noite. Não tinha Caine, no entanto. Estava seguindo o conselho de sua boa amiga. Christina sugeriu que seria melhor se seu marido não fosse incomodado até o último minuto. Maridos, Christina havia explicado, desmoronam com muita facilidade.

Christina considerava Jade uma irmã de sangue, desde a noite em que lhe entregara o arquivo de Lyon e dissera a ela para mantê-lo a salvo. As duas damas confiavam completamente uma na outra e passavam um tempão contando histórias favoritas sobre o passado de ambas.

Caine cutucou suavemente a esposa.

— Eu quero sua palavra agora.

Assim que a nova contração se foi, ela respondeu.

— Sim, eu prometo a você. E, Caine, vamos ter o nosso bebê agora. Vá acordar Christina.

O bebê que Jade estava certa de que chegaria a qualquer momento na verdade não nasceu até que outras três horas tivessem se passado.

Durante o intenso trabalho de parto, Caine permaneceu tão calmo, firme e confiável quanto Jade esperava. Ela pensou, então, que Christina estava errada. Nem todos os homens desmoronam com tanta facilidade.

Christina mandou Caine para a biblioteca quando as contrações de Jade tornaram-se insuportáveis demais para ele assistir. Caine permaneceu apenas cinco minutos no andar de baixo, no entanto, e logo estava de volta ao lado de Jade, agarrando a mão dela na sua e implorando o seu perdão por fazê-la passar por essa terrível provação.

Ele atrapalhava mais do que ajudava, é claro. Não entrou em pânico durante o nascimento, no entanto, e, poucos minutos depois, estava segurando sua linda filha nos braços.

Sterns não pôde se conter. Assim que ouviu os gritos vigorosos do recém-nascido, entrou no quarto. Imediatamente tirou o bebê de Caine, declarando que ela era, de fato, magnífica, e então levou-a para dar-lhe o seu primeiro banho.

Christina cuidou de Jade. Caine ajudou-a a trocar os lençóis e também a camisola de Jade, e, quando Christina disse a Caine que ele havia se saído muito bem, ele até conseguiu dar um sorriso.

Caine estava pálido, suas mãos tremiam, sua testa estava encharcada de suor; ele ainda não conseguia proferir uma palavra coerente, mas tinha permanecido firme.

No entanto, depois que o trauma havia passado, sua disciplina o abandonou.

Christina tinha acabado de sair do quarto para dar a maravilhosa notícia ao marido. Sterns estava embalando em seus braços sua nova protegida, e Jade estava simplesmente muito fraca para içar o marido.

— Ele está bem? — Jade perguntou a Sterns. Ela sequer conseguia reunir forças para olhar por sobre a beirada da cama.

— Ele desmaiou.

— Sei que ele desmaiou — respondeu Jade. — Mas ele está bem? Não bateu a cabeça em nenhuma quina, bateu?

— Ele está bem — assegurou Sterns. Ele nem se deu ao trabalho de olhar o patrão quando fez essa afirmação, mas continuou a contemplar a linda criança. A expressão em seu rosto era de pura adoração.

— Ajude-o a se levantar — sussurrou Jade. Estava mordendo o lábio para não rir.

— Ele não parece estar pronto para se levantar ainda — comentou Sterns. — O bebê precisa de toda a minha atenção agora. Você se saiu muito bem, milady; muito bem, de fato. Tenho certeza de que o marquês concordará quando despertar de seu desmaio.

Jade sorriu com satisfação. Seus olhos encheram-se de lágrimas.

— Você nunca vai deixá-lo esquecer desse vexame, não é, Sterns?

Caine então gemeu, chamando a atenção dela.

— Jamais devemos contar a ninguém que ele desmaiou. Ele morreria de vergonha.

— Não se preocupe, milady — retrucou Sterns. — Com certeza não contarei a ninguém. Prometo.

Ela deveria ter percebido pelo brilho evidente em seus olhos que ele não iria honrar essa promessa. Três dias depois, leu a respeito do desmaio de Caine.

O danado do mordomo publicou-o nos jornais.

O Marquês de Cainewood levou tudo na esportiva. Não se importou nem um pouco com as brincadeiras daqueles que os felicitavam.

Nada podia estragar o seu bom humor. Afinal, sua missão havia sido bem-sucedida. Ele havia caçado o infame pirata... e agora Selvagem pertencia a ele.

O caçador estava feliz.

Conheça outros livros de

Julie Garwood

PUBLICADOS PELA
UNIVERSO DOS LIVROS

A LADY DE LYON
Série Crown's spies, volume 1

Christina Bennett causou furor na sociedade londrina. A arrebatadora beldade esconde com sucesso o segredo de seu misterioso passado até a noite em que Lyon, o Marquês de Lyonwood, rouba-lhe um beijo ousado e sensual. O arrogante aristocrata com coração de pirata prova o gosto do fogo selvagem que arde por baixo do charme indiferente de Christina e anseia por possuí-la intensamente.

Um amor para
LADY JOHANNA

Quando o Rei John ordenou que a recém-viúva Lady Johanna se casasse outra vez – e selecionou um noivo para ela –, pareceu que a moça deveria se conformar com esse destino. Seu irmão, no entanto, sugere ao Rei um novo pretendente: o belo guerreiro escocês Gabriel MacBain. No início, Johanna estava tímida, mas, conforme Gabriel revelou com ternura os prazeres magníficos a serem compartilhados, ela começou a suspeitar que estava se apaixonando por seu novo e rude marido. Logo ficou claro para todo o clã das Terras Altas, portanto, que o ríspido e galante lorde rendera completamente seu coração. Porém, a iminência de uma intriga da realeza ameaça separar o casal e destruir o homem que ensinou a Johanna o significado do verdadeiro amor, que a transportou além de seus sonhos mais selvagens.

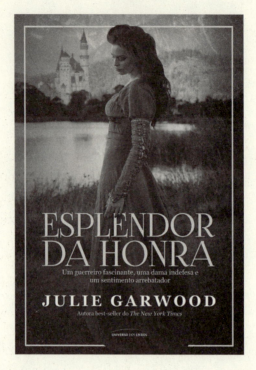

ESPLENDOR DA HONRA

Na corte feudal inglesa, a dócil Lady Madelyne sofre com as excentricidades cruéis do irmão, o Barão Louddon. No entanto, durante a vingança contra um crime sórdido, o Barão Duncan de Wexton – o Lobo – comanda seus soldados contra Louddon. Como prêmio, ele captura Madelyne. Todavia, quando Lobo pousa o olhar sobre a orgulhosa beldade, é tomado por um sentimento que jamais sentira e jura protegê-la com sua própria vida. Assim, em seu castelo de pedras, ele prova ser honrado. Agora que a paixão entre ambos se tornou inevitável, será que eles darão uma chance ao destino e se entregarão de corpo e alma a esse amor arrebatador e selvagem?